Zum Buch:

Was bin ich?
Ich bin das Buch der Liebe,
die Seiten der Wahrheit mit ihrem Licht und ihrem Schatten.
Ich bin die Liebe,
und wenn ich echt bin, werde ich nie verblassen.

Zur Autorin:

Bevor Fionnuala Kearney sich ganz ihrer Schriftstellerkarriere widmete, arbeitete sie als Sekretärin und war viele Jahre in der Immobilienbranche tätig. Sie liebt es, über Beziehungen zu schreiben, und spitzt nur zu gerne die Ohren, wenn sich Leute unterhalten – und es ist nicht ungewöhnlich, dass sie sich dabei auf einem Post-it Notizen macht.

Lieferbare Titel:

Weil das Herz nicht vergisst

Fionnuala Kearney

Wir zwei ein Leben lang

Roman

Aus dem Englischen von
Sabine Schilasky

HarperCollins

Die Originalausgabe erschien 2018 unter dem Titel
The Book of Love bei HarperCollins*Publishers* Ltd., London.

1. Auflage 2021

Ungekürzte Ausgabe im HarperCollins Taschenbuch

Umschlaggestaltung von Nele Schütz Design, München
Umschlagabbildung von nereia / shutterstock
Gesetzt aus der Stempel Garamond
von GGP Media GmbH, Pößneck
Druck und Bindung von GGP Media GmbH, Pößneck
Printed in Germany
ISBN 978-3-95967-555-0
www.harpercollins.de

Für Eamonn und Mary,
und auch für Jim und Monica,
die einst so geliebt haben.

Teil Eins

1

Dominic

HEUTE – 3. Juni 2017

Aus dem *Buch der Liebe*:
»Ich liebe dich, weil du mich gefunden hast.«

♥

Ich bin hellwach, obwohl ich es nicht sein sollte. Kerzengerade und reglos sitze ich auf der Bettkante, lausche nach irgendeinem Hinweis auf sie. Da ist nichts außer den vertrauten Geräuschen des alten Gemäuers, die in der Stille hallen. Eine Fliege surrt am Schlafzimmerfenster. Durch die Eichendielen dringt das Brummen des Kühlschranks unten in der Küche. Die Rohre ächzen in den Wänden, was einem schnellen, erwartungsvollen Herzschlag ähnelt. Sogar das Haus vermisst Erin.

Ich stehe auf und strecke mich, wobei meine Finger fast die Decke berühren. Dann beginne ich meine Inspektion der Nummer 44 Valentine's Way, meine Morgenrunde. In die Kinderzimmer schaue ich nur flüchtig. Dort gibt es nichts Neues, abgesehen von einer weiteren dünnen Staubschicht. Ich gehe nach unten, die linke Hand auf dem Geländer der Original-Jugendstiltreppe. Unten, gleich rechts im Arbeitszimmer, brennt die Schreibtischlampe neben einem Stapel von Architekturzeichnungen. Ein Blick auf meinen Terminkalender dahinter fördert eine schmerzliche Erinnerung an Erin zutage, die mich vor Monaten zu bewegen versuchte, meine Termine doch in meinem Handy zu speichern. Ich hatte lachend widersprochen und die Spitze über meine Steinzeitmethoden ignoriert; stattdessen erinnerte ich sie daran, dass sie es gewesen war, die mich überhaupt erst trotz meines Sträubens zum handgeschriebenen Wort geführt hatte.

Das heutige Datum, mit dem dünnen Kringel in der Mitte der Seite, zeigt, dass heute Abend Lydias Geburtstagsparty ist. Meine Schwester wird Personal aus ihrem Café engagiert haben, das mit Tabletts voller winziger Häppchen und Prosecco herumgeht. Sie selbst wird zwischen den Gruppen unserer Freunde und einigen von ihren, die ich nicht kenne, hin und her schweben, ein künstliches Lächeln im Gesicht haben und so tun, als wäre alles bestens.

Das Telefonklingeln im Flur erschreckt mich, aber ich rühre mich nicht, weil ich ahne, dass es wieder jemand sein wird, der gleich auflegt.

»Hi«, erklingt Erins Stimme aus der Diele. »Wir sind gerade nicht zu Hause. Bitte hinterlasst eine Nachricht.« Dann ertönt meine Stimme. »Falls es jemanden interessiert, ich bin auch nicht da.« Daraufhin kichert Erin direkt vor dem »Piep« und dem Klicken. Ich laufe in die Diele – höre den Nachhall ihres Lachens, der geradezu von den Wänden abfedert, und frage mich, warum die Tage ohne sie so schmerzlich ermüdend scheinen. So ist es immer gewesen. Von dem ersten Moment an, in dem ich sie so albern tanzen sah, bis zum letzten Mal, als wir miteinander gesprochen haben, hat sie in meiner Seele gewohnt. Sie war einfach eingezogen, hatte sich häuslich eingerichtet. Keine Diskussion. Keine Erlaubnis. Keine Reue.

Ohne mir dessen bewusst zu sein, habe ich mich dem Wandtisch aus Mahagoni mit der einzelnen Schublade genähert. Das Buch scheint nach mir zu rufen. Ich stelle mir Blaulichter vor, die mich vor der Gefahr warnen, dennoch ist es tröstlich wohltuend, es in der Hand zu halten. Das weiche Nappaleder ist stellenweise vernarbt, so wie ich. Ich ertappe mich dabei, wie ich in den von uns beschriebenen Seiten blättere. Sie riechen nach Erin, enthalten eine dezente Note ihres Pfingstrosendufts. Ich hebe das Buch an mein Gesicht und atme tief ein, bevor ich ihren letzten Eintrag aufschlage. In der Diele des Heimes, das wir uns gemeinsam eingerichtet haben, schreite ich auf den schwarz-weißen Fliesen auf und ab. Erstes Morgenlicht dringt durch das Oberlicht und hilft mir, ihre Worte laut zu lesen.

♥

12. Mai 2017

Lieber Dom,
im August 2004 hast du hier etwas rausgenommen, weißt du noch? Manchmal, für gewöhnlich, wenn ich gegen Morgengrauen wach liege, frage ich mich – nein, möchte ich vielmehr dringend wissen –, ob wir all den Herzschmerz vermieden hätten, hättest du es nicht getan.
Ich meine, was wäre gewesen, hättest du jene Seite gelassen, wo sie hingehörte? Was, wenn jene Worte ebendie in unserem Buch der Liebe gewesen wären, die du eigentlich damals hättest zu mir sagen sollen? Vielleicht warst du ehrlich, hast etwas gesagt, sogar um Hilfe gebeten. Und hätte ich jene Worte von dir zu der Zeit gelesen, wäre es dann anders? Was wäre, hätte ich sie sehen können, indem ich die nächste Seite ins Licht gehalten und die Druckspuren deines Stiftes entziffert hätte?
Ich habe es versucht – solche Sachen funktionieren nur in Filmen. Ja, ich weiß. Du nennst mich »Die Königin des Was-wäre-wenn«. Aber dies ist nur eines der Dinge, die mich verfolgen, wenn ich zu früh aufwache und im Morgengrauen daliege.
Du rätst mir, ich solle nicht albern sein, nicht in der Vergangenheit festhängen. Du hältst mich in den Armen und sagst mir, alles, was geschieht, soll so sein; nicht direkt »aus einem Grund«, sondern weil »das Leben« – meinst du dauernd – »sich genauso entwickelt, wie es soll«.

Also blieb die fehlende Seite sehr fehlend. Abwesend. Fort. Ich habe nie gewusst, was dort stand, und du hast es mir nie verraten. Und das Leben entwickelte sich, wie es sollte, und da war Leid – aber auch so viel Liebe. Gott, wie viel Liebe da war.
Es ist immer noch welche da.
An die klammere ich mich in den ruhelosen Stunden, die der Nacht folgen.
Ich erinnere mich daran, dass Liebe überdauert.
Erin x

♥

Ich hocke mich auf die unterste Treppenstufe. Die geschlossene Haustür gegenüber verhöhnt mich. »Was, wenn sie jetzt hier reinkäme?« Mein Flüstern ist kaum zu hören.

Meine »Königin des Was-wäre-wenn …«. Ich würde sie in die Arme nehmen, mit den Fingerspitzen ihr zartes Gesicht berühren und ihr sagen, dass sie recht hat, dass es Liebe ist, die dem Leben einen Sinn verleiht.

2

Erin

DAMALS – Dezember 1996

»Denn ohne Liebe ist man angeschmiert«, verkündete Seamus Fitzpatrick, Fitz, seinen Freunden und seinem Publikum.

Erin fühlte, wie Dom ihre Hand drückte, und folgte seinem nervösen Blick über den Tisch. Als sie die geschürzten Lippen ihrer frischgebackenen Schwiegermutter bemerkte, sah sie weg und konzentrierte sich stattdessen auf einen nassen Ringabdruck auf der Papiertischdecke.

»In Irland haben wir einen anderen Ausdruck dafür, also für ›angeschmiert‹, aber andere Länder, andere Sitten, nicht?« Fitz lachte, was jedoch leise und unsicher klang.

O Gott, dachte Erin. *Bitte fluche nicht. Setz dich jetzt hin, Dad. Setz dich, bitte!*

Sie schluckte angestrengt, während seine Stimme den kleinen Raum ausfüllte. Es war ein kleines Séparée für private Feiern hinten in The King's Arms, direkt gegenüber vom Standesamt. Nicht die Art Räumlichkeit, in der sie sich ausgemalt hatte ihre Hochzeit zu feiern. Wie jedes kleine Mädchen hatte auch sie sich einst vorgestellt, sie würde ihr Ehegelübde in einem eleganten langen Kleid in einer malerischen Dorfkirche ablegen; und nach einem prächtigen Empfang gäbe es ein rauschendes Fest, auf dem sie ihren eingeübten ersten Walzer als Brautpaar zu »ihrem Lied« tanzen würden.

Ein Nebenzimmer in einem Pub, dessen Boden ein wenig klebrig war, mit verqualmter Samttapete, abgewetzten Sitzpolstern, faserigem Lametta und Lichterketten mit lauter defekten Birnen waren in diesem Traum nicht vorgekommen. Und Dom und sie kannten sich noch nicht lange genug, um »ein Lied« zu haben. Erin strich sich mit einer Hand über den Bauch, als sie eine inzwischen vertraute Angst beschlich. Sie hatten sich lange genug gekannt, um ein menschliches Wesen zu erschaffen, das in ihr strampelte, doch nicht lange genug, um ein Lied zu haben. Einzig Doms Hand auf ihrer vertrieb ihre Zweifel und erinnerte sie daran, dass sie das Wichtigste richtig gemacht hatte. Dominic Carter war ein Prinz unter den Männern.

»Denn ohne Liebe«, fuhr ihr Vater fort, »hat man nur zwei Leute, die durchs Leben wandern wie durch ein Tal … ein Tal der Tränen.«

Sie widerstand dem Impuls, an seinem Ärmel zu zupfen, und flehte im Geiste ihre Mutter an. *Mach, dass er sich hinsetzt, Mum, bitte!*

»Deshalb erfüllt es mich mit Freude …«

Sie blickte auf und verzog das Gesicht, denn Fitz fing an zu weinen.

»Es erfüllt mich mit Freude«, brachte er schniefend hervor, »zu sehen, dass ihr beide euch wirklich liebt. Lasst mich euch sagen«, er schaute sie und Dom über den Rand seiner ovalen Metallgestellbrille an. »Haltet an dieser Liebe fest, und ihr werdet ein fantastisches Leben haben.«

Erins Mundwinkel zuckten bei ihrem Versuch zu lächeln.

»Und jetzt erheben wir die Gläser auf das Brautpaar. Ich wünsche euch beiden Gesundheit, Glück und eine Familie, die euch liebt und euch Halt gibt.«

»Danke, Dad.« Sie berührte seinen Arm in dem neuen, schlecht geschnittenen Anzug, als er sich hinsetzte.

»Deine Mum wäre heute so stolz auf dich«, erklärte er lächelnd.

»Danke, Dad«, wiederholte Erin und starrte auf ihren Babybauch. Unmöglich hätte sie diese Kugel mit irgendwas verbergen können, und sowieso wusste hier jeder Bescheid.

»War es in Ordnung?«, fragte Fitz.

Sie versicherte ihrem Vater, dass seine Rede wunderbar gewesen war, während sie wieder einmal über den runden Tisch zu ihren Schwiegereltern blickte. Sophie sammelte imaginäre Krümel vom Tisch. Gerard lächelte und nickte verhalten in Erins Richtung.

»Vielleicht hätte ich nicht …« Ihr Vater lehnte sich zu ihr, wobei er sein Glas leerte. Sie schlang einen Arm um seinen Hals und küsste ihn auf die Wange.

»Sie war wirklich perfekt, Dad, habe ich doch gesagt. Danke.«

Drei runde Tische mit jeweils zehn Leuten waren in den Raum gequetscht worden, was die Geräuschkulisse erzeugte, die Dom und sie jetzt brauchten. »Willst du hier raus?«, fragte ihr Mann flüsternd.

»Du weißt, dass wir das nicht können.« Sie fühlte sein Seufzen an ihrem Ohr, und ein Schauer überfiel sie. Nichts wollte sie lieber als zurück in ihre Wohnung und sich mit diesem Mann und ihrem Babybauch ins Bett kuscheln.

»Na dann bleiben wir noch ein bisschen«, stimmte er ihr zu. »Aber keiner erwartet ernsthaft, dass wir mit ihnen trinken, Schatz.«

»Laufen wir ein bisschen herum und halten noch eine halbe Stunde durch«, entgegnete sie. Sie stemmte sich vom Stuhl hoch und verdrängte den Gedanken, dass es weder Musik noch einen ersten Tanz gab, und erinnerte sich daran, wie dankbar sie Dom sein sollte, dass er dies alles so schnell organisiert hatte – allein, ohne nennenswerte Hilfe von ihr oder sonst jemandem. »Ich verschwinde mal kurz«, sagte sie leise, bevor sie nach hinten zu dem Korridor lief, der zu den Toiletten führte. Als sie gerade um die Ecke biegen wollte, ließ eine bekannte Stimme sie abrupt stehen bleiben.

»Sie ist schamlos.«

Reflexartig wanderte Erins Hand schützend vor ihren Bauch. Jede Faser in ihr schrie, dass sie sich umdrehen sollte; dass sie nicht lauschen durfte. Doch ihre Füße waren wie mit dem schmutzigen Teppichboden verwurzelt.

»Du bist müde. Wir gehen bald.«

»Bevormunde mich nicht, Gerard! Ich bin nicht müde. Ich kann das Mädchen einfach nicht leiden.«

»Das ›Mädchen‹, wie du sie nennst, ist mit unserem Enkelkind schwanger. Und sprich leiser.«

Erin drängte sich an die Wand. Sie versuchte, jeden Wirbel gegen sie zu drücken, und plötzlich war ihr das altweiße Kleid egal, das sie so sorgfältig in dem kleinen Vintage-Laden nahe Putney ausgesucht hatte. Sie schloss die Augen und wünschte sich, unsichtbar zu sein.

»Tut sie das?«, stieß Sophie fauchend hervor. »Das wissen wir nicht, oder? Und er ist zu verknallt, als dass es ihn kümmert.«

»Hör auf!«, erwiderte ihr Mann. »Wenn du gehen willst, tun wir das, aber dies ist weder die Zeit noch der Ort, eine Szene zu machen.«

Sie sollte hinlaufen, sagte Erin sich. Einfach den schmalen, matschbraunen Korridor entlangmarschieren und langsam an ihnen vorbei, ihre Babykugel vorführen. Sie sollte ihrer Schwiegermutter zuckersüß zulächeln und Gerard einen dankbaren Blick zuwerfen, denn anscheinend war er größtenteils für Doms Charakter verantwortlich. Erin war klar, dass sie es tun müsste. Stattdessen flehte sie ihre Blase an durchzuhalten, wich zurück in den Raum und mischte sich unter ihre Freunde, so gut sie konnte.

»Du siehst aus wie ein Engel«, flüsterte Lydia.

»Göttlich«, stimmte Hannah ihr zu.

»Tja, *ich* würde nicht Nein sagen«, meinte Nigel, Doms

Trauzeuge, grinsend. »Im Ernst, schwangere Frauen haben etwas total Verführerisches.«

Und Sophie im Auge behaltend, die aus dem Korridor kam, lachte Erin.

Als sie gingen, bildeten alle ein Spalier zu einer schrägen musikalischen Version von »Here Comes the Bride«. Erst als Dom sie unter dem Spalier und vorbei an Fitz und ihrem Bruder Rob entlangführte, entdeckte sie Sophie ganz am Rand. Sicher wartete sie darauf, ihrem Sohn zuzuflüstern, dass er immer ein Zuhause hätte, sollte er es sich anders überlegen. Erin duckte sich tief. Dom würde es sich nicht anders überlegen. Er liebte sie. Seit sie ihm von dem Baby erzählt hatte, hatte er nicht aufgehört zu lächeln. Und obwohl sie ihn nie gefragt und es auch nicht von ihm erwartet hatte, bat Dom sie wenige Tage nach der Nachricht, ihn zu heiraten. Dom hatte sie geheiratet. Weil er sie liebte.

Er zog sie durch das Spalier, und als sie sich wieder aufrichtete, lehnte sie sich vor, um Gerards Kuss zu empfangen, erwiderte den Luftkuss ihrer Schwiegermutter und ergriff die Hand ihres Bräutigams. Sie wurde abermals umarmt, während Dom versuchte, ihr in den Mantel zu helfen.

»Ich rufe dich morgen an.« Lydia drückte sie fest. »Schlaf ein bisschen.«

Erin nickte. Es war ein langer Tag gewesen, dennoch umarmte sie ihre Schwägerin herzlich.

»Pass auf meinen Bruder auf«, sagte Lydia grinsend. »Er ist der einzige, den ich habe.«

Erin nickte wieder, schloss Hannah, ihre zweite Brautjungfer, in die Arme und schaute sich im Raum um, bis ihr Blick bei Fitz und Rob verharrte. Die beiden, die es hassten, sich zu verabschieden, waren von der Tür zurückgetreten. Als ihr Vater ihr einen Luftkuss zublies und ihr einziger Bruder ihr zuzwinkerte, nickte Erin erneut und zwang ihre Tränen zurück.

Nigel reichte Dom die Autoschlüssel und lächelte Erin zu. »Er steht draußen, schon aufgewärmt für euch.«

»Danke, Nigel«, flüsterte sie. Manchmal waren es kleine nette Gesten, die sie zu Tränen rührten. Sie sah zu Sophie, die ihre Hände rang. Und manchmal, dachte sie, waren es bissige Worte. Wider besseres Wissen wandte sie sich zu ihrer Schwiegermutter um und sagte leise: »Ich liebe euren Sohn, und das wird er immer wissen. Immer.«

Ihre Reaktion beschränkte sich auf ein kaum merkliches Nicken, ein winziges Rucken mit abweisender Miene, eine kalte, aber merkliche Zurkenntnisnahme.

Im Wagen fröstelten sie beide. Dom griff hinüber und rieb sanft mit den Händen über ihre Arme. »Wer heiratet denn bloß im Dezember?«, fragte er lachend. »Gut, schaffen wir dich nach Hause und ins Bett.«

Für einen Moment schloss sie die Augen, um sich diese Szene einzuprägen – seinen Wunsch, sie zu wärmen und zurück in Sicherheit zu bringen. Mit siebenundzwanzig sollte Doms Hochzeitsnacht Flitterwochensex vorsehen, jede Menge. Ein Teil von ihr wollte sich entschuldigen – nicht nur für die Hochzeitsnacht, die ausfallen würde, sondern für alles. Für das ganze »Junge trifft Mädchen, erfährt sieben Monate später, dass sie schwanger ist, und heiratet sie fünf Monate danach«. Der Begriff »Blitzhochzeit« traf es nur ungefähr.

Er schob eine Hand in ihren Mantel und drückte ihr Knie, das nur von der dünnen, hautfarbenen Strumpfhose verhüllt war, die sie zu ihrem kurzen Spitzenkleid trug. »Mehr denn je«, erklärte er.

Sie lachte. »Woher weißt du, was ich dich fragen wollte?«

»Weil ich deine Gedanken lesen kann. Außerdem fragst du mich jeden Abend, ob ich glücklich bin.«

Sie schaute durchs Fenster zu den Schatten der vereisten Tannen am Straßenrand. »Ich möchte nur sicher sein …«

»Erin?«

»Mhm?« Sie beugte sich zur Heizung vor.

»Versprichst du mir etwas?«

»Alles.«

»Glaub mir, dass ich glücklich bin. Ich wäre nicht hier bei dir, bei euch beiden, wenn ich es nicht sein wollte. Also, ab heute kein Vergewissern mehr, einverstanden?«

»Einverstanden.«

»Versprochen?«

»Ich verspreche, dich nicht wieder zu fragen, ob du glücklich bist, es sei denn, ich bin aus einem wirklich guten Grund unsicher.«

Dom schüttelte den Kopf. »Schon wird verhandelt! O Gott, was habe ich getan?«

Minuten später parkte er den Wagen direkt vor dem Haus, in dem sie wohnten. »Vielen Dank, Parkplatzfeen«, flüsterte Erin. In der Hawthorn Avenue hatten zu viktorianischen Zeiten einzelne Familien die großen Häuser bewohnt, vornehme Leute, von denen Erin sich oft ausmalte, dass ihre Geister noch durch die Zimmer wanderten. Heute war die Nummer 27, wie die meisten anderen Häuser auch, in drei Wohnungen unterteilt. Dom und sie wohnten im Erdgeschoss, wo die Räume hohe Decken hatten und sie Zugang zu ihrem eigenen Garten. Obwohl Gerard und Sophie Carter ihre Vermieter waren, wohnte Erin sehr gern hier; sie mochte den Originalstuck an den Wänden und Decken, den gemauerten Kamin im Wohnzimmer, die Bilderleiste in ihrem Schlafzimmer und die alten knarrenden Holzdielen, bei denen jede einzelne Fuge mit Jahren von Geschichte gefüllt war. Da sie in einem klassischen Reihenhaus aus den Sechzigern aufgewachsen war, das ihre Eltern mit einem Kredit von der Gemeinde gekauft hatten, liebte Erin es, in diesem Gebäude Geschichte *fühlen* zu können.

»Na denn«, sagte Dom, legte einen Arm um sie und verriegelte den Wagen mit der Fernbedienung. »Wie machen wir das?«, fragte er, während sie sich der Haustür näherten. »Ist das hier die Schwelle oder die an unserer Wohnungstür?«

»Dom, nicht, das ist zu peinlich. Ich bin zu …«

Bevor sie den Satz beenden konnte, hatte er ihr die Autoschlüssel in die Hand gedrückt und sie hochgehoben. Mit einem Arm unter ihrem Rücken und einem unter ihren Knien trug er sie, und sie öffnete lachend die Tür. »Das reicht!«, rief sie.

»Nein! Wir müssen die andere auch noch schaffen. Für alle Fälle. Sonst bringt es vielleicht Unglück!«

In der Wohnung ließ er Erin wieder herunter. Und während Dom einen verletzten Rücken vorspielte, sich auf dem harten Holzboden herumrollte und mit der Hand gegen ihren anderthalb Meter hohen Plastikbaum mit den roten und grünen Kugeln stieß, ruhte Erins eine Hand auf dem sich bewegenden Baby. Es lachte ebenfalls.

Demzufolge, was Erin über das Thema gelesen hatte, war dies die Art, wie die Natur sie vorbereitete, aber Erin war es leid, müde zu sein, nachts nicht schlafen zu können und es mit kurzen Nickerchen tagsüber ausgleichen zu müssen. Sie schüttelte den Wasserkessel auf dem Herd und rückte ihn in die Mitte der Kochplatte. Dann blieb sie am Herd stehen, bis das Wasser brodelte, damit das laute Pfeifen Dom nicht weckte.

Sie tauchte einen Kamillenteebeutel in einen großen Becher und wanderte an der Spüle vorbei zu dem Geschenkestapel auf dem Küchentisch. Ihre leere Teetasse von heute Morgen, als sie noch unverheiratet gewesen war, stand kopfüber auf dem Abtropfgestell. Sie setzte sich oben an den Tisch – massive Eiche, im Landhausstil mit gedrechselten Beinen und einer Besteckschublade an einer Seite. Er war ein Geschenk der Carter-Familie. Sie hatten angeboten, für eine Hochzeitsfeier zu bezahlen;

wahrscheinlich wäre die eher so ausgefallen, wie Erin es sich erträumt hatte, doch weder sie noch Dom wollten das Angebot annehmen, weil sie die unausgesprochene Ablehnung gegenüber Erin spürten.

Erin strich mit der Hand über die Geschenke. Es gab nur eines in dem großen Berg, das sie zu gerne öffnen würde und von dem sie wusste, es würde Dom nicht stören, sollte sie es als Erste sehen. Fitz hatte es in altes Zeitungspapier eingewickelt und mit einer blauen Schleife verpackt.

Die Verpackung war flach, und in ihr, mit Schichten von Seidenpapier eingeschlagen, lag ein ledergebundenes Notizbuch. Weiches Nappaleder in Bitterschokoladenbraun mit einer Lasche zum Öffnen wie bei einem Briefumschlag. An der Spitze der Lasche war ein dünnes Lederband zum Verschnüren des Buches angebracht. Erin hob das Buch an und stellte fest, dass es leichter war, als sie gedacht hätte. Mit dem Zeigefinger malte sie die geprägten Worte auf dem Einband nach:

Was bin ich?
Ich bin das Buch der Liebe,
die Seiten der Wahrheit mit ihrem Licht und ihrem Schatten.
Ich bin die Liebe,
und wenn ich echt bin, werde ich nie verblassen.

Als sie es aufschlug, fiel eine Karte heraus und landete mit der Rückseite nach oben auf dem Tisch. Dort sah sie die Handschrift ihres Vaters.

Erin und Dom, eure Mutter und ich haben solch ein Buch früher geführt. Ich schwöre, dass es uns vor manch schwierigen Zeiten bewahrt hat, also ist dies eine »geliehene« Geschenkidee. Ich hoffe, *ihr werdet es so benutzen, wie wir es getan haben – um miteinander zu reden, um aufzuschreiben, was immer ihr nicht über die Lippen bringt. In den kommenden Jahren wird dieses Buch ein Ort sein, zu dem ihr zurückblicken und in dem ihr von Dingen lesen könnt, die zu verstehen ihr vielleicht zu jung oder zu naiv wart. Es gibt nur zwei Regeln. Die erste lautet, macht es nicht zu oft; dies ist ein Weg, über schwierige Sachen zu sprechen, nicht der einzige, um sie zu erwähnen. Und die zweite ist, wenn ihr etwas schreibt, beginnt und endet mit liebenden Worten wie »Meine liebste/mein liebster Erin/Dom« etc. und schließt immer, IMMER mit einer Erinnerung daran, dass ihr euch liebt und warum, z. B. »Ich liebe dich, weil …«.*

Erin fand die Geschenkidee nett, dennoch legte sie das Buch kopfschüttelnd zurück in die Schachtel. Sie konnte sich nicht vorstellen, dass es jemals eine Zeit geben würde, in der Dom und sie nicht einfach offen aussprachen, was sie wollten.

Das Geräusch von tapsenden Füßen bewirkte, dass sie sich umdrehte.

»Komm ins Bett, Schatz.« Dom hatte eine gestreifte Pyjamahose an, aber einen nackten Oberkörper und rieb sich die Augen.

»Ich kann nicht schlafen.« Er legte von hinten die Arme um sie.

»Es ist drei Uhr nachts«, sagte er gähnend. »Was ist in der Schachtel?«

»Ein Geschenk von meinem Dad.«

Dom zog sich einen Stuhl neben sie, trank einen Schluck aus ihrem Becher und schnitt eine Grimasse. »Kein Wunder, dass du nicht schlafen kannst. Das Zeug ist pulverisierter Mist.« Er deutete mit dem Kopf auf das Geschenk. »Also, was ist das?«

»Ist egal – nur eine von Dads verrückten Ideen.«

Dom nahm ihre Hand. »Erinnerst du dich, wie wir uns zum ersten Mal begegnet sind, Mrs. Carter?«

Leise lachte sie. »Es ist erst ein Jahr her. Natürlich.«

»Auf Lydias Silvesterparty. Als ich dich zum ersten Mal sah, hast du getanzt, mit all deinen eins fünfundsiebzig.« Er streichelte die feinen Härchen an ihrem Arm. »Du hast dieses komische Hippie-Schwingen gemacht, wobei du all deine langen Glieder geschwenkt hast.«

»Du hast mich Baummädchen genannt, und ich hasste dich.«

»Du fandest mich scharf.«

»Vielleicht, ein bisschen. Aber ich habe den Spitznamen gehasst.«

»Ich wusste genau in diesem Moment, dass ich dich heiraten würde.«

»Wusstest du nicht!«

»Oh doch.«

Erin umfing sein stoppeliges Kinn mit den Händen und konzentrierte sich auf die bernsteinfarbenen Sprenkel in seinen braunen Augen. »Ehrlich?«

»Ehrlich.« Er nickte. »Hätte ich allerdings geahnt, dass ich in meiner sexlosen Hochzeitsnacht um drei Uhr nachts auf wäre, hätte ich dich doch schlicht da in dem Wohnzimmer weiterhopsen lassen und wäre verschwunden.«

»Autsch.«

»Ja, ich hätte sofort kehrtgemacht und nie wieder zurückgeblickt.«

»Lügner.«

»Du kennst mich so gut.« Er lächelte.

Sie blickte zurück zur Schachtel. »Denkst du, dass wir immer so miteinander reden können? Wie jetzt? Einfach ausspucken, was uns durch den Kopf geht?«

»Klar. Solange es nicht jedes Mal drei Uhr morgens sein muss. Es war ein langer Tag, Schatz. Kommst du wieder ins Bett?«

Leise seufzte Erin, stand mit ihm auf und hakte sich bei ihm ein. Ihr war klar, dass er nicht wieder einschlafen würde, wenn sie es nicht versuchte.

Sekunden nachdem sie im Bett lagen, fröstelte Erin unter der kalten Decke. Sie rollte sich zusammen und schmiegte sich dankbar in der Löffelchenstellung an Dom. Prompt fühlte sie, wie sein Körper ihren wärmte, wie sein ruhiger Geist ihren besänftigte; wie seine Liebe aus jeder seiner Poren in sie hineinströmte, um sie zu erfüllen. Im schwachen Licht, das durch die Jalousien hereinfiel, sah sie den Ringfinger seiner linken Hand; anstelle eines Rings hatte er dort »Erin forever« tätowiert. Seine Mutter hatte beinahe einen Herzinfarkt bekommen, als sie es sah. Erin hatte es geliebt. Sie hatte kaum glauben können, dass irgendein Mann, vor allem nicht dieser, sich so zu ihr bekennen würde. Dieser Mann, der bei allem mit solch einer Leidenschaft dabei war.

Sie drückte seine Hand. Mit der anderen Hand griff sie nach hinten und berührte seine Wange. Noch haftete ein schwacher Ledergeruch an ihren Fingern.

»Ich bin die Liebe«, flüsterte sie.

»Du auch«, sagte er leise.

Lächelnd schloss sie die Augen.

3

Erin

DAMALS – April 1997

»Das ist ein Scherz, oder?«

Dom schüttelte den Kopf und blieb vollkommen ernst.

»Doch, ist es! Du nimmst mich auf den Arm.« Erin lachte. »Nicht mal du würdest Strippoker mit einer Frau vorschlagen, die im neunten Monat ist und ihre Füße nicht mehr sehen kann.«

Sie beobachtete ihn, als er das Tablett ruhig in den Händen balancierte und fast über die kleine Krankenhaustasche stolperte, die sie vor Wochen gepackt hatte.

»Was? Ich bekomme Tee und Toast ans Bett, wenn wir spielen, ›weil Wochenende ist und wir es können‹?«

»Genau«, erwiderte er und stellte das Tablett neben ihr ab. »Und ich werde dich vernichten. Du *wirst* als Erste nackt sein.«

Erin biss in den Toast, schnippte die Krümel von ihrem Flanellpyjama und dachte an ihre ersten Nackt-Kartenspiele. Da kannten sie sich erst seit ein paar Wochen und hatten ihr Zimmer ein ganzes Wochenende nicht verlassen. »Ich habe zwei Kleidungsstücke an, und die ziehe ich nicht aus«, sagte sie, aber er holte bereits ein Kartenspiel aus seiner Tasche.

»Tja, dann solltest du lieber gewinnen, was?«

Erin stöhnte. »Dom … ich …« Sie fühlte, dass er sie ansah.

»Du bist wunderschön«, sagte er. »Ich weiß, dass du es im Moment nicht so empfindest, doch nichts ist so sexy wie dein mit meinem Baby schwangerer Körper. Und ich versuche, dich davon abzulenken – von dem Baby-Ding.«

Erin rieb mit der Zunge über ihre Schneidezähne. Sie hatte Morgenmundgeruch. Und es klebten Krümel in ihren Mundwinkeln. Sie hatte auf Ausschlafen gehofft, aber hier war er mit seinem Frühstückstablett und seiner ansteckenden Art. Lächelnd hielt sie eine Hand ausgestreckt, um die Karten entgegenzunehmen, die er bereits mischte. »Halt deine Hose gut fest, Dom«, sagte sie.

»Werde ich nicht müssen.« Er biss von ihrem Toast ab. »Oh, entschuldige, ist ein bisschen kalt.«

»Wenn ich gewinne, darfst du neuen machen gehen.«

»Wenn ich gewinne und nachdem du dir wieder etwas angezogen hast, führe ich dich zu einem frühen Mittagessen aus.«

»Abgemacht«, entgegnete sie, strich sich das Haar hinter die Ohren und übte schon mal ihr Pokerface.

Nach einem herrlich faulen Tag mit Dom lehnte Erin im Rahmen der Hintertür und bemühte sich, ihr leises Unbehagen zu unterdrücken. In letzter Zeit verschlimmerten die Schwangerschaftshormone ihre natürliche Angst.

»Du verstehst das nicht«, flüsterte sie, während sie kleine Kreise um ihren Nabel malte.

»Dann erklär es mir.« Dom griff nach ihrer Hand.

Ihre Stimme zitterte. »Ich schätze, dass ich Angst habe.«

»Wovor? Ich meine, erzähl mir, wovor *genau* du Angst hast?«

Erin senkte den Blick. Gleich vor der Tür, neben ihren Füßen, die nur in Socken steckten, war ein Flecken spät blühender Krokusse, deren Knospen kurz vorm Aufgehen waren. Vielleicht würden sie morgen in Lila und Goldgelb erblühen und stolz ihre Staubgefäße zeigen. Sie beobachtete, wie sich ihr runder Bauch mit jedem Atemzug hob und senkte. Und vielleicht würde sie sich bereit fühlen, Mutter zu sein, wenn ihr Baby erst geboren war.

Manchmal konnte sie nicht glauben, dass in ihr ein anderes menschliches Wesen lebte. Dann wieder, wenn das Kind trat und sich gegen die Enge in ihrem gedehnten Bauch stemmte, war sie sich dessen allzu bewusst. Und heute Abend wurde ihr Bauch von weiteren Braxton-Hicks-Kontraktionen hart – »unnütze Wehen«, wie sie einzig ein Mann nennen konnte. Erin fragte sich, ob jetzt ein guter Zeitpunkt wäre, Dom zu sagen, dass sie dies hier nie wieder tun würde. Der Gedanke, dass noch einmal jemand anders ihren Körper übernahm …

»Rede mit mir«, bat er sie.

Sie schloss die Augen. Ihr war klar, würde sie aussprechen, wie sie wirklich empfand, vollkommen ehrlich zu ihm sein, würde Dom sich bloß sorgen. Sie könnte ihm gestehen, dass sie fürchtete, Eltern zu werden, würde sie verändern, dass in ihrer Liebe kein Platz für eine weitere Person wäre. Sie könnte ihm erzählen, was ihre Hormone mit ihren alten Ängsten anrichteten, die sie so sorgfältig verdrängt hatte. Sie könnte ihm verraten, dass sie Angst hatte, bei der Geburt zu sterben. Ihr Verstand sagte ihr, dass die Panik, die jedes Mal einsetzte, wenn sie an die Geburt dachte, kein bisschen logisch war, aber … Sie schob diese unheimlichen Gedanken von sich.

»Erin?«, fragte Dom.

Er hob eine Hand an ihr Gesicht, und sie legte sie an ihre Wange. »Ich bin doof.«

Sie fühlte seine Lippen an ihrer Stirn. Mit seinem Kuss bestätigte er ihr, dass er bei ihr war, ihr zuhören würde, wenn sie »doof« war, falls sie es wollte. Aber Erin schwieg. Unmöglich konnte sie ihrem Mann von ihren Zweifeln erzählen, denn er glaubte, er könnte ihre Ängste fortküssen.

Vier Tage bis zum Termin, und die Gedanken reihten sich aneinander, stießen nervös zusammen. Was wäre, fragte sie sich ängstlich, wenn ich sterbe und dich allein zurücklasse? Was wäre, wenn ich überlebe, wir ein wunderschönes Kind haben, ich es aber nicht lieben kann? Was wäre, wenn ich es mehr liebe als dich? Was wäre, wenn ich mein Gewicht behalte, würdest du mich weiterhin hübsch finden? Was wäre, wenn wir vergessen würden, uns zu lieben? Sie dachte an vorhin, als er sie im Strippoker geschlagen hatte und sie nackt im Bett gelegen hatten, sich einfach in den Armen gehalten. Nun griff sie sich an den Bauch und atmete sich durch das Ziehen.

»Hast du wieder diese falschen Wehen?«, wollte er wissen, und sie nickte. Wahrscheinlich konnte er sie auch spüren, während er sie umarmte. »Das muss sich verrückt anfühlen.«

»Ja.« Sie wich von ihm zurück und beugte sich vor, die Hände auf die Knie gestützt. »Aber diese gehen nicht weg«, erklärte sie. Mit einer Hand hielt sie sich am Türrahmen fest.

»Atme.« Dom rieb ihren Rücken. »Langsam.«

Das tat sie, veratmete die unangenehmen »unnützen Wehen« und spürte, wie Dom sanft ihren Rücken massierte, als sie ein kleines Ploppen fühlte und sah, dass Wasser an ihren Beinen hinunter zu ihren Socken rann.

»Oh Mist!« Dom richtete sich ruckartig auf. »Ist das …?«

Erin machte sich ebenfalls gerade. »Hol die Tasche, Schatz.«

»Klar.« Er starrte sie an.

»Dom, die Tasche?« Sie schloss die Hintertür, drehte den Schlüssel im Schloss und drückte die Klinke, um sicher zu sein, dass sie verriegelt hatte.

»Geht es dir gut?«

Sie nickte. »Die …«

»Ich weiß, die Tasche.« Dom klopfte seine Hosentaschen ab, als könnte er die kleine Reisetasche, die Erin vor sechs Wochen gepackt hatte, darin finden. Sie griff nach seiner Hand.

»Es ist alles in Ordnung«, sagte sie, und im selben Moment erkannte sie all ihre Ängste in seinen Augen. Natürlich. Selbstverständlich hatte er auch Angst. »Alles gut.« Sie drückte seine Hand.

Er nickte, bevor er ins Schlafzimmer rannte.

»Bring mir auch eine frische Unterhose und Leggings mit«, rief sie ihm nach.

»Klar.«

Sie hörte, wie er nebenan Schubladen aufzog und vor sich hin murmelte. Unterdes begann sie, sich die durchnässten Sachen abzuschälen. Mit den Leggings wischte sie die kleine Pfütze auf dem Boden auf. Sie ignorierte den Gedanken, dass sie mit einer Sturzflut gerechnet hatte, vielleicht bedeutete diese geringe Menge Flüssigkeit, dass der Rest in ihr Baby war. »Mist«, flüsterte sie.

Sie stand an der Spüle, füllte die Plastikschüssel mit heißem Wasser und tauchte ihre besudelten Sachen mit den Händen hinein, als Dom plötzlich neben ihr war.

»Na gut, machen wir uns auf den Weg.« Behutsam legte er einen Arm um ihre Schultern.

Erin klammerte sich an den Spülenrand, als sie eine Welle Schmerz und Übelkeit überfiel. »Unter-hose«, sagte sie japsend.

»Ja, entschuldige, die habe ich in die Tasche gepackt.« Dom riss den Reißverschluss auf, bückte sich und zog Erin einen Slip die Beine hinauf. Sie stöhnte, als sie piksige Spitze fühlte, und begriff, dass er offensichtlich ein Teil aus ihrer Vor-der-Schwangerschaft-Schublade geholt hatte, auf die sie irgendwann wieder zurückzugreifen hoffte.

»Ein Tanga?«, fragte sie. Das nutzlose Stoffdreieck saß tief unten an ihrem Bauch, und ein dünner, elastischer Streifen klemmte zwischen ihren Pobacken.

»O Gott, entschuldige!« Er hatte schon begonnen, ihren einen Fuß durch ein Bein der schwarzen Leggings zu führen, die er nun rasch wieder nach unten schob.

Erin versuchte zu grinsen. »Lass nur – ist egal«, meinte sie und packte seine Schultern, weil sich eine neue Wehe ankündigte. »Da haben die Schwestern etwas zu lachen. Ab ins Krankenhaus.« Sie zerrte die Leggings so weit nach oben, wie es ging. »Und tritt aufs Gas.«

»Neiiiiin!«, schrie Erin, als Susan, eine mollige Hebamme aus dem irischen Westen, die sie neun Stunden zuvor kennengelernt hatten, das Wort »Arzt« aussprach. Erin hatte die Bücher gelesen, die Geschichten anderer Frauen gehört. Ein Arzt bedeutete, dass ein Kaiserschnitt gemacht würde. Sie schaffte dies hier. Sie fixierte Doms Augen – dunkelbraun – zwischen der verschwitzten, von Sorgenfalten gezeichneten Stirn und der OP-Maske. »Sag ihnen, dass ich es schaffe.« Sie umklammerte seine Hand. »Bi-it-te …«

Dom richtete sich auf, ohne sie loszulassen. »Sie sagt, dass sie es schafft«, verkündete er in einer seltsamen »Ich habe das Sagen«-Stimme, die Erin noch nie zuvor gehört hatte, aber für die sie ihn jetzt liebte.

»Okay, Erin.« Susan blickte zwischen ihren Oberschenkeln auf. »Versuchen wir es noch einmal. Jetzt atmen … und warten Sie auf die nächste Wehe, ehe Sie pressen«, sagte sie und blickte zu dem Monitor neben sich. Erin blieb nur wenig Zeit, um Atem zu schöpfen, ehe sie es in sich anrollen fühlte; noch eine Wehe, die einer Flutwelle gleich an Tempo zulegen würde. Erin versuchte, sie zu kontrollieren, in sie hineinzuatmen, kurz bevor ein quälender Druck ihren ganzen Körper ergriff. Ohne die Anweisung abzuwarten, presste Erin, bis sie glaubte, ihr Schädel würde bersten. Es war überhaupt nicht wie in den Büchern beschrieben; kein bisschen wie in den Kursen, in denen Dom und sie die Atemübungen gelernt hatten. Und während sie in den letzten Stoß hineinschrie, mit dem ihr Kind geboren würde, war sie sicher, dass ihr Körper entzweigerissen wurde.

»Pressen, Schatz, pressen!«, drängte Dom, und sie wollte ihn schlagen. Sie wollte ihn anbrüllen, ihn fragen, wie *er* denn wohl eine Melone scheißen wollte, aber sie brauchte ihre gesamte Kraft, und der einzige Laut, der ihr über die Lippen kam, war ein langes Heulen – ein schneidender Schrei, der genauso lange anhielt, wie das Baby brauchte, um herauszukommen. Und als sie endlich wieder atmete, hörte sie Dom schluchzen. »Du hast es geschafft, Süße. Oh Mann, du hast es geschafft.«

Erin wartete auf ein Babyschreien. Sie versuchte, sich auf die Ellbogen aufzustützen. »Wo …«

Dann hörte sie es: ein winziges, quäkendes Wimmern, das ebenfalls nichts mit dem gemein hatte, was sie erwartet hatte.

»Sie haben ein kleines Mädchen bekommen.« Susan lächelte, als sie das zappelnde Baby abwischte und es Erin auf die Brust legte.

Stumm starrte Erin den blutigen Säugling an, der nur aus Falten und zappelnden Gliedmaßen bestand. Sie zog die Kleine in ihre Arme, überprüfte die Finger und Zehen. Dom lehnte seine Wange an ihre, und gemeinsam beobachteten sie, wie ihr Neugeborenes die Augen öffnete. Abermals irrten die Bücher, denn Erin hatte das Gefühl, dass ihre Tochter schon richtig sehen konnte – sie entdeckt hatte und beide ansah, als wolle sie sagen: »Hallo, Mummy und Daddy. Hier bin ich. Seid ihr die, die so lange mit mir geredet haben?«

Sie hielt ihr Baby fest, ignorierte alles, was unterhalb ihrer Taille stattfand, achtete nicht auf Worte wie »Nachgeburt« und »Stiche«.

»Du bist so tapfer gewesen«, flüsterte Dom. »Ist sie nicht wunderschön?«

Da war Erin sich nicht sicher. Sie war sich nicht sicher, ob ihr Kind schon wunderschön war, sehr wohl aber, dass die Kleine es eines Tages sein würde. Sie war sich nicht sicher, ob sie tapfer gewesen war oder widerspenstig. Und sie fragte sich, ob es genug selbstauflösende Wundfäden auf der Station, auf der Welt gab, um ihre beiden Körperhälften wieder zusammenzunähen.

Sie *war* sich aber durchaus der klaren Vision von Dom sicher, als Daddy mit seinem kleinen Mädchen, das zum ersten Mal auf einem Kinderfahrrad ohne Stützräder fuhr. Sie *war* sich seiner Stimme sicher, die er beim abendlichen Vorlesen passend zu den Figuren in den Geschichten verstellte. Sie *war* sich dieses Schwalls von Liebe sicher, die sie für dieses winzige Wesen empfand, das so lange ihren Körper eingenommen hatte. Die war stärker als jeder Schmerz, den sie ausgehalten hatte, stärker, als es irgendeine der Zeitschriften beschrieben hatte. »Hallo, Kleine«, sagte sie. »Willkommen.«

Und zum zweiten Mal in ihrem Leben war Erin Carter verliebt.

Als sie aufwachte, tat ihr alles weh. Ihr Bauch war noch so gewölbt, dass sie sich fragte, ob sie alles geträumt hatte oder sie ein Baby in ihr vergessen hatten. Dom saß auf einem Stuhl neben ihrem Bett und fütterte das Kind aus einer kleinen Flasche. Erin spürte ein Ziehen in ihren Brüsten. Sie wollte sich aufsetzen, sagen, dass sie das Baby an die Brust nehmen wollte, aber sie brachte die Worte nicht heraus.

Dom streckte eine Hand nach ihr aus. »Schlaf, mein Schatz, du bist erschöpft.« Er stand auf, hielt ihre kleine Tochter in einem Arm und streichelte Erins Stirn. Sie fühlte das rhythmische Streichen seiner Hand. Es war hypnotisch. Panik überkam sie, und sie flüsterte seinen Namen. »Dom …«

»Du musst dich ausruhen, Schatz. Dein Blutdruck ist niedrig.«

Erins Atmung beruhigte sich erst, als sie einen Arm ausstreckte und ihr Kind berührte.

»Ich kümmere mich um sie«, sagte er. »Keine Sorge.«

Erin befahl ihren Augen, nicht zuzugehen, aber sie taten es, und sie sagte sich, dass sie noch reichlich Gelegenheit hätte, ihr Baby zu stillen. Es würde genug Zeit bleiben zu fühlen, wie sie saugte, sie aus ihren geschwollenen Milchdrüsen zu nähren.

Jetzt gerade konnte sie eine flammende Hitze in ihrem Unterleib spüren, und zum ersten Mal seit ihrem Blasensprung dachte sie an sich.

Etwas stimmte nicht.

Du wirst nicht sterben.

Dennoch stimmte etwas nicht.

Da ist nichts. Schlaf. Hör auf, schlimme Dinge zu fantasieren. Du hast jetzt jemand anderen, an den du denken musst.

»Hast du.« Aus dem Nichts drängte sich die Stimme ihrer Mutter in ihre Gedanken. »Du bist jetzt Mutter. Ich bin so traurig, dass ich nicht bei dir sein kann.«

Etwas stimmt nicht.

»Alles ist in Ordnung, Erin.«

Im Geiste sah sie ihre Mutter lächelnd direkt hinter Dom und ihrem Baby stehen. Sie trug ihre Lieblingslatzhose und einen bunten Schal über einer weißen Bluse um die Schultern. Erins Herz schlug schneller. »Entspann dich, ihr geht es gut«, versicherte ihre Mutter ihr. »Du wirst eine wunderbare Mutter sein, aber jetzt brauchst du erst mal Ruhe. Dom hat alles im Griff.«

Seit sie aufgewacht war, wehrte Erin sich dagegen, wieder einzuschlafen, weil sie fürchtete, dass sie nie wieder aufwachen könnte.

Entspann dich. Dom hat alles im Griff.

Und während sie gegen Müdigkeit, Sorge, Freude und Schmerz ankämpfte, rannen ihr Tränen aus den schweren Lidern, denn gerade heute wünschte sie sich wirklich, ihre Mutter wäre bei ihr.

Achtundvierzig Stunden später, nachdem sie zwei Tage lang mit Antibiotika gegen die postnatale Infektion behandelt worden war, war Erin geduscht und wollte sich anziehen, als Dom am Fußende des Bettes auftauchte und durch den Vorhang spähte.

Ihre Tochter schlief friedlich, eingehüllt in eine leuchtend gelbe Wolldecke.

»Hey, Schönheit.« Dom kam herein, beugte sich zum durchsichtigen Krankenhausbettchen und küsste ihr Kind.

»Wie geht es dir?«, fragte er und umarmte Erin vorsichtig.

»Die Schwestern haben sie in der Nacht gefüttert, also nicht allzu schlecht. Ich konnte sie gestern Abend und gleich heute Morgen stillen, und das ging gut. Wir müssen uns einen Namen aussuchen.« Sie sprach leise, während sie sich ein T-Shirt über den Still-BH zog. »Und hör auf, meine Möpse anzuglotzen«, ermahnte sie ihren Mann grinsend.

»Ich kann nicht anders. Die sind wie eines der Weltwunder.«

»Fürs Erste gehören sie Rachel.« Sie nickte zum Bettchen.

»Du meinst, Maisie«, antwortete er, beide Hände in die Hüften gestemmt. »Und wir sollten ihr von Anfang beibringen, fair zu teilen. Findest du nicht, dass Maisie zu ihrem Gesicht passt?«

Erin lächelte. »Wie wäre es mit Rachel und Maisie als zweitem Vornamen?«

»Oder nur Maisie«, entgegnete er grinsend. »Hör mal, da ist etwas ...«

»Was?« Erin kramte in der Tasche nach Unterwäsche, die sie ganz unten reingepackt hatte, endete jedoch mit dem Tanga in der Hand, den sie zur Entbindung getragen hatte.

»Ich weiß, dass du erschöpft bist, und ich verspreche, dass es nicht lange dauert.«

Stirnrunzelnd sah sie zu ihrem Mann und ahnte bereits, was kommen würde.

»Sie ist ihr erstes Enkelkind. Sie haben sich bisher nicht aufgedrängt und möchten sie nur ganz kurz sehen. Deshalb kommen sie für zehn Minuten vorbei, wenn wir zu Hause sind.«

Erin sank auf das Bett und seufzte laut, bevor sie sich den Tanga auf den Kopf legte.

Dom verengte die Augen, und sie spürte, wie er zusah, als sie sich einen größeren Schlüpfer anzog und sich bückte, um die Leggings überzuziehen. »Ich weiß nicht, was ich mir dabei gedacht habe«, sagte sie, fasste sich an den Bauch und kniff hinein. »Ich habe eine Jeans eingepackt. Ein bisschen zu optimistisch, wie mir jetzt klar wird.«

»Hast du mitbekommen, dass ich sagte, meine Eltern kommen nachher vorbei?«

Erin sah ihm in die Augen. »Ja, das habe ich gehört. Für zehn Minuten.«

»Mehr nicht. Ist dir bewusst, dass du einen Tanga auf dem Kopf hast?«, fragte er und setzte sich neben sie.

»Ist es.« Sie zerrte den Tanga nach unten um ihren Hals. »Ich werde ihn als Kette tragen, bis mein riesiger Hintern wieder reinpasst.« Sie lehnte den Kopf an Doms Schulter, und gemeinsam betrachteten sie ihr Baby.

»Glaubst du, dass sie immer so ruhig sein wird?« Er zupfte an einem Deckenzipfel, der sich gelöst hatte.

»Träum weiter ... Sie mag es nur gern, eingewickelt zu sein.«

Dom lächelte, und sie starrte ihn an. »Was?«, fragte sie.

»Das kannst du schon«, sagte er. »Sachen einwickeln. Du wirst genial sein ...«

»Schmeichelei ... Ich werde immer noch einen Tanga um den Hals haben, wenn deine Mutter zu Besuch kommt.«

Dom lachte, stand auf und zog Erin nach oben. »Entweder bemerkt sie es nicht, oder sie sagt kein Wort. Du bist über Nacht zum Superstar aufgestiegen. Kein Schmerzmittel außer Lachgas und Luft, ein gesundes, über viertausend Gramm schweres Mädchen. Laut Dad haben Mums Stricknadeln die ganze Nacht durchgeklickert – natürlich alles in rosa Wolle.«

Erin verzog das Gesicht. Sie konnte sich nicht vorstellen, dass Sophie angesichts einer Stricknadel an irgendetwas anderes dachte, als sie ihr ins Herz zu rammen. Trotzdem nickte sie brav und wollte ihrer Schwiegermutter, mal wieder, einen kleinen Vertrauensvorschuss geben – um ihres Mannes willen.

»Ich gehe nur kurz fragen, ob sie dich jetzt hier rauslassen.« Dom war hinter dem Vorhang, bevor sie ihm sagen konnte, dass schon alle Entlassungspapiere fertig waren. Sie warteten darauf, dass sie ging. Wahrscheinlich schrie schon die nächste Frau im Kreißsaal, die hinterher ihr Bett bräuchte. Erin legte eine Decke aus ihrer Tasche aufs Bett, die aus kleinen bunten Häkelquadraten bestand. Die hatte ihre Mutter für sie gemacht. Erin hatte sie sorgfältig in weicher Seife gewaschen und faltete sie nun zu einem Dreieck.

Behutsam hob sie das Baby aus dem Bettchen, legte es in die Mitte und zog die Zipfel über den winzigen Körper. Dabei dachte sie: Dom hatte recht, sie sah wie eine Maisie aus. Das Baby regte sich im Schlaf, rümpfte die Nase, und Erin hielt für einen Moment die Luft an, ehe sie die Kleine an ihre Brust hob. Sie atmete den berauschenden Duft des dunkelbraunen Babyhaars ein.

Du kannst das.

»Alles klar zum Gehen.« Dom zog den Vorhang zurück. »Die Papiere sind fertig. Bist du so weit? Hast du alles?«, fragte er.

Du schaffst das. Deine Mum ist nicht hier, aber mit Dom an deiner Seite kannst du das.

»Alles, was wichtig ist.« Erin holte tief Luft und küsste Maisies Kopf.

4

Dominic

HEUTE – 3. Juni 2017

Aus dem *Buch der Liebe*:
»Ich liebe dich, weil du mir ein Toblerone-Dreieck
in die Anzugtasche gesteckt hast.«

♥

»Kennst du den Ausdruck ›eine New Yorker Minute‹? Es ist wie die kürzeste Zeiteinheit, in der sich aber unglaublich vieles verändern kann. Tja, so war es. Vergiss Amor und seine Pfeile – ich wurde von Erin Fitzgerald harpuniert!« Meine Augen verengen sich. »Hörst du mir zu?« Ich zeige mit dem Finger auf einen Stoffelefanten. »Sie hat getanzt«, erkläre ich, »so hippiemäßig, hat den Körper geschwenkt, ohne sich von der Stelle zu bewegen. Mich hat sie an einen Baum erinnert – groß, kupferrotes langes Haar, lange Beine, schmale Finger.«

Draußen ist es trübe, denn am späten Vormittag hat ein düsterer Dauerregen eingesetzt, der jede Junibraut zum Heulen bringen würde. Unsere Bäume hinten im Garten, zwei majestätische Eichen, eine weiß blühende japanische Zierquitte und mehrere Birken, halten ihr Laub fest, während der Regen auf sie einprasselt. Ich schlage die Zeit bis zu Lydias Party tot, indem ich auf Maisies Lieblingsstofftier einrede, ein fadenscheiniges graues Ding mit nur noch einem Ohr, das herrschaftlich in einem der Sessel thront – warum, habe ich nie richtig verstanden.

»Jedenfalls war sie da, diese herbstliche Platane, verwurzelt in der Mitte des alten Teppichs, und ich konnte an nichts anderes denken als daran, wie es sich anfühlen würde, wenn diese Finger durch mein Haar fahren oder meinen Rücken umklammern.«

Ich starre den Elefanten an. »Ich langweile dich ...« Kopfschüttelnd weigere ich mich, diese Szene objektiv zu betrachten: Der mittelalte Schatten des Mannes, der ich früher mal war, unterhält sich mit einem Stofftier darüber, wie er seine Frau kennengelernt hat.

»Ich habe sie ›Baummädchen‹ genannt ...« Der Elefantenkopf kippt zur Seite, und ich richte ihn wieder auf. »Sie war Lydias neue Mitbewohnerin, also liegt es an ihr, dass wir uns überhaupt begegnet sind?«

Das Regentrommeln bringt mich auf den Gedanken, wie enttäuscht meine Schwester sein wird, dass sie das geplante Geburtstagsgrillen heute nach drinnen verlegen muss.

»Erin hat mir einen Kaffee gemacht, und wir haben Schokolade aus dem Kühlschrank gegessen«, erzähle ich dem Elefanten. »Toblerone. Ihre. Aber meine absolute Lieblingsschokolade.«

Mein Seufzen fällt lang aus. »Keiner von uns glaubte diesen Quatsch von Liebe auf den ersten Blick, aber ...« Ich sehe hinter mich. Die Neonuhr an der Wand sagt, dass es noch zwei Stunden sind, bis ich zur Party kann.

»Aber«, ich greife nach dem Elefanten und setze ihn aufs Sofa, »die Sache ist die: Das war damals, und dies ist heute.«

Die grauen Glasaugen des Elefanten blicken mich über den gebogenen Rüssel und die schmutzigen Stoßzähne hinweg an, und eine New Yorker Minute lang denke ich, er versteht mich.

»Zwischendurch waren wir glücklich, wirklich glücklich. Sicher gab es Zeiten ...« Ich zögere, weil ich ungern meinen Anteil an den schlechten Zeiten gestehen will, nicht mal vor einem Stofftier. Mein Blick fällt auf das lederne Buch vor mir auf dem Couchtisch. Ich habe es nicht zurück in die Schublade gesteckt.

»Und sogar während all dem Mist haben wir uns geliebt, verstehst du? Und unsere Kinder hätten sich keine bessere Mutter wünschen können. Ehrlich, sie …«

Die grauen Augen scheinen größer zu werden, und ich antworte auf die imaginäre Frage. »Ich? Ja, ich bin auch ein guter Dad gewesen. Ich denke, das würden sie beide sagen. Sie sollten heute Abend da sein«, ergänze ich. »Ja, wahrscheinlich sehe ich sie heute Abend.«

Noch zwei Stunden. Einhundertzwanzig Minuten. Ich scheine meine Zeit mit Warten zu verbringen, dass die Zeit vergeht. Vielleicht sollte ich einfach von siebentausendzweihundert rückwärts zählen.

»Erin hatte immer diesen Gedanken.« Immer noch spreche ich mit dem Elefanten, auch wenn mein Blick von den schwankenden Bäumen draußen gebannt ist. »Sie dachte immer, dass ich glauben würde, sie habe mich in eine Falle gelockt.« Ich lache laut. »Mum war auf jeden Fall dieser Meinung, doch mir ist der Gedanke nie gekommen. Schwanger oder nicht, ich wollte nichts anderes, als mit ihr zusammen sein. Ich denke, sie hat es begriffen – irgendwann …«

Der Elefant ist umgekippt. »Sie war nicht immer einfach, weißt du? Damals, als sie sich dauernd sorgte. Gott, sie konnte sich wegen Kleinigkeiten verrückt machen, hat es aber gut versteckt. Ich schätze, wir haben alle unsere Masken.« Ich setze den Elefanten wieder auf. »Was ich sagen will, ist, dass die guten Teile die schlechten bei Weitem überwogen haben.«

Ich lehne meinen Kopf auf dem Sofa zurück und versuche, nicht darauf zu achten, dass ich die letzten zehn Minuten – sechshundert Sekunden – mit einem leblosen Objekt gesprochen habe. Meine Lider werden schwer.

Als ich einnicke, träume ich. Ich träume von Erin an unserem Hochzeitstag. Ich träume von Maisie. Und ich träume von Elefanten im Zimmer.

5

Erin

DAMALS – Januar 1998

Erin fuhr ... Sie fuhr schneller, als erlaubt war, und die Tachonadel überschritt die achtzig. Einzig Maisies aufgeschreckter Ruf von der Rückbank brachte sie dazu, den Fuß vom Gas zu nehmen.

»Schhh, Schatz.« Sie griff nach hinten, ertastete das Schienbein des Babys und streichelte es. »Wir sind fast da, Süße.«

Maisie, das fröhlichste Kind, seit sie erstmals Luft geholt hatte, gurgelte eine muntere Antwort.

Erin blickte in den Rückspiegel und sang ein Lied aus ihrer eigenen Kindheit, etwas über Miss Polly, deren Puppe krank war. Während sie zum Abbiegen von der M3 blinkte, musste sie über die Ironie grinsen. Krank. Arme Polly. Arme Erin.

In der engen Straße vor dem Haus, in dem sie aufgewachsen war, parkte Erin hinter dem Wagen ihres Vaters. Die Windschutzscheibe von Fitz' Toyota war noch von einer dünnen Schicht Nachtfrost überzogen. Der Wagen schien beinahe so alt wie Fitz selbst, und Erin konnte sich nicht erinnern, wann er je ein anderes Auto gefahren hatte. Er war von Beruf Mechaniker und arbeitete mit siebenundfünfzig noch Vollzeit, um Motoren zu warten, als handele es sich um menschliche Herzen. Sie mussten umsorgt werden, geliebt, genährt und gelegentlich richtig eingestellt. Die Haustür war schon offen, bevor Erin die Hände vom Lenkrad nahm. Ihr Vater riss die hintere Wagentür auf, redete im Singsang auf das Baby ein und hob Maisie aus ihrem Sitz, ehe Erin eine Chance hatte, Hallo zu sagen.

»Du kannst jetzt wieder fahren«, sagte Fitz, als er mit seiner Enkelin auf dem Arm wegging. Erin hängte sich die Wickeltasche über die Schulter und schloss den Wagen ab. Sobald sie sah, wie ihr Vater eine Hand nach hinten zu ihr ausstreckte, ergriff Erin sie dankbar.

»War natürlich ein Scherz. Es ist immer wunderbar, mein kleines Mädchen zu sehen«, sagte er. »Und ihr kleines Mädchen dabeizuhaben, ist ein Bonus. Hast du gegessen?«

Erin nickte, wobei sie den Blick senkte, denn sie war sicher, er würde an ihren Augen ablesen, dass sie log. Sie hatte Maisie gefüttert. Nur das war wichtig. Ihr war heute bei dem Gedanken an Essen übel geworden.

Sie saßen in der kleinen Küche hinten im Haus. Der blanke Kieferntisch, an dem Rob und sie früher bei den Familienessen und bei den Hausaufgaben gesessen hatten, war fort. Derjenige, der ihn in dem Wohlfahrtsladen gekauft hatte, an den ihr Vater ihn gespendet hatte, müsste die Narben herausgeschmirgelt haben – Kuli- oder Filzstiftbotschaften, die ins Holz geprägt waren, ihr Name, mit dem Dorn ihres Kompasses für die Nachwelt reingeritzt, die große Delle von dem gefrorenen Truthahn, den ihre Mutter an einem Weihnachten hatte drauffallen lassen. An seiner Stelle stand nun ein merkwürdig aussehendes, schreibtischartiges Ding, das mit der Längsseite ganz an die Wand gerückt war. Zwei seltsame Stühle standen an den Enden, aus einem quoll das Polstermaterial aus einem kleinen Loch im Bezug. Es gibt nichts Schlimmeres, hatte ihr Vater ihr einmal gesagt, als allein an einem großen Tisch zu essen. Erin nahm sich den Stuhl, der am nächsten war, setzte sich und wippte Maisie auf ihrem Schoß.

»Tee«, verkündete Fitz und befüllte den Kessel.

Sie atmete den Duft des vertrauten Raumes mit der Kachelmuster-Tapete ein, jede »Kachel« geziert von einem anderen Gemüse. In der Ecke stand eine Kiste voller Stapel von

What-Car?-Zeitschriften, die darauf warteten, entweder gelesen oder an jemanden weitergegeben zu werden, der sie haben wollte. Daneben quoll ein kleiner Karton mit Papiergirlanden und schlaffem Lametta über. Das Chaos ihres Vaters tat ihr gut, und sie seufzte tief. Sie war hier – sicher und geborgen.

»Hast du diese Woche von Rob gehört?«, fragte sie Fitz.

»Er hat gestern Abend angerufen. Alles läuft richtig gut.«

Das war nicht, was Erin hören wollte. Dass ihr einziger Bruder nach New York zog, um für eine amerikanische Bank zu arbeiten, war letztes Weihnachten ein Schock gewesen. Sie war nach wie vor nicht sicher, ob sie ihm vergeben konnte. Maisie hatte eine Faust in ihrem Mund und kaute mit ihren Schneidezähnen auf der Haut, während sie mit der anderen Hand versuchte, nach allem auf dem Tisch zu greifen. Erins Blick wurde in die Mitte gelenkt, wo ein abgegriffenes Notizbuch lag. Neugierig lehnte sie sich vor und hielt Maisies Hände fest, damit sie nicht nach irgendwas schnappen konnte.

»Ah, das darfst du auch nicht anfassen«, rief Fitz herüber. »Es liegt ja nicht grundlos außer Reichweite. Nur für meine Augen bestimmt.«

Erin nickte, als würde sie es verstehen, was sie nicht tat. Sie wischte sich die Stirn und dachte, dass sie zu Hause sein sollte, um die endlose Liste an Sachen abzuarbeiten, die zu tun waren. Den Wäscheberg, der sie anschreien würde, hätte er eine Stimme. Wer hätte gedacht, dass ein Baby so viel Wäsche produzierte? Wer hätte gedacht, dass sich um eine kleine Person zu kümmern, ihren Tag derart ausfüllen und sie so sehr erschöpfen könnte? Doch nun war sie hier, abgekämpft, und schaute zu, wie Fitz zwei Becher Tee aus einer Kanne einschenkte.

»Gut.« Fitz setzte sich ihr gegenüber hin. »Was ist los?«

»Meine Schwiegermutter ist eine Irre.«

»Nein, ist sie nicht.« Fitz lachte.

»Du hast recht, aber sie hasst mich.«

»Tja, das ist etwas völlig anderes. Und ich dachte, es hätte sich seit Maisies Geburt beruhigt.«

»Hat es auch, aber … Sie betet Maisie an, betet Dom an, aber mit mir hat sie noch Probleme.«

»So wie ich Sophie kennengelernt habe, schätze ich, dass sie die mit jedem hätte, der ihr in ihren Augen den Sohn wegnimmt. Vielleicht liegt es daran, dass sie so lange warten musste, bis sie Kinder bekam. Wie alt war sie, als sie Dom bekommen hat? Vierzig? Und sie sieht dich, Miss Superfruchtbar, die innerhalb von wenigen Monaten schwanger und verheiratet ist.«

Erin wurde rot und rieb sich den Hals. »Ich muss noch herausfinden, wie ich mit Dom über bestimmte Sachen rede. Das ist einer der Gründe, weshalb ich zu dir gekommen bin.«

Ihr Vater runzelte die Stirn.

»Zum Beispiel spielt er«, platzte sie heraus. »Nur Kleinkram, aber er erzählt es mir nicht.«

»Glücksspiel?«

Erin fand, dass Fitz aussah, als würde er auf einmal Kopfschmerzen bekommen. »Hauptsächlich Pokerspiele mit seinen Freunden und Wetten beim Buchmacher. Der blöde Idiot vergisst die Wettabschnitte in seinen Hosentaschen. Es macht mir nur Sorge.«

»Hast du ihn darauf angesprochen?«

»Dann weicht er aus.« Sie zögerte. »Man könnte wohl auch sagen, dass er lügt.«

Fitz lehnte sich seufzend auf seinem Stuhl zurück.

»Andererseits sage ich auch nicht die Wahrheit, wenn er fragt, ob es mir gut geht, ob ich zurechtkomme, weil er merkt, dass es vielleicht nicht so ist. Ich erzähle ihm nicht, wenn sich mir der Bauch zusammenkrampft. Obwohl wir uns wie wahnsinnig lieben und jeden Tag zusammen lachen, haben wir wohl beide Dinge, über die wir … einfach nicht reden wollen oder können.«

»Verstehe.«

»Dad?« Erin stiegen Tränen in die Augen. »Wir sind unglaublich gern zusammen. Wir sind füreinander bestimmt. Nur sind wir manchmal nicht so gut darin, richtig zu reden.« Sie wippte die unruhige Maisie auf ihrem Knie. »Jedenfalls, wie ich schon fragte, als ich angerufen habe, dieses Lederbuch, das du uns zur Hochzeit geschenkt hast, wie funktioniert das eigentlich?«

»Nur vierzehn Monate nach der Hochzeit«, sagte Dom und erhob sein Glas auf der anderen Seite des Tisches, »sind wir Eltern, und ich bin approbiert.« Er trank einen Schluck. »Willst du nichts trinken?«, fragte er, während er begann, in das Brathähnchen zu schneiden, das sie zubereitet hatte.

»Mein Magen ist ein bisschen durcheinander.«

»Oh.« Er legte sein Besteck ab. »Ist alles in Ordnung?«

»Ja, mir geht es gut. Wahrscheinlich liegt es an Fitz' Pasteten-Sandwich.« Sie verzog das Gesicht, lächelte aber gleich wieder. »Das habe ich dir noch gar nicht erzählt! Maisie hat heute versucht, sich hinzustellen! Ich hatte sie unten auf dem Fußboden, und eben krabbelte sie noch herum, dann umklammerte sie auf einmal meine Beine und zog sich nach oben! Fitz war begeistert.«

»Manchmal«, sagte Dom, und sein Blick bekam etwas Wehmütiges, »manchmal wünschte ich, ich könnte den ganzen Tag zu Hause bleiben und ihr zusehen.«

Erin schnitt sich ein kleines Stück von ihrem Fleisch ab und knabberte daran. »Nein, tust du nicht«, erwiderte sie. »Du würdest höchstens einen Tag mit vollen Windeln und Babygebrabbel ertragen, ehe du ganz schnell ins Büro zurückeiltest, um ein bisschen Ruhe zu haben.«

»Mir ist übrigens klar, was du für sie tust. Ich weiß sehr wohl, dass der Tag kommen wird, an dem du vielleicht mehr willst.«

Erin starrte das Gemüse auf ihrem Teller an. Sie sollte den Brokkoli essen. »Erzähl mir von der Arbeit. Was ist im Carter-Imperium so los?«

»Das Imperium meines Vaters macht sich super, und sein einziger Sohn und Erbe muss sich von ganz unten hocharbeiten.« Er schwenkte sein Messer. »Das macht mir nichts aus. Es ist ja richtig so, aber es gibt Momente, in denen ich ...« Dom stockte. »Ach, ich weiß auch nicht. Es ist, als würde ich dafür bestraft, dass ich sein Sohn bin.«

»Von ihm oder von anderen?«, fragte Erin.

»Oje, es ist nichts. Zumindest nichts, womit ich nicht hätte rechnen müssen. Ich bin sein Sohn, und nur deshalb bin ich dort.«

»Du bist dort, weil du nach sechs Jahren Studium einen Einser-Abschluss in Architektur gemacht hast, Dom.«

»Ja, genauso wie Hunderte anderer Bewerber für Einstiegsjobs.« Seine Augen wurden größer. »Ich bin dort, weil ich sein Sohn bin, und jeder, ich eingeschlossen, weiß das.«

Erin stand auf, ging um den Tisch herum und setzte sich auf seinen Schoß. »Wenn irgendwer das hinbekommt, dann du.«

»Mrs. Carter, falls du mich verführen willst, darf ich bitte erst mal aufessen?«

»Eigentlich bin ich auf dem Weg, mir einen Softdrink zu holen. Ich brauche etwas Sprudeliges.« Sie malte seinen Bartschatten mit den Fingerspitzen nach, bevor sie seine Lippen mit ihren streifte. »Und es könnte schlimmer sein«, sagte sie, ehe sie zum Kühlschrank ging.

»Ach ja?«, fragte er. Er hatte wieder sein Besteck in den Händen.

»Du könntest für deine Mutter arbeiten«, antwortete sie grinsend, während sie in den Kühlschrank blickte. Sie hörte ihn laut lachen, als sie sich eine Limonadendose öffnete.

Doms Schnarchen, befeuert von der Flasche Rotwein, die ihm ein dankbarer Kunde geschenkt und die er beinahe geleert hatte, trieb sie aus dem Bett. Sie zog sich ihren Morgenmantel über, schlüpfte in ihre Hausschuhe und sah als Erstes nach Maisie.

Mit einem Handgriff vergewisserte sie sich, dass die Heizung lief. Draußen war es deutlich unter null Grad, drohte zu schneien, und Maisie hasste es, wenn ihr kalt wurde; sie war das erste Baby, das Erin frösteln gesehen hatte. Sie beugte sich zum Kinderbett hinunter und fühlte kurz ihre Stirn. Daraufhin regte Maisie sich und schürzte im Schlaf die Lippen. Nicht zum ersten Mal blieb Erin einen Moment, um die Züge ihrer Tochter zu betrachten. Deren blasse Haut war makellos und fühlte sich samtig an. Da war ein Hauch von Rot in ihrem glatten, goldblonden Haar, der nur bei einem bestimmten Lichteinfall sichtbar wurde. Während Erin einige Strähnen zwischen Daumen und Zeigefinger einfing und wieder mal staunte, wie weich sie waren, dann den Bogen der Augenbrauen ganz sacht nachmalte, sagte sie sich, dass Dom und sie schon irgendwie so glücklich bleiben könnten.

Im Wohnzimmer hüllte sie sich in eine Decke auf dem Sofa ein und holte das Lederbuch aus der Wickeltasche. Sie erinnerte sich an Fitz' Worte, und ohne groß nachzudenken, begann sie zu schreiben.

♥

18. Januar 1998

Mein liebster Dom,
da ich nicht schlafen kann, dachte ich, dass ich ebenso gut dies hier tun kann. Fitz sagt, dass es funktioniert, dass es Leuten hilft, sich ohne Herumgerede auf das zu konzentrieren, was sie sagen wollen.

Ich bin nicht sicher, was ich tun und womit ich, außer hiermit, anfangen soll. Und das Erste, was ich sagen muss, ist, dass ich dich liebe. Alles an dir, obwohl du nach dem Wein, den ich nicht trinken konnte, so laut schnarchst, dass ich mal wieder wach bin.

Ja. Schlaflose Nächte, mal wieder. Und das wohl für die nächsten sechs Monate, vermute ich.

Ich wette, jetzt wunderst du dich. Ich sehe dich vor mir, wie du die Stirn runzelst und zu begreifen versuchst, was ich denn bloß sagen will, wie du darauf reagieren sollst und ob ich erwarte, dass du antwortest. Erwarte ich, dass du etwas schreibst? Tja, ja ... Ich werde dieses Buch auf dem Dielentisch liegen lassen. Und ich werde ein Post-it mit deinem Namen drauf und einer Anweisung oben an den Spiegel kleben, damit du es gleich morgen siehst, wenn du im Morgengrauen aufstehst und ich endlich eingeschlafen sein werde. Lies Fitz' Karte noch einmal – sie steckt innen in der Lasche und erklärt, worum es hier geht. Und wenn du mir zurückschreibst, sei bitte ehrlich. Sei brutal. Nein, sei nicht brutal, denn ich weiß nicht, ob ich es verkraften würde. Aber ehrlich halte ich aus.

Und weil es um Ehrlichkeit geht, kommt sie hier, die unverschnörkelte Wahrheit, weil ich nicht sicher bin, ob du dein Pokerface durchhältst, um deine Gefühle zu verbergen. Und ich ertrage es nicht zu sehen, ob ich recht habe.

Ich bin wieder schwanger. Seit über drei Monaten, schätze ich. Es muss passiert sein, als ich im Oktober krank war. Wahrscheinlich habe ich da für ein paar Tage die Pille nicht ganz regelmäßig genommen. Ich habe es gerade erst gemerkt, weil ich seit Maisie daran gewöhnt war, meine Regel nicht pünktlich zu bekommen. Oder auch ein- oder zweimal gar nicht. Aber jetzt sind es drei ...

Ich liebe dich mit aller Liebe, die ich im Herzen habe, doch laut Fitz soll ich damit enden, dir einen Grund zu nennen, warum, also ...

Ich liebe dich, weil du ein fantastischer Vater bist und ich hoffe, dass du wieder einer sein kannst. Und ich liebe dich, weil du meine Jeans bügelst, weil du mir ein Bad einlässt, wenn ich müde bin, und weil ich gestern gehört habe, wie du dich bei einer Schnecke dafür entschuldigt hast, versehentlich auf sie getreten zu sein.
Erin x

♥

19. Januar 1998

Wunderschöne Erin,
dies ist erst der zweite unserer vielen ungeplanten Pläne. Du BIST die schönste Frau der Welt. Und du bist mein und ich dein, und wir bekommen das hin. Das werden wir.
Ich liebe dich ohnegleichen,
Dom x

♥

6

Erin

DAMALS – April 1998

»Tee mit deiner Mutter. Allein. Kannst du dir nicht den Tag freinehmen?«

Dom lachte.

»Ich meine es ernst. Du bist nicht dabei. Dein Vater ist nicht dabei. Ihr zwei sitzt sicherlich zusammen am Schreibtisch und sorgt euch, wer wen umbringt.« Erin unterbrach das Wäschezusammenlegen. »Was ist, wenn wir uns streiten? Ich meine …«

»Erin, du machst dich verrückt. Hör auf. Meine Mum bittet dich lediglich mit Maisie auf eine Tasse Tee und ein Stück Teletubbies-Torte zu Maisies Geburtstag zu sich. Mehr nicht.«

»Sie hat eine Teletubbies-Torte?«

»Nicht nur die.« Dom stand auf und nahm sein Jackett von der Stuhllehne. »Sie hat nicht bloß eine. Sie hat sie *gebacken*.«

Erin schloss die Augen und fühlte seinen sanften Kuss auf ihren Lippen. »Mist, ich muss hin, oder?« Sie seufzte, denn ihr war klar, dass es keinen Ausweg gab.

»Musst du, und, wer weiß, es könnte nett werden.« Er winkte ihr im Weggehen zu.

»Lieber würde ich mir mit einer Zange die Zehennägel ziehen!«, rief sie ihm nach. »Lieber würde ich mir die Augen mit Cocktailspießen ausstechen!«, brüllte sie noch lauter.

»Gib ihr einen Kuss von mir!«, antwortete er rufend, und gleich darauf hörte Erin die Haustür ins Schloss fallen und

Maisies Stimme. Sie stellte den Kessel an, um ihre Flasche zu wärmen. »Lieber hätte ich eine OP ohne Narkose«, sagte sie zu niemandem, als sie durch den Flur ging und in Maisies Zimmer.

»Guten Morgen, Geburtstagskind!«

Maisie stand in ihrem Gitterbettchen und reckte schon die Arme in die Luft. Erin hob sie hoch, balancierte sie seitlich von ihrem bereits wachsenden Bauch und tanzte mit ihr durchs Zimmer, während sie »Happy Birthday« sang. Dann schnappte sie sich Maisies Lieblingsstofftier, einen Elefanten mit nur noch einem Ohr, und ging zurück in die Küche, wobei sie leise sang: »Ja! Ich hätte lieber einen echten Elefanten auf meinen Zehen stehen, oh ja!«

Maisie gluckste vergnügt, und Erin fühlte einige wohlplatzierte Tritte gleich oberhalb ihrer Blase. In der Küche stellte sie Maisies Flasche in ein Gefäß mit kochendem Wasser und machte sich einen Kaffee, von dem sie sicher nur die Hälfte trinken würde.

»Was wollen wir heute machen?«, flüsterte sie in das winzige Ohr ihrer Tochter. »Wollen wir zu Nanny fahren und eine besondere Torte essen?« Maisie hüpfte auf ihrem Arm. »Schon gut, schon gut, du hast mich überstimmt. Wir fahren und essen Torte mit Nanny. Mummy würde lieber rohe Innereien essen, aber, hey, wir fahren trotzdem, was?«

Erin trank einen Schluck Tee aus der Porzellantasse und stellte sie zurück auf die passende Untertasse auf dem Esstisch, an dem Dom so viele Sonntage zum Essen gesessen haben dürfte. Ihr fiel es leicht, ihn sich hier vorzustellen: einen Jungen, der zu groß für sein Alter war, schüchtern, das Haar zu einer Seite gekämmt und in kurzen Hosen. Als sie sich in dem Zimmer umblickte, die schweren Brokatvorhänge betrachtete, die Schränke aus Massivholz seitlich des imposanten Kamins, konnte sie erahnen, wo er und Lydia als Kinder Verstecken gespielt haben könnten. Es war ein prachtvoller Raum in einer prachtvollen viktorianischen Villa. Ganz anders als Fitz' Haus.

»Es ist sehr warm für April, findest du nicht?«

Erin nickte höflich und schob alle Gedanken an die letzten Wochen mit ununterbrochenem Regen ebenso von sich wie die Tatsache, dass sie morgens noch einen Wollpullover getragen hatte. Sie blickte zu Maisie, die um ihre Beine herumkrabbelte.

Plötzlich schüttelte Sophie den Kopf. »Dir muss klar sein, dass ich dich nicht eingeladen habe, um über das Wetter zu reden.«

Erin schwieg.

»Ich muss mich bei dir entschuldigen«, sagte Sophie, deren Blick zwischen dem Kind und Erin hin und her huschte. »Ich war sehr unfair zu dir, als ich dich kennenlernte ... und ... auch noch einige Zeit danach.«

»›Sie ist schamlos‹«, zitierte Erin, als sie sich ein Stück von Tinky-Winkys lila Hand nahm. Es war wohl eine gute Idee, zu essen, anstatt etwas zu sagen.

»Das hast du gehört?« Ihre Schwiegermutter wurde ziemlich rot. »Es war unangebracht von mir, und ich hatte unrecht. Es tut mir leid.«

»Sophie ...«

»Nein, Erin, lass mich dir das sagen. Ich hatte Angst«, fiel Sophie ihr ins Wort und griff nach unten, um Maisie hochzuheben, die unter dem Tisch krabbelte. Sie wiegte sie sanft auf ihrem Knie. »Ich dachte, dass ich Dom an dich verlieren würde und er es nicht überstünde. Dass du ... nun ... es spielt keine Rolle. Manchmal verhalten wir uns blöd, wenn wir Angst haben, meinst du nicht auch?«

Erin war sich nicht sicher. Sie könnte die Male an einer Hand abzählen, von denen sie fand, dass sie sich wirklich blöd verhalten hatte, aber nicht die viel zu vielen Male, die sie Angst gehabt hatte. Sie holte tief Luft. Sophie entschuldigte sich, und das nicht mit einem kurzen »Tut mir leid«. Sie tat es richtig, und sofort bekam Erin ein schlechtes Gewissen.

»Sophie«, sagte sie und sah sie an. »Denk nicht mehr daran, bitte. Es fühlt sich jetzt schon sehr lange her an.«

»Ich dachte sogar, sie wäre nicht sein ...« Sophie drückte Maisie an sich, und das Kind verzog das Gesicht. »Aber man muss sie nur anschauen ...« Genau das tat sie. Sie starrte Maisie an, die Doms walnussbraune Augen hatte, sein helles Haar, seine schlaksigen Gliedmaßen und schon jetzt sein ruhiges Wesen. »Meinst du, du kannst mir verzeihen?« Sophie reichte Maisie mit ausgestreckten Armen zurück, und die Kleine gab ein »M« von sich, von dem Erin hoffte, es würde zu einem »Mama«.

»Natürlich, ich ...« Sie hatte vorgehabt, in zwanzig Minuten wieder weg zu sein, als die Entschuldigung begann. Und obwohl sie nicht sagen konnte, dass sie die Worte ihrer Schwiegermutter nicht zu schätzen wüsste – weit gefehlt, denn sie bedeuteten ihr sehr viel –, war es Maisies erster Geburtstag, und Dom und sie hatten selbst eine Torte gekauft und vor, eine alberne Zeremonie zu veranstalten, bei der eine einzelne Kerze ausgepustet würde.

»Gerard redet schon ewig auf mich ein, dass ich mal offen mit dir sprechen soll und ...« Sophie fegte Krümel vom Tisch in ihre Hand. »Hast du genug gegessen, Erin? Was ist mit Maisie?«

Erin beobachtete, wie sie den Tisch musterte, auf dem hinreichend Sandwiches bereitstanden, um eine mittelgroße Familie eine Woche lang satt zu bekommen. Ein Teil von ihr war gerührt, welche Mühe Sophie sich gegeben hatte. »Wir hatten reichlich, danke«, antwortete sie.

»Warum nimmst du nicht etwas von den Sandwiches und der Torte für Dom und dich mit? Und sparst dir das Kochen?«

Ohne auf eine Antwort zu warten, verließ Sophie das Zimmer und rief, sie würde ihr die Sachen einpacken. Erin küsste Maisies Wange und wiederholte es mehrfach, während das Kind kicherte. Dann bemerkte sie, dass Sophie in der Tür stand, eine Rolle Frischhaltefolie in der Hand, und sie ansah. »Sie ist total entzückend«, sagte sie. »Vollkommen entzückend.«

Erin grinste. War sie. Sie setzte Maisie auf den Boden neben ihre Tasche und behielt sie im Blick, während sie Sophie half, die Sandwiches einzuwickeln. Ob sie wollte oder nicht, sie hing hier noch eine Weile mit ihrer neuen besten Freundin fest, und Dom und sie würden zum Abendessen durchgeweichte Eiersandwiches und Tinky-Winkys Unterleib essen.

»Wow.« Dom lag bäuchlings auf dem Boden und blickte auf.

»Ja, nicht?«

»Wow«, wiederholte er. »Ich erinnere mich nicht, dass Mum sich jemals entschuldigt hat.«

»Tja, sie schien es ernst zu meinen, also ...« Beide schauten zu Maisie neben ihnen. In den letzten Wochen hatte sie versucht zu gehen und schaffte es durchs Zimmer, indem sie sich an den Möbelkanten festhielt. Als sie bei Dom angekommen war, strahlte sie und setzte sich plumpsend neben ihn. Die Geräusche brachten Erin zum Lächeln – erst das hohe Kichern von Maisie, gefolgt von einem atemlosen Quieken, und dann Doms tieferes Lachen, als er sie schnappte und kitzelte. »Ich KRIEGE dich!« Er krabbelte auf allen vieren, als sie kichernd weghuschte. Es war ansteckend, und Erin lachte vor sich hin, als sie die Torte holte.

Minuten später sang sie durch die Diele: »Happy birthday to you. Happy birthday to you!« Sie spähte mit großen Augen ins Wohnzimmer. »Happy birthday, liebe Maisie!« Dann beugte sie sich nach unten, wo Maisie auf Doms Bauch saß, und hielt ihrer Tochter die Torte hin, die sie gekauft hatte. »Puste,

Schätzchen. Daddy zeigt dir, wie. Puste!« Dom schürzte die Lippen und blies sanft. Als Maisie es ihm ohne Erfolg nachmachte, halfen sie beide ihr. »Happy birthday to you!«, sang Erin die letzte Zeile in dem Moment, in dem ihre Tochter die Faust in die Torte steckte.

»So ist es richtig, Schätzchen. Erklär du es ihr«, sagte Dom, der sich aufsetzte und seitlich zu Erin blickte. »Mummy darf nie singen, oder?«

Erin leckte sich etwas Schokoladencreme vom Finger. »Was stimmt denn mit meinem Singen nicht?«

Maisie lachte und bemerkte, dass sie ebenfalls Schokolade an der Hand hatte; also begann sie, ihre Finger abzulecken.

»Lecker, lecker.« Dom gab vor, sie zu jagen. »Ich will auch was!«

Noch mehr Gequieke von ihnen, und Erin blieb mit dem Tortenteller zurück. »Mit meinem Singen ist nichts verkehrt!«, rief sie über den Lärm der beiden hinweg.

Abends lauschte Erin aus dem Flur, wie Dom anfing, Maisie ihr Lieblingsbilderbuch ein weiteres Mal vorzulesen. Während er die Wörter sehr deutlich sprach und zu jedem Tier die passenden Laute machte, faltete Erin Wäsche zusammen und stapelte sie in den Schrank. Sie schmunzelte, als er wie ein Esel schrie, ging ins Kinderzimmer und legte sich neben die beiden auf den großen Sitzsack. Und während all der Bauernhoftier-Laute fielen Maisie langsam die Augen zu.

»Sie ist müde«, flüsterte Erin. »Sie hatte heute keinen Mittagsschlaf.«

»Ich auch nicht«, sagte Dom, dessen Lider sich gleichfalls senkten.

Erin nahm seine Hand und führte sie auf ihren Bauch, weil sie fühlte, dass sich eines der Babys bewegte. Dabei fragte sie sich wieder mal, wie sie drei Kinder in einem Zimmer unterbringen sollten. »Hast du manchmal Angst?«, fragte sie Dom unvermittelt, da sie im Geiste ihr Gespräch mit Sophie nachspielte.

»Angst?« Er sprach das Wort aus, als käme es in seinem Vokabular nicht vor.

»Ja, ob du dich manchmal fürchtest.« Sie erinnerte sich, wie sie im letzten Jahr um diese Zeit, direkt vor der Geburt, voller Sorge gewesen war.

»Nicht mehr, seit ich ein Kind war. Damals mochte ich die Dunkelheit nicht. Wegen der Ungeheuer und Gespenster.«

»Und als Erwachsener hast du nie Angst gehabt, überhaupt nicht? Nicht mal, als auf dem Ultraschall zwei Babys auftauchten?«

»Nein«, antwortete er und drehte sich zu ihr, die schlafende Maisie in seiner rechten Armbeuge. »Nur, wenn ich dich singen höre. Das ist mir unheimlich.« Er schüttelte sich.

Sie schmiegte sich an ihn.

Ungeheuer, Gespenster und gruselige Dinge, die in der Nacht geschehen könnten, hatten ihr nie zu schaffen gemacht. Drei Kinder. Eine fünfköpfige Familie in einer Dreizimmerwohnung. Ein Einkommen. Das machte ihr Angst.

♥

2. April 1998

Mein lieber Dom,
die Sache ist folgende.
Meine Mutter starb, als ich erst achtzehn Jahre alt war. Ich kann nicht beschreiben, wie verzweifelt ich war, und das mehr, weil ich mit ansehen musste, wie sie langsam starb, als wegen des Verlustes selbst. Als sie tot war, empfand ich zunächst Erlösung und dann eine unsagbare Scham, weil ich mich erlöst gefühlt hatte. Und ihr Tod veränderte mich.

Seitdem kann ich nichts, gar nichts mehr für selbstverständlich nehmen.
Du und ich ähneln uns so sehr in dem, was wir uns vom Leben wünschen, sind aber so grundverschieden in unserer Überzeugung, es bekommen zu können. Ich sorge mich immerzu und wollte dir vorhin schon sagen, dich fragen (mal wieder), wie wir es mit drei Kindern bei deinem Einkommen und mit so wenig Platz schaffen wollen. Ich habe nichts gesagt. Ich konnte es nicht, obwohl ich den Gedanken nicht loswerde, und deshalb schreibe ich dir hier.
Dom, ich liebe dich für deine unerschütterliche Gewissheit, dass uns nichts etwas anhaben kann. Du glaubst, dass Liebe alles in Ordnung bringt, und dein Glaube bewirkt, dass ich es ebenfalls tue.
Erin xx
PS: Und was stimmt nicht daran, wie ich singe? In meinem Kopf klingt es vollkommen in Ordnung.

♥

3. April 1998

Erin, meine Liebe,
wo ist das Problem?
Mother Hubbard aus dem Kinderlied hat es doch gekonnt, oder etwa nicht?!! Nein, warte, das war sie nicht – war es nicht irgendeine »alte Frau, die in einem Schuh wohnte«? Wen kümmert's? Wir stapeln sie einfach übereinander. Alles wird gut.
Ist dies der Teil, in dem ich schreiben soll, warum ich dich liebe?
Ich liebe dich, weil du mich dazu bringst, dir schreiben zu wollen, obwohl wir zusammenwohnen; weil du möchtest, dass ich, wenn ich fertig bin, dieses Buch in den Dielentisch stecke, wo es anscheinend »wohnt«,

und dann soll ich einen Post-it mit deinem Namen oben an den Spiegel kleben, damit du weißt, dass ich dir geschrieben habe.
Eines Tages wird vielleicht alles oder zumindest etwas hiervon einen Sinn ergeben.
Und ich liebe dich, weil du weißt, dass du eine furchtbare Sängerin bist, und trotzdem laut singst.
Dein allein,
Dom xx

♥

Teil Zwei

7

Dominic

HEUTE – 3. Juni 2017

Aus dem *Buch der Liebe*:
»Erin, ich liebe dich, weil du mutig bist,
selbst wenn du Angst hast.«

♥

Sie müsste Fotografin sein.

Ich betrachte die auf dem Küchentisch ausgebreiteten Bilder von ihr. Sie sind so gut – klare Linien, perfekte Farben und ein natürliches Gespür für ihre Motive. Da ist eine großartige Aufnahme von mir, wie ich einen Phoenix-förmigen Drachen steigen lasse, und mehrere von unserer Gang, wie wir alle beim Pub-Quiz Grimassen schneiden. Vor wenigen Jahren noch war Erin nie ohne Kamera unterwegs gewesen. Wann hatte das aufgehört?

Ich ertappe mich dabei, wie ich ein altes Foto von Maisie ansehe, das am Kühlschrank hängt und sich einen Magnet mit der Speisekarte des hiesigen Lieferservice für chinesisches Essen teilt. Sie steht auf ihren kleinen, zittrigen Stampfbeinchen da und benutzt das Sofa, um sich entlangzuhangeln. Ihr Grinsen strahlt pure Freude aus. Ich erinnere mich, auch wenn ich nicht auf dem Foto zu sehen bin, dass ich hinter ihr war und die Arme ausgestreckt hatte, falls sie nach hinten kippte. Ich puste ihr einen Kuss zu, bevor ich das Haus verlasse.

Der Regen hat aufgehört. Es ist wärmer geworden, und ein wabernder Dunst hängt über dem nassen Asphalt. Lydias

Haus ist nur einen kurzen Weg vom Valentine's Way entfernt, aber ich wähle den Umweg, die Hawthorn Avenue hinauf. Vor der Hausnummer 27 bleibe ich stehen und lehne mich an eine der Säulen am Eingang. Die sind neu. Und der Vorgarten sieht anders aus; dichter, mit jeder Menge Sträucher, sodass ich am liebsten eine Heckenschere nehmen und mich darüber hermachen würde. Jemand hat Efeu gepflanzt, der um das Erkerfenster der Erdgeschosswohnung gewuchert ist. Es sieht beschissen aus, so unordentlich, und das macht mich traurig.

Hinter dem Fenster war mal unser Wohnzimmer und dahinter, in der Mitte der Wohnung, Maisies Kinderzimmer. Dort hat Erin mir zum ersten Mal erzählt, dass sie Angst hat, und ich sagte ihr, sie, wir hätten nichts, wovor wir uns fürchten müssten.

Damals dachte ich wirklich, uns könnte nichts passieren.

Und dort, am 10. Mai 1998, erfuhr ich, dass sie recht hatte und ich furchtbar unrecht …

Die Luft in der Wohnung fühlt sich stickig an. Ich ziehe den Hakenriegel am Wohnzimmerfenster und schiebe es die üblichen zehn Zentimeter weit auf – weiter geht es nicht. Draußen ist es nicht viel frischer, trotzdem lasse ich es lieber offen, denke ich. Und zehn Zentimeter große Einbrecher werden heute Nacht wohl nicht einsteigen.

Erin schläft seit Stunden. Sie ist erschöpft, und der Arzt hat ihr ein mildes Mittel gegeben, damit sie besser schlafen kann. Ich überlege, einen Brandy zu trinken. Mir kommt es unmöglich vor, einzuschlafen. Zwar kann ich die Augen schließen, aber mein Verstand kommt nicht zur Ruhe, überdenkt alles wieder und wieder. Ich schenke mir ein halbes Glas ein und bereue schon nach dem ersten Schluck, was aus mir geworden ist. Ich nehme noch zwei Schlucke, blicke mich um und überprüfe alle Steckdosen, wie ich es stets tue, bevor ich bei Maisie hineinschaue und zu ihrem Bett gehe.

In Maisies Zimmer neben dem Wohnzimmer ist es noch stickiger, und ich öffne das Fenster. Dazu ziehe ich die dicken Vorhänge beiseite, auf die Erin bestanden hat, damit wir unsere dreizehn Monate alte Tochter überzeugen können, dass Nacht ist. Aber sie ist zu schlau und weiß, dass sie getäuscht wird, und am Ende lauschen wir nebenan mindestens eine Stunde lang ihrem Gebrabbel, bis sie endlich einschläft. Heute Nacht hat sie ihre Decke weggestrampelt und liegt zusammengerollt in der hintersten Ecke ihres Bettchens, das Gesicht in das zerknüllte Laken gedrückt und den linken Arm schlaff über den Elefanten gelegt.

Ich bewege sie, drehe sie um, denn im Geiste höre ich Erins warnende Worte. »Sie sollte nicht auf dem Bauch schlafen.« Meine Mutter hat von Anfang an widersprochen und gesagt, Erin habe unrecht. Und als ich Maisie berühre, als meine Finger mein Baby anfassen, mein Fleisch und Blut, weiß ich es sofort. Sie ist so kalt. Mein erster Gedanke ist, dass es kein Zurück gibt. Als ich sie umdrehe, erkenne ich selbst im schwachen Mondschein, dass ihr Gesicht bläulich gefleckt ist.

Eine Sekunde: Sie liegt auf dem Boden, und ich versuche, ihren kalten Lippen Leben einzuhauchen.

Zwei Sekunden: Ich horche nach einem flatternden Herzschlag in ihrer stillen Brust.

Sechs Sekunden: Sie ist in meinen Armen, und ich bin im Wohnzimmer, mit dem Telefon in der Hand. Die Stimme, die sich beim Notruf meldet, ist ruhig und sagt mir, dass ein Krankenwagen unterwegs ist.

Zehn Sekunden: Ich öffne den Wäscheschrank im Flur und nehme das Erstbeste heraus, was ich sehe. Es ist eine bunte Häkeldecke. Die versuche ich, Maisie umzuwickeln, während ich das Telefon zwischen Ohr und Schulter eingeklemmt habe.

»Sie ist so kalt«, sage ich zu der Frau am anderen Ende. Mein Gefühl sagt mir schon, dass ihre Schicht in Tränen enden wird.

Mein Blick ist auf die Schlafzimmertür am Ende des Flurs gerichtet, hinter der Erin schläft.

Fünfzehn Sekunden: Innerlich schreie ich: »Erin! Wach auf!« Aber die Schreie bleiben in mir. Ich gehe mit Maisie in meinen Armen auf und ab, flüstere ihr zu, dass sie sich keine Sorgen machen soll. Ich sage ihr, dass ich sie liebe, und bitte sie, uns nicht zu verlassen. Bitte, Maisie. Bitte, verlass uns nicht.

Ich habe jedes Zeitgefühl verloren, als an die Haustür geklopft wird, und auf einmal rufen drei Leute einander Anweisungen zu, versuchen, unser erstes Kind auf einer Decke im Wohnzimmer wiederzubeleben. Unsere Schlafzimmertür geht auf.

Dann heult Erin auf. Das Geräusch werde ich nie vergessen. Sie hält sich mit einer Hand den Bauch, der von den Zwillingen gewölbt ist, und will mit der anderen nach Maisie greifen. Sie ist auf dem Boden, wiederholt nur »Nein, nein, nein« in einer Endlosschleife. »TU etwas!«, schreit sie niemanden gezielt an, bevor sie zusammensackt. Ich knie mich hin, kneife die Augen zu und halte sie fest, sodass sie sich nicht bewegen kann, denn ich weiß, wenn ich sie loslasse, zerbricht sie.

Ich gehe schneller zu Lydia. Es ist noch hell draußen, obwohl der Himmel von lilafarbenen Regenwolken verhangen ist. Autos fahren mit eingeschalteten Scheinwerfern vorbei und bespritzen mich, was ich nicht wahrnehme, als ich den Kopf in den Nacken lege und nach oben schaue. »Im Leben«, sage ich zu Maisie, »geht es um Entscheidungen. Manche bereuen wir, auf manche sind wir stolz, und wieder andere quälen uns für immer.«

8

Erin

DAMALS – Mai 1998

Erin konnte nicht atmen. Von irgendwo unter ihrem Mund, unter ihrem Hals fühlte es sich an, als würde sie getreten. Vielleicht träumte sie. Vielleicht träumte sie, sie würde überfallen.

Ihre Babys sagten ihr, dass sie Luft holen sollte. Sie öffnete den Mund, doch anstelle des Keuchens, das sie erwartet hatte, hörte sie sich schreien. *Maisie*.

Sie begann, sich zu wiegen. Vor. Zurück. Vor. Zurück.

Was tat sie auf dem Wohnzimmerfußboden? Wer *waren* all diese Leute? Wie war sie hergekommen?

Dom hielt sie. Aber er drückte zu fest, deshalb fing sie an, nach ihm zu schlagen. Hart.

Neben ihnen war ein Mann über etwas gebeugt. Sie wollte sich von Dom losreißen, wollte sehen, was sie bereits gesehen hatte; es von weiter weg betrachten, damit sie sich durch dieses Bild manövrieren konnte. Ihr Kopf bewegte sich langsam nach rechts. Nein.

Nein, nein, nein, nein.

Eins, zwei, die Schuh dabei. Drei, vier, klopf an die Tür.

Es klopfte jemand an die Tür. Und da war eine Fremde, die denjenigen hereinließ. Erin zählte. Eins, zwei, drei, vier. Es waren vier weitere Fremde in ihrem Wohnzimmer, alle in schwarzen Hosen und weißen Hemden, alle über etwas, jemanden gebeugt. Sie fing an zu heulen, hörte die Laute, die sie von sich gab, und dachte, dass irgendein Irrtum vorliegen musste. Sogar als sie die Hand ihrer Mutter während deren letzten Atemzuges hielt, war Erin still gewesen. Sie hatte nicht geschrien. Erin weinte an Doms Brust und hatte Angst, richtige Angst, dass sie von nun an, ab dieser Nacht, immer unkontrolliert schreien würde.

Sie konnte sehen, wie es sein würde. Dom würde ihr eine Tasse Tee reichen, und sie könnte schreien.

Er könnte versuchen, sie in den Armen zu halten, und sie könnte schreien.

Dom würde ihr etwas Zuversichtliches zuflüstern, etwas Freundliches, und sie könnte schreien.

Sie zwang sich von ihm weg, krabbelte über den Boden zu dem Gedränge und zwischen zwei Leuten hindurch. Maisie lag auf dem Boden, auf der Decke, die Erins Mutter vor so vielen Jahren gehäkelt hatte. Eine fremde Hand griff nach ihr, wollte sie davon abhalten, zu ihrem Baby zu gelangen. »Sie irren sich!«, sagte Erin bedrohlich knurrend. »Lassen Sie sie in Ruhe!«

Sie nahm ihr Baby in die Arme und flüsterte ihm zu: »Alles wird gut. Mummy ist hier. Alles wird gut, stimmt's, Daddy?« Sie sah hinüber zu Dom, der auf seinen Fersen hockte. Als sie ihm in die Augen blickte, entdeckte Erin etwas, das sie nicht kannte, und ihr fiel eine Zeile ein, die sie ihm einmal geschrieben hatte: »Ich liebe dich für deine unerschütterliche Gewissheit, dass uns nichts etwas anhaben kann.«

Sie wiegte ihr Kind, schlang die Decke fester um die Kleine. Maisie liebte es, eingemummelt zu sein, und sie war so kalt. Erin küsste sie auf die Lippen, sah die Frau an, die neben ihr hockte, ebenfalls auf den Knien. Die Frau wischte sich die Augen mit der von einem Handschuh verhüllten Hand. »Sie wird kalt«, sagte Erin zu ihr. »Und sie mag es warm. Sie wird kalt«, wiederholte sie. Und während Erin sie weiter wiegte, liefen ihr langsam und stumm Tränen übers Gesicht. Sie küsste ihr Baby, während sie ein anderes spürte, das sich in ihr bewegte. »Keine

Angst, Schätzchen, Mummy macht alles wieder gut.« Mit einer Hand strich sie über das feine, wunderschöne Haar und fühlte hinten in Maisies Nacken. Kalt. Sie rieb die Hautfalten unter dem Haaransatz und lehnte Maisie an ihre Schulter. »Das mag sie«, sagte Erin zu der Frau, wobei sie kreisend über Maisies Rücken strich.

»Erin.«

Plötzlich war Dom vor ihr. »Soll ich sie nehmen?«, flüsterte er.

Erin schüttelte den Kopf. »Nein.«

Sie brauchte Zeit. Diese Leute mussten begreifen, dass sie und ihr Baby Zeit brauchten. Sie fühlte Doms Hand auf ihrer, als sie beide über Maisies Körper führte. »Wir müssen sie nur halten. Alles wird wieder gut, Liebes.« Erin war nicht sicher, ob sie mit Maisie oder Dom sprach.

So verharrten sie einige Minuten, rieben den Rücken ihres Babys, bis ihr bewusst wurde, dass sich die Fremden in ihrem Zuhause bewegt hatten. Sie waren nicht mehr im Pulk auf dem Boden, gemeinsam über etwas gebeugt. Dinge, die auf dem Teppich gelegen hatten, waren in Taschen gepackt worden, die sie über ihre Schultern gehängt hatten. Einige von ihnen waren gegangen. Nur zwei waren noch da; die Frau, die neben Erin gehockt hatte, und ein großer Mann mit einem gestutzten roten Bart. »Sieh mal, Maisie«, flüsterte sie ihrer Tochter ins Ohr. »Ein Pirat!«

Erin lehnte sich zurück, spürte die Sofakante an ihrem Rücken, immer noch mit Maisie an ihre Schulter gelehnt. Sie drehte Maisie ein wenig und wiegte sie wieder in ihren Armen. Erin berührte ihre Lippen mit der Fingerspitze, spreizte sie ein klein wenig, wartete auf diesen flatternden, zittrigen Atem, den Maisie sonst immer ausstieß. Und dann hielt sie ihren an.

In dem Moment glaubte Erin, wenn sie ihn nur lange genug anhielte, könnte auch sie ganz aufhören zu atmen. So schwer konnte das doch nicht sein. Sie sah, wie sich Doms Lippen bewegten. Er atmete. Dom. Ihr Dom. Er streckte seine Arme aus, nahm ihr Maisie ab. Die ihm bis aufs Haar glich. Und wieder drang Atem aus Erin, gegen ihren Willen. Keuchend hielt sie ihn wieder an. Maisie lag nun in Doms Armen.

Als er dastand und die Frau ihm Maisie abnahm, schloss Erin die Augen. Sie fühlte einen Tritt in ihrem Bauch. Zwei Tritte. Zwei Babys. Die ihre Mummy brauchten. Wieder platzte der Atem aus ihr heraus, diesmal mit einem Brüllen. Und dann, immer noch mit geschlossenen Augen, fühlte sie, wie Dom sie umarmte, und sie schrie wieder, trommelte mit den Fäusten gegen seine Brust, bis sie nicht mehr konnte.

Im Geiste sah sie, wie ihr Leben fortan sein würde.

Jemand, irgendwer, vielleicht ihre Freundin Lydia, würde ihr eine Tasse Tee geben, und sie würde schreien.

Jemand, irgendwer, vielleicht ihre Freundin Hannah, würde versuchen, sie in den Armen zu halten, und sie würde schreien und schlagen.

Jemand, irgendwer, würde einfach etwas Nettes sagen, und der Laut käme aus ihrem Innern.

Für immer? Das fragte sie sich, als Dom ihrer beider Hände auf ihren Bauch legte.

»Atme«, flüsterte er. »Du musst atmen. Wir brauchen dich.«

Und Erin tat, was ihr gesagt wurde. Ein und aus. Sie spürte, wie sich ihre Lungenflügel blähten und wieder zusammenzogen.

Und als sie die Augen aufmachte, war Maisie immer noch in den Armen der Fremden. Zum Schutz vor der Kälte in ihre Decke gehüllt. Dom neben ihr regte sich nicht. Ohne sie anzusehen, legte er seinen Arm fester um sie, und sie drehte sich zu ihm.

Und Erin, die bereits wusste, was Angst anrichten konnte, was Verlust anrichten konnte, fürchtete, dass mit Maisie auch das blinde Vertrauen ihres Mannes in das Leben in dieser Nacht gestorben war.

♥

20. Mai 1998

Liebste Erin,
sprich mit mir.
Schreib mir.
Ich weiß, dass du Angst hast, und ich weiß jetzt, dass es einen Grund gibt, im Leben Angst zu haben, aber gemeinsam können wir das durchstehen, auch wenn wir am Boden sind.
Ich liebe dich, weil da immer noch eine Kraft in dir ist. Die sehe ich, wenn du deine Vitamine für unsere anderen Babys nimmst, wenn du sie durch deine Bauchdecke sanft mit der Hand beruhigst.
Ich liebe dich, weil du dafür sorgen wirst, dass diese Babys ihre Schwester kennen. Dessen bin ich mir sicher.
Ich liebe dich, weil dich zu lieben das Einzige ist, dessen ich mir jetzt sicher bin.
Dom xx

♥

9

Erin

DAMALS – Februar 1999

»Du musst auf deine Frau aufpassen, Dominic.«

Erin lauschte hinter der Küchentür. Dass sich ihre Schwiegermutter für sie einsetzte, fühlte sich immer noch ein bisschen komisch an, und Erin legte eine Hand an ihre Brust.

»Wir müssen gegenseitig auf uns aufpassen«, antwortete Dom.

Erin lehnte die Stirn an die Kiefernholzzarge. Natürlich hatte er recht, aber wo und wie sollten sie anfangen? Sie wollte die Tür öffnen, da ließen Sophies nächste Worte sie erstarren.

»Sie liebt dich. Du liebst sie. Du bist derjenige, der mir sagt, dass es nicht komplizierter sein muss. Hör mal, es tut mir leid …« Erin stellte sich vor, wie sie auf ihre Uhr blickte. »Aber ich muss deinen Dad zum Mittagessen im Club treffen. Ich nehme an, ihr möchtet nicht mitkommen?«

Dom lachte. »Äh, nein, wir machen einen Spaziergang runter zum Fluss.«

Sie liebt dich. Du liebst sie. Es muss nicht komplizierter sein.

Erins Blick verharrte auf dem Schwarz-Weiß-Bild an der Dielenwand links von ihr – ein Foto, das Hannah von Dom und ihr an ihrem Hochzeitstag gemacht hatte; einer von den Schnappschüssen, bei denen sie beide nicht hingesehen hatten. Sie waren im Profil, und Erin lachte über etwas, das Dom gerade gesagt hatte. Nie konnte sie sich erinnern, was es gewesen war, doch wie sie den Kopf leicht nach hinten neigte, sagte so viel mehr als nur, dass sie eben etwas Witziges gehört hatte. Es sagte, dass sie etwas Lustiges von jemandem gehört hatte, den sie liebte. Und Dom sah sie an, als könne er nicht glauben, dass er die Frau, die er liebte, so zum Lachen gebracht hatte. Staunen, Ehrfurcht auf beiden Seiten … Für einen kurzen Moment schloss Erin die Augen.

Sie wieder aufzumachen, würde heißen, dass sie entweder die Küchentür öffnen oder weiter nach links schauen würde. Nur ein kleines Stück links, wo neben dem Hochzeitsbild eine kleine Collage mit Fotos ihrer Kinder hing. Mehrere Aufnahmen, die Dom von ihren wunderschönen Zwillingen gemacht hatte, Rachel und Jude, die nun beinahe acht Monate alt waren und sich schon gegenseitig zum Lachen brachten. Und in der Mitte nur eines von Maisie an ihrem ersten Geburtstag, voller Schokoladenkuchen; nur einen Monat bevor sie sie verloren hatten. Erin musste eigentlich nicht hinsehen. Die Bilder von ihren grinsenden Kindern waren in ihr Gehirn eingebrannt. Sie schluckte angestrengt und betrat die Küche. Dort überquerte sie die Keramikfliesen, die sie erst eine Stunde zuvor gewischt hatte, und umarmte ihre Schwiegermutter fest.

»Oh«, sagte Sophie, die offensichtlich verwirrt von der Umarmung war. »Wofür war das denn?«

Erin zuckte mit den Schultern. »Nur danke.« Von allen Menschen, die ihnen geholfen hatten, als Maisie starb, war Sophie die größte Überraschung gewesen. Über Nacht schien ihrer Schwiegermutter klar geworden zu sein, dass ein Kind an plötzlichen Kindstod zu verlieren, während man mit Zwillingen schwanger war, für jede Seele zu viel war.

Erin nahm ihre wattierte Jacke von der Rückenlehne des Küchenstuhls. »Ich bin dann so weit«, sagte sie zu Dom und überprüfte die Gurte der Zwillinge im Buggy. Zwar war es draußen sonnig bei blauem Himmel, trotzdem waren beide Babys dick eingepackt gegen die Kälte. Sie berührte Judes Gesicht. Im Gegensatz zu seiner Schwester sträubte er sich noch gegen das Einschlafen.

»Er nickt ein, sobald wir uns bewegen.« Dom zog seine Jacke an, wickelte seinen Schal zweimal um seinen Hals und lotste seine Mutter zusammen mit ihnen zur Tür.

»Bye, Erin!«, rief Sophie. »Gib ihnen einen Kuss von mir, wenn sie wach sind!«

»Bis dann!«, antwortete Erin und manövrierte den Zwillingsbuggy linkisch durch die Küchentür und den schmalen Flur.

Dom ging nach draußen und übernahm. »Daddy fährt«, sagte er, während sie die Tür hinter ihnen schloss.

Erin klappte ihren Jackenkragen hoch und drückte den Handschuhstoff tief zwischen ihre Finger. Tage wie diesen mochte sie besonders; frisch, wolkenloser Himmel, kalt, aber eine Kälte, gegen die man sich wappnen konnte. Sie beugte sich nochmals zum Buggy und zog die Decken der beiden bis zu ihren Mündern hinauf, ehe sie ihre Hände tief in ihren Jackentaschen vergrub.

Gemeinsam gingen Dom und sie die Hawthorn Avenue hinunter. Sie waren stumm, mussten nicht reden. Sie bogen in die Percival Way, eine lange, breite und baumgesäumte Straße, die am Einkaufszentrum und Bahnhof vorbei zum Fluss führte. Beim Gehen knisterte gefrorenes Laub von den alten Birken unter ihren Füßen. Erin konnte sehen, dass Jude endlich eingeschlafen war.

»Du hast an der Tür gelauscht, oder?«, fragte Dom. Er brach das Schweigen als Erster, und sein Atem verwandelte sich in kleine Nebelschwaden.

Erin sagte nichts.

Sie liebt dich. Du liebst sie.

»Anscheinend müssen wir füreinander sorgen«, fuhr er fort.

»Eigentlich«, entgegnete Erin lächelnd, »glaube ich eher, dass deine Mutter meinte, du sollst für mich sorgen. Ich denke, ihr ist bewusst, dass für dich schon gut gesorgt wird.«

»Hmm …«

»Liebst du mich?«, platzte sie heraus.

»Und wie. Über alles.« Er trug keine Handschuhe, und seine Fingerknöchel am Griff des Buggys waren weiß. Erin legte eine Hand auf seine, als er stehen blieb.

»Und ich liebe dich.«

»Also sehen wir nach vorn, verbeißen uns nicht in Dinge«, sagte er und machte eine kleine Seitenbewegung mit dem Kopf. »Wir haben uns. Wir haben noch zwei Kinder.«

Aber keine Maisie … Sie nickte.

»Als du auf der Toilette warst, hat meine Mum vorgeschlagen, dass wir uns darauf konzentrieren, wie es vorher war.«

Es war eine solch kurze Zeit gewesen, nur neun Monate, praktisch nichts – zu früh, um sich Lachen vorzustellen, um zu versuchen, das »Vorher« wiederauferstehen zu lassen.

»Also«, sagte er. »Hat sie recht? Hast du eine Ahnung, wie wir wieder ein bisschen Spaß in unser Leben bringen?«

Erin ging weiter. Er sprach von Sex. Sie wollte reden; so reden, wie sie es früher so oft getan hatten, aber nicht über Sex. »Meinst du Sex?« Dennoch sprach sie es laut aus.

»Tja, den und alles andere Spaßige.«

»Ich habe Zwillinge bekommen, das sind zwei Babys direkt hintereinander. Meine unteren Regionen sind wie der Grand Canyon. Wenn du dich denen auch nur näherst, bekommst du nichts als ein lautes Echo zurück.«

Dom grinste. »Das bezweifle ich.«

»Ich weiß, dass wir müssen, aber ich kann nicht einmal daran denken … Können wir über etwas anderes reden?«

Dom, der einen Schritt hinter ihr ging, zog die Augenbrauen hoch. Sie sah, dass er nicht mal versuchte, seine Enttäuschung zu verbergen. »Deine Entscheidung«, antwortete er achselzuckend.

»Ich glaube, momentan brauchen wir Schlaf dringender als Sex«, sagte sie. Keiner von ihnen hatte richtig geschlafen, seit Maisie gestorben war, und es war noch schlimmer, seit die Zwillinge da waren.

»Kann sein.« Dom nahm eine kleine Wasserflasche aus der Wickeltasche und trank einen Schluck.

»Und vielleicht müssen wir offener miteinander sein, Dom.«

Er lachte und schraubte die Flasche zu. »Ich bin nicht so gut in diesen Gefühlssachen, Erin, das weißt du.«

»Dann stell dir vor, du schreibst etwas für mich in das Buch«, sagte sie. »Stell dir vor, du musst schreiben, wie du dich heute fühlst. Was würdest du schreiben?«

Er hob die Hände und hielt sich die Ohren zu. »Hilfe!«

Sanft zog sie seine Hände nach unten. »Na gut, ich werde dir Fragen stellen, und du antwortest.«

»So spät schon?« Er nickte in die Richtung, aus der sie kamen, und grinste. »Sollten wir nicht umkehren?«

»Tu es für mich.«

»Zwei Fragen«, sagte er und lief weiter in Richtung Fluss.

Erin versuchte, mit ihm Schritt zu halten. »Gut. Was fällt dir so schwer mir zu erzählen?« Sie bemerkte, dass er die Stirn runzelte, als er mit der Frage rang.

»Weiß ich nicht genau«, antwortete er zögernd.

»Streng dich an«, drängte sie. »Tu so, als wäre ich nicht hier – als würde ich deine Antwort nie erfahren.«

Er überlegte einen Moment. »In dem Fall, ich bin gefrustet.«

Erin sagte nichts. *Sex mal wieder …*

»Mir fehlt der Sex. Mir fehlt, dich ganz nahe bei mir zu spüren. Ich fühle mich angespannt, und ich weiß, dass ich ein reizbarer Idiot bin«, fuhr er fort.

Erin widersprach nicht.

»Manchmal«, sagte er, »bringt mich völlig durcheinander, wie sehr ich dich und die Kinder liebe, und trotzdem fühle ich mich ... beinahe gefangen.«

Fast hätte Erin auf der Stelle die weiße Fahne geschwenkt. Dieses Wort »gefangen«. In der Falle. Gefesselt. Eingekerkert. Es sprach jede der Unsicherheiten in ihr an, seit sie vor Jahren erstmals auf einen Stab gepinkelt hatte – seit ihnen beiden klar geworden war, dass sie sich unwissentlich aneinander gebunden hatten.

»Du hast gefragt«, sagte er.

Sie blickte in den Buggy. Beide Babys schliefen, wenn auch sicher nicht mehr lange. Jude schien tagsüber gar nicht mehr schlafen zu müssen, und wenn er aufwachte, weckte er verlässlich Rachel, die wahrscheinlich stundenlang schlafen würde, bekäme sie die Chance dazu.

»Erin?« Sie sah ihm an, dass er schon bereute, etwas gesagt zu haben. »Deshalb hasse ich es, über solchen Kram zu reden«, bestätigte er. »Ich will *dich*.« Er blieb stehen und griff nach ihrer wollverhüllten Hand. »Dich. Du bist die Eine. Vielleicht liege ich falsch, aber ich denke, das gute Leben, das wir beide uns für uns und die Kinder wünschen – das kommt. Es wird noch kommen.«

»Es war eine Frau namens Erin.« Sie sah ihm in die Augen.

»Limericks? Jetzt kommst du mit Limericks?« Er lachte leise.

Sie verzog das Gesicht und rollte mit den Augen. Ihre Fähigkeit, aus dem Stegreif alberne Verse zu dichten, hatte ihn immer zum Lächeln gebracht.

»Die fiel und steckte im Müll drin.«

Er schüttelte den Kopf.

»Der Müll flog heraus, was war's für ein Graus.«

Sie zögerte. »Und eine Windel klebte Erin am Kinn.«

»Nein, das war keiner deiner besten.«

»Es war ein junger Mann namens Dom.« Erin ging voraus.

»Der sich wünschte, sein Name wäre Tom,
denn Toms leben lustig, sie laufen weg, wenn's ist zu frustig,
und meistern das Leben mit Aplomb ...«

»Oh, der ist gut.« Er nickte. »Der ist richtig gut.«

Sie drehte sich um, hakte sich bei ihm ein und setzte fest einen Fuß vor den anderen, während sie im Gleichschritt auf den nun schon sichtbaren Fluss zusteuerten.

Ein verliebtes Paar namens Carter,
das wurde schnell Mutter und Vater.
Doch das Schicksal schlug zu
und teilte sich im Nu
in ein Vor und ein Nach der Marter ...

Erin saß auf einer kalten Bank am Fluss, und als ihr Sohn laut glucksend einen Arm nach einer vorbeitreibenden Schwanenfamilie ausstreckte, stellte sie fest, dass ihr die Welt immer noch ein Lächeln entlocken konnte. Und als sie sah, wie ihr Mann sie anblickte – mit demselben Blick wie auf dem Hochzeitsfoto in der Diele –, begriff sie, dass seine Liebe ungeachtet ihres Verlustes fortdauerte.

»Bitte«, sagte Dom, »grüble nicht zu sehr über das nach, was ich gesagt habe. Das passiert eben, wenn du unbedingt willst, dass ich rede. Dann gebe ich kompletten Blödsinn von mir.«

Erin beugte sich über Jude hinweg und küsste Dom sanft auf den Mund.

Als Jude ihr beim Geräusch eines Schiffes fast aus den Armen sprang, erlaubte sie sich den Gedanken, dass er erwachsen werden und sich fürs Segeln begeistern würde. In der Nähe hatte jemand ein Radio eingeschaltet, es wurde ein Musikstück gespielt, das Dom und sie kannten und unwillkürlich mitsummten. Da blickte Erin ihrem Mann in die Augen, und zum ersten Mal *sah* sie ihn tatsächlich wieder. Und als Rachel kicherte, weil

Dom ihr komische Laute vormachte, hielt sie Jude fest in ihren Armen, schloss die Augen und ließ sich in diese Geräusche von Liebe und Leben fallen.

♥

4. Februar 1999

Liebster Dom/Tom,

heute war es so wunderbar, weniger, wie es früher war, als so, wie es sein kann und sein wird.

Hab bitte Geduld mit mir. Ich weiß, dass wir beide Sex brauchen, doch im Moment kann ich das nicht. Nicht, weil ich nicht will, sondern weil ich Angst habe, dass es nicht wie vorher sein wird, und ich habe panische Angst, wieder schwanger zu werden.

Du musst nichts schreiben, wenn du nicht willst, aber Fitz hat recht, was dieses Buch betrifft – zumindest gilt das für mich. Mir fällt es leichter, hier Dinge zu sagen, die ich zurückhalte, wenn ich mit dir zusammen bin. Manchmal, wenn wir von Angesicht zu Angesicht sind, fürchte ich mich so sehr, dich zu enttäuschen, und in anderen Momenten bin ich einfach nicht mutig genug, Dinge auszusprechen. Werden Sachen laut gesagt, sind sie so viel realer, nicht wahr? Wie das, was du heute gesagt hast …

Vorerst versuche ich bloß, mich an das zu klammern, was wichtig ist: an dich und die Zwillinge. Fitz, die Familie. Aber ich habe das Gefühl, dass ich auf einem Berggipfel stehe und zu atmen versuche. Meine Lunge ist so angespannt, dass ich nicht rufen kann. Ich schätze, es ist meine Version von »Gefangen«-Sein.

Bist du geduldig? Ich bemühe mich.

Ich liebe dich, weil ich weiß, wenn du dies hier liest, hörst du mich.

Erin xx

♥

5. Februar 1999

Meine Liebste,
ich werde so lange warten, wie ich muss. Ich werde alles tun, was nötig ist. Aber verlange bitte nicht von mir, Kram aufzuschreiben. Ich bin grottenschlecht darin.
Und auch ich leide.
Das ist alles, was ich hier sagen kann. Auch ich leide.
Ich liebe dich ohnegleichen
Dom xx

♥

6. Februar 1999

Dom, Liebling,
du bist nicht grottenschlecht darin, Dinge aufzuschreiben.
Deine wenigen Zeilen sagen eine Menge.
Mit all meiner Liebe,
Erin xx

♥

7. Februar 1999

Meine superbegabte Frau,
im Gegensatz zu dir habe ich STUNDEN hierfür gebraucht!
»Es war eine Frau namens Erin.
Ich sah sie in einem Raum ohne Luft drin.
Sie tanzte wie ein Baum, und sofort war mein Traum,
dass ich für immer und ewig bei ihr bin.«
Ich finde, von jetzt an solltest du zu Limerick-Zwecken Pam heißen und ich Sam. Das Reimen wäre dadurch ungleich leichter!
Ich liebe dich.
Weil du witzig bist und mich zum Lachen bringst. Weil du mit hohen Schuhen sexy aussiehst und immer die Spinnen aus dem Bad holst.

Ich liebe dich, weil du mir gestern ein Toblerone-Dreieck in meine Anzugtasche gesteckt hast.
Für immer dein,
Dom xx

♥

10

Dominic

HEUTE – 3. Juni 2017

Aus dem *Buch der Liebe*:
»Scheiß drauf, wen interessiert's, Erin? Ich liebe dich, weil ich es tue.«

♥

Es ist Lydias Party, und ich stehe mit einem mir unbekannten Paar zusammen, das hitzig über den Brexit diskutiert. Der Mann ignoriert mich und nickt weise, wenn sie spricht. Sie beachtet mich auch nicht, sondern interessiert sich nur dafür, ihren Zeigefinger in die Luft zu bohren, um ihre Worte zu unterstreichen. Ich blicke mich im Raum um – ein großes, offenes Erdgeschoss in einer viktorianischen Villa voller Leute, die alle beschließen, lieber nicht nach draußen in den Regen zu gehen.

Das Brexit-Duo und ich stehen an exakt der Stelle, an der Lydia und Nigel im Dezember ihren Tannenbaum haben. Mit Ausnahme des letzten Jahres. Da hatte Lydia verständlicherweise entschieden, auf Grinch zu machen, und Baum, Kugel, Glitzer, Lametta und Lachen waren verbannt. Ich schaue mich nach Lydia um, kann sie aber nicht entdecken. Sie muss in der Küche sein und den Service dirigieren, also gehe ich in diese Richtung und bleibe erst stehen, als ich vertraute Stimmen auf dem Flur höre. Auf Nigels dröhnendes Lachen folgt ein höherer, leiserer Ton. Sie klingt genauso wie Erin – dasselbe Timbre. Doch die Frisur verrät, dass es Rachel ist, unsere Tochter.

Ich bahne mir meinen Weg an fremden Gesichtern vorbei, doch sobald ich näher bin, sehe ich, dass sie Paul mitgebracht hat, und mache kehrt. Obwohl ich von ihm gehört habe, bin ich ihrem älteren Liebhaber bisher nicht begegnet. Ich halte mich im Hintergrund und beobachte sie. Zwar hat er keine Altersflecken auf den Händen, aber man sieht ihn, den Altersunterschied. Für mich jedenfalls ist er riesig, fast aufdringlich. Der Mann ist ein Vierzigjähriger in einer Baumwollhose, mit gebügeltem Hemd und hellem, für meinen Geschmack etwas zu schick frisiertem Haar. Sein Äußeres schreit förmlich »Vaterfigur«, und mir wird ein bisschen schlecht. Ihre gesträhnten, unten blau gefärbten Dreadlocks sind zu einem Pferdeschwanz gebunden, und ihr silberner Nasenring blitzt im Licht der Deckenstrahler, als sie ihren Kopf an Nigels Schulter lehnt. Er umarmt sie fest, wie ich es so gern täte.

»Ist Jude hier?«, fragt sie Nigel nach ihrem Bruder.

»Er hat sich ein paar Tage freigenommen«, höre ich ihn antworten.

Jude macht ein Praktikum an der Schule, die Nigel leitet, und sich während des Schuljahres freizunehmen, ist nicht gern gesehen. Ich frage mich, ob er bereits entschieden hat, dass Unterrichten nicht sein Ding ist – er ist nie gut darin, Dinge durchzuhalten. Ich gehe weiter, enttäuscht, dass ich meinen Sohn nicht sehen werde. Gleichzeitig ist mir allzu bewusst, dass ich stets sehr viel mehr Fehler hatte als er und *ich* den Nachmittag damit verbracht habe, mich mit einem Stoffelefanten zu unterhalten.

»Oh«, entgegnet Rachel und zieht die perfekten Augenbrauen hoch, »das hat er gar nicht gesagt. Komm.« Sie nimmt Pauls Hand und sagt: »Ich bin am Verhungern. Suchen wir das Geburtstagskind.«

Ich folge ihr und komme mir vor wie der Typ in *Vater der Braut*, der seiner Tochter nachjagt, sie aber nicht erreicht, weil zu viele Leute im Weg sind. Durch die Küchentür kann ich eben noch Lydias Kopf sehen, als mich ein Idiot anrempelt und seinen Drink auf mich verschüttet, um dann wortlos weiterzugehen. Mann, irgendwas sagt mir, dass ich hätte wegbleiben sollen. Ich fluche im Stillen. Nichts möchte ich lieber, als meine Tochter umarmen, meine Schwester, und sie meine Arme um sich spüren lassen.

Ich frage mich, was Erin jetzt sagen würde.

»Reiß dich mal zusammen, und schwing deinen Hintern da rein. Es ist eine Party! Feiere! Und vielleicht siehst du dir mal an, wie du Paul findest?«

Oder etwas in der Art.

Also versuche ich, auch ohne sie an meinem Arm, genau das zu tun.

Es dauert nur Sekunden, bis ich feststelle, dass Paul ein langweiliges Arschloch und Rachels nicht würdig ist. Wäre Erin hier, würde sie mir den Ellbogen in die Rippen rammen, und das unsanft. Wäre Erin hier, würde sie fauchen. »Es ist *ihre* Entscheidung, nicht deine.«

Aber Erin ist nicht hier, also schleiche ich mich nach einer weiteren Stunde unbemerkt davon und gehe die kurze Strecke zurück nach Hause.

11

Erin

DAMALS – März 2000

»Ich gehe nicht.«

»Du *gehst.*«

»Ich kann nicht.« Erin reibt die Handflächen an ihrer Jeans ab, als sie durch den Türspalt zu den Kinderbetten linst. »Ich könnte mich sowieso nicht entspannen.«

»Erin, du gehst.«

Sie beobachtete, wie ihre Freundin Hannah durchs Wohnzimmer zu ihr kam, fühlte, wie sie ihre Hand nahm.

»Lydia ist bald da. Wir sind zu zweit, für jedes Kind eine – nur für eine Nacht. Das bekommen wir hin.«

Erin sah mit großen Augen nach unten zu Hannahs Gipsfuß, einem Andenken an ihren Sturz vom Gehweg nach zu vielen Cocktails.

»Was?«, fragte Hannah. »Lydia kann hinter ihnen herrennen, falls nötig.« Sie schwenkte ihren Zeigefinger vor Erins Gesicht. »Du gehst jetzt rein da, duschen und packen. Dom ist in vierzig Minuten zu Hause.«

Erin schlang die Arme um ihren Oberkörper, als sie zum Schlafzimmer ging.

»Er hat sich eine Menge Mühe gemacht«, rief Hannah ihr nach. »Er will dich nur mal kurz aus dem undankbaren Mutterdasein entführen. Erin, er möchte dich glücklich sehen!«

In ihrem Schlafzimmer rieb sich Erin mit beiden Händen den Nacken. Sie hasste Überraschungen. Für einen Moment hielt sie den Atem an, bevor sie langsam ausatmete. Sie konnte sie nicht verlassen … Was wäre, wenn irgendwas passierte? Was wäre, wenn *dasselbe* passierte? *Du bist albern. Rachel und Jude sind in wenigen Monaten zwei …* Wie ferngesteuert zog sie sich aus und ließ ihre Sachen hinter sich auf dem Weg zur Dusche fallen. »Rachel und Jude wird es gut gehen.« Diesen Satz wiederholte sie immer wieder, während sie mit dem Kopf gegen die Fliesen tippte und das warme Wasser über ihren Nacken lief. Sie legte die Hände an ihre Seiten und wiederholte abermals: »Rachel und Jude wird es gut gehen.«

Eine Stunde später im Auto benahm Dom sich wie ein Kind am Weihnachtsabend. Auf der anderthalbstündigen Fahrt zu dem kleinen Hotel am Rande von New Forest tätschelte er immer wieder ihren Oberschenkel.

»Sind wir da?«, fragte sie, als er eine gewundene Einfahrt hinauffuhr.

Dom nickte. »Gerade rechtzeitig, um uns vor dem Dinner noch kurz frisch zu machen.«

Hand in Hand betraten sie das Hotel. Dom trug ihre Reisetasche. In ihrem Zimmer wippte er seitlich auf ihrem Himmelbett, und Erin musste lachen, als sie das Fenster öffnete. Sie lehnte sich auf die Fensterbank und fragte: »Hörst du das?«

»Was?« Er rührte sich nicht.

»Mäh, mäh. Lämmer, jede Menge.«

»Wir sind direkt neben einem Bauernhof, und es ist gerade Lämmerzeit.«

»Ja, Frühjahr«, sagte sie lachend. »Ich liebe das Lämmerrufen und das Vogelzwitschern morgens.«

»Während ich nur dein Lachen liebe«, erwiderte er.

Erin setzte sich neben ihn und neigte ihren Kopf an seine Schulter, während sie ihre Finger mit seinen verwob. »Du solltest vor dem Dinner duschen«, sagte sie. »Ich habe es schon zu Hause.«

»Du könntest mit mir duschen. Ich glaube …« Er rieb mit seinem Daumen über ihre Wange, als würde er etwas wegwischen. »Du hast da etwas übersehen.«

Sie lachte. »Wer als Erster da ist?« Sie sprang auf und rupfte sich schon mal zwei Kleidungsschichten herunter, die sie obenherum trug. BH-los grinste sie ihn an, zog ihre Jeans und den Slip nach unten und stieg aus den Hosenbeinen. »Gewonnen«, sagte sie und wollte losrennen.

Dom fasste sie an der Hand. »Nicht.« Seine Stimme war nur mehr ein Flüstern. »Lass mich dich ansehen.«

Instinktiv verschränkte Erin die Arme vor ihren Brüsten, die drei anstrengende Monate lang Zwillinge genährt hatten, als sie neugeboren waren. Dann wanderte ihr Blick hinab zu ihrer Mitte, die weich und schlaff war, und sie musste gegen den Drang ankämpfen, sich hinzukauern, um ihren Bauch zu verstecken. Ihr war bewusst, was geschehen sollte. Sie *wollte*, dass es geschah. Die Male, die sie im letzten Jahr Liebe gemacht hatten, konnte sie abzählen. Nein, korrigierte sie sich. Sie hatten Sex gehabt, bei dem sich ihre Körper begegnet waren, während sie beide mit einem Ohr nach den Kindern gehorcht hatten. Erin sehnte sich danach, wieder Liebe zu machen, von ihm langsam berührt zu werden. Es wurde Zeit.

Dom stand auf, immer noch vollständig bekleidet, und zog sie an sich. Sie fühlte, wie er an ihr steif wurde, und eine Erinnerung blitzte in ihrem Kopf auf – an die Zeit kurz nachdem sie sich kennengelernt hatten, als sie Strippoker spielten. Sie hatte gewonnen, zog sich aber dennoch für ihn aus – langsam, provozierend, ein bisschen übertrieben. »Das ist nicht fair«, sagte sie nun. »Zieh dich aus oder verschwinde.«

Sie beobachtete, wie er sich die Kleider vom Leib schälte. Seinen Pullover griff er mit einer Hand in seinem Nacken und zog ihn sich über den Kopf. Seine Jeans und die Boxershorts schob er beinahe träge nach unten.

Erin sah ihm in die Augen, als er sich die Socken abstreifte. »Wir kommen zu spät zum Abendessen«, sagte sie und sah ihn auffordernd an, als sie seine Hand nahm.

»Ja, kommen wir.« Er nickte.

Gemeinsam bewegten sie sich, tanzten gemächlich nackt durchs Zimmer, als wären sie an den Hüften verwachsen. Jeder von ihnen hatte eine Hand in der Luft, die Finger mit denen des anderen verwoben, während sie mit der anderen den Nacken des anderen umfingen. Erin streichelte die Haut unter seinem Haaransatz. Sie drehten sich umeinander, vollkommen im Takt, als bewegten sie sich zu einer langsamen Ballade.

»Wir haben nie einen gemeinsamen Song gehabt«, sagte sie an Doms Ohr.

Er hielt inne. »Dann einigen wir uns auf einen. Wir schalten jetzt das Radio ein, und der, der da gerade läuft, ist es. Unser Song.«

Erin bekam Panik. »Was, wenn es dieses Chumbawamba-Ding ist? Oder dieser Britney-Song über irgendwas noch mal? Oder …«

»Hab Vertrauen.« Dom lehnte sich rüber, hielt sie weiter fest und schaltete das Radio an.

Sofort lächelte Erin. »›At Last‹«, sagte sie. »Etta James. Wie perfekt ist das denn?«

»Vollkommen«, sagte Dom und zog sie wieder zu sich.

»Du hast ihn nie zuvor gehört, oder?«, fragte sie lachend.

»Nein, aber du hast recht. Er ist perfekt.«

Am nächsten Morgen brauchte der Wagen zwei Minuten, um warm zu werden, und Erin sah auf ihre Uhr.

»Viermal«, sagte Dom. »Das heißt, dass du alle dreißig Sekunden auf deine Uhr siehst.«

Sie verzog das Gesicht. »Entschuldige. Ich will nur dringend nach Hause.«

Dom stöhnte. »Können wir uns nicht noch ein bisschen mehr morgendliches Liebemachen gönnen?«

Sie biss sich auf die Zunge, als er den Gang einlegte. Sie wollte nur nach Hause, die Kinder sehen, sich ihren Pyjama anziehen und mit allen auf dem Sofa kuscheln. Sie schaltete das Radio leise ein. »Weißt du, normalerweise hasse ich Überraschungen, wirklich, aber das war wunderbar. Das Hotel, das späte Abendessen …« Beide lachten. »Danke, Dom«, ergänzte sie. »Für den Fall, dass du mich gestern Abend nicht gehört hast, danke.«

Ihr Mann schürzte die Lippen und blies ihr einen Kuss zu. »Trotzdem sind Überraschungen pfui?«

Sie nickte.

»Habe ich dich umgestimmt?«

»Kann sein. Ja, meine ich. Ach, nein, bedaure. Ich hasse Überraschungen immer noch. Es hat vielleicht mit Kontrolle zu tun.«

»Echt jetzt, im Ernst?« Sein Blick verriet ihr, dass sie ihm nichts Neues erzählte.

»Nein … Überraschungen sind nicht cool … wie die, als ich einen Wettabschnitt in deiner Anzugtasche fand.« Erin drehte sich auf ihrem Sitz zu ihm, sodass sie ihn direkt ansah. Sein Erröten war eindeutig, dieses leichte Pink, das seinen Hals hinaufkroch. »Dom?«

Er starrte geradeaus. »Das war vor Monaten.«

»Ja, weiß ich, aber …« Sie wählte ihre Worte mit Bedacht und war nicht ganz sicher, ob das Timing für diese Unterhaltung günstig war. Sie wollte nicht alles verderben; andererseits hatte sie sich geschworen, mit ihm darüber zu reden. »Ich möchte nur sicher sein, dass du kein Geld verwettest, das zu verlieren wir uns nicht leisten können. Besonders nicht, wenn du in diesen Club deines Dads gehst.«

Sie beobachtete, wie er sich langsam die Stoppeln am Kinn

kratzte. »Ich weiß, dass er ihn einen Gentlemen-Club nennt«, sagte sie, »und ich habe schon deine Mutter gefragt, die sagt, dass dort keine Stripperinnen auftreten …«

Dom lachte und sah zu ihr. »Du hast meine Mutter gefragt, ob da Stripperinnen sind? Wie kam das bei ihr an?«

»Sie hat mich ausgelacht und mir erklärt, dass es bloß ein nobler Laden nur für Mitglieder ist, in dem gepokert und Roulette gespielt wird.«

»Stimmt. Aber das hast du gewusst, Erin.«

»Ja, habe ich wohl. Ich möchte trotzdem von dir hören, dass du nie dort spielst, dass die Einsätze im Wettbüro dein Limit sind. Denn anscheinend können wir uns die Einsätze in dem Club definitiv nicht leisten.«

Dom nagte an einer Unterlippe, während Erin schon bereute, etwas gesagt zu haben.

»Du musst dir keine Sorgen machen.« Er tätschelte ihr Knie, und sie seufzte laut. »Ehrlich.«

»Gut, denn mit der neuen Hypothek wird das Geld knapp.« Erin schluckte ihre Sorge so weit herunter, dass sie lächeln konnte, als sie an das eigene Zuhause dachte, das sie ab dem nächsten Dienstag besitzen würden. Die Wohnung in der Hawthorn Avenue, in der sie so gern lebte, würde ihnen gehören. Sicher, sie war klein, und die Zwillinge mussten sich ein Zimmer teilen, aber wie Dom erklärt hatte, als sie erstmals über die Idee sprachen, würden sie einige Jahre dortbleiben, und wenn er mehr verdiente, zögen sie in etwas Größeres. Es war wahnsinnig großzügig von seinen Eltern, ihnen die Wohnung zum selben Preis zu verkaufen, zu dem sie sie vor fünf Jahren gekauft hatten, ihnen also den Wertgewinn zu schenken.

Sie dachte an ihre spendablen Schwiegereltern, als Dom wieder sprach.

»Hasst du Überraschungen wirklich?«

Erin lachte.

»Na, das wusste ich eben bisher nicht.«

»Vermutlich gibt es eine Menge, was wir noch nicht über den anderen wissen.«

»Mal angenommen, ich habe im Lotto gewonnen und erzähle es dir erst, wenn wir den Scheck bekommen.«

Sie runzelte die Stirn. »Das würde nicht gehen. Ich würde es früher wissen wollen.«

»Warum?«

»Ist wieder das Kontrollding. Die Tatsache, dass es etwas wäre, bei dem wir beide entscheiden müssten, wie wir damit umgehen. Ich meine, würden wir zum Beispiel anonym bleiben? Solche Sachen müssten entschieden werden, *bevor* wir den Scheck bekommen.«

»Du würdest mir nicht zutrauen, die richtige Entscheidung für uns zu treffen?« Wieder sah er sie mit großen Augen an, und Erin zögerte einen Moment zu lange. »Wirklich?« Lachend schüttelte Dom den Kopf. »Oh verdammt. Sollten wir jemals im Lotto gewinnen, werde ich dich damit überraschen.«

»Falls wir je im Lotto gewinnen, erzähl es mir lieber, und versuch nicht, das Geld im Wettbüro oder im Club deines Dads zu verdoppeln, ehe du nach Hause kommst.«

»Autsch.« Er zog eine Grimasse. »Ist notiert. Und ich habe begriffen, dass du keine Überraschungen magst.«

Erin wurde rot. »Der gestrige Abend war eine wunderbare Überraschung. Ich …«

»Du bist nur ein undankbares Gör«, meinte er scherzend.

»Hör auf, Dom, ich fand es sehr schön. Ich …«

»Entspann dich, Schatz. Ich nehme dich nur auf den Arm.«

Erin lehnte ihren Kopf zurück.

»Warum versuchst du nicht, eine halbe Stunde zu schlafen? Wenn wir zu Hause sind und die Zwillinge über uns herfallen, wirst du dir wünschen, du hättest es.«

Sie schloss die Augen. »Danke.« Dann ertastete sie seine Hand auf dem Schaltknüppel. »Für alles.«

»Überraschung!«

Erin machte in der offenen Tür einen Satz zurück, mit dem sie Dom beinahe umwarf. Im selben Moment sah sie ein Meer von Gesichtern in der Diele. Sie erkannte Fitz ganz hinten, wie üblich. Vor ihm standen ihre Schwiegereltern, und oben an der Bilderleiste verlief über die gesamte Länge ein Schriftzug: »Glückwunsch zum neuen Heim!«

Dom flüsterte ihr zu: »Entschuldige.«

Erin rang sich ein Lächeln ab, als Hannah angehumpelt kam und ihr einen weinenden Jude in die Arme drückte, während Dom zu Lydia ging und die Hand der stillen Rachel nahm. »Ich habe versucht, es ihm zu sagen«, murmelte Hannah. »Ich habe ihm gleich gesagt, dass es dir nicht gefallen würde.« Erin drückte Jude, wiegte ihn auf ihrer Hüfte und kämpfte gegen den starken Impuls, sich umzudrehen und wegzulaufen. Schnell. Zurück in den Wald in Hampshire. Sie schüttelte den Kopf, als Nigel ihr ein Glas anbot.

»Nur einmal anstoßen«, bat er sie, also nahm sie es.

Lydia war neben ihm. »Hattet ihr eine schöne Zeit?«, fragte sie.

»Wunderbar.« Erin lächelte. »Danke, dass ihr hier seid. Ging es mit ihnen?«

»Glänzend bis vor einer Stunde. Jude ist müde. Er braucht seinen Mittagsschlaf.«

»Dann lege ich ihn hin, und danach reden wir.«

Im Zimmer der Zwillinge ging Erin mit Jude auf dem Arm auf und ab. Er hatte seinen Kopf in ihre Halsbeuge gelegt. Mit der rechten Hand streichelte Erin das sandfarbene Haar des kleinen Jungen mit jenen federleichten Strichen, die sie beide mochten. Innerhalb von Minuten schlief er ein, und ein leises

Schnarchen drang aus seinem kleinen Mund. »Jude und Rachel wird es gut gehen«, flüsterte sie in das dunkle Zimmer, als sie Jude hinlegte. Sie blies ihm einen Luftkuss zu, legte die Hand auf den kalten Messingknauf und atmete sehr tief ein. Draußen schloss sie die Tür leise, um ihn nicht zu wecken, und machte sich auf den Weg zum Lärm im Wohnzimmer und zu Rachel und Dom.

Über die anderen hinweg sah sie Fitz und lächelte. Es tat so gut, ihn zu sehen. Ihr Vater hatte eine Art, ihr neue Kraft zu geben, das Positive in allem zu sehen. Während sie auf ihn zuging, machte er plötzlich einen Schritt zur Seite und vollführte einen dramatischen Armschwenk, mit dem er ihren Bruder Rob präsentierte. Erin hatte Rob nicht mehr gesehen, seit er vor zwei Jahren kurz zu Besuch gewesen war. Sie hielt sich eine Hand vor den Mund. Neben Rob stand Dom, der Rachel auf seiner Hüfte balancierte, und erhob ein Glas in ihre Richtung. »Überraschung«, sagte er stumm, und Erin brach in Tränen aus.

♥

6. März 2000

Lieber Dom,
du tust so viel für mich. (Danke für die wunderbare Kurzreise und für Rob!) Ich danke dir, Dom. Du verstehst mich, und ich liebe dich.
Erinnerst du dich, wie wir im Hotel im Bett lagen und redeten und du mir versprochen hast, dir hiermit mehr Mühe zu geben? Dich mehr anzustrengen, diese Seiten anzunehmen. Ich glaube, du hast gehört, wie ich sagte, dass ich es leichter, sicherer finde. Heute, weil wir uns jetzt gerade so nah fühlen, kann ich dir offen sagen, wie ich mich fühle, wie sehr ich tatsächlich kämpfe. Auch weil uns morgen, obwohl wir nicht umziehen, die Wohnung gehö-

ren wird, was sich wie ein neues Kapitel anfühlt. Und deshalb: Wenn ich ehrlich bin, denke ich, dass du es bereits weißt. Ich denke, du hast wahrscheinlich schon versucht, mit mir darüber zu reden, und ich habe dich abgeblockt. Es tut mir leid.

Ich leide an schrecklichen, überwältigenden, furchteinflößenden Angstzuständen. Wenn ich merke, wie es losgeht, lähmt es mich, weil ich nichts tun kann, um es aufzuhalten, es nur, so gut es irgend geht, durchstehen. Ich weiß ja, dass diese Zustände nicht andauern, dass ich sie überstehe. Als du versucht hast, mit mir zu reden, und von »Wochenbettdepression« sprachst, war ich wütend, weil es nichts damit zu tun hatte, dass ich schwanger war. Tatsache ist, dass ich schon seit Jahren einen Knoten im Bauch habe. Ich lebe mit Ängsten, seit Fitz mir damals erzählte, dass Mutter stirbt. Da war ich sechzehn.

Ich will keine Etiketten oder Pillen. Ich möchte mit dir reden können, dem Mann, den ich liebe. Aber ich kann nicht. Nun ja, ich tue es hier, aber etwas hält mich davon ab, zu dir persönlich offen zu sein. Ich denke, ich ertrage den Gedanken nicht, dich zu enttäuschen, oder habe vielleicht Angst, dass du über mich urteilst und denkst, ich sollte mich verdammt noch mal zusammenreißen. Jetzt sehe ich dich nicht an, also werde ich es einfach tun, dir ALL die Sachen erzählen, die mich runterziehen und wahrscheinlich mit zu den Ängsten beitragen:

1. Geld. Ich weiß, dass es knapp ist. Ich möchte helfen und fühle mich furchtbar, weil ich nichts zur Haushaltskasse beitrage.
2. Dein »Herumprobieren«, wie du es nennst. Es ist kein Herumprobieren, Dom, sondern Glücksspiel, und das können wir uns nicht leisten.
3. Ich brauche mehr, nicht von dir, sondern mehr als schmutzige Windeln, und weil ich so empfinde, habe ich ein schlechtes Gewissen. Ich denke, ich möchte wieder arbeiten. (Vielleicht eine Umschulung machen?)
4. Ich hasse es, fett zu sein. Ich hasse meinen Körper nach der

Schwangerschaft. Mir ist klar, dass du versuchst, mir ein gutes Gefühl zu geben, und mir sagst, dass ich immer noch umwerfend bin, aber ich glaube dir nicht.

5. Ich habe das Gefühl, meine Freundinnen zu verlieren, weil ich solch ein wandelndes Elend bin und nach Baby-Feuchttüchern rieche. Lydia und Hannah waren letzte Woche in einer Weinbar, und ich habe erst hinterher davon erfahren.
6. Sex. Hoffentlich bekommen wir das wieder hin, denn ich vermisse es auch. Ehrlich. Mir fehlt es, dich zu berühren. Und ich vermisse deine Berührungen.
7. Ist dir klar, dass ich früher die war, die dich fragte, ob du glücklich bist? Und heute vergeht kein Tag, ohne dass du mich das fragst, und ich lächle und antworte: »Natürlich bin ich glücklich ...«

Wann ist das passiert?

All meine Liebe, Erin xx

♥

März 2000

Erin, mein Liebling,

morgen gehen wir gemeinsam zum Arzt. Zwing mich nicht, dieses Buch mitzunehmen, um ihm zu zeigen, wie du dich wirklich fühlst. Du kannst jederzeit mit mir reden – hier oder persönlich –, aber du musst auch mit ihm reden. Bitte, Erin.

Ich liebe dich ohnegleichen,

Dom xx

♥

März 2000

Mein Liebling Dom,

Es war ein junger Mann namens »Sam«,
an den glaubte fest seine »Pam«.
Er ging mit ihr zum Doc,
sie bekam Pillen ad hoc.

Und er lehrte sie atmen, Amen.
Ich liebe dich aus einer Million Gründen, aber vor allem, weil du nicht über mich urteilst.
Erin xx

♥

12

Erin

DAMALS – September 2001

Es war der erste Tag ihrer zweiten Woche im dreimonatigen Intensivkurs Betriebswirtschaft, als Erin vor dem Mittagessen verschwand. Ein Hauch von Schuldgefühl nagte an ihr, als sie die Eingangsstufen der örtlichen Universität hinunterging. Der Kurs hatte jeden Penny verschlungen, den sie besaßen, und Fitz und Sophie wechselten sich ab, die Kinder aus der Spielgruppe abzuholen und zu hüten, solange Erin in ihrem Kurs saß. Obwohl sie dankbar war, dass alle sie in ihrem Wunsch unterstützten, wieder zu arbeiten, war sie heute rastlos und nervös. Mit dem Gefühl war sie bereits morgens aufgewacht und hatte im Dunkeln nach Dom gegriffen, um festzustellen, dass er schon weg war. Die nervöse Unruhe blieb über den Vormittag.

Es war ein schwülwarmer Tag, und laut Wetterbericht sollte der Spätsommer noch bis in den Oktober anhalten. Erin wedelte mit dem T-Shirt über ihrem Bauch, den sie mit fünfzig Sit-ups jeden Morgen flach hielt, atmete die stehende Luft tief ein und blickte auf ihre Uhr. Sie könnte das Richtige tun und zu Sophie eilen, um ihr zu sagen, dass sie heute Nachmittag nicht gebraucht würde, oder sie tat das andere Richtige. Seit ihr Dozent Kassenbücher und Bilanzen erwähnte, wollte ihr eine Sache nicht mehr aus dem Kopf, und ihr war klar geworden, dass sie Dom sehen musste. Wenn sie ihn sah, sich nur für einige Minuten an ihn klammerte, würde der gestrige Abend vergeben und vergessen sein. Sie hätte wieder neue Energie, und diese innere Unruhe wäre verschwunden.

Sie drehte sich um und ging durch die Stadt zum Büro ihres Schwiegervaters am Fluss. Unterwegs kaufte sie einige Sachen ein. Als sie sich der Glasfront des Gebäudes näherte, blickte sie zum Parkplatz, sah den Wagen und ging durch die Drehtür.

»Hi, Paula«, begrüßte sie die Empfangssekretärin, die schon dort arbeitete, seit Gerard vor Jahrzehnten die Firma gegründet hatte.

»Erin, wie schön, Sie zu sehen. Erwartet Dom Sie?«

»Nein, ich dachte, ich sehe mal, ob er zum Mittagessen frei ist.«

»Er ist oben in seinem Büro und bleibt über den Nachmittag. Sie beide sind so süß«, sagte Paula.

Erin dachte an diese Bemerkung, als sie im Fahrstuhl stand und die Taste von Doms Stockwerk drückte. Sahen die Leute sie so? »Süß.« Der Streit, den sie den Abend zuvor gehabt hatten, hätte gar nicht weiter von »süß« entfernt sein können. Es war eine ihrer raren lautstarken Auseinandersetzungen gewesen – mal wieder wegen Geld. Er verdiente es, sie gab etwas davon aus, und dennoch schien jeden Monat *alles* Geld weg zu sein. Seine frostige Reaktion auf das vertraute Streitthema war der Grund gewesen, weshalb sie ins Bett geflohen war und ihre Reue sie morgens bewegte, als Erstes nach ihm zu tasten. Deshalb hatte sie sich nicht auf den Kurs konzentrieren können, und deshalb musste sie ihn sehen. Das Leben war zu kurz, um zu streiten, sie beide mussten nur ihr Bestes tun.

»Solltest du nicht im Unterricht sitzen?«, fragte er, sobald er sie sah, und ergänzte: »Ah, du *schwänzt*.« Er schüttelte den Kopf und wedelte mit dem Zeigefinger, wobei er sich bemühte, sein Grinsen zu verbergen, und sie auf die Wange küsste.

»Mach doch mit«, schlug sie vor.

»Was? Kann ich nicht.«

»Natürlich kannst du. Es ist ein Notfall.«

»Das geht nicht. Noch nie etwas von dem Spruch gehört, den Teufel an die Wand malen? Fordern wir das Schicksal nicht heraus.« Er hatte sich hingesetzt, die Fingerkuppen vor sich zusammengelegt, und sah sie an.

»Aber dies *ist* ein Notfall.«

»Erin …«

»Dom, vertraust du mir?«

Eine Viertelstunde später saßen sie in einem abgedunkelten Kinosaal, in dem sie die einzigen Gäste waren.

Obwohl Erin nicht für die VIP-Sitze bezahlt hatte, saßen sie in ihnen. »Verklag mich doch«, hatte sie laut gesagt, als sie Dom durch die Reihe zog.

Er rutschte auf seinem Sitz hin und her und versuchte, seine Bügelfalte zu richten, während er sich immer wieder umschaute.

»Zieh dein Jackett aus, entspann dich, und schalte dein Handy aus«, sagte sie.

»Hör mal …«

»Nein, du hörst zu. Wir machen das hier jetzt. Du wirst den Film mögen. Er heißt *Rock Star* und handelt von einem Typen, der in der Vorgruppe seiner Lieblingsrockband spielt, und dann stößt dem Sänger etwas zu, also dem Leadsänger, und sie brauchen einen neuen, und …«

»Erin, es ist halb eins an einem Montag, und das in einer sehr vollen Woche.«

»Das Leben ist voller Wochen, in denen viel los ist. Wir brauchen das hier. Die Kinder sind bei Sophie. Du kannst dich entspannen und es genießen, oder du streitest dich mit mir.«

Sie hörte sein lautes Seufzen, als der Vorspann begann.

»Hast du Hunger?«, fragte sie flüsternd.

Er schüttelte den Kopf.

Erin holte eine Plastiktüte aus ihrer Schultertasche, und nach einigem Geraschel und Geknister legte sie ihm etwas auf den Schoß, das wie ein Sandwich aussah.

»Was ist das?«, fragte er.

»Mittagessen«, antwortete Erin lächelnd. »Iss.«

Dom griff danach und starrte es an. »Ist das echt ein Toblerone-Sandwich?«

»Es sind echt zwei Toblerone-Dreiecke zwischen zwei Brotscheiben, ja.«

»Lecker.«

»Warte erst mal ab, bis du probiert hast.«

»Muss ich nicht. Ist schon klar. Lecker … Machen wir das hier wirklich?«

Sie legte eine Hand auf seine. »Wann war das letzte Mal, dass wir etwas Verrücktes getan haben?«

»Ich erinnere mich nicht.«

Sie hob seine Hand und streifte sie mit ihren Lippen. »Früher haben wir es gemacht, als wir uns gerade erst kennengelernt hatten. Wir sind einfach mal für einen Tag an den Fluss, an den Strand oder zu irgendeinem National-Trust-House. Wir haben müffelnde Eier-Sandwiches und warmes Bier in deinen Rucksack gepackt. Und wir waren zu Karaoke-Abenden im King's Arms, als du noch nicht wagtest, mir zu sagen, dass ich nicht singen kann.«

Sie spürte, dass er sie im Dunkeln ansah. »Hier geht es um gestern Abend«, sagte er.

»Es geht um gestern Abend und um heute, und jetzt psst, es geht los.« Sie zog ihre Hand zurück, lehnte sich in den breiten Ledersitz und neigte ihren Kopf auf Doms Schulter.

Neunzig Minuten später verließen sie Hand in Hand das Kino.

»Ich muss zurück zur Arbeit.« Dom streckte sich.

»Warum?«

»Ich denke, dass ich es sollte.«

»Nein. Du solltest das höllische Telefon aus der Tasche holen, das du laut deinem Vater immer bei dir haben musst. Und du solltest ihn anrufen und ihm sagen, dass du Zeit mit deiner Frau brauchst.« Sie zuckte mit den Schultern. »Er wird dich wohl kaum feuern.«

»Du musst zurück zu deinem Kurs.«

»Ich müsste, aber ich gehe nach Hause zu den Kindern, und ich wünsche mir sehr, dass du mitkommst. Ich möchte, dass wir alle zusammen das Kinderprogramm sehen und sie dann, nachdem wir sie mit knusprigen Pancakes und Chips gefüttert haben, früh ins Bett bringen, damit wir beide ein Erwachsenenessen zusammen genießen können. Vielleicht können wir dann über Geld reden, ohne uns anzuschreien.«

Dom blickte zum Fluss, zu der Strecke zurück zur Arbeit. »Du hast einen schlechten Einfluss auf mich, Erin Carter«, sagte er, zog sein Handy aus der Jackentasche und sprach Paula eine Nachricht aufs Band, dass er heute nicht mehr ins Büro käme.

Er kochte ein Chili, während sie den Kindern vorlas. Hinterher, als Jude und Rachel im Bett waren, bauschte Erin sich vor dem Dielenspiegel das Haar auf und biss sich auf die Lippen, um sie ein wenig zu röten. Aus der Küche hörte sie ihn mit gesenkter Stimme reden. Er war mal wieder an dem verdammten Handy. Sie hasste das Teil – hasste, wie es ihr Familienleben störte.

»Dad«, flüsterte Dom beinahe. »Ich habe doch gesagt, wir reden darüber. Ich ignoriere es nicht. Und das heute war nicht zu vermeiden. Erin und ich haben ein bisschen Zeit für uns gebraucht.«

Sie lächelte. *Braver Junge.*

»Nein, ich habe es ihr nicht gesagt.«

Sie hatte die Hand bereits an der Tür, nahm sie herunter und schob sie in die Hosentasche.

»Das ist mir bewusst. Ja, ich weiß …«

Sie lauschte seufzend.

»Dad, können wir das morgen machen? Ich habe dir doch gesagt, dass ich es nicht ignoriere. Ich weiß zu schätzen, was du …«

Erin öffnete die Tür und sah ihn an.

»Ich muss Schluss machen, Dad. Wir sehen uns morgen früh.«

Ihr Mann legte auf und lächelte sie strahlend an. »Gerade fertig zum Servieren. Ich fürchte, ich habe es mit dem Chili ein bisschen übertrieben.«

»Was war denn?«

»Was?«, fragte er und löffelte Reis und Chili in große Schalen. »Kannst du Wasser holen?«

Erin drehte den Kaltwasserhahn auf, befüllte zwei Gläser und stellte sie auf den Tisch. »Worüber hast du mit Gerard gesprochen?«

»Nur Arbeitskram.«

»Was hast du gemeint, als du sagtest, du hast es mir nicht erzählt? Was hast du mir nicht erzählt?«

Dom zog die Augenbrauen zusammen, sodass sich zwei steile Falten zwischen ihnen bildeten. »Nein, es ging nicht darum, *dir* etwas zu sagen, sondern um Louise im Büro. Die Kunden sind mit ihren letzten Entwürfen unzufrieden, und ich muss es ihr irgendwie beibringen. Iss, bevor es kalt wird.«

Sie roch es sofort – den unmissverständlichen Gestank von Bockmist. Sie hörte es an seiner leicht zitternden Stimme, sah es an seinem ausweichenden Blick. Und als sie nach seiner Hand griff, die ihr die Schale reichte, konnte sie es fühlen – dieses beschwichtigende Tippen seines Fingers auf ihrem Handrücken, das nicht beruhigte. Und sie schmeckte es im Essen, als hätte er die Lüge, die er ihr eben erzählt hatte, mit Chiliflocken überdecken wollen.

♥

10. September 2001

Mein lieber Dom,
heute Abend hast du mich belogen. Ich weiß nicht, warum, aber ich weiß, dass du gelogen hast. Nun möchte ich erfahren, warum. Und erzähl mir nicht wieder irgendwelchen Quatsch von Louises Entwürfen bei der Arbeit.
Dies ist der Ort, es auszuspucken.
Komm schon. Ich kann nicht schreien oder brüllen. Wenigstens nicht, bis ich deine Antwort gelesen habe.
Was es auch sein mag, erzähl es mir, denn allein bei dem Gedanken, dass du gelogen hast, ist mir bereits schlecht. Was es auch sein mag, es kann nicht so schlimm sein, wie ich es mir ausmale. Dom, ich liebe dich, weil ich weiß, dass es in dir eine Tiefe gibt, die ich nicht immer sehe, aber ich glaube an dich. Ich vertraue dir. Also sei ehrlich mit mir.
Mit all meiner Liebe,
Erin xx

♥

11. September 2001

Meiner wunderschönen Frau, Erin Carter,
die Frau meiner Träume und die einzige Frau, die ich je geliebt habe. Ich habe gestern Abend nicht gelogen, und dass wir darüber streiten, ob ich es tat oder nicht, scheint mir jetzt gerade so nichtig, also lass uns das bitte nicht tun.
Denn all diese Leute in den Türmen sind heute gestorben, und du und ich sind noch hier.
Ich kann es nicht begreifen. Die entsetzlichen Bilder stapeln sich in meinem Kopf, seit es heute Morgen geschah. Du und ich wissen mehr als die meisten; wir wissen, wie ein verdammt furchtbarer Moment ein

Wendepunkt im Leben zweier Menschen sein kann. Aber Tausende von Menschen hat es in so wenigen Momenten getroffen, und so viele andere Leben sind vollständig zerstört ... Es ist schwer zu glauben, dass die New Yorker Minute überhaupt real ist.
In was für einer Welt leben wir? In was für einer Welt ziehen wir unsere Kinder groß?
Ich möchte es verstehen und zugleich auch lieber nie verstehen.
Dom xx

♥

12. September 2001

Dom,
Liebe ist viel stärker als Hass.
Liebe ist viel stärker als Verlust.
Das werden wir unsere Kinder lehren.
Ich liebe dich, weil du fühlst.
Erin xx

♥

13

Dominic

HEUTE – 4. Juni 2017

Aus dem *Buch der Liebe*:
»Du glaubst an den menschlichen Geist.
Und an Gott. Deinen Gott, Erin, nicht meinen,
aber dennoch liebe ich dich dafür.«

♥

Am Tag nach der Geburtstagsparty wandere ich nach unten und finde eine verärgerte Nachricht von Lydia auf dem Anrufbeantworter, weil ich gegangen bin, ohne mich zu verabschieden.

Mist.

Draußen bildet ein blaugrauer Morgenhimmel den Hintergrund zu den Bäumen. Ohne auf die Uhr zu sehen, weiß ich, dass es gegen sieben sein muss. Schon jetzt ist es warm im Haus, und ich gehe hinaus in den Garten, wo eine wohltuende, kühle Brise geht. Der Garten ist übersät mit Begonien, Freesien und Gladiolen, die aus den Zwiebeln platzen, die ich vor Monaten pflanzte – eine Farbenpracht. Ich gehe umher. Die Erde ist noch feucht vom gestrigen Regen. Ich berühre die Blätter, rieche an den Blüten und stehe wieder an der Tür, frage mich, was als Nächstes kommt, und erinnere mich an meine eigenen Worte zu Erin: »Das Leben entwickelt sich so, wie es soll.« Da höre ich das Geräusch, auf das ich gewartet habe.

Mein Blick huscht zum anderen Ende der Diele. Das Klicken des Schlüssels, der zweimal im Schloss gedreht wird, hallt durch den Raum, und da ist sie. Sie schiebt einen Koffer vor sich her durch die Tür, und die Erleichterung, die ich empfinde, als ich ihr Gesicht sehe, ist allumfassend. Sie ist zu Hause. Sie trägt diese riesige Fliegenaugen-Sonnenbrille, die ich hasse, wohl weil sie auf dem Flug kaum geschlafen hat – kann sie nie. Ihre schmalen Knöchel ragen unten aus der engen Jeans, und auf ihrem weißen T-Shirt sind ein paar Kleckse von irgendwas, wahrscheinlich Kaffee.

»Hey du«, sage ich. »Überraschung!«

Die Haustür steht noch offen, als sie ihre Sonnenbrille abnimmt und mich breit angrinst.

Es ist, als wäre das Haus plötzlich erfüllt von ihrem Lachen, als würde sich ein gieriges Vakuum mit Luft füllen. Stünde ich draußen, könnte ich sehen, dass auch das Haus lächelt.

»Du bist zu Hause«, stelle ich überflüssigerweise fest.

Sie kommt auf mich zugelaufen und umarmt mich. »Dom …«

Ich streiche ihr übers Haar, atme sie ein, rühre mich nicht, bis sie es tut. »Geht es dir gut?«, flüstert sie.

»Ja, alles gut. Es ist so schön, dich zu sehen. Du siehst … müde aus.« Sie streicht mit der Hand seitlich über mein Gesicht.

»Lydias Geburtstag«, sage ich, weil ich lieber den als Grund angebe, warum ich die letzte Nacht nicht schlafen konnte.

Sie verzieht das Gesicht. »Garantiert hat mich keiner vermisst.«

»Ich schon«, höre ich mich sagen.

Sanft küsst sie mich auf die Lippen.

»Hattest du eine schöne Zeit?«, frage ich, als sie auf Abstand geht.

»Anstrengend. Ich bin auch übermüdet.«

»Und geht es Rob gut?« Ich frage nach ihrem Bruder und Mel, seiner Frau, sowie ihren beiden Kindern. Auf alles bekomme ich einsilbige Antworten, also lasse ich sie stehen und durchs Küchenfenster auf die Blütenpracht starren, die ich zehn Minuten zuvor bewundert habe. Sechzehn Tage in New York. Und jetzt ist sie zu Hause. Sie ist wieder im Valentine's. Bei mir.

»Ich rufe ihn, Rob, lieber an. Er wird wissen, dass ich vor Stunden gelandet bin.« Sie geht zurück in die Diele und auf die Treppe zu. »Ich nehme das Telefon im Schlafzimmer.« Sie bleibt kurz stehen, blickt sich zu mir um. Eine vertraute Unsicherheit zerfurcht ihre Stirn. »Und mit uns ist alles in Ordnung?«, fragt sie.

Ich bejahe wortlos.

»Das ist gut«, sagt sie und ist weg. Ich sehe die Stelle auf den Fliesen an, auf der die feuchten Abdrücke ihrer Füße zu sehen sind.

Kurz darauf finde ich sie im Schlafzimmer, vollständig bekleidet auf dem Bett. Ich lasse sie schlafen, lege mich neben sie und betrachte die feinen Linien und Konturen ihres immer noch wunderschönen Gesichts.

Da sie zu lange geschlafen hat, ist sie aufgedreht und noch auf New Yorker Zeit. Ich bleibe mit ihr auf, und wir reden. Sie hat die Beine unter sich angewinkelt, sitzt neben mir auf dem Sofa und nippt an einem großen Glas Wein.

»Das wird dir nicht helfen zu schlafen«, warne ich sie.

Sie runzelt die Stirn und verdreht die Augen. »Erzähl mir von der Party. War es ein bisschen komisch für dich? Und wie ging es Lydia?«

»Ich war nicht lange da. Sie war anfangs auf Autopilot und dann ziemlich betrunken. Als ich ging, stützte sie sich schon auf Hannah.«

Erin nickt, als würde es sie nicht wundern.

»Aber natürlich könntest du hingehen und es dir selbst anhören«, riskiere ich zu sagen, weil ich so gut helfen muss, wie ich kann, um die Dinge zwischen ihnen wieder hinzubiegen. Es ist entscheidend, dass sie wieder miteinander reden.

»Das wird nicht passieren.« Sie schüttelt den Kopf. »Waren die Kinder da? Ich konnte sie nicht erreichen.«

»Rachel arbeitet heute Abend, hat sie gesagt, und Jude – wer weiß – anscheinend hat er sich in der Schule den Freitag freigenommen und ist für ein paar Tage weggefahren.«

Die Furchen auf Erins Stirn vertiefen sich. »Komisch, dass er nicht an sein Telefon geht.«

»Er ist erwachsen, Erin«, antworte ich grinsend. »Oder zumindest hält er sich gern dafür. So erwachsen, wie ein Neunzehnjähriger sein kann.«

»Genau …« Erin blickt mich über ihr Glas hinweg an. »Und Paul? Wie fandst du ihn?«

Ich zögere. »Soweit ich es beurteilen konnte, scheint er ein sehr netter junger Mann zu sein.«

Sie schnaubt. »Quatsch«, sagt sie, »du hast gedacht, dass er ein sehr netter *alter* Mann ist.«

»Du hast recht«, gestehe ich. »Ich fand ihn verdammt langweilig und viel zu alt für sie.«

Erin lacht. »Er ist achtunddreißig, genau doppelt so alt wie sie.«

»Ach du Scheiße.«

»Eben.«

Seit ich Paul gestern Abend zum ersten Mal sah, habe ich versucht, sämtliche Klischees über Sugar-Daddys aus meinem Kopf zu verbannen, denn Rachel ist glücklich, und Paul scheint es auch zu sein. Ich gehe es im Geiste noch mal durch, als Erin wieder etwas sagt.

»Vielleicht sind sie verliebt …«

Langsam bewege ich meinen Kopf von links nach rechts. »Was können sie denn gemeinsam haben, Erin?«

»Was haben wir jemals gemeinsam gehabt?«, fragt sie. »Im

Ernst, du kommst aus einem reichen Haus und hast das immer gleichgültig abgetan. Du hast ein abgeschlossenes Architekturstudium, hast deine eigene Firma gegründet. Dreimal die Woche Squash mit Nigel, eine Vorliebe für Sport und schicke Autos. Und dir war immer wichtig, was die Leute denken. Ich? Meine Familie hatte nichts, ich habe in einer Boutique gearbeitet, nachdem ich mit der Schule fertig war, und habe zugegebenermaßen geholfen, eine Firma zu führen. Ich zähle Pennys und Pfund – bin sehr sparsam. Ich hasse jede Art von Sport, und die einzige Bewegung, die ich bekomme, ist Gehen. Ich fahre einen zehn Jahre alten Mini, und selbst in meinen ängstlichsten Momenten ist mir scheißegal, was die Leute von mir denken.«

Sie unterbricht nicht mal, um Luft zu holen, und ich denke über das nach, was sie sagt, als sie mich anstupst. »Dom?«

»Das ist eine Liste von Dingen, die keine Rolle spielen«, antworte ich. »Die haben nichts mit dem zu tun, *was* wir gemeinsam haben.« Sie ist still.

»Wir sind schon den größten Teil unseres Erwachsenenlebens zusammen. Das haben wir gemeinsam. Wir haben gemeinsame Kinder, unser Heim und unsere Freunde. Du solltest ein bisschen in unserem *Buch der Liebe* lesen und dich daran erinnern, wie viel wir beide gemeinsam haben.«

Erin beißt sich auf die Unterlippe.

»Unsere Entschlossenheit zu überleben, unsere Fähigkeit, an unserer Ehe zu arbeiten, unser gemeinsamer Glaube an die Liebe. Diese seltene Liebe für immer …« Ich bin jetzt in Fahrt.

»Schon gut, schon gut.« Lächelnd hält sie eine Hand in die Höhe.

»Er ist fast zwanzig Jahre älter als Rachel. Meine Sorge wäre immer und ist sie noch, ob sie jemals zur selben Zeit dieselben Dinge wollen werden, sollten sie ein gemeinsames Leben planen.«

»Schon gut«, wiederholt sie. »Aber Rachel kennt sich selbst wirklich besser als die meisten Neunzehnjährigen. Sie fühlt sich wohl in ihrer Haut – viel mehr, als Jude es tut. Sie weiß, was sie will, und ist ziemlich gut darin, es auszudrücken.«

Ich lächle. »Ist sie. Und, wie Fitz sagen würde, ›das hat sie sich nicht von einer Briefmarke abgeleckt‹ ...«

»Erinnerst du dich«, ergänzt Erin, »weißt du noch, wie du früher überhaupt keine Gefühle ausdrücken konntest? Du hast dich mit Klauen und Zähnen dagegen gesträubt, Sachen aufzuschreiben.«

»Ja, und erinnerst du dich, was für eine nervige Zu-viel-Erzählerin du warst?«

Wir lachen beide. Unbewusst hat sie nach dem Elefanten gegriffen und streichelt sein einziges Ohr, während ihr Kopf an meiner Schulter lehnt.

»Ich bin so froh, dass du hier bist«, sagt sie flüsternd.

»Wo sollte ich sonst sein?«, antworte ich und ignoriere das wummernde Pochen in meinem Kopf:

Dies kann nicht von Dauer sein.

14

Erin

DAMALS – Mai 2002

Der letzte Frühlingsmonat war immer die härteste Zeit des Jahres. Erin konnte die Angst fast in ihrem Mund schmecken, sobald der erste Mai da war. Am dreißigsten April war noch alles gut: Sie hatte ihre Angst im Griff, das Leben war geordnet, alle Abläufe hatten sich eingespielt. Und dann begann mit dem neuen Monat der Countdown zum Jahrestag. Es wurde, wie alle Leute vorhergesagt hatten, mit jedem Jahr ein klein wenig leichter, doch während sie im Bett lag, dachte sie darüber nach, wie es sie immer noch aus der Bahn werfen könnte, würde sie sich erlauben, daran zu denken. Und früher am heutigen Tag, an ihrem neuen Arbeitsplatz, hatte sie es sich erlaubt. Die Gedanken hatten sich aufgetürmt und waren aneinandergeknallt, bis Erin keine Luft mehr bekam.

Lydia hatte sie nach Hause gebracht, sie ins Bett verfrachtet und sich um die Kinder gekümmert, bis Dom kam.

Sie konnte die beiden jetzt hören, wie sie sich leise an der Haustür unterhielten. Erin blinzelte langsam in dem verdunkelten Zimmer. Sie war dankbar, dass ein leichter Luftzug durch das offene Fenster wehte, und versuchte, sich auf die Geräusche des Fernsehers nebenan zu konzentrieren. Sie erkannte, dass die Lieblings-DVD der Kinder spielte; Maisy, die Abenteuer einer kleinen weißen Maus und ihrer Freunde. Ihre Kinder guckten fröhlich Maisy Mouse.

Als die Tür aufging, schloss Erin die Augen und fühlte, wie er sich auf die Bettkante setzte und ihre Hand nahm.

»Nicht der beste Tag, was?«, flüsterte er.

Erin sagte nichts.

»Möchtest du darüber reden?«

Nein, wollte sie nicht. Sie wollte nicht darüber sprechen, wie sie mitten in der Leitzentrale gestanden hatte, als es geschah. Sie wollte ihm nicht erzählen, wie sie das Adrenalin in Schockwellen durch ihren Körper pumpen gefühlt hatte, wie sämtliche Luft aus ihrer Lunge gewichen und ihr ganzer Körper vor Angst gelähmt gewesen war. Es war die schlimmste Angstattacke, die sie je erlebt hatte.

»Erin?«

Nein. Sie wollte ihm nicht erzählen, wie Isaac, erst seit vier Monaten ihr Chef, genau gewusst hatte, was zu tun war, wie ein Raum voller medizinischer Fachleute ihr geholfen hatte, sich da durchzuatmen. Nein. Sie wollte es ihm nicht erzählen, und er musste es nicht erfahren.

Sie hatte gedacht, dass sie es schafft.

Erin zog ihre Hand weg und rollte sich im Bett zusammen. »Du wirst mir bloß sagen, dass du recht hattest. Du wirst nett sein, aber was du auch sagst, eigentlich meinst du: ›Habe ich dir doch gleich gesagt.‹«

»Das ist nicht fair«, murmelte Dom. »Ja, ich fand, dass mitten in einer Notfallzentrale zu arbeiten ein bisschen zu viel verlangt sein könnte. Ich weiß, ja, schon gut.« Er hielt eine Hand in die Höhe. »Ich weiß, dass es eine ›Teilzeit-Sekretärinnenstelle‹ ist, aber du bist immer noch dort, umgeben von dem Notfallmist – hörst, was …«

»Ich dachte, dass ich auf meine Weise helfen kann.«

»Weiß ich. Jetzt rutsch mal rüber, Muffel.«

Erin rückte zur Seite und seufzte tief, als Dom sich neben sie legte und sie in die Arme nahm. »Du hättest mich anrufen sollen.« Er strich ihr übers Haar.

»Ich wollte nicht, dass du es weißt.«

»Warum nicht? Um Himmels willen, Erin, warum denn nicht?«

Deshalb, dachte Erin, wegen dieses Anflugs von Frust. Dom war jemand, der alles in seinem Leben komplett im Griff hatte. Wie sollte sie ihm die heutige Episode erklären, wenn sie es bisher nicht mal selbst begriffen hatte? Sie könnte ihm nichts weiter sagen, als dass sie in dem einen Moment noch durch den Raum gegangen war, ein Tablett mit zwei Kaffeetassen in der Hand, eine für Isaac, eine für sie, und im nächsten Augenblick sich gekrümmt hatte, weil sie keine Luft mehr bekam, und die Kaffees verschüttete.

»Nimmst du deine Tabletten?«

»Ja.« Auch das brauchte er nicht zu wissen. Sie wollte nicht hören, wie er ruhig über die Pillen sprach, die sie stabil halten sollten. Und er wollte nicht hören, dass sie in Wahrheit aufgehört hatte, sie zu nehmen, weil sie sich so gut gefühlt hatte.

»Das Geld hilft«, begann sie ihre Verteidigung. »Es geht direkt in den Umzugstopf.«

»Aber dort zu sein, an dem Ort …«, entgegnete er. »Ich glaube immer noch, dass es zu viel für dich ist.«

»Das Geld hilft uns«, wiederholte sie, »und ich muss arbeiten. Ich *möchte* arbeiten.«

»Das ist mir klar, aber wir müssen etwas anderes finden, wo du nicht von den Katastrophen anderer umgeben bist!«

Da. Da war sie wieder. Diese leichte Gereiztheit. Sie nagte an ihrer Unterlippe. Vielleicht war sie ungerecht. »Ich wollte irgendwo sein, wo ich ein bisschen was bewirken kann.«

Er küsste sie auf den Kopf. »Egal, wo du bist, Erin, du bewirkst etwas.«

Sie fing an zu weinen. Weiche, fette Tränen tropften auf seinen Hemdsärmel, und er rührte sich nicht.

»Es wird sich etwas anderes ergeben«, flüsterte er. »Und du wirst es klasse finden, und alles wird wieder gut sein.«

Sie nickte.

»Aber du musst deine Medikamente nehmen.«

Abermals nickte sie, schluckte noch einen sinnlosen Widerspruch hinunter und bremste sich, ehe sie nach der Flasche fragen konnte, damit sie zusammen was trinken konnten, auf dass es half, die lähmende, durchdringende Furcht zu vertreiben, die seit mittags in ihrer Brust saß.

Es würde nie einen besseren Zeitpunkt geben, es ihm zu sagen, zu versuchen, ihm zu erklären, wie es war. Dennoch behielt sie es für sich. Sie war unsicher, ob die Worte später schriftlich aus ihr hinaussprudeln würden, ob sie es überhaupt probieren würde. Wie erklärt man jemandem, der die völlige Kontrolle hat, was betäubende, irrationale Panik ist? Selbst wenn man ihn liebt. Selbst wenn man von demjenigen geliebt wird.

»Einmal«, begann Dom, der sich flach auf den Rücken legte und sie auf seine Brust zog. »Einmal bin ich auf dem Supermarktparkplatz gegen einen Poller gefahren und habe es dir nie erzählt. Die Zwillinge waren noch Babys und saßen hinten in ihren Kindersitzen. Es war nur ein kleiner Rums, und ihnen ist nichts passiert. Ich ließ den Kratzer reparieren und habe nie ein Wort gesagt.«

»Was?«

»Du sollst bloß wissen, dass wir alle Notlügen erzählen. Nimm deine Tabletten, Mrs. Carter.«

Sie tippte ihm zweimal auf die Brust. »Einmal habe ich mein Portemonnaie mit dem Einkaufsgeld für eine ganze Woche drin verloren. Das Portemonnaie habe ich wiederbekommen, ohne Geld, und wir haben eine Woche lang Bohnen auf Toast gegessen, aber ich habe es dir auch nicht erzählt.«

Dom lachte, und sie inhalierte den Klang. »Ich hasse es, wenn ich Probleme mache«, flüsterte sie, »wenn ich in deinen Augen weniger vollkommen bin.« Sie setzte sich im Bett auf und war froh über das schummrige Licht, denn sie stellte sich vor, dass er mit seinen braunen Augen Löcher in ihre brannte.

Er griff nach oben, streichelte ihr Gesicht, und sie legte ihre Hand auf seine. »Wann begreifst du endlich, dass du sogar dann, wenn du Probleme machst, vollkommen bist?«, fragte er.

»Also, das ist nicht wahr, aber rede weiter.« Sie umarmte ihn. »Es tut mir leid. Ich nehme meine Pillen.«

»Und, wie ist er? Dein Chef, der Typ, den ich neulich gesehen habe?«, fragte Lydia. Die Frage kam am darauffolgenden Freitagabend, als sie sich mit Hannah auf einen Drink trafen.

»Er ist ziemlich cool«, antwortete Erin unwillkürlich. Isaac *war* cool. Sie hatte es schwer gefunden, sein Alter zu schätzen, tippte allerdings, dass er Ende dreißig war. Er war Single, flirtete ein kleines bisschen, aber nicht auf zudringliche Art, und er lachte gern.

»Du lächelst.« Hannah runzelte die Stirn. »Und dein Boss ist ›cool‹. Hmm …«

»Er *ist* cool. Er trägt Flip-Flops zur Dienstkleidung.«

»Du stehst auf ihn!«

»Tu ich nicht.« Erin winkte energisch ab und nahm einen Schluck von ihrem Drink, wobei sie daran dachte, dass sich Alkohol nicht mit ihren Tabletten vertrug. »Außerdem ist er übernächste Woche nicht mehr mein Chef. Ich habe gekündigt.«

»Oh, Erin!« Lydia legte sich beide Hände an die Wangen. »Das tut mir leid.«

»Dom hatte recht. Ihr habt alle recht gehabt. Das war nicht der ideale Job für mich.«

Erin lächelte in die beklemmende Stille hinein, da packte Lydia ihren Arm.

»Komm, und arbeite für mich! Entschuldige, *mit* mir. Du kannst The Bean Pod führen, solange ich mich nach einer Immobilie für die nächste Filiale umsehe.«

Obwohl Erin bewunderte, was Lydia erreicht hatte, seit sie ihr erstes Gourmet-Café direkt gegenüber von der Universität eröffnet hatte, hoffte sie, dass ihr jetzt nicht anzusehen war, wie ungern sie ihren Lebensunterhalt damit verdienen würde, Kaffee auszuschenken. Sie verzog das Gesicht, als Lydia sie in die Rippen knuffte.

»Und du schenkst keinen Kaffee aus«, sagte Lydia, die offenbar ihre Gedanken gelesen hatte. »Dies sind nur die ersten Niederlassungen in meinem Fünfjahresplan. Bis 2007 könnten wir so weit sein und daraus ein Franchiseunternehmen machen.«

Erin rieb sich das Zwerchfell und zog die Augenbrauen hoch.

»Ich meine es ernst«, bekräftigte Lydia. »Ich habe eben erst inseriert, dass ich jemanden für die Geschäftsführung suche. Jetzt, wo das Bean Pod richtig gut läuft, brauche ich jemanden, der die Buchhaltung für die Firma macht; jemanden, dem ich vertraue und der etwas vom Geschäft versteht. Du wärst genial, und glaub mir, Kaffee ist richtig im Kommen.«

»Klar.« Hannah sah sie skeptisch an. »Einige große amerikanische Firmen denken genauso.«

»Wir sind anders«, erwiderte Lydia lächelnd. »Kleine Läden, eine schmale Theke am Fenster mit maximal sechs Barhockern. Unser Konzept ist, dass wir die Leute reinlocken, die sich ihren Kaffee zum Mitnehmen holen – übrigens immer billiger als bei den Amerikanern –, wir geben ihnen einen Mini-Muffin gratis, ja, gratis, und sie kommen wieder, weil wir den besten Kaffee verkaufen. Tun wir wirklich.«

Allen Bedenken zum Trotz stellte Erin fest, dass sie darüber nachdachte.

»Nein, ehrlich, Erin, es wäre lustig. Komm in die Welt von Flat White, Espresso, Cappuccino, Mocha Latte! Du weißt, dass du es willst. Probier es für drei Monate, und wenn du es schrecklich findest, kein Problem. Du kannst Teilzeit arbeiten, nur die Vormittage oder manche Tage von zu Hause aus. Ich weiß, dass du nach der Schule gerne bei den Kindern bist.«

Und in dem Moment beschloss Erin, etwas zu tun, was sie selten machte. Sie stimmte zu. Sie willigte ein, zumindest die nächsten drei Monate für Lydia zu arbeiten, ohne es gründlich zu analysieren, die Pros und Kontras abzuwägen. Sie holte einfach tief Luft und nickte.

Minuten später hatte sie ein Glas Sekt zur Feier in der Hand, das sie sich erlaubte, während Hannah herausplatzte: »Ich muss euch was erzählen.«

Erin bemerkte, dass der rot geschminkte Mund ihrer Freundin zuckte.

»Jetzt ist anscheinend ein guter Moment«, sagte Hannah und atmete durch.

»Wofür?«, fragte Lydia.

»Ich habe jemanden kennengelernt. Keinen, den ihr kennt. Wir sind seit einer Weile zusammen.«

»Jemand von der Arbeit?«, fragte Erin. Hannah arbeitete als Croupier in einem der Casinos von Londons Fünfsternehotels.

»Jemand *durch* die Arbeit«, antwortete Hannah.

»Name, Geburtsdatum, Einzelheiten bitte«, forderte Erin.

»Leute, ich kenne ihn noch nicht sehr lange.«

»Einen Namen muss er aber haben.«

»Walter, Walt«, antwortete Hannah und rieb eine Stelle an ihrem Arm.

Lydia kicherte. »Walter? Das heißt, er ist fünfundsiebzig, oder? Deshalb hast du nichts gesagt?«

Erin spürte Hannahs Unbehagen. »Sie ist nur albern«, sagte sie. »Wie alt *ist* Walt?«

»Er ist sechsunddreißig.«

»Also ein bisschen älter als du.«

Hannah nickte.

»Lernen wir ihn kennen?«, fragte Lydia. »Ich glaube nicht, dass ich dich jemals so verschwiegen wegen jemandem gesehen habe.«

»Er wohnt in Brighton.«

»Hübsch.« Erin nickte. »Ich würde gerne am Meer wohnen. Arbeitet er in London?«

»Ja.«

»Hm, hier stimmt was nicht.« Lydia griff nach Hannahs Hand. »Warum hast du mir, uns nichts von ihm erzählt?«

»Ich will es bloß nicht beschreien. Oh Mann!«

Erin merkte sofort auf, weil ihrer Freundin offensichtlich noch unwohler wurde und ihr Gesprächsfetzen aus jüngsten Unterhaltungen mit Hannah wieder einfielen. »Er ist verheiratet, oder?«, flüsterte sie.

Hannah sah erschrocken zu ihnen, wollte schon leugnen, als sie eine betrübte Miene zog. »Bitte, es ist nicht so, wie ihr denkt.«

»Hat er Kinder?«, fragte auch Lydia leise.

»Nein, keine Kinder …«

»O Gott, Hannah. Eine Frau …« Erin beobachtete, wie Lydia ihre Hand auf Hannahs legte und Hannah sie abschüttelte, als wäre sie versengt worden.

»Urteilt nicht über mich«, erwiderte sie harsch. »Ich liebe ihn. Ich habe versucht, es nicht zu tun, aber ich liebe ihn.«

Alle anderen Geräusche in der belebten Weinbar – das Gerede der anderen Gäste, das Geschirrklappern aus dem Durchgang zum Restaurantbereich, das ferne Klingeln eines Telefons –, alles wurde still, als Erins Stimme erklang.

»Keiner urteilt, Hannah«, sagte sie, während sie dachte, dass sie es im Innern durchaus tat. Sie fragte sich, ob seine Frau es wusste, ob es eine furchtbare Übereinkunft zwischen ihnen gab, auf die sie sich geeinigt hatten, oder, schlimmer noch, sie nichts wusste. Aber in all den Jahren, die sie Hannah kannte, in denen sie Liebhaber gehabt hatte und zwei Beziehungen, die kamen und gingen, hatte sie ihre Freundin nie das Verb »lieben« benutzen gehört. Erin sah in ihr beinahe leeres Glas, und obwohl sie wusste, dass sie es nicht sollte, füllte sie es auf.

»Definitiv keine Kinder?«, fragte Lydia nach.

Hannah schüttelte den Kopf. »Definitiv nicht.«

»Du sagst, dass du ihn liebst. Wie empfindet er für dich?«, fragte Lydia. »Du hast gesagt, dass ihr noch nicht lange zusammen seid …«

»Seit sechs Monaten. Und er fühlt genauso wie ich.« Hannah sprach sehr langsam und schluckte sichtlich angestrengt.

»Sechs Monate?« Lydia verschränkte die Arme vor der Brust.

»Wir lieben uns«, wiederholte Hannah.

»Was soll das überhaupt sein, Liebe?« Lydias Ton war scharf, und Hannah reagierte sofort.

»Es mag für dich nicht dasselbe sein wie für mich.« Sie blickte Erin an. »Ich denke einfach immerzu an ihn, wenn ich nicht bei ihm bin. Und in den Zeiten, in denen wir nicht zusammen sind, wünsche ich mir, dass wir es wären. Er bringt mich zum Lächeln, sobald ich ihn sehe, und damit meine ich, dass schon sein Anblick reicht, damit ich lächle. Und wenn wir zusammen sind, lachen wir viel.«

Erin sah weg.

»Ich vermisse ihn, wenn er nicht da ist«, fuhr Hannah fort. »Der Sex mit ihm ist einfach …« Sie begann zu weinen, und Erin erkannte, dass diese Tränen vergossen werden mussten, bei ihnen, bei ihren Freundinnen. »Mir ist jetzt klar, dass ich andere Männer nur gebumst habe und sie mich. Bei Walt mache ich Liebe mit einem Mann, mit dem ich zusammen sein will. Es ist, wie nach Hause zu kommen.«

Hannah ergriff Lydias und Erins Hände. »Bitte, ich brauche es, dass ihr mich versteht.«

Allen Einwänden und allen »Abers« zum Trotz, die ihr durch den Kopf gingen, dachte Erin, klingt es für mich wie Liebe.

♥

Mai 2002

Lieber Dom,

es kommt mir nicht vor wie vier Jahre, seit sie gestorben ist; seit sie auf meinem Knie wippte. Dennoch fühlte ich heute, als ich die Augen schloss und an Maisie dachte, dass ihr Bild in meinem Kopf verblasst. Ich musste mich sehr konzentrieren, um mir den Sommersprossenbogen auf ihrer Nase ins Gedächtnis zu rufen, ihre winzigen geschürzten Lippen ... Ich weiß, dass wir uns vorgenommen haben, uns das Schöne vor Augen zu halten, uns beide und die Zwillinge, aber ich will sie nie vergessen, Dom.

Wir reden eigentlich nie über sie, oder? Und wir haben noch nie über jene Nacht gesprochen, stimmt's? Die Zwillinge wurden so bald danach geboren, dass wir schlicht weitermachen mussten. Aber in der Nacht warst du es, der sie gefunden hat, und ich glaube nicht, dass ich dir je gesagt habe, wie dankbar ich bin, dass mir wenigstens das erspart geblieben ist. Hinterher hast du dich um alles gekümmert, während ich zu einem schwangeren Häufchen Elend zusammenfiel. Ich habe dir nie gedankt, dass du damals alles übernommen hast – danke, Dom. Und das meine ich ernst.

Wirst du mir sagen, dass es dir gut geht? Manchmal frage ich mich das nämlich ...

Du hast dich stets im Griff, während ich eine flennende Idiotin bin, die sich mit Pillen aufrecht hält. Aber geht es dir gut? Hast du wirklich alles im Griff, oder bist du bloß verflucht gut darin, so zu tun?

Vorhin zum Beispiel haben wir miteinander gesprochen, doch mit keiner Silbe den morgigen Jahrestag erwähnt (an dem ich wie immer mit den Zwillingen in die Kirche gehen werde, und du … was wirst du machen, Dom? Was tust du am 10. Mai, um ihrer zu gedenken?), also redeten wir über Hannah, als du auf einmal deine Turnschuhe anzogst und weg warst – weg zu einem weiteren Zehnkilometerlauf. Ich blieb zurück und ertrank in dem Gespräch, das wir beinahe geführt hätten!

Ich liebe Hannah. Und ich verurteile sie nicht. Jedenfalls denke ich nicht, dass ich es tue. Ich glaube ihr, dass sie diesen Mann liebt, aber das macht nicht richtig, was sie tut. Ich schätze, ich bin nicht sicher, wie es für sie ausgeht (schließlich hat sie sich immer gewünscht, zu heiraten und Kinder zu bekommen). Und wie wird es unsere Freundschaft beeinflussen? Wir müssen jeden willkommen heißen, den Hannah liebt, nicht wahr?

Ich bin verwirrt. Ernsthaft. Und ich würde wirklich gerne mit dir darüber reden, ohne dass du dir mittendrin deine Laufsachen anziehst.

Ich würde dich fragen, wovor du wegläufst, wenn ich glaubte, dass du mir antworten würdest. Ich denke, du hast Angst. Wovor hast du Angst, Dom?

Jetzt hat sich das hier in eine Art Schimpfen verwandelt. Das wollte ich nicht. Ich wollte nur mit dir reden. Lass mich wissen, dass es dir gut geht. Sag mir, dass es uns gut geht?

Und, Dom, ich liebe dich, weil du nach dem Laufen verschwitzt nach Hause kommst, duschen willst und dann laut seufzt, wenn du zum Dielenspiegel siehst. Du willst den grellen Post-it mit deinem Namen darauf abnehmen und zerknüllen. Am liebsten wirst du ihn auf den Boden werfen wollen und leise fluchen, aber das tust du nicht. Du wirst in die Schublade schauen und auch irgendwas hier reinschreiben.

Das weiß ich.

Erin xx

♥

10.Mai 2002

Erin, mein Liebling,
ich bin nicht wie du, meine Liebe. Deshalb funktioniert es mit uns. Du bist das Yin zu meinem Yang und dieser ganze Quatsch. Ich weiß, dass du dieses Buch magst, aber wenn ich ehrlich bin, finde ich es einfach nur albern. Dennoch werde ich mich bemühen, um deinetwillen.

Mir geht es wirklich gut. Natürlich vermisse und trauere ich um unser wundervolles kleines Mädchen, aber, wie gesagt, wir sind verschieden.

Das Einzige, wovor ich jetzt gerade Angst habe, ist dein Bedürfnis, alles bis ins Kleinste zu zergrübeln. Und ich komme nun mal aus einer Denkrichtung, in der es heißt, wenn man etwas nur lange genug sucht, findet man es auch!

Also fürchte ich eher, wenn wir versuchen, Dinge zu sehr auseinanderzupflücken, um zu sehen, wie sie funktionieren, passen sie am Ende vielleicht nicht wieder zusammen.

Ich liebe dich ohnegleichen.

Dom xx

PS: Hannah und dieser Kerl, mit dem sie zusammen ist. Warum denkst du überhaupt darüber nach? Es ist ihre Sache und wird niemals halten, daher müssen wir uns keine Gedanken machen, ob er zu uns passt oder nicht.

PPS: Und zu deiner Information laufe ich nur, um fit zu bleiben!

PPPS: Jedes Jahr an Maisies Jahrestag führe ich ein Telefonat. Bis zu dem Tag habe ich keine Ahnung, mit wem ich reden werde oder ob ich mit jemandem sprechen werde. Es ist etwas, das ich tue, seit du und ich erstmals wegen irgendwelcher Spenden Kontakt zu der hiesigen SIDS-Gruppe hatten. Ich versuche herauszufinden, ob jemand kürzlich ein Baby durch plötzlichen Kindstod verloren hat und reden möchte. Und dann rede ich mit den Leuten. Falls sie wollen. Das ist es, was ich tue, während du zur Kirche gehst.

♥

11. Mai 2002

Lieber Dom,
ich liebe dich, weil du mit Fremden über ihren Schmerz sprichst und ihnen wahrscheinlich durch eine dunkle Zeit hilfst. Ich hasse es, dass du deine nie richtig mit mir teilen konntest.
Ich verstehe es, aber ich hasse es.
Erin xx

♥

15

Erin

DAMALS – Dezember 2003

»Mann, bin ich froh, dich zu sehen.« Erin umarmte ihren Vater an der Tür.

»Hey, das ist klasse!« Fitz berührte ihr kürzeres Haar. »Wie kam es dazu?«

Erin schloss die Tür, nahm ihm seine Jacke ab, bekam jedoch keine Gelegenheit zu antworten.

»Hallo, Kumpel.« Fitz bückte sich und hob Jude in seine Arme. »Bald bist du zu groß für mich!«

»Rachel zieht gerade ihren Pyjama an«, sagte Erin. »Macht es dir etwas aus, ihnen vorzulesen? Dann mache ich mich schnell fertig.«

»Natürlich nicht.« Fitz ließ den Jungen herunter. »Entschuldige, dass ich ein bisschen spät dran bin. Der Verkehr war mörderisch – ich hing bei dem großen M&S im Stau. Tausende, die auf den letzten Drücker Geschenke und Rosenkohl einkaufen …« Er schüttelte sich und lachte laut auf. »Fiese kleine grüne Dinger!«

»Grandad!« Rachel sah aus dem Kinderzimmer. »Nur noch einmal schlafen, dann kommt der Weihnachtsmann!«

»Ich weiß! Warst du denn auch ein ganz braves Mädchen?« Fitz beugte sich zu ihr, und sie nickte energisch.

»Aber Jude war böse zu Mummy.«

»Was?«, fragte Fitz. »Das kann ich mir gar nicht vorstellen.«

Erin seufzte, als ihr Vater zu Jude sah. »Er mag meinen Haarschnitt nicht«, erklärte sie.

»Sie sieht wie ein Junge aus«, sagte Jude.

»Niemals!« Fitz lachte. »Deine Mummy ist viel zu hübsch, um wie irgendein Junge auszusehen, den ich kenne. Dieses umwerfende Lächeln und die hübschen grünen Augen.« Er hielt Jude seine Hand hin. »Komm. Bringen wir euch zwei ins Bett, und ich erzähle euch die Geschichte von Oz und der Smaragdstadt, die genau dieselbe Farbe hat wie Mummys Augen. Sie muss sich jetzt fertig machen.«

»Danke«, hauchte Erin ihrem Vater zu und ging ins Bad, wo ihre Sachen innen an der Tür hingen. Sie drehte beide Hähne der Badewanne auf, wohlwissend, dass ihr kaum Zeit blieb, aber sie musste ihre Verspannungen lösen. Nachdem sie etwas Badesalz ins Wasser gegeben hatte, sank sie hinein. Aus dem Kinderzimmer hörte sie leises Lachen. Fitz würde die beiden ins Land Oz entführen, während sie für wenige kostbare Minuten in ihre nasse Wirklichkeit eintauchen konnte.

Erin hielt den Kopf über Wasser und machte einige Atemübungen, die sie mit einem Buch gelernt hatte. Sie hatte alles erledigt. Die vorweihnachtliche To-do-Liste im Büro von The Bean Pod war abgearbeitet, sämtliche Rechnungen waren gebucht, alle Bestellungen für das nächste Jahr gemacht, und die Papiere für Lydias nächste Niederlassung lagen bei den Anwälten. Alle Geschenke waren verpackt und sicher verstaut, damit die Kinder sie nicht fanden. Erin brauchte sie nur noch unter den Baum zu legen, wenn Dom und sie heute Abend nach Hause kamen. Das Essen morgen sollte bei Sophie und Gerard stattfinden, sodass Erin sich deshalb keine Gedanken machen musste. Und heute Abend war Fitz bei den Kindern, solange Dom und sie sich mit ihren Freunden zum monatlichen Pub-Quiz im The Coach and Horses vergnügten.

Sie zuckte zusammen, als es an der Tür klopfte.

Doms Stimme. »Ich bin's. Ich bin zu Hause und ziehe mich schnell um. Alles in Ordnung?«

»Ja, ich komme gleich.« Sie hätte noch eine Stunde in der Wanne liegen bleiben können, doch sie öffnete die Augen und betrachtete ihre Sachen für den Abend. Schwarze Jeans und ein schwarzes Glitzertop, das Hannah ihr letztes Jahr zu Weihnachten geschenkt hatte. Einen Abend rauszukommen, war genau das, was sie brauchte – die besten Klamotten an, geschminkt, einige Drinks, nicht zu viele, als dass sie den Weihnachtsmann vergaß, aber gerade genug, um lockerzulassen und sich zu amüsieren. Mit ärztlicher Hilfe hatte sie es in den letzten Monaten geschafft, ihre Medikamentendosis so weit zu reduzieren, dass sie beide hofften, sie könnte sie im nächsten Jahr ganz absetzen.

Sie stand auf und wickelte sich fröstelnd das Badelaken um, das sie auf der Heizung vorgewärmt hatte. Als sie sich abtrocknete, fiel ihr Blick auf ihr Spiegelbild. Definitiv kein Junge. Sie neigte den Kopf und hob ihre Brüste mit beiden Händen ein wenig an. Nicht schlecht. Sie waren nicht mehr so straff wie früher einmal, aber nicht schlecht. Dann drehte sie sich zur Seite und tippte sich an den flachen Bauch. Kein Sixpack, aber auch nicht übel. Sie schlüpfte in das einzige schwarze Dessous-Set, das sie besaß, zögerte einen Moment und stieg in die Ankle Boots, bevor sie sich das Haar trocken rubbelte und es so hinzupfte, wie es vor Stunden gewesen war, als sie den Friseursalon verlassen hatte. Lächelnd schnappte sie sich die übrigen Sachen und verließ das Badezimmer.

»Wow!« Dom starrte sie an, als sie ins Schlafzimmer kam und die Tür hinter sich schloss. »Verdammt, deine Haare. Wow!«

Sie stand auf ihren hohen Absätzen da, die Hände in die Hüften gestemmt, und beobachtete die wechselnden Emotionen, die sich in Doms Gesicht spiegelten. Zunächst die großen Augen und die Lust auf eine androgyne Fremde, dann der Schreck, dass sie die Fremde war. »Du siehst …«

»Ich sehe gut aus«, fiel sie ihm ins Wort. »Ich bin völlig fertig, aber ich sehe gut aus.«

Von der anderen Seite des Bettes aus musterte er sie von Kopf bis Fuß. »Du siehst heiß aus.«

»Gefällt es dir?« Sie berührte ihren Kopf.

Dom kam um das Bett herum zu ihr, legte seine Hände an ihre Taille und sah sie an. »Ich liebe es. Es lässt deine Augen noch mehr strahlen.« Er küsste sie sanft. »Jetzt zieh dich an, ehe ich dich aufs Bett werfe und um Sinn und Verstand vögle.«

Sie verdrehte die Augen. »Jude findet es doof. Er sagt, dass ich wie ein Junge aussehe«, erzählte sie, als sie ihre Jeans anzog. »Er hat mir den ganzen Nachmittag Grimassen geschnitten.«

»Morgen früh hat er es schon vergessen.« Dom begann leise zu singen: »Santa Claus is comin' to town«.

»Gehst du meinen Dad retten, solange ich mich schminke?« Sie knuffte ihn, als er mit den Lippen ihren Hals streifte.

»Leichter Zugang zu deinem schönen Hals, Mrs. Carter. Gefällt mir.«

Minuten später kam Erin zu ihm und den Kindern. »Seid schön lieb zu Grandad«, sagte sie zu den beiden.

»Sonst kommt der Weihnachtsmann nicht«, sagte Rachel ernst.

»Doch, tut er wohl«, widersprach Jude.

Erin zog die Augenbrauen hoch. »Nein, nicht zu unartigen Kindern.«

»Er kommt immer«, erwiderte Jude. »Und ich bin ein braver Junge.«

Lächelnd beugte sie sich zu ihm ins untere Etagenbett. »Du bist der beste Junge der Welt.« Erin fühlte, wie sich die Arme ihres Sohns fest um ihren Nacken schlangen. »Ich vermisse dein Haar, Mummy«, flüsterte er, als sie den zarten Duft seines Kinder-Shampoos einatmete.

»Ich bin immer noch deine Mummy, bloß mit kürzerem Haar.« Sie küsste ihn auf die Wange.

»Vielleicht mag ich es morgen«, sagte er, und Erin spürte Doms Grinsen hinter ihr.

»Gute Nacht, Schatz«, sagte sie, bevor sie sich aufrichtete und ihre Tochter in die Arme nahm.

»Ich mag es heute schon«, flüsterte Rachel ihr zu.

»Das freut mich.« Sie deckte Rachel zu. »Und du bist das beste Mädchen der Welt.«

»Bin ich«, stimmte Rachel ihr zu, und Erin schmunzelte über ihre bitterernste Miene. Dom hatte das Zimmer verlassen.

»Ihr müsst richtig schnell einschlafen«, sagte sie und ging zur Tür.

»Mummy, wie lange sind du und Daddy weg?«, fragte Jude, der sich zu ihr gedreht hatte.

»Nicht lange. Wir sind bald wieder da.«

»Geht ihr mit Tante Lydia und Onkel Nigel aus?«

»Ja, und mit Hannah.« Hannah würde allein sein, wie Erin wusste – da Walt, der sie angeblich liebte, über Weihnachten zu Hause bei seiner Frau war.

»In den Pub?«

Erin grinste. »Ja.«

»Aber ihr seid wieder da, bevor der Weihnachtsmann kommt?«

»Natürlich.« Ihre Hand lag auf dem Türknauf.

»Ihr dürft ihn nicht sehen, sonst lässt er keine Geschenke da.«

»Wir sind schon viel früher zurück.«

»Das ist gut. Aber was, wenn Rudolph seine Karotte nicht isst? Wird er …«

»Jude, schlaf jetzt«, rief Rachel aus dem oberen Bett.

Erin fühlte, wie Dom hinter ihr auftauchte.

»Schlaft jetzt beide«, sagte er. »Gute Nacht.«

Leise schloss Erin die Tür.

»Komm«, sagte Dom. »Oder wir stehen die ganze Nacht

hier.« Sie nahm die Jacke, die Handschuhe und den Schal, den er ihr reichte, und blickte sich zur Kinderzimmertür um. Es gab immer den Moment, kurz bevor sie die Kinder verließ, in dem sie das Gefühl hatte, sie sollte bleiben; ein Sekundenbruchteil, in dem sich Maisies Tod wie ein Schleier über sie legte, ein Gefühl, das die Zeit sie bewusst zu verdrängen gelehrt hatte.

»Dad, ruf uns an, falls sie nicht ruhig zu bekommen sind«, sagte sie und gab ihrem Vater einen Wangenkuss.

»Geht ihr euch amüsieren«, befahl Fitz ihnen und schob sie aus der Wohnung.

Draußen erschauderte Erin. »Verdammt kalt«, flüsterte sie. Sie lief beinahe, um mit Dom Schritt zu halten, blickte sich um und sagte sich, dass in der Hawthorn Avenue ohne sie alles gut wäre. »Also, was denkst du wirklich von der Kritik unseres Sohns an meinem Haarschnitt?«

»Ich denke wirklich, dass er ihn morgen nicht mal mehr bemerken wird.«

Sie hörte, wie Dom die Hände zusammenschlug, um sie zu wärmen. »Aber er ist so entschieden«, fuhr sie fort. »Ich weiß nicht. Wenn er sich irgendwas in den Kopf gesetzt hat, ist er so stur und …«

»Erin, er hat selbst eben gesagt, dass er die Frisur morgen vielleicht mag. Er ist fünf Jahre alt. Morgen wird er mit seinen Autos auf dem Straßenteppich spielen und dich so lieben, wie du bist.« Er stockte kurz. »Es war mal ein Mädchen mit langem Haar.«

Erin lachte.

»Das es hasste, weil es so anstrengend war.«

Sie hakte sich bei ihm ein, während er sich weiter abmühte.

»Also schnitt sie es weg«, unterbrach sie. Die Luft gefror um ihre Worte. »Worauf ihr Sohn war starr vor Schreck. Doch schon tags drauf liebte er sie immerdar.«

Vier Stunden später, nach Pub-Essen, Wein und viel Lachen mit ihren Freunden, war Erin zurück in der Küche und sah Dom entgeistert an. Er kratzte sich am Kopf.

»Das ist nicht witzig«, sagte sie.

»Ich scherze nicht, Erin. Ich kann ihn nicht finden.«

Sie beobachtete, wie er die Kramschublade in der Küche durchwühlte, und ihr Bauch krampfte sich zusammen.

»Ich weiß, dass ich ihn hier reingelegt habe.« Dom kippte die Schublade auf dem Küchentisch aus und durchsuchte den Inhalt.

»Du musst ihn finden.« Sie versuchte, nicht zu schreien, nicht panisch zu werden.

»Hier ist er nicht.« Dom hielt die gefalteten Hände vor sein Gesicht. »Lass mich nachdenken.«

Sie folgte ihm ins Wohnzimmer, wo er in einer anderen Schublade suchte. Dort blieb Fitz auf dem ausgeklappten Schlafsofa sitzen, den Fernseher stumm geschaltet.

»Wir müssen die irgendwie aufkriegen«, flüsterte sie und blickte durchs Fenster zu Doms Wagen unter der Straßenlaterne vorm Haus. Die Dachbox, die sie im letzten Jahr für den Urlaub in Cornwall gekauft hatten, schien das ideale Versteck für die Weihnachtsgeschenke, da Platz in der kleinen Wohnung Mangelware war. Sie beide hatten die Idee genial gefunden. Bis jetzt, am Heiligabend, als der Schlüssel für die hochmoderne, aufbruchsichere Dachbox unauffindbar war.

»Es tut mir leid, Dad«, entschuldigte Erin sich. »Sicher wolltest du gerade schlafen.« Sie nagte an ihrer Unterlippe und fragte sich, ob sie den Kindern morgen früh erzählen könnten, sie hätten sich verzählt, wie oft sie noch schlafen müssten. Nein – irgendwie mussten sie die Dachbox aufbekommen.

Gemeinsam zogen sie sich um und bewaffneten sich mit Messern, Gabeln, einem Hammer und einem Akkubohrer, der allerdings nur minimal aufgeladen war.

Draußen umhüllte sie ein dichter Nebel, als Erin auf der freien Seite des Dachgepäckträgers kniete und zog, während Dom versuchte, das Schloss aufzubohren.

Als das Surren verstummte und sich das Schloss immer noch nicht rührte, fing sie an zu weinen.

»Nicht doch«, sagte Dom. »Wir kriegen dieses Ding auf, und wenn es das Letzte ist, was ich tue.«

Sie stand auf und balancierte auf dem Dach, rieb sich die Arme und schaute von oben zu, wie Dom sich mit dem dünnsten Bohreraufsatz am Schloss zu schaffen machte.

Keiner von ihnen bemerkte, dass gegenüber ein Wagen hielt.

»Können wir Ihnen irgendwie helfen?«

Sie drehten sich gleichzeitig um und sahen zwei uniformierte Polizisten auf sich zukommen.

»Na, wie schön, dass die Nachbarschaftswache funktioniert.« Dom sah Erin an.

»Wir können das erklären«, sagte Erin, die beinahe das Gleichgewicht verlor. »Es ist unser Wagen, unsere Dachbox, und die ist voll mit den Weihnachtsgeschenken für die Kinder.«

»Ihre Namen bitte«, sagte der größere Polizist, und Erin sah im Geiste vor sich, wie Dom und sie über Nacht in eine Zelle gesperrt wurden.

»Dominic Carter«, antwortete Dom fast knurrend. »Wir wohnen da, in Nummer 27a, und Sie werden feststellen, dass dieser Wagen auf mich zugelassen ist.« Er griff in seine Tasche, holte seine Brieftasche hervor und reichte ihnen seinen Führerschein. »Jetzt wäre es nett, wenn Sie rüber zu Ihrem warmen Wagen gehen und überprüfen, was ich gesagt habe, und uns danach bitte helfen könnten?«

Erin starrte ihn an. Nie war sie stolzer auf ihn gewesen. »Dem stimme ich zu«, sagte sie lächelnd.

Nur Augenblicke später kehrte der Officer zu ihnen zurück, während sein kleinerer Kollege irgendwas im Kofferraum des

Streifenwagens suchte. »Ziemlich unzerstörbar, diese Dinger«, sagte er kopfschüttelnd. »Aber es ist Weihnachten, da muss man es versuchen … John holt das Werkzeug, das wir dabeihaben.« Er nickte in Richtung seines Kollegen.

»Ich bringe den Bohrer rein und lade ihn auf«, sagte Erin. »Möchte jemand was Heißes zu trinken?«

»Oh ja, gerne, Ma'am«, antwortete der Mann namens John. »Ich könnte morden für einen schwarzen Kaffee mit Zucker.«

Innerhalb von Minuten hatte Erin die Bestellungen aufgenommen, Becher auf dem Küchentresen aufgereiht und den Kessel aufgesetzt. Fitz beobachtete sie, während er den Bohrerakku einstöpselte. Er hatte sich Doms Bademantel übergehängt. »Entschuldige«, sagte er und blickte an sich herab. »Die Heizung ist ausgegangen, und der war das Einzige, was ich auf die Schnelle finden konnte.«

Erin umarmte ihn. »Gott, für einen Augenblick dachte ich, dass sie uns in Handschellen abführen würden.« Sie lachte, was ein wenig nervös klang. »Wir bekommen die Box auf, oder?«

»Werden wir, und falls nicht, suchen wir in ihrem Zimmer nach Spielsachen, die sie schon lange nicht mehr gesehen oder angefasst haben, und wickeln sie in Zeitungspapier ein. Sie sind erst fünf.«

Erin rührte Instant-Kaffeepulver in das kochende Wasser, gab Milch in einen Becher und Zucker in zwei andere. »Erinnerst du dich an das ledergebundene Buch, das du uns in Zeitungspapier eingewickelt geschenkt hast?«

»Ja. Eine geliehene Idee, eingewickelt in etwas Altes.« Er zuckte mit den Schultern.

»Es ist das beste Hochzeitsgeschenk, das wir bekommen haben.« Sie nahm zwei Becher und ging lächelnd an ihm vorbei.

»Schön. Das freut mich.«

»Aber ich schwöre, wir bekommen diese Dachbox auf. Der Weihnachtsmann *kommt* heute Nacht, und wenn ich die ganze Nacht auf dieser Box herumtanzen muss.«

Fitz folgte ihr mit dem letzten Becher.

»Eine Bessere als dich gibt's nicht«, sagte er.

Es war drei Uhr sechsundvierzig, als sie alle Geschenke in die Strümpfe und unter den Baum gepackt hatten und ins Bett fielen. »Mit ein bisschen Glück haben wir drei Stunden«, sagte Erin gähnend.

»Unsere kleine Familie wird ein sagenhaftes Weihnachtsfest haben«, antwortete Dom, bevor sein Atem tief und gleichmäßig wurde. Gott, wie Erin ihren Mann darum beneidete, dass er im Stehen einschlafen konnte, wenn er müde genug war. In ihrem Kopf pulsierten die Ereignisse des Tages. Und sie bemerkte es zwar nicht mehr, aber da ihr letzter Gedanke den jubelnden Polizisten galt, als diese die Dachbox mit dem geladenen Bohrer aufbekamen, schlief sie lächelnd ein.

16

Dominic

HEUTE – 9. Juni 2017

Aus dem *Buch der Liebe*:
»Ich liebe dich, weil wir beide, du und ich,
eine neue Generation Carters geschaffen haben.«

♥

Familie, Liebe …

Sie sind das Einzige, was zählt. Erin sitzt am Tisch, und ich bin hinten im Garten, wo ich mich nur kurz auf das Hintergrundsummen der pollensammelnden Bienen konzentriere. Sie sind beschäftigt, wie es sich für Bienen gehört; wahrscheinlich wollen sie gleich zurück in ihr Honigreich, zu ihrer geliebten Königin. Wir haben eine Menge gemeinsam – die Bienen und ich. Ich schirme meine Augen ab und blicke mich zur prächtigen Rückseite unseres Hauses um: weißer Putz, schwarz gerahmte Fenster, einige davon rund, jedes mit vier vertikalen Scheiben. Heute funkeln die Glaskuppel und die Chrombalustrade um das Flachdach herum im hellen Sommersonnenschein.

Es läutet an der Tür, und ich gehe rasch durch den Garten zurück ins Haus. Unsere Kinder sind hier, und Erin lässt sie bereits herein. Obwohl sie neunzehn sind, ist die Nabelschnur noch stark; bei Jude eher verdreht, verwachsen und ewig lang, bei Rachel hingegen gerade und elastisch. Sie ist Erins Bumerang. Selbst wenn sie sie wegschickt, kommt Rachel immer wieder zurück.

»Tja, jetzt seid ihr *alle* da!« Erins Lächeln ist angespannt, als sie irgendwie das mittelgroße Hähnchen mit ihrer speziellen Zwiebel-Kräuterfüllung in noch mehr Portionen teilt als geplant. Freya, Judes Freundin, sitzt rechts von ihm, und er hat schützend einen Arm über ihre Stuhllehne gestreckt. Paul, Rachels Freund, sitzt links von Jude und nickt. Ich bin nervös, denn ich frage mich, warum er und Freya überhaupt hier sind. Dies sollte ein reines Familientreffen sein.

»Es riecht super, Mum.« Jude wedelt sich etwas von dem Duft zu.

»Greift zu«, sage ich, als ich an Erins Stuhl vorbeigehe. Sie lächelt mir zu und berührt meine Hand, bevor sie sich setzt.

»Hübsche Blumen«, bemerkt Rachel. Ich sehe zu dem Strauß. Als er vorhin geliefert wurde, musste ich Erin davon abhalten, ihn wegzuwerfen.

»Lydia.« Erin blickt hinüber zu der vollen Vase und pickt eine Röstkartoffel auf.

»Ist zwischen euch beiden wieder alles klar?«, fragt Rachel, und ich grinse, weil ihr, unserem Mädchen, rein gar nichts entgeht. Obwohl der Zwist zwischen Lydia und Erin nur unter den beiden ausgetragen wird, bleibt Rachel nichts verborgen.

Ich denke noch über Lydias Blumen und Rachels allwissendes Naturell nach, als Jude sein Besteck theatralisch klappernd auf den Teller wirft. »Ich bin froh, dass ihr alle hier seid. Freya und ich möchten euch etwas sagen.«

Sofort sieht Erin zu mir, und ich lese an ihrem Blick ab, was sie denkt. *»Lass sie nicht schwanger sein! Wir hatten Glück, aber bei ihnen wird es nicht gut gehen.«*

»Ich weiß, dass du eigentlich heute Abend nur Rachel und mich hier haben wolltest, aber Tatsache ist, dass Freya auch Familie ist.«

Ich habe meine Mimik nicht im Griff, denn die wird zu einer »Oh nein, ist sie nicht!«-Pantomime.

»Tatsache ist, dass wir letzte Woche geheiratet haben«, platzt Jude in Richtung der Gemüseschüssel in der Tischmitte heraus.

Meine Kehle wird ein wenig eng. Erin ist vollkommen sprachlos und ihr Gesicht zu einem ungläubigen Ausdruck gefroren, dennoch bringt sie ein schwaches »Wie …?« heraus. Mir fallen die Gespräche wieder ein, die wir beide über die zukünftigen Hochzeiten unserer Kinder geführt haben – und wie wir hofften, sie würden ganz anders als unsere eigene.

»Das Wie war leicht. Wir haben es einfach getan.«

»In Gretna Green«, füllt Rachel die Lücke, und ich sehe sie erbost an.

»Was zur Hölle soll das?« Ich starre meinen einzigen Sohn an, der mir nicht in die Augen blicken kann.

»Ich war nicht dabei«, ergänzt Rachel hastig. »Ich wusste von nichts, bis wir uns ein Taxi hierher geteilt haben. Ehrlich. Er hat mich bloß angerufen und gesagt, dass ich Paul mitbringen soll.«

Paul rutscht auf dem schmalen Stuhl hin und her. Wahrscheinlich hat er das Gefühl, in ein Set von *The Simpsons* gestolpert zu sein.

»Waruuuuuum?« Erin dehnt die zweite Silbe gnadenlos.

»Weil wir uns lieben und es für sinnlos hielten, zu warten. Außerdem wollten wir keinen Aufstand.« Jude streicht sich das lange Haar hinters Ohr, und ich bemerke, dass er keinen Ehering trägt.

»Vielleicht sollte ich jetzt etwas sagen«, schlägt Freya vor.

»Bist du schwanger?«, fragt Erin fauchend.

»Nein!«, antwortet Jude für sie. »Heutzutage verhüten wir! Und ehe du an die Decke gehst, Mum, du warst auch nur wenig älter als ich, als du geheiratet hast.«

»Fünf Jahre älter, und dein Vater und ich haben im Kreise unserer Lieben geheiratet. Ohne großen Aufstand, aber … mit Freunden und der *Familie*.«

Ich schlucke, kann nicht sprechen, denn ich weiß, dass sie wahnsinnig enttäuscht ist.

Paul isst als Einziger. Es ist, als hätte er beschlossen, das Essen nicht zu verschwenden – wir anderen werden sowieso tun, was wir tun. Mir wäre es lieber, wenn er ginge, wenn er so sensibel wäre, sich aus diesem besonderen Carter-Moment herauszuhalten.

»Wir arbeiten sehr viel«, sagt Freya in Anspielung darauf, dass sie bereits Lehrerin ist. »Die wenige Zeit, die wir zusammen haben, ist uns wichtig. Ich habe Jude gesagt, dass ich keine große Hochzeit brauche, dass wir warten können oder nicht – und er hat sich für Gretna Green entschieden.«

Nur zu, liefere ihn kurz mal ans Messer, wieso nicht? Er ist ja bloß dein neuer Ehemann.

»Es wäre nett gewesen, hättet ihr mit uns gesprochen«, sage ich zu Freya, während ich mir wünsche, ich hätte sie früher genauer eingeschätzt, zum Beispiel vor einem Jahr, als wir sie kennenlernten.

Sie sieht uns alle nacheinander an, dieses Mädchen, das einige Jahre älter ist als unser Sohn. »Jude hat mir versichert, dass es niemandem etwas ausmacht, wenn wir auf das ganze Drumherum verzichten.«

»Da irrt Jude«, sage ich, was indes auf taube Ohren zu stoßen scheint.

Ich sehe zu Erin, die wiederum verzweifelt Judes Blick sucht, aber er kann seine Mutter nicht ansehen. Stattdessen tätschelt er seiner Frischangetrauten die Hand, wie um ihr zu versichern, dass alles gut ist. Ihre neue Familie muss nur alles erst mal verarbeiten.

Erins Stuhl schabt laut über den Boden, als sie aufsteht. »Ich fühle mich nicht so gut«, sagt sie.

»Nein, Mum!« Jude springt auf, knallt die Faust auf den Tisch, und wir alle zucken zusammen. »Das ist einer der

Gründe, weshalb wir es so gemacht haben. Ich halte deinen Kontrollwahn nicht aus!«

Aus dem Augenwinkel sehe ich Rachel das Gesicht verziehen; gleichzeitig klatscht Paul sich mit der flachen Hand an den Hals. Die Gartentür steht offen, und nun schicken die Mücken ihre Killerkommandos herein.

Endlich sieht Jude seine Mutter an. »Tut mir leid«, sagt er und sackt zurück auf seinen Stuhl. »Das kam irgendwie falsch raus.«

»Schon gut«, entgegnet Erin seufzend und setzt sich wieder. »Jetzt ist es eh zu spät.«

Wahrscheinlich gibt es hundert Dinge, die jetzt gesagt werden könnten, doch stattdessen legt sich eine beklemmende Stille über den Raum, bis Rachel ihr Glas erhebt. »Glückwunsch, Jude und Freya«, verkündet sie. »Ich hoffe, dass ihr sehr glücklich miteinander werdet.«

Jude nickt ihr zu und schaut endlich in meine Richtung. Seine Augen glänzen. Was für ein tapferer Feigling mein Sohn ist. »Ja, Glückwunsch.« Mein Toast fällt steif und wenig überzeugend aus.

»Wo werdet ihr wohnen?«, fragt Erin leise.

»Es ändert sich nichts, Mum. Wir bleiben in unserer Wohnung. Die ist nahe bei der Schule, und die Miete ist günstig.«

»Alles ändert sich, wenn man heiratet, Jude.« Erin sieht mich an, als ihr Tränen in die Augen steigen. »Warum sollte man es sonst tun?«

Ich wünschte, ich könnte über den Tisch nach ihrer Hand greifen. Weil ich es nicht kann, beschließe ich, dass Erin und ich nun, da unsere Kinder so verflucht eigenständig sind, auch ebenso gut gemeinsam in den Sonnenuntergang entschwinden könnten.

Sie ist draußen auf der Terrasse, hat sich mit Insektenspray eingesprüht und hält ein weiteres Glas Wein in der Hand. Sie sitzt da, bewegt sich kaum merklich in dem kugeligen Sechzigerjahre-Stil-Hängesessel, der mit einer Metallkette an einem einzelnen Haken hängt.

Alle sind gegangen. Die Küche sieht aus, als hätte eine Bombe eingeschlagen, und ich setze mich auf einen der Gartenstühle neben meiner Frau.

»Lass uns beide einfach verschwinden, Erin.«

»Das wird nie halten.« Sie sieht nach oben.

»Vielleicht nicht, aber überleg mal, wie viele Leute das über uns gesagt haben.«

»Wird es niemals«, sagt sie seufzend.

»Hast du mich gehört?«

»Ich habe dich gehört. Du weißt, dass wir nicht verschwinden können. Wir müssen hierbleiben.« Sie lehnt den Kopf zurück. »Mein Gott. Einer hat zu jung geheiratet, die andere lebt mit jemandem zusammen, der ihr Vater sein könnte.«

»Ich gebe den Eltern die Schuld.«

Sie streckt mir die Zunge raus.

»Zu früh?«, frage ich grinsend.

»Und wie viel zu früh.« Sie bemüht sich, nicht zu lachen, schwingt ihren Sessel ein wenig und blickt hinauf zum Himmel.

Derweil wird mir schwindlig davon, ihr zuzusehen. Und ich fühle mich vollends nutzlos. Nichts, was ich sage, wird helfen, denn ich kann nicht ungeschehen machen, was unser saublöder, naseweiser Neunzehnjähriger getan hat.

17

Erin

DAMALS – August 2004

♥

13 August 2004

Liebste Erin,

neulich hast du gesagt, dass es ewig her ist, seit du ins Buch der Liebe geschrieben hast. Dass du im Grunde nicht das Bedürfnis hattest, weil du weniger ängstlich bist und dich sicherer als früher fühlst, wenn du direkt mit mir redest. Ich habe das hier sowieso selten gemacht – normalerweise nur, um dir zu antworten, nicht von mir aus.

Doch jetzt bin ich hier:

Du weißt es nicht, aber es vergeht kein Tag in unserem wunderbaren gemeinsamen Leben, an dem ich keine Angst habe. Es mutet ironisch an, ich weiß, denn schließlich bist du die mit den Pillen.

Meine größte Sorge? Dich zu verlieren.

Ich kann richtig hören, wie du darauf reagierst: mit einem ungläubigen Kichern. Wie könnte ich jemals denken, dass du vielleicht nicht mit mir zusammen sein willst. Du liebst mich doch, nicht?

Aber gerade weil ich dich liebe, habe ich Angst. Ich habe Angst, dass du, wenn dir klar wird, was für ein verlogener Mistkerl ich wirklich bin, damit aufhören wirst, weil ich deine Liebe nicht mehr wert bin.

Du bist heute über Nacht weg, siehst dir mit Ly-

~~dia eine Immobilie in Portsmouth an, wo eventuell im nächsten Jahr ein neues Bean Pod Café eröffnen soll.~~

~~Du liebst den Job. Du bist brillant darin. Und weil wir beide etwas von unserem Einkommen sparen, können wir uns im nächsten Jahr ein neues Haus suchen.~~

~~Wenn ich etwas sage, wird es nicht geschehen. Wenn ich etwas sage, weiß ich, dass sich deine Gefühle ändern werden. Ich kenne dich besser als du selbst. Du liebst mich, sicher, aber würdest du die Wahrheit erfahren, fändest du einen »Aus«-Schalter für diese Liebe und würdest ohne mich weitermachen. Das würdest du. Du bist stärker, als du glaubst.~~

~~Trotzdem muss ich das Risiko eingehen, darauf hoffen, dass ich mich irre, dass diese Liebe siegt und mir vergeben wird.~~

~~Denn es gibt Dinge, die ich dir erzählen muss. Dinge, die ich nicht aufschreiben kann.~~

~~Ich muss dein wunderschönes Gesicht sehen und dir sagen, dass ich gelogen habe. Ich muss dir erzählen, wann und warum. Ich muss dir diese unterschwellige Spannung zwischen Dad und mir erklären.~~

~~Oder ich muss vielleicht verdammt noch mal die Klappe halten, meine Schuldgefühle für mich behalten und weiter das Leben leben, das wir uns aufgebaut haben.~~

~~Ich liebe dich so sehr, Erin. Ohnegleichen, um genau zu sein.~~

~~Dom XX~~

♥

Es war der dritte Freitag im Monat, Quizabend im The Coach and Horse, gefolgt von frittiertem Hähnchen im Pub; seit einigen Jahren ein Ritual. In ihrem Team, »The Fabulous Five«, seit über zehn Jahren befreundet, fehlte Hannah. Die anderen vier waren nach draußen umgezogen, jammerten über ihr Abschneiden als Zweitschlechteste und das miese Essen und fragten sich, warum sie sich das immer wieder gaben, als Erin das Thema ansprach.

»Moment mal.« Lydia runzelte die Stirn. »Damit ich das richtig verstehe. Ihr *schreibt* euch? In einem Buch?«

Erin nickte ihrer Schwägerin und Chefin zu. »Es ist ein großes Notizbuch mit Ledereinband. Dad hat es uns zur Hochzeit geschenkt, und *er*«, sie zeigte mit dem Finger auf Dom, »hat etwas hineingeschrieben und dann die Seite ausgerissen. Das ist gegen die Regeln.«

»Es gibt keine Regeln.« Dom griff an Lydia vorbei und schenkte aus einer Flasche Merlot ein.

»Doch, gibt es, und das geht gegen den Sinn der Sache.« Erin hob die Hände gen Himmel und sah Nigel an, damit er es bestätigte. »Wir schreiben dort manchmal Dinge rein, die zu schwierig sind, um sie auszusprechen – und es hinterher rauszureißen, das läuft schlicht nicht.«

Nigel schüttelte den Kopf. »Sieh nicht mich an. Ich verdaue noch die Tatsache, dass ihr euch in einem Buch schreibt.«

»Tja, na ja.« Doms Augen verengten sich ein wenig, als er Erin ansah. »Es ist etwas, das wir bisher für uns behalten haben.«

Erin seufzte. »Gib mir das Blatt.«

»Nein.«

»Und reich mir den Wein.« Sie zog die Brauen zusammen. »Schenk nicht allen nach, nur mir nicht. Du bestimmst nicht, wie viel oder wenig ich trinke. Ich komme sehr gut mit meinen Medikamenten und Alkohol klar, ohne dass du mich passiv kontrollierst, danke.«

»Oh Mann«, sagte Lydia leise. Sie glättete die Knautschfalten in ihrer weißen Leinenhose mit den flachen Händen. »Gib ihr die blöde Seite, Dom.«

»Ich war betrunken, als ich das geschrieben habe. Sie bekommt sie nicht, und jetzt lasst uns über etwas anderes reden.« Dom lächelte.

»Nein, wir hören uns gerne euren Mist an, stimmt's, Lyd?« Nigel schien sich zu amüsieren.

Erin beobachtete, wie er ein halbes Glas Wein in einem Schwung trank, bevor er weitersprach.

»Wir müssten ein Buch haben, Lyd«, fuhr Nigel fort. »Stell dir vor, wie viel Stress wir uns erspart hätten, hätten wir Sachen aufgeschrieben, anstatt über sie zu streiten.«

Erin lachte. »Oh nein, das ist falsch! Wir streiten oft darüber. Obwohl, um fair zu sein, meistens führt es zu einer offenen Diskussion. Wie jetzt. Das ist irgendwie auch der Sinn.« Sie aß einige Chips aus einer Schale und leckte sich die Finger ab. »Gib mir die Seite, Dom.«

Er lachte. »Du bekommst die Seite nicht.«

»Wir hätten inzwischen mehrere Bücher gefüllt, Lyd.« Nigel schenkte sich nach. »Buch eins – alles über Nigels ›verschnarchte Spermien‹.« Er senkte die Stimme. »Buch zwei hätten wir gefüllt mit Lydias ›faulen Eierstöcken‹, und in Buch drei hätten wir davon geschrieben, wie uns das Universum verarscht, indem es uns zusammenbrachte, die wir beide Kinder wollen und definitiv keine zusammen kriegen können.«

»Nigel …«, versuchte Erin, ihn zu unterbrechen.

»Buch vier würde allein von der Entscheidung handeln, die künstliche Befruchtung als schlechte Investition aufzugeben und uns lieber auf unsere Karrieren zu konzentrieren. Und davon, dass meine Schulleiterstelle mein Baby bleiben wird – in der ich die Verantwortung für zweitausend Babys anderer Leute trage.«

»Wir haben nicht aufgegeben«, flüsterte Lydia. »Noch nicht.«

»Und Lydias Unternehmen«, ergänzte Nigel. »Ihre Läden sind ihre Babys. Sie hat schon zwei und erwartet gerade das dritte.«

Erin blickte hilfesuchend zu Dom, doch der starrte auf das verbrannte Gras zu seinen Füßen. »Tut mir leid«, sagte sie zu ihren Freunden. »Ich habe so etwas vermutet, aber …« Sie nahm Lydias Hand. »Warum hast du uns nichts erzählt?«

Lydia sah sie mit tränenschwimmenden Augen an. »Meiner Freundin, die ein Kind verloren hat, erzählen, wie verzweifelt ich mir eines wünsche? Meiner Freundin, die wundervolle Zwillinge hat, erzählen, dass die künstliche Befruchtung bei uns nichts gebracht hat, und ihr das Gefühl geben, sie müsse sich für ihre Kinder entschuldigen? Wohl kaum.«

Erin fühlte, dass nun auch Dom sie ansah. »Ich hätte es gerne gewusst. Ich hätte für dich da sein wollen.«

»Du bist für mich da. Ohne es zu wissen, hast du mir bei der Arbeit geholfen und mich unterstützt, als ich es gebraucht habe.«

»Also.« Erin stützte einen Ellbogen auf und sprach durch ihre Finger. »Du warst dieses Jahr eigentlich nicht mehrmals zum Kurzurlaub in Wales?«

Lydia versuchte zu schmunzeln. »Nein. Entweder lag ich mit gespreizten Beinen in einer Praxis und ließ meine Eier ernten, oder ich lag mit gespreizten Beinen da und ließ mir Embryos einpflanzen – denen es letztlich in meinem Bauch nicht schmeckte.«

Sie hat auch Fehlgeburten gehabt …

Erin hatte so viele Fragen, zugleich aber wurde ihr bewusst, dass Dom sich nicht an der Unterhaltung beteiligte. »Du hast das alles *gewusst*?«

Er nickte.

»Nigel hat es ihm erzählt«, erklärte Lydia hastig. »Und nicht mit meiner Zustimmung. Ich wollte nicht, dass es *irgendjemand* erfährt. Ich hatte vor, es erst zu erzählen, wenn ich schwanger war. Auch unsere Eltern wissen nichts. Sie sollen sich nicht noch mehr Sorgen machen.«

Erin schloss die Augen. Sophie ... Sophie hatte kürzlich einige Gedächtnistests gemacht, und alle, vor allem Dom, kämpften noch mit der Diagnose »Alzheimer«. Seit der Nachricht war er zum Experten darin geworden, jedes Gespräch über das Thema zu meiden.

»Noch was zu trinken, die Damen?« Er winkte einen Kellner heran und bestellte sich einen Whisky pur. Erin und Lydia verneinten beide stumm. Nigel blickte ruckartig auf. »Ich nehme auch so einen.«

»Habt ihr deshalb nie geheiratet?«, fragte Erin, und Nigel schnaubte spöttisch.

»Ich bitte sie einmal die Woche, mich zu heiraten. Sie ist die, die es nicht für nötig hält.«

»*Sie* sitzt hier«, sagte Lydia und seufzte.

»Leute, Leute ... wir haben doch alle irgendwas«, meinte Dom. »Jeder muss mit irgendwas klarkommen. Wir, ihr zwei, sogar Hannah.«

Erin schüttelte genervt den Kopf. »Hannah ist nicht hier. Wir reden über Lydia und Nigel.«

»Weiß ich. Ich sage ja bloß, dass Hannah auch ein Problem hat.«

»Ich bin nicht mal sicher, was du meinst.« Erin bremste sich, bevor sie mit der Zunge schnalzte.

Dom sah verwundert aus. »Sie hat sich in einen Mann verliebt, den sie nie haben wird.«

Erin nahm sein Weinglas, leerte es, stand auf und ging auf die andere Seite des Tisches, wo sie Lydia von hinten umarmte. »Es tut mir leid. Auch wenn du bisher das Gefühl gehabt hast, du kannst es mir nicht erzählen, ich bin froh, dass ich es jetzt weiß. Ich werde versuchen, jemand zu sein, mit dem du reden kannst.«

»Was ist mit ihm?«, fragte Dom, der offensichtlich immer noch fand, dass ein Themenwechsel gebraucht wurde. »Walt. Denkt ihr, er liebt Hannah?«

Erin fühlte, wie Lydia sie auf die Hand küsste, ehe sie sich zurückzog, und nickte bedächtig. »Anscheinend ja.«

Und sie wurde noch betrübter. Angst um ihre Freundinnen überflutete sie. Liebe. Sie war in dem Glauben aufgewachsen, dass es die stärkste Macht auf der Welt war, und sie konnte sich glücklich schätzen, sie zu geben und zu bekommen, wie ihr jetzt klar wurde. *War Liebe genug für Nigel und Lydia, um zu überleben, oder würde die Liebe eines Kindes wichtiger werden? Würde die Liebe, die Hannah und Walt hatten, überdauern?*

Sie sah zu Dom, der alles gewusst hatte und nun lässig seine langen Arme ausstreckte. Verärgert nahm sie sich eine Handvoll Erdnüsse und kaute sie energisch. Das könnte warten.

Hält irgendeine Liebe für immer?

»Buch fünf.« Lydia erhob ihr Glas. »In dem wir es ein letztes Mal mit künstlicher Befruchtung probieren, ein Kind bekommen, heiraten und glücklich bis an unser Lebensende sind.«

Die anderen hoben stumm ihre Gläser an.

»Und, Dom, gib deiner Frau die fehlende Seite.«

Sie lagen im Bett, hatten den kleinen tragbaren Fernseher eingeschaltet und sahen die neueste Folge von *24*. Ein Ventilator in der Ecke lief auf vollen Touren, um etwas kühlen Wind in die stickige Nachtluft zu bringen. Als der Abspann lief, schaltete Dom den Fernseher und das Licht im Schlafzimmer aus.

»Ich kapiere überhaupt nicht mehr, was da los ist«, murmelte er.

»Ich auch nicht«, sagte Erin, die den Kopf auf seine Brust legte und wartete, dass ihre Augen sich an die Dunkelheit gewöhnten. Sie war nicht müde. »Wie ging es deiner Mum vorhin, als du bei ihr warst?«

Mit der linken Hand spielte er mit ihrem langen Haar, drehte eine Strähne zwischen seinen Fingern. »Wie immer, ein bisschen schlechter. Es wird nicht mehr besser; wir können nur hoffen, dass sich das Fortschreiten verlangsamen lässt.«

»Denkst du, sie weiß, was passiert?«

»O Gott, das hoffe ich nicht.« Sein Ton signalisierte, dass das Thema beendet war.

Eine Weile lagen sie schweigend da, bis Erin sagte: »Ich dachte, dass wir dieses Wochenende versuchen könnten, an die Küste zu fahren. Wir könnten deine Eltern mitnehmen.«

»Guter Plan.«

Seine Hand bewegte sich nicht mehr, und sein Atem wurde ruhiger.

»Ich dachte, wir nehmen ein Picknick mit, laden die Fahrräder der Kinder ein und fahren runter nach Brighton.«

»Prima Idee.«

»Allerdings müsste Gerard auch fahren …«

»Erin?« Er seufzte. »Wird das jetzt wieder ein langes Nachtgespräch? Willst du jetzt besprechen, was wir zum Picknick mitnehmen und wie das Wetter sein wird, oder darf ich schlafen?«

»Ich leite erst ein, was ich eigentlich sagen will.«

Dom stöhnte. »Ich bin müde.«

»Warum hast du mir nichts von Lydia und Nigel erzählt?«

»Das wieder?«

»Ich habe es erst einmal gefragt, als wir gestern Abend nach Hause gekommen sind. Ein einziges Mal. Und obwohl ich richtig erschüttert war, bist du ausgewichen. Das macht mir zu schaffen.«

»Klar.« Dom setzte sich im Dunkeln auf. »Müssen wir dafür das Licht einschalten?«

»Lieber nicht, nein.« Sie war nicht sicher, ob sie sein Gesicht sehen wollte.

»Ich musste Nigel schwören, es für mich zu behalten.«

»Und ich bin deine Frau. Wir haben keine Geheimnisse.«

Dom seufzte. »Also, hätte Lydia es dir erzählt und dich gebeten, es mir nicht zu erzählen, hättest du es trotzdem gemacht?«

»Ja, ich denke, das hätte ich. Denn ich sehe unsere Beziehung anders als jede andere, die ich habe. Hätte Lydia mir etwas gesagt und mich gebeten, es nicht Hannah oder euren Eltern zu erzählen, hätte ich das natürlich auch nicht. Aber dir – dir erzähle ich alles.«

»Tja, dann sind wir uns in dem Punkt nicht einig. Ich denke, wenn ich geschworen habe, es niemandem zu erzählen, heißt es auch genau das. Ich fasse nicht, dass du sauer bist, weil ich loyal bin.«

»Tja.« Sie boxte in ihr Kopfkissen und legte sich hin. »Ich finde, dass du unrecht hast. Ich finde, du hättest mir etwas so Wichtiges, das im Leben unserer Freunde los ist, erzählen müssen.«

»Ach … komm her.« Er zog sie wieder zu sich und rückte auf dem Bett nach unten, bis sie abermals auf seiner Brust lag und sein Brusthaar platt lag.

»Du hättest mir vertrauen sollen«, flüsterte sie.

»Erin, Nigel hat *mir* vertraut.«

Sie zog an der Bettdecke und drehte sich auf ihre Seite. »Schlaf jetzt, Dom.«

»Sei nicht so.«

Hellwach blinzelte sie ein wenig, als sie die sanfte Berührung seiner Lippen in ihrem Nacken fühlte.

»Gute Nacht«, sagte er.

Erin biss sich auf die Lippe.

»Gute Nacht?« Er stupste sie an.

Erin stieg aus dem Bett und zog sich ein T-Shirt über.

»Tu das nicht, bitte. Geh nicht.«

»Ich bin nicht müde.«

»Ich muss morgen um sechs auf der Baustelle sein. Können wir das nicht lassen?«

Sie schlüpfte in ihre Hausschuhe. »Ich gehe mir einen Kräutertee machen und lese ein bisschen. Schlaf jetzt, Dom. Ich bin nur nicht müde.«

Erin zuckte zusammen, als er auf sein Kissen schlug.

»Gute Nacht«, sagte sie und verließ das Schlafzimmer.

In der Diele öffnete sie die Tischschublade und nahm das Buch heraus. Sie machte sich in der Küche einen Tee, den sie im Wohnzimmer trank, während sie den Bucheinband anstarrte, der an den Rändern abgewetzt war. Hierin sollte sie alles reinschreiben, wie sie es immer tat. So fingen die schwierigsten Gespräche zwischen ihnen meistens an. Hierin sollte sie ihm sagen, dass sie sich im Stich gelassen fühlte, weil er ihr nichts von Lydia und Nigel erzählt hatte – dass sie alles teilen sollten. Hierin hatte er zuletzt etwas geschrieben und es sich dann aus irgendeinem Grund anders überlegt. Sie blickte zur Schlafzimmertür und stand auf. Das *Buch der Liebe* glitt von ihrem Schoß auf das Sofa.

Im Schlafzimmer schaltete sie das Licht an. »Dom, es tut mir leid, Schatz«, sagte sie. »Mir tut leid, dass du früh rausmusst, aber wir müssen reden, und wappne dich. Es *könnte* ein langes Gespräch werden.«

18

Erin

DAMALS – Oktober 2005

»Hast du alle Eier verbraucht?« Erin gähnte und kratzte sich am Kopf, während sie sämtliche Fächer im Kühlschrank absuchte.

»Ja, tut mir leid«, antwortete Dom. »Ich dachte, ich verdopple die Menge und bewahre etwas Teig für morgen auf. So können wir am Sonntag zehn Minuten länger im Bett bleiben. Jude! Rachel! Pancakes!«

Erin stibitzte sich einen von dem Stapel und kassierte einen Klaps mit dem Holzspatel auf den Handrücken. »Warte! Und setz dich mit uns an den Tisch zum Essen.«

»Zu viel zu tun.« Sie senkte die Stimme. »Die Herbstferien haben mich so zurückgeworfen. Macht es dir wirklich nichts aus, sie den ganzen Tag zu haben? Ich verspreche, wenn ich fertig bin mit der Arbeit, packe ich noch.« Sie nickte in Richtung des Stapels zusammengefalteter Kartons.

»Warum gönnst du dir nicht mal ein bisschen freie Zeit? Geh mit deinen Freundinnen aus. Nimm ein Bad. Wir können heute Abend immer noch packen. Und wir haben noch mindestens vierzehn Tage bis zur Übergabe.«

»Nein, ich freue mich schon auf die Zeit allein! Und ein Bad ist bereits eingeplant.« Sie küsste ihn auf die Wange. »Und, ihr zwei, was habt ihr heute mit Dad vor?«

Jude verdrehte die Augen. »Wir müssen Granny und Grandad besuchen.«

»Na, das ist doch nett. Ihr wisst doch, wie Grandad und vor allem Granny sich freuen, wenn sie euch sehen.« Erin beobachtete, wie Dom das Zutatenverzeichnis auf der Flasche Ahornsirup studierte.

»Und vorher essen wir bei McDonald's Mittag«, ergänzte Rachel.

»Und danach sind wir im Kino. Wie heißt der Film noch mal?«, fragte Dom.

»Eine zauberhafte Nanny«, antwortete Rachel mit dem Mund voller Pancake. »Und morgen ist Halloween!«

»Nein, das ist am Montag«, korrigierte Erin. Sie bräuchte noch mindestens zwei Tage, um sich auszudenken, wie sie aus dem Nichts ein Hexen- und ein Supermankostüm basteln sollte.

»Ich habe ihnen gesagt, dass ich morgen den Kürbis schnitze.«

Erin nickte. Das war morgen. Heute musste sie mindestens drei Stunden Buchführung nachholen. Danach würde sie anfangen, im Schlafzimmer zu packen – die Küche war zu beängstigend, um sie allein in Angriff zu nehmen. Sie würde die Sommersachen packen, bei der Gelegenheit gleich alte Sachen aussortieren und einen Haufen für den Wohlfahrtsladen anlegen. Sie würde ihre Schmuckschublade durchsehen, in der größtenteils billiger Kram war. Und sie würde sich ein Schaumbad einlassen und es auskosten, dass Rachel nicht bettelte, mit reinzudürfen. Sie würde sich ihren flauschigen Bademantel und ihre Hausschuhe anziehen und den zweiten Bridget-Jones-Film auf DVD ansehen.

Zwei Stunden später war sie angezogen, saß mit einem Stapel Papierkram am Küchentisch, und in der Wohnung war es still, abgesehen von dem Geräusch ihrer tippenden Finger auf der Tastatur. Ihr Handy meldete den Eingang einer Textnachricht von Dom:

Du hast genug gearbeitet. Ab in die Wanne! X

Sie lächelte, sah zur Uhr und klappte die Akte zu, an der sie arbeitete. Der Rest konnte warten. Es wollten Kartons gepackt werden.

Sie hatte drei Kartons mit Sommerkleidern befüllt. Während sie ein Sandwich aß und einen weiteren Karton ausklappte, sang sie zu »Push The Button« von den Sugababes aus dem Radio mit und öffnete die Schublade ihrer Frisierkommode. Grüne Perlen. Rote Perlen. Billige Perlen. Ein paar teure Perlen von ihrer Mutter. Sie häufte alle auf ihren Schoß und begann, die Ketten zu entwirren. Dabei erlaubte sie sich, an ihr Haus zu denken, das Haus, in das sie, wenn alles gut ging, in sechs Wochen ziehen würden. Zwei Straßen weiter, eine schlichte Doppelhaushälfte aus den Sechzigern – mit null Charme –, aber geräumig und mit Potenzial. Und Platz und Potenzial brauchten sie dringender als hübsche Altbauakzente. Es war noch ein Schritt hin zu dem, was Dom ihr endgültiges Heim nannte, wann auch immer und wo auch immer das sein mochte.

Sie kramte weit hinten in der Schublade und angelte ein altes Portemonnaie von sich und eine alte Brieftasche von Dom hervor. Sie stocherte in den Fächern herum, um nachzusehen, ob die kleinen Automatenfotos von ihnen beiden, die er in der Brieftasche bei sich gehabt hatte, noch da waren. Dabei ertastete sie einen Zettel – zerfranst und rosa. Er fiel beinahe auseinander. Sie strich ihn glatt, so gut es ging, und legte ihn auf die Kommode.

Zwei Automatenfotos waren noch da, eines von Dom und ihr und eines von ihnen beiden mit Maisie. Sie griff nach dem mit ihnen dreien: alle lächelnd, alle fröhlich, alle nichts ahnend. Mit ihrem Fingernagel malte sie den winzigen Babymund nach. Obwohl sie oft an ihr Kind dachte, wurde ihr bewusst, dass inzwischen Tage vergingen, an denen sie es nicht tat – und das ohne Schuldgefühle oder Schuldzuweisungen. Sie blickte sich zu den Kartons mit ihrem Leben darin um. Die Wohnung zu verlassen, bedeutete, den Ort zu verlassen, an dem Maisie gelebt hatte und an dem sie gestorben war. Erin stützte sich mit einer Hand auf der Kommode ab. Sie verließ den Ort, aber die Erinnerungen nahm sie mit, und die meisten von ihnen waren gut. Sie berührte das rosa Papier und blickte auf die acht kleinen Rechtecke, die das Falten hinterlassen hatte. Erin neigte den Kopf und las eine Handschrift, die sie nicht erkannte, bevor sie das Blatt anhob, um genauer hinzusehen.

Es standen Datum und Uhrzeit drauf. Ein Datum und eine Uhrzeit, die sich ihr ins Gedächtnis eingebrannt hatten.

Das konnte nicht sein.

Ihr wurde so übel, dass sie eine Hand vor ihren Mund schlug.

Doch es war so.

Sie stand auf. Während sich ihr Herzschlag beschleunigte, fielen bunte Perlen wie in Zeitlupe auf den Boden. Von irgendwoher erklang die Stimme ihrer Mutter, als sie zuschaute, wie die Perlen auf dem Teppich landeten. *Perlen können für Tränen stehen.* Eine Sekunde lang fragte Erin sich, ob das ein alberner Mythos war, ehe sie die Hand auf ihre Brust legte und sich aufs Herz klopfte. Weiße Punkte erschienen vor ihren Augen. Sie bemühte sich nach Kräften, das Entsetzen zu bändigen, das ihr die Kehle zuzuschnüren drohte.

Er hat gelogen.

Später, wenn jemand von ihren Freunden fragte, würde sie sagen, es war jener Moment. Bis dahin, bis zu jenem Sekundenbruchteil, in dem ihr die möglichen Irrtümer durch den Kopf wirbelten, war sie nicht sicher gewesen. Dann hatte sie die Gewissheit vor Augen, im zweiten Rechteck von oben, genau da, direkt in ihrem Blickfeld.

Erin wünschte es sich weg, dann beugte sie sich weit vor und schrie wie ein verwundetes Tier.

Am nächsten Morgen öffnete sie den Kühlschrank in der Küche, als sie ihn von hinten kommen hörte. Sie holte das Gefäß mit der Pancake-Masse heraus, stellte es auf die Arbeitsplatte zwischen Herd und Spüle, neben den noch unversehrten Kürbis.

Mit einem sehr flüchtigen Blick sah sie, dass Doms Augen müde und geschwollen aussahen. Seine Kleidung war zerknautscht von einer Nacht auf dem Sofa.

»Ich will, dass du weg bist, bevor die Kinder aufwachen.«

»Erin …«

Sie stellte den Behälter in die Spüle und griff nach dem Spülmittel. »Hast du mich verstanden? Geh.« Sie weigerte sich, noch mehr zu weinen. »Bring mich nicht dazu, dich noch mal zu bitten.«

♥

30. Oktober 2005

An meine schönste Frau, Erin,

ich schäme mich zutiefst. Das sollst du als Erstes wissen, und dies ist der Ort für Ehrlichkeit, nicht wahr? Ich habe schon einmal versucht, es dir zu sagen, dann aber die Seite voller Ehrlichkeit herausgerissen und beschlossen, dass ich lieber mit dir und meinen Lügen lebe als ohne dich. Ich wusste es. Ich wusste, was es bewirken würde.

Nach der letzten Nacht habe ich keine andere Wahl mehr, als ehrlich zu sein, also hier, in wahrer »Buch«-Manier, ist die ganze, ungeschminkte Wahrheit:

Einmal habe ich Geld verloren, durch eine Vielzahl von schlechten Wetten in Dads Club. Es war eine Menge Geld, und die einzige Art, wie ich das wieder hinbiegen konnte, war, es zurückzugewinnen. Und so bin ich eines Abends spät wieder hin und versuchte es, aber ich gewann es nicht zurück – ich machte es noch schlimmer. Ich rief Dad an, bat ihn, mir zu helfen, mir das Geld zu leihen, flehte ihn an, dir nichts zu sagen. Dieser Teil der Geschichte hat ihn nicht fröhlich gestimmt, na ja, nichts daran, gib bitte nicht ihm die Schuld. Er hat über die Jahre auf mich eingeredet, ich müsse dir von dem Kredit erzählen – und von meinem Laster. Doch ich wusste, wenn ich es tue, müsste ich dir alles erzählen. Und ich müsste ihm alles erzählen – denn er hat nie erfahren, dass ich den Anruf bei ihm nicht von zu Hause aus machte …

In jener Nacht fuhr ich zu meiner schwangeren Frau und meinem Kind nach Hause. Erleichtert. Und weil ich einfach nur schnell zurückwollte, wurde ich wegen Rasens gestoppt – daher die handgeschriebene Verwarnung und die drei Punkte in meinem Führerschein. Das war die Nacht des 10. Mai.

NEIN, ich war nicht zu Hause, wo ich hätte sein sollen in der Nacht, in der Maisie starb.

Und ich muss mit der Frage leben, ob sie in der Nacht nicht gestorben wäre, wäre ich da gewesen, wo ich sein sollte.

Ich war nicht da, Erin.

Du wirst mich hassen. Obwohl ich das weiß, bitte ich dich, mir zu vergeben. Ich verspreche, und das meine ich so, als hätte ich dieses Wort nie zuvor benutzt, dass ich nie wieder ein Wettbüro oder irgendeinen anderen Glücksspielort betrete, solange ich lebe.

Ich verspreche, dass ich dich nie wieder enttäusche.

Vergib mir.

Weil ich sie geliebt habe.

Und ich liebe immer noch dich und Jude und Rachel ohnegleichen.
Dom xxx

♥

30. Oktober 2005

Dominic,
deine Sachen sind gepackt. Ich möchte, dass du gehst. Ich will dich nicht hier haben, und ich will, dass unsere Kinder nie mehr miterleben, wie wir uns anschreien wie gestern Abend wieder. Wenn du mal wieder versuchst, dich aus irgendwas herauszulügen.
Du hast deine Entscheidungen getroffen, und die haben Konsequenzen.
Du bist ein Feigling. Wie kommt es, dass ich das nie von dir gewusst habe? Mich schmerzt zu erkennen, dass meine Liebe vollkommen blind war.
Lange Zeit hast du gespielt und mich belogen. (Ich gebe deinem Vater keine Schuld. Ich weiß schon, dass wir alles für unsere Kinder tun.) Zehntausend Pfund … Mein Gott, wie oft haben wir uns damals wegen Geld gestritten! Und du warst unterwegs, um genau dasselbe wieder zu tun in der Nacht, in der Maisie starb. Nicht zu Hause.
Ich war erschöpft, konnte nur mit Medikamenten schlafen, und das wusstest du. Du hättest da sein müssen. Das warst du nicht, und es ist einfach unverzeihlich.
Seitdem läufst du davor weg, und ich habe immer wieder versucht, zu dir durchzudringen, es dir möglich zu machen, mir alles zu sagen. Ich habe versucht, dir entgegenzukommen, und das will ich nicht mehr.
Jetzt gerade hasse ich dich. Ich hasse dich, weil alles anders ist und du mich alles infrage stellen lässt, was wir hatten. Deinetwegen frage ich mich, ob irgendwas davon echt war.
Maisie war echt … Und du solltest dich schämen.

Du und ich haben andere gemeinsame Kinder, und ich werde nie verhindern, dass du sie siehst.
Aber ich möchte dich nicht sehen.
Ich will, dass du weg bist.
Erin.

♥

Teil Drei

19

Erin

HEUTE – 11. Juni 2017

Aus dem *Buch der Liebe*:
»Als ich dachte, ich könnte nicht atmen, stellte ich fest,
dass ich es konnte. Und als ich dachte,
das Leben sei vorbei, fing es eben erst an.«

♥

Ich beobachte Dom vom Schlafzimmer aus, als er geht. Er sieht genauso aus wie an dem ersten Abend vor über zwanzig Jahren, als er in mein Leben trat, und genauso wie an jenem dunklen Morgen 2005. Ja, da ist weniger Haar, zudem leicht ergraut, und eine kleine Rundung am Bauch, obwohl ich ihm *das* nie sagen würde. Er bleibt stehen, winkt und hat denselben schiefen Gang wie damals, als er mir diesen albernen Spitznamen gab.

Baummädchen …

Ich hatte ihn sofort geliebt. Und jetzt, da er um die Ecke verschwindet, zieht sich mein Herz zusammen, denn ich empfinde immer noch Liebe. Ich versuche, nicht an die Jahre dazwischen zu denken, in denen ich seinen Anblick hasste, und laufe nach unten. Inmitten all der Post, die ich aufhebe, ist ein an Jude adressierter Flyer eines Pizza-Lieferdienstes. Mein Sohn, der verheiratete Mann. Ich schüttle den Kopf. Er ist noch gar kein richtiger Mann, wie kann er da verheiratet sein?

Aus den Tiefen meiner Tasche hole ich mein Telefon hervor und wähle seine Nummer. Judes Mailbox springt an. Ich horche, weil ich überzeugt bin, dass er eben erst den Stimmbruch hinter sich hat, dass er unmöglich wissen kann, was er tut oder getan hat. Da fällt mir eine Bemerkung von Dom ein: *»Ihm muss erlaubt sein, erwachsen zu sein, auch wenn wir noch nicht so weit sind.«* Obwohl Dom sich die letzten Tage angestrengt hat, mich zu beruhigen, werde ich wohl nie so weit sein.

Mein Laptop steht aufgeklappt auf dem Esstisch, und als ich die Maus berühre, sehe ich sofort eine Tonne neue E-Mails. *Ich müsste bei der Arbeit im The Bean Pod sein.* Ich war monatelang krankgeschrieben und hätte nach meiner Rückkehr aus den Staaten wieder arbeiten gehen müssen.

Lydia hat angerufen. Sie war hier, und ich habe getan, als wäre ich nicht zu Hause. Sie will mit mir reden, und Dom sagt, sie verdient ein Gespräch. Seine Worte. Ihre Empörung bringt mich innerlich zum Kochen, lässt mich von innen heraus erröten. Ich schulde Lydia nichts. Rein gar nichts. Nada. Überhaupt nichts.

Als ich ihm das zu sagen versuche, probiert er es mit einem anderen Ansatz. Da kommt ein tiefer Seufzer, gefolgt von: »Irgendwann musst du ihr verzeihen, das ist dir klar, oder?«

Ist es nicht. Es ist mir nicht klar, und wenn ich ihm das zu erklären versuche, sieht er mich bloß traurig an und nickt, als wisse er etwas, das ich nicht weiß. Lydia hat sich meiner Meinung nach unverzeihlich verhalten. »Das sieht dir nicht ähnlich«, sagt er. Und ich will ihn daran erinnern, dass es das sehr wohl tut. Vergebung ist für mich keine natürliche Eigenschaft, sondern ich muss sehr hart arbeiten, um sie aufzubringen. Gerade er sollte das wissen.

♥

11. Juni 2017

Mein lieber Dom,
während du nach deinem Dad gesehen hast, habe ich noch einmal meinen letzten Eintrag hierin von vor meiner Reise nach New York gelesen. Der mit der »Königin des Was-wäre-wenn«.
Seither ist ein Monat vergangen, und ich denke, dass ich dich selbst oft genug diesen Ausdruck benutzen gehört habe. Tatsächlich bist du von jeher der König des Was-wäre-wenn. Wir verwenden es bloß unterschiedlich. Ich neige dazu, nach vorn zu schauen und zu sagen, »Was wäre, wenn wir« etc., etc. Hingegen beziehst du dich damit immer auf die Vergangenheit, auf Dinge, die du bereust.
Dom, ich glaube, wir haben noch eine Chance auf Glück, obwohl alles in mir sagt, wir sollten es lassen. Also, was wäre, wenn ich einfach jede Logik ignoriere? Was wäre, wenn ich jede Vernunft in den Wind schreibe und die Dinge so akzeptiere, wie sie sind, ohne mich zu sorgen oder einen Sinn darin zu suchen? Ich bin bereit, einfach zu leben. In diesem Moment. Nur zu sein. Mit dir.
Was Lydia betrifft, müssen wir uns vorerst darauf einigen, dass wir uns nicht einig sind. Sie weiß, dass ich wirklich nicht verschmerzen kann, was passiert ist.
Ich liebe dich und bin so froh, dass wir noch zusammen sind.
Erin xx
PS: Ist dir bewusst, dass du mehr hier reingeschrieben hast als ich? Das habe ich eben festgestellt! Das meiste davon, während wir getrennt waren, aber dennoch ...

♥

20
Dominic

DAMALS – Dezember 2005

♥

3. Dezember 2005

Mein Liebling Erin,
hast du es gewusst? Ich glaube, ja. Ich denke, du hast mir dieses Buch bewusst zu meinen Sachen gepackt. Ich denke, dir war klar, was für ein Statement es ist – die beste Art, mich wissen zu lassen, dass du durch bist mit Reden. Du bist durch mit Schreiben. Du bist durch damit, und das mit uns ist vorbei.
Ich nehme das nicht hin, Erin. Tue ich nicht.
Ich musste eben unsere Kinder zu dir zurückbringen. Ich habe zugesehen, wie sie die Einfahrt zu der Wohnung hinaufgingen, aus der wir ausziehen wollten. Dir ist es ernst, oder? Genau das glaubte ich nicht. Ich dachte, du würdest dich beruhigen, dass ich eine sehr lange Zeit damit verbringen würde, es wiedergutzumachen, und das Leben eine neue Normalität bekäme, die ich irgendwann wieder hinbiegen könnte.
Und du hast recht gehabt. Hätte ich geahnt, was passieren würde, ich hätte es dir nie erzählt. Ich hätte mich aus der Sache mit dem Strafzettel für überhöhte Geschwindigkeit herausgelogen. Ein handgeschriebenes falsches Datum – was auch immer …
Ich schreibe dies in einem billigen Hotelzimmer, in dem ich seit Wochen wohne.

Lass dir gesagt sein, dass ich seit Oktober nicht mal mehr in Riechweite eines Wettbüros war. Ich sehe ein, dass ich ein Problem hatte/habe.
Du fehlst mir. Die Kinder fehlen mir. Unser gemeinsames Leben fehlt mir. Ich wünschte, du würdest wenigstens mit mir reden. Bitte, sprich mit mir.
Ich liebe dich, weil du du bist und ich mir ehrlich nicht vorstellen kann, es nicht zu tun.
Dom xx

♥

Er kam früh an und hielt ihr einen Platz frei, damit es keine Möglichkeit gab, dass sie getrennt saßen. Stumm nahm sie sein Winken zur Kenntnis, setzte sich neben ihn, stellte ihre Handtasche auf den Fußboden und hängte ihren Mantel über die Rückenlehne ihres Stuhls.

»Alles in Ordnung?«, fragte Dom. Auf einmal duftete die Luft um ihn nach ihr. L'eau d'Erin.

»Ja, mir geht's gut.« Sie strich sich das windzerzauste Haar glatt, verschränkte die Arme und blickte sich in der Schulhalle um.

»Du kannst mich übrigens ruhig ansehen. Keiner von uns wird spontan explodieren.«

Sie starrte ihn mit hochgezogenen Augenbrauen an, ein wortloses Geständnis, dass sie es für keinen schlechten Gedanken hielt, er könne in Flammen aufgehen.

»Danke hierfür«, sagte er.

»Die Kinder wollen dich dabeihaben«, antwortete sie, und wieder schienen die unausgesprochenen Worte lauter.

Ich nicht. Ich will dich wahrlich nicht hier haben.

»Wegen Weihnachten …« Erin suchte anscheinend die Kindergruppe, die sich auf der Bühne versammelte, nach den Zwillingen ab.

»Sie kommen erst später«, sagte Dom. »Esel. Krippe. Später.«

»Stimmt.« Sie wandte sich zu ihm. »Wegen Weihnachten. Wir sind ab Heiligabend bei Lydia. Fitz kommt auch, also am nächsten Tag …«

»Ich will keine Schwierigkeiten machen. Ich gehe zu meinen Eltern. Kann ich sie vormittags für eine Stunde zur Bescherung haben?«

Sie zögerte einen Moment, kratzte sich am Unterarm. »Ja, ist gut. Eine Stunde.«

»Und ich schicke dir zusätzliches Geld für die Geschenke. Sie sollten immer noch von uns sein. Und vom Weihnachtsmann, einverstanden?«

Erin winkte jemandem in der Stuhlreihe gegenüber zu.

»Sind sie immer noch von uns?«, wiederholte er.

»Ja«, antwortete sie genervt. »Klar.«

»Ich weiß, dass du dir dies hier nicht ausgesucht hast. Das war nie geplant.«

Erin wandte ihren Kopf ab.

»Versprich mir nur, dass du Dom den Vater nicht für Dom den Mann bestrafst«, flüsterte er.

»Das würde ich *ihnen* nicht antun«, sagte sie und beobachtete die Bühne. Sie ließ keinen Zweifel daran, dass sie, hätte sie die Wahl, ihn komplett aus ihrem Leben verbannen würde.

»Hast du schon eine Wohnung gefunden?«, wechselte sie das Thema.

Dom schüttelte den Kopf.

»Dominic, ich lasse sie nicht über Nacht in diesem schäbigen Hotel. Wenn du sie nächstes Wochenende haben willst, brauchst du eine Wohnung.«

Dom nagte an seiner Unterlippe. Unbewusst hatte er die Augen geschlossen, als könnte er sich so besser konzentrieren. Er fragte sich, ob dieser schneidende Unterton in ihrer Stimme vorübergehend war oder für immer so bliebe. Er hatte ihn ausgelöst – das wusste er –, aber mit der Zeit würde er doch nachlassen, oder nicht? Und was sollte dieses »Dominic«?

»Ich sorge dafür, dass ich bis dahin eine Wohnung habe.« Er hörte sie seufzen.

»Falls ja, gibt es keinen Grund, weshalb sie nicht bei dir übernachten können. Falls nicht, nimmst du sie nur für den Nachmittag.«

Bilder kollidierten in seinem Kopf. Gesichtslose Menschen, zumeist Männer, die er im Laufe der Jahre gesehen hatte, im Park oder bei McDonald's, wie sie allein mit ihren Kindern aßen, mit einem Blick immer auf der Uhr.

Er öffnete seine Augen erst wieder, als die ersten Noten von »O Little Town of Bethlehem« erklangen. Während des Krippenspiels klatschte Erin laut und sang jedes Weihnachtslied mit. Dom war verloren. Sie war die, die einen Glauben hatte. Sie war die, die die Kinder auf eine katholische Schule schicken wollte, und er hatte mitgemacht. Er blickte zu der winzigen Bühne. Das Einzige, was er wusste, war, dass seine Kinder die perfektesten Esel abgaben und seine Frau immer noch nicht singen konnte.

Als die Lichter wieder angingen, sah Erin ihn an.

»Wenn sie runterkommen, werden sie wollen, dass wir zusammen rausgehen. Wahrscheinlich schlagen sie vor, dass wir noch eine Pizza essen. Das wird nicht geschehen. Ich wäre dir dankbar, wenn du sagst, dass du gehen musst. Denk dir irgendwas aus, aber lass mich nicht wie die Böse dastehen, die Nein sagt. Für die halten sie mich sowieso schon.«

Und als der Moment kam, hatten sich die Worte in seiner Kehle angestaut. »Nein, tut mir leid, Kinder, heute Abend nicht.« Sie erstickten ihn fast. »Ich muss zurück ins Büro.« Ihre Gesichter. Die Blicke von ihm zu ihr und wieder zurück. »Ihr wart beide großartig!« Er umarmte sie. »Wir feiern ein anderes Mal, ja?«

Rachel hatte sich noch über die Schulter zu ihm umgesehen und ihm einen Kuss zugepustet.

Und dann beobachtete er, wie die drei weggingen.

»Ich nehme sie«, sagte Dom zu der Maklerin. »Holen Sie alles an Auskünften ein, was Sie brauchen, es muss schnell gehen. Ich muss am Wochenende eingezogen sein.«

Sie war jung und hübsch und, so wie ihre Augen aufleuchteten, weil Dom die kleine, billige Wohnung mieten wollte, neu in dem Job. Sie tat ihm ein bisschen leid, und er versuchte zu lächeln, als er ihr seine Bankverbindung und die Kontaktdaten seines Steuerberaters nannte, damit sie Erkundigungen über ihn einholen konnte. Doch bis das Formular fertig ausgefüllt war, tat er sich selbst noch mehr leid. Wenn er über seine Situation nachdachte, kam es Dom vor, als wäre er in das Leben eines anderen gestolpert.

Die nächsten zwei Stunden verbrachte er damit, sein neues Zuhause mit Ikea-Möbeln einzurichten. Alles würde bis Freitag geliefert, und zum ersten Mal seit Monaten empfand er auf dem Rückweg zu seinen Eltern eine gewisse Leichtigkeit in seiner Brust.

Seine Mutter hatte ihm Kaffee gemacht, der wie Tee schmeckte, und gemeinsam saßen sie im vertrauten Wohnzimmer. Dom blinzelte zu den grünen und braunen Wirbeln im zwanzig Jahre alten Teppich und stellte seinen Becher auf einem der Untersetzer mit Oscar Wildes Gesicht darauf ab, die er ihr einmal zum Muttertag geschenkt hatte.

»Du siehst so dünn aus«, sagte sie und rang die Hände. »Gar nicht wie du.«

Er zog eine Augenbraue hoch. In einem »schäbigen kleinen Hotelzimmer« zu wohnen, tat das mit einem Mann.

»Wie geht es den Babys?« Seine Mutter nannte die Zwillinge nach wie vor »Babys«, obwohl sie sieben Jahre alt waren. »Und Erin, wie geht es ihr?«

»Rachel und Jude geht es super«, antwortete er und hoffte, seine Mum würde vergessen, erneut nach seiner Frau zu fragen, wie sie heutzutage so vieles vergaß.

»Ich habe dir vor langer Zeit gesagt, du sollst dich um deine Frau kümmern«, sagte Sophie kopfschüttelnd.

Dom seufzte so leise wie möglich und sah seinen Vater an der Tür hinter dem Sofa, auf dem seine Mutter saß. Heute hatte sie offenbar einen guten Tag. Das war nicht immer der Fall, und die Tatsache, dass sie sich konzentrieren und an Details erinnern konnte, war etwas Gutes. Nicht so gut für ihn, aber dennoch musste man dafür dankbar sein.

»Und was unternimmst du?«, fragte sie und verengte die Augen.

»Was ich kann«, sagte er. »Ich gebe ihr die Zeit, die sie braucht, und hoffe, dass sie auf mich hören und ihre Meinung ändern wird.«

Seine Mutter schüttelte den Kopf.

Dom hob den nun beinahe kalten Kaffee an seine Lippen. Er sah sie an; ihr Rücken lehnte an einem geblümten Kissen, das ihr Vater hinter sie gelegt hatte, als sie sich gesetzt hatte. So etwas hatte er sich selbst gewünscht, erwartet und geglaubt, immer in seiner Ehe zu haben. Er und Erin, die gemeinsam alt wurden, sich womöglich wahnsinnig nervten, aber zusammenblieben, egal, was geschah.

Und was war geschehen? Obwohl er es nicht wollte, wirbelte ihm alles wieder durch den Kopf. Er hatte gelogen. Er hatte wegen seines Glücksspiels gelogen. Ja. Er hatte Maisie bei Erin gelassen, als Erin tief und fest schlief. Ja. Alles Erdenkliche hätte passieren können. Ja. Und es war passiert. Ja.

»Sie hat allen Grund, von mir enttäuscht zu sein, Mum.«

»Hat sie«, bestätigte seine Mutter. »Aber eure Familie, eure wunderbare Familie …« Sophie begann zu weinen, und Dom setzte sich neben sie, um ihre Hand zu nehmen.

»Ich versuche, es wiedergutzumachen.«

»Ja, das solltest du auch, Dominic.«

Er konnte seinen Vater hinter sich atmen hören.

»Gehst du noch zu den Treffen?«, fragte Gerard.

Dom blickte zu den Familienfotos auf dem Klavier. In den neuesten Rahmen waren Aufnahmen von seinen Kindern. »Alle zwei Wochen.« Er lachte, was erbärmlich klang, und rieb sich das Haar am Hinterkopf, bis es statisch aufgeladen war. »Ich kann nicht behaupten, dass mir Gamblers Anonymous bei der Situation mit Erin hilft, aber ...«

Sein Vater unterbrach ihn: »Hast du ihr erzählt, dass du da hingehst?«

»Dad, das interessiert sie nicht.«

»Und wo ist diese Wohnung, die du gemietet hast?« Gerard trat weiter ins Zimmer und setzte sich auf den Platz, auf dem Dom gesessen hatte, als er so abrupt das Thema wechselte.

»Wenige Minuten von der Hawthorn Avenue entfernt. Sie ist klein, winzig, um genau zu sein, aber sie hat zwei Schlafzimmer, und ich kann ein Etagenbett in das eine bekommen.«

»Wie geht es Erin, Schatz?« Seine Mutter sah ihn an. Ihr Gesichtsausdruck war nun fast glasig. Zumindest war die Enttäuschung verschwunden, dachte Dom. »Grüß sie ganz herzlich von mir, wenn du zu Hause bist. Sie hat sich als solch ein reizendes Mädchen entpuppt ...«

Am darauffolgenden Freitagabend richtete Lydia sich aus der Hocke auf, um das Fenster zu öffnen. Zwar hatte Dom bereits die Zimmertür ausgehängt, die nun seitlich im engen Flur lehnte, aber es war immer noch sehr eng für das Etagenbett.

»Entschuldige«, sagte er. »Es ist nicht leicht, aber wir haben es fast.«

»Willst du die Tür ausgehängt lassen?«, fragte sie.

»Nein, das wird schon.«

Lydia seufzte, strich sich das Haar aus dem Gesicht und fixierte ihn mit ihren braunen Augen. »Nichts hiervon wird schon, Dom.«

Er schwieg und zog die Schrauben mit dem Schraubenzieher fest.

»Es geht nicht nur um dich und sie, wie du weißt«, fuhr Lydia fort. »Auch um sie und mich, denn wir arbeiten zusammen. Und darum, ob wir irgendwann mal wieder alle mit unseren Freunden zusammen essen …«

»Tut mir leid, klar?« Dom hatte langsam die Nase voll davon, sich entschuldigen zu müssen.

»Ich versuche dir bloß zu erklären, dass es nicht nur …«

»Denkst du, das ist mir nicht verdammt bewusst?« Dom schleuderte den Schraubenzieher auf den Boden, von wo er abprallte und gegen Lydias Bein sprang.

»Kein Grund zu schreien.« Sie rieb sich übertrieben das Bein.

»Und wie ich Grund habe zu schreien. Ich weiß! Ich weiß! Ich weiß verdammt noch mal, dass ich meine Ehe vermasselt habe und deine Beziehung zu meiner Frau. Meine Kinder sind wahrscheinlich fürs Leben geschädigt wegen einer schlechten Entscheidung, die ich getroffen habe. Das weiß ich, verstehst du? Ich weiß.«

»Drei schlechte Entscheidungen eigentlich. Spielen. Spielen in der Nacht, in der Maisie starb, und dann hast du viel zu lange wegen allem gelogen. Oh, vier! Du hast deiner Frau nie erzählt, dass du dir Geld von Dad geliehen hast. Und hör auf zu fluchen.«

Dom drehte sich um, verließ das Zimmer und ging in die kleine Küche. Dort öffnete er einen Schrank, nahm eine Halbliterflasche Gin heraus und trank einen großen Schluck, bevor er sich den Mund mit dem Handrücken abwischte. Lydia stand im Flur und schaute zu. »Was? Willst du jetzt auch noch Trinken mit auf die Liste setzen?«

Dom trank noch einen Schluck.

»Verstehst du denn nicht, Dom? Was du getan hast, hat ihre schlimmsten Ängste wahrgemacht. Sie ist Fitz' Tochter. Sie wurde nach dem Motto erzogen, dass Liebe die Antwort auf alles ist. Dann hat sie dich kennengelernt, und du hast es sie erst recht glauben gemacht, aber plötzlich – war es nicht mehr so, ist es nicht so. Sie versucht nicht, dir irgendwas heimzuzahlen. Sie ist *am Boden*!«

Dom fühlte, wie es in ihm brodelte, als er die Flasche zuschraubte. »Gute Leute können schlimme Dinge tun, wenn sie in Bedrängnis sind. Sie muss es irgendwie schaffen, mir zu vergeben, damit wir nach vorn sehen können.«

»Herrgott, Dom.« Lydia schüttelte den Kopf, als wäre er ein kompletter Idiot. »Du müsstest dich mal hören. Dies hier«, sie schwenkte die Hände durch seine winzige Wohnung. »Es *ist* sie, die nach vorne sieht.«

»Ach, leck mich doch, Lydia.«

Er konnte ihr nicht in die Augen blicken, wollte nicht noch mehr bittere Enttäuschung sehen.

»Na schön.« Seine Schwester bückte sich, hob ihre Handtasche auf und knallte die Wohnungstür hinter sich zu.

Dom kehrte ins Zimmer zurück und griff nach dem Schraubenzieher. Er hatte eine Aufgabe zu erledigen. In nicht einmal vierundzwanzig Stunden musste er diese Wohnung in ein Zuhause verwandelt haben, ehe seine Kinder über das Wochenende kamen. Er würde sie am nächsten Tag abholen, und sie würden bei ihm bleiben, bis er sie am Sonntag wieder zurückbrachte – an Silvester. Mit der freien Hand strich er Kreise auf seinem Bauch. Weihnachten war eine traurige Angelegenheit gewesen, und nun stand ein neues Jahr bevor – ein Jahr, das er sich ohne Erin einfach nicht vorstellen wollte; ohne Rachel und Jude.

Er zog die Schrauben am Holzrahmen an, und obwohl er

sich sagte, dass er Wichtigeres zu tun hatte, als sich mit Lydia auseinanderzusetzen, griff er nach seinem Telefon und wählte ihre Nummer.

»Es tut mir leid«, sprach er auf ihre Mailbox. »Diese Woche ist unser neunter Hochzeitstag … aber ich höre auf mit diesem Selbstmitleid. Du versuchst bloß, mir zu helfen, und ich bin ein Blödmann.«

Um Mitternacht saß er auf dem Bett in seinem Schlafzimmer. Das Bettzeug, das er gekauft hatte, passte nicht. Die Matratze war viel härter, als sie sich im Laden angefühlt hatte. Und so klein, wie das Zimmer war, schien hier jede seiner Bewegungen ein Echo zu erzeugen – wie um seine Einsamkeit zu steigern. Er langte in eine Plastikkiste und holte das Buch heraus. Von seiner Internetrecherche vorhin wusste er, dass Weide kein traditionelles Geschenk mehr zum neunten Hochzeitstag war – Leder galt als die moderne Variante. Er fragte sich, ob er ihr einfach das Buch zurückgeben sollte, aber sie würde es wohl ungesehen in einen Schrank werfen.

Während er – er brauchte es noch.

Er las einige Zeilen des ersten Eintrags, den er gleich nach der Trennung geschrieben hatte:

♥

Dir ist es ernst, oder? Genau das glaubte ich nicht. Ich dachte, du würdest dich beruhigen, dass ich eine sehr lange Zeit damit verbringen würde, es wiedergutzumachen, und das Leben eine neue Normalität bekäme, die ich irgendwann wieder hinbiegen könnte.

♥

Erin hatte in ihrem Leben noch nichts ernster gemeint.

Und Lydia hatte recht – dies war ihre und seine neue Normalität.

Er klickte den Travelodge-Kugelschreiber, der auf seinem neuen Ikea-Nachtschrank lag, auf und zu, lauschte dem rhythmischen Klang, bevor er zu schreiben anfing. Er setzte sich auf. Die Beine auf der nackten Matratze ausgestreckt und den Rücken an die Wand gelehnt, schrieb er in der absoluten Gewissheit, dass Erin seine Worte lesen würde. Eines Tages, nicht heute, aber eines Tages *würde* Erin lesen, was er schrieb.

♥

28. Dezember 2005

Meine geliebte kleine Maisie,
wo in dem nicht vorhandenen Regelbuch heißt es, dass ich hier immer nur an Erin schreiben darf? Ich meine, mir ist klar, dass es der eigentliche Zweck ist, aber der ist im Moment ohnehin null und nichtig, oder? Und ich sage bewusst »im Moment«, weil ich immer noch glaube, dass deine Mum und ich wieder zusammenkommen. Irgendwann. Bald, hoffe ich.
Sie glaubt, dass du ein Engel bist oder das Rotkehlchen, das in den niedrigen Pflanzen im Garten herumhüpft. Ich habe gehört, wie sie mit dir geredet hat, wenn sie glaubte, dass sie allein war. Vielleicht hat sie recht. Ich hoffe es. Ich hoffe, es gibt diese Seele. Ich hoffe, dass du auf irgendeine Weise weiterlebst, weil es den Schmerz lindert, dass du seit sieben Jahren nicht mehr da bist. Du wärst jetzt acht Jahre alt.
Manchmal vergehen Tage, bis mir bewusst wird, dass ich nicht an dich gedacht habe, und ich bekomme ein schlechtes Gewissen – ein noch schlechteres, als ich

es ohnehin schon habe. Ich hätte da sein müssen. Die Vernunft sagt mir, selbst wenn ich es gewesen wäre, wärst du aller Wahrscheinlichkeit nach trotzdem gestorben. Ich hätte ebenso wenig tun können, aber das sind so viele Wenns.

Was wäre gewesen, hätten wir eines dieser Baby-Überwachungsgeräte gekauft, von denen wir gesagt haben, wir bräuchten es nicht, weil du gleich nebenan warst?

Was wäre gewesen, wäre ich nicht weggefahren, sondern dageblieben und hätte dich still beobachtet, wie ich es manchmal tat, nur um deinem Atmen zu lauschen? Ich hätte sicher gemerkt, dass es aufhörte, hätte deinen letzten Atemzug gehört, wäre aufgesprungen, hätte dich hochgehoben und dir Atem eingehaucht, Maisie. Was wäre, wenn ...

Was wäre, wenn ich zu Hause gewesen wäre und du trotzdem gestorben wärst? Ein Teil von mir sagt, dass ich dann mehr für Erin da gewesen wäre. Ich denke, ich wäre besser darin gewesen, ihr beizustehen, hätte früher bemerkt, wie schlimm sie mit ihren Ängsten kämpfte, als du starbst und die Zwillinge geboren wurden. Ich denke, ich wäre imstande gewesen, durch das Grau zu ihr zu sehen, sie festzuhalten, wäre ich nicht von Schuldgefühlen und Kummer überwältigt gewesen.

Ja, Kummer. Ich habe nicht geheult, nicht gegen Wände geschlagen oder irgendeinen Laut von mir gegeben. Aber in den Tagen danach sah ich dich überall, Maisie. Ich sah dein Gesicht, wenn ich zum Himmel aufblickte. Ich hörte dein glucksendes Kichern im Büro. Ich schmeckte deinen Verlust, die verpasste Gelegenheit deines Lebens, wie ich denke, dass es

geworden wäre – ich habe es mir bis ins Kleinste vorgestellt. Was wäre, wenn …?
Sie verblasste, diese Intensität der Trauer, natürlich, aber die Schuld nie.
Und jetzt verschlingen mich nicht mehr täglich die Gedanken, was gewesen wäre, hättest du gelebt, sondern begraben mich die »Was wäre wenn«-Fragen nach der Wahrheit.
Sag es keinem, Maisie, denn dies ist kein elterlicher Rat, aber die Wahrheit?! Die ist so verdammt überbewertet.
Denn hätte ich es ihr nicht erzählt, wäre ich noch mit ihr zusammen. Wir wären in das neue Haus gezogen, deine Mum, dein Bruder Jude, deine Schwester Rachel und ich. Nächsten Mai, an deinem Geburtstag, hätten wir über dich geredet, darüber, was für ein junges Mädchen du geworden wärst. Ich hätte Erin in den Armen gehalten, während sie weinte, und wir hätten auch gelacht, weil wir uns erinnern würden, wie witzig du sein konntest. Sie wäre mit den Zwillingen in die Kirche gegangen. Vielleicht wäre ich sogar mitgegangen. Ich hätte Erin beobachtet, wie sie beim Beten den Kopf gesenkt hätte wie ein Kind, für deine himmlische Seele betete, während ich auf meine Weise mit dir plauderte und die Zwillinge bestach, damit sie still waren.
Stattdessen plaudere ich hier mit dir.
Was wäre, würdest du leben, Maisie, und nichts von alledem wäre jemals geschehen? Was hättest du tun können? Wer wärst du gewesen? Ich stelle mir vor, du wärst eines dieser Kinder gewesen, die sich gegen die Mobber in der Schule stellen. Du hättest all die »bösen Kinder« zusammengetrieben und zum Direktor

gebracht. Du wärst vielleicht Lehrerin geworden, wie Jude dauernd sagt, dass er es sein will. Stell dir vor, ihr hättet zusammen studieren können, und du hättest ihn vorgestellt mit »Das ist mein kleiner Bruder«, dabei hätte er dich überragt. Und du und deine Schwester, ihr wärt euch nahe gewesen, fast wie Zwillinge. Und deine Mum und ich würden euch aus dem Hintergrund beobachten ... Wir wären noch zusammen, und ihr drei würdet uns ansehen und sagen: »Seht ihr? Das ist es, was ich will. Ich möchte wie Mum und Dad sein.«

In Wirklichkeit werde ich dich nie inspirieren, Maisie. Du wirst mich nie auf eine Art umarmen, die mir sagt, dass ich geliebt werde. Ich werde dich nie zum Altar führen und jemandem übergeben können, von dem ich hoffe, dass er deiner würdig ist. Ich werde nie sehen, wie du aufwächst, außer in meinen Gedanken, wo du zugegebenermaßen zu einem nachdenklichen, aufmerksamen Kind heranwächst. Und ich bin sicher, dass du mit jedem Jahr schöner wirst und wahrscheinlich ein Mittel gegen Krebs entdeckst.

Morgen ist ein neuer Tag.

Noch ein Tag, um weiterzumachen und dich immer noch zu vermissen.

Ich liebe dich, Maisie-Daisy-do,
habe ich immer und werde ich immer.
Dad xx

♥

21

Dominic

DAMALS – Mai 2006

Dom saß in seinem Wagen vor der Nummer 27a Hawthorn Avenue und aß einen Apfel. Er blies sich in die Hände und hoffte, dass sich das Wetter in den wenigen Tagen mit den Kindern eher wie Mai, nicht Januar anfühlen würde.

Als es Zeit wurde, warf Dom den Apfelkern in eine der Mülltonnen, die vorm Eingang aufgereiht standen, und bemerkte, dass die Bäume seitlich von der Erdgeschosswohnung viel zu hoch gewachsen waren. Er hörte Rachels Quieken, als er klingelte, und unterdrückte das mulmige Gefühl in seinem Bauch, das er immer bekam, wenn er vor seiner Haustür stand.

»Hi«, sagte er, als Erin erschien. »Soll ich mal die Zypressen seitlich stutzen, wenn du weg bist?«

»Was? Ja, klar. Hi, komm rein. Es ist kalt.«

Es war seit letztem Oktober selten vorgekommen, aber Dom trat über die Schwelle. »Bist du startklar? Freust du dich auf die Reise?«

»Ja, es wird schön, Rob zu sehen. Die Kinder sind bereit. Ich habe ihnen alles, was sie brauchen, in einen Koffer gepackt.«

Dom blickte nach links, wo ein Koffer an der Wand stand, der beinahe größer war als das Zimmer für die Zwillinge in seiner Wohnung.

»Sie putzen sich gerade die Zähne«, ergänzte Erin und sah nervös zu ihrem Handgelenk.

Dom hielt den Atem an. Er hatte zwei Dinge zu tun. Erstens die Kinder abholen, zweitens ihr den Umschlag geben.

»Das ist für dich«, sagte er und drückte ihn Erin in die Hand.

»Was ist das?« Sie blickte ihm in die Augen.

»Eine CD.« Er versuchte zu lächeln. Es war ein alter Scherz zwischen ihnen – aus der Zeit, als sie sich zu einem Weihnachten gegenseitig CDs geschenkt und eine Stunde lang ein albernes Ratespiel veranstaltet hatten, was in der offensichtlichen Verpackung sein könnte.

»Lass den Quatsch. Was ist das?«

»Es sind Dollars. Ich möchte nur, dass du dir eine schöne Zeit machst.«

»Ich brauche dein Geld nicht. Ich komme klar.« Sie wollte ihm den Umschlag zurückgeben, doch er wich ihr rückwärts aus.

»Lässt du mich etwas für dich tun? Ohne Hintergedanken. Die Firma läuft gut, wahrscheinlich weil ich jetzt rund um die Uhr arbeite, und ich möchte, dass du auch etwas davon hast.«

Sie schüttelte den Kopf. »Dominic, ich bin froh, dass es mit deiner Selbständigkeit gut läuft, aber ich will das wirklich nicht.«

»Betrachte es als Geburtstagsgeschenk.«

»Mein Geburtstag ist erst im Oktober.«

Er senkte die Stimme. »Seit letztem Oktober hast du nur schreckliche Dinge erfahren. Geh shoppen in New York. Hab Spaß.«

Da war ein winziges Flattern in ihrem Hals, als er in ihr bezaubernd unschlüssiges Gesicht sah.

»Erin, wir sind zwei Menschen, die gemeinsam zwei Kinder aufziehen, die wir beide lieben. Im besten Fall sind wir zwei Freunde, die mal viel mehr füreinander waren. Bitte, nimm das Geld. Hab kinderfreien Spaß in Amerika.«

Sie faltete den Umschlag und schob ihn in die Gesäßtasche ihrer Jeans. »Danke«, sagte sie und machte dieses Ding mit ihrem Haar, das sie immer tat, wenn sie nervös war: Sie strich es sich mit beiden Händen hinter die Ohren. Gewöhnlich folgte der Bewegung ein winziges Schnalzen mit den Lippen. Sie hatte ihr Haar wieder wachsen lassen, und Dom wollte nichts lieber, als eine Hand ausstrecken und darüberstreichen.

Er hüstelte.

Sie presste die Lippen zusammen, bevor sie sagte: »Dominic, wegen der Zypressen …«

»Wann hast du aufgehört, mich Dom zu nennen?«

Erin schaute sich zu Rachel um, die aus dem Bad zur Küche gelaufen war, und rief, dass sie nur ihren Rucksack holte. Erin lehnte sich an die Wand und legte eine Hand auf ihren Bauch. »Mir war nicht bewusst, dass ich es habe.«

Dom streckte Rachel die Arme entgegen. Sie ließ die Tasche los, die sie hinter sich herzog, und lief auf ihn zu. Er bückte sich und hob sie hoch in die Luft.

»Wo ist Daddys Lieblingsmädchen?«

»Hier!« Sie lachte, als er sie kitzelte und sie wieder absetzte.

»Wo ist dein Bruder? Geh ihn holen, denn Mummy muss los.« Rachel rannte los und rief nach Jude. »Triffst du Fitz am Flughafen?«, fragte er Erin.

Sie nickte und rieb sich den linken Arm mit ihrer rechten Hand. »Es ist kalt«, wiederholte sie.

»Tja, da drüben könntet ihr sogar noch Schnee haben«, sagte er und fragte sich, wie zwei Menschen, die sich im ersten Moment ineinander verliebt hatten, die sich in einer Ekstase umklammert hatten, wie er sie mit niemandem sonst erleben würde, und die mit Liebe drei Kinder gezeugt hatten, auf einem Flur stehen und über Kaltfronten auf zwei Kontinenten reden konnten.

»Fährt dich wirklich jemand hin? Mir macht es nichts aus, dich zu fahren.« Ihre Blicke begegneten sich. Erins grasgrüne und einst liebevolle Augen wirkten nun steinern, undurchdringlich. Sie ging zu dem Koffer an der Wand.

»Ich werde gefahren, danke«, sagte sie.

»In Ordnung ... Hey, Kumpel«, sagte er zu Jude.

»Hi, Dad«, antwortete sein Sohn.

»Also gut, ihr zwei.« Erin bückte sich und zog die beiden an ihre Brust.

Dom schluckte. Ganz gleich, wie hart sie ihm gegenüber geworden war, Erin blieb eine wundervolle Mutter und würde die Kinder vermissen. Er hatte sie anflehen müssen, die beiden für die Woche nehmen zu dürfen, nachdem er erfahren hatte, dass sie plante, sie bei Lydia zu lassen. Es war der erste Streit, den Erin und er seit seinem Auszug gehabt hatten. Das erste Mal, dass sie ihrer Wut, ihrer Angst und ihrem Widerwillen, ihm die Kinder länger als vierundzwanzig Stunden anzuvertrauen, Luft gemacht hatte.

»Ihr werdet mir fehlen«, sagte sie in das Haar der beiden. »Seid brav bei eurem Dad. Und ich rufe an, ja?«

Dom ging durch den Kopf, dass sie die Kinder noch nie verlassen hatte, um nach Übersee zu reisen.

»Ich passe auf sie auf, Erin«, sagte er. »Versprochen.«

Sie seufzte, und da die beiden schon aus der Tür gelaufen waren, blies sie ihnen Küsse hinterher. »Das will ich auch hoffen«, entgegnete sie.

»Wie es aussieht, ist dein Taxi da.« Dom nickte zur Straße. »Stehen bleiben, Leute!«, rief er den Kindern zu. »Wartet auf mich!«

Erin wurde rot. »Ich rufe dich morgen an, um ihnen gute Nacht zu sagen.«

»Genieß die Zeit«, sagte er. »Und pass auf.«

»Du auch.«

Er umarmte sie für einen kurzen Moment und küsste sie auf den Kopf. »Grüß Fitz und Rob von mir.«

Sie wich nicht zurück, jedenfalls nicht sofort. Dann ging er zu den Kindern und mit ihnen zu seinem Wagen, den er bedächtig belud, wobei er versuchte, den großen Mann in dem geparkten Auto zu sehen. Richtig erkennen konnte Dom ihn nicht, doch er musste die Umarmung gesehen haben. Und wer er auch sein mochte, er war nur ein Fleck in Erins Landschaft – ein Freund, mit dem sie Zeit verbrachte, um nicht allzu einsam zu sein. Niemand zum Lieben. Nein, das hatte er in dem Moment gefühlt, in dem sie sich berührten. Trotz der kalten Witterung hatte er eindeutig gefühlt, wie Erin auftaute. Da waren keine Funken geflogen, aber ein Sehnen war zu spüren gewesen. In dem flüchtigen Moment waren Worte unnötig gewesen.

Dom war erledigt. Die drei Tage und vier Nächte mit den Zwillingen waren fantastisch, aber ermüdend gewesen, und er hatte eine ganz neue Hochachtung vor Erin. In der winzigen Küche war das Kochen für die Kinder eine Herausforderung, und an dem Morgen, bevor er sie nach Hause fuhr, fielen ihm Ähnlichkeiten an ihnen auf, die er zuvor nie bemerkt hatte.

»Mummy tut die Eier in einen Becher und verrührt sie vorher«, erklärte Jude, und seine fragende Miene spiegelte die seiner Schwester.

»Daddy, so macht man Rührei nicht«, stimmte Rachel zu.

Dom kratzte sich am Kopf. »Ich mache euch Pancakes, wie ich sie immer für euch mache.«

»Aber wir wollen Rührei«, sagte Jude, und Rachel nickte.

»Ist gut.« Er sah in die Pfanne und war sicher, dass die Eier auch mit einer Gabel richtig verrührt wären.

»Die schmecken dann aber nicht genauso«, warnte Jude.

»Ist gut«, wiederholte Dom, öffnete den Mülleimer und schüttete die Eier hinein. Sieben Monate waren vergangen, und immer noch fühlte sich das Leben ohne sie an, als würde er nur halb existieren. »Na schön.« Er sah seine Kinder an. »Erklärt mir genau, wie Mummy es macht – was soll ich tun?«

»Es ist hart allein«, sagte er zu Nigel, als sie beide mit einem kalten Radler in der Hand an der Bar im The Coach and Horses standen. Sie hatten eben in der Schulturnhalle Squash gespielt, und Nigel hatte ihn vernichtend geschlagen.

»Benutze einige Tage mit deinen Kindern nicht als Ausrede dafür, dass du heute Abend beschissen gespielt hast«, erwiderte Nigel grinsend und nickte einem Mann zu, der an ihnen vorbeiging und den Dom nicht kannte.

»Ich sage bloß, dass ich reif fürs Bett bin, obwohl es immer noch ist, wie auf einem Brett zu schlafen.«

»Du musst dich wieder verabreden.«

»Hast du mir überhaupt zugehört?«

Nigel zog die Brauen hoch, als wolle er ihn warnen, ihm ja nicht schon wieder zu erzählen, er würde seine Frau zurückgewinnen.

»Sie hat mir vorhin geschrieben und nach meiner E-Mail-Adresse gefragt. Worum kann es wohl gehen?«

Nigels Gesichtsausdruck verriet ihm, dass es ihn nicht interessierte. Es war gut möglich, dass ihn die endlose Dom-Erin-Geschichte ein bisschen anödete.

»Ich habe mir eine neue zugelegt und ihr geschickt, smartdomnot@hmail.com.«

Nigel lachte.

»Erin fand es auch witzig. Siehst du, ich bekomme sie weich … Nächstes Jahr um diese Zeit wird der Plan vollendet und alles wieder geregelt sein, sage ich dir.«

»Muss ich mir Sorgen um dich machen, Alter?«

»Nein.«

»Dir ist schon klar, dass ein anderer Mann Witterung aufgenommen hat, oder?«

Dom wurde speiübel. Nach außen hin winkte er ab, als würde er eine lästige Fliege verscheuchen. Er fühlte, wie Nigel dreimal sachte auf seine Hand tippte. »Ich meine bloß, dass du dir vielleicht etwas vormachst.«

»Und ich erkläre dir gerade, dass sie und ich größer sind als irgendein mögliches Sie und Er.«

»Klar.«

»Klar.«

Nigel seufzte. »Und woher weißt du das? Ich meine, du hast keinen Schimmer, ob da schon irgendwas läuft oder jemals laufen wird. Hast du ihn kennengelernt, die beiden zusammen gesehen?«

»Hast du?« Dom sah ihn wütend an.

»Nein.«

»Eben.«

»Klar.«

»Ich habe recht.« Dom lächelte und stieß mit seinem Freund an. »Du wirst schon sehen.«

Sobald er zu Hause war, schaltete Dom seinen Desktop-Computer an, der auf der Kommode neben seinem Bett stand. Er loggte sich ins Internet ein, und da, in seinem neuen Postfach war eine E-Mail von Erin:

Von: Erinthebrave101@btinternet.com
Gesendet: 20. Mai 2006 16:55
An: smartdomnot@hmail.com
Betr.: 27a Hawthorn Avenue

Hi D,
diese E-Mail-Adresse bringt mich immer noch zum Grinsen. Gefällt dir meine? War Fitz' Idee.
Als ich in den Staaten war, kam die Baugenehmigung für diesen Anbau, den du vor Jahren entworfen hast, um ein zweites Kinderzimmer zu haben. Die Zwillinge werden größer, also brauchen wir mehr Platz. Aber einen Umzug können wir uns nicht leisten, weshalb der Anbau die beste Lösung ist. Dein Dad will mir das Geld leihen – er besteht sogar darauf, und er bemüht sich sehr, mir das Geld einfach zu *geben*, doch ich möchte das wirklich allein schaffen und kann es auch, wenn du einwilligst, unsere Hypothek ein bisschen zu erhöhen. Ich zahle den zusätzlichen Betrag monatlich. Ich hänge dir einige Zahlen an, damit du sie dir ansehen kannst.

Hoffentlich siehst du es ein. Wir brauchen hier ehrlich mehr Platz, und die Wohnung ist letztlich eine Geldanlage für uns beide.
Wir würden nach hinten anbauen, sodass ein offener Wohn-Küchenbereich entsteht und das jetzige Wohnzimmer zum Kinderzimmer umfunktioniert wird. Erinnerst du dich an die Zeichnungen?
Was meinst du?
Falls du willst und es dir bei der Entscheidung hilft, komm heute oder morgen Abend vorbei und sieh es dir an.
Sag Bescheid.
Erin.

Dom tippte sofort eine Antwort.

Von: smartdomnot@hmail.com
Gesendet: 20. Mai 2006 18:37
An: Erinthebrave101@btinternet.com
Betr.: 27a Hawthorn Avenue

Hi,
heute Abend bin ich beschäftigt, aber ich könnte morgen kommen.
Kann ich dabei die Kinder sehen?
D

Von: Erinthebrave101@btinternet.com
Gesendet: 20. Mai 19:01
An: smartdomnot@hmail.com
Betr.: 27a Hawthorn Avenue

Würde es dir etwas ausmachen, erst später zu kommen, wenn sie im Bett sind? Ich will sie nicht verwirren, und das wären sie, wenn sie dich hier sähen. Wie wäre es um neun?
Erin

Von: smartdomnot@hmail.com
Gesendet: 20. Mai 2006 19:22
An: Erinthebrave101@btinternet.com
Betr.: 27a Hawthorn Avenue

Erin, ich bin morgen Abend um neun da. D

♥

20. Mai 2006

Umwerfende Erin,
nun hatte ich gerade für einige Tage die Kinder, solange du in den Staaten warst, und ich ziehe den Hut vor dir.
Mir ist schleierhaft, wie du es alleine schaffst.
Ich bin mit ihnen in den Center Parc gefahren, es war ein regnerischer Tag. Plötzlich wurde ich zu einem neurotischen Idioten, weil ich panisch war, dass sie weglaufen oder auf nassem Laub ausrutschen könnten oder sonst was und ich dir einen von ihnen mit einem Gips zurückbringen müsste. Jedenfalls sind wir viel im beheizten Pool geschwommen, wo ich sie die ganze Zeit im Blick hatte. Es gefiel ihnen. Mir gefiel es. Aber, Himmel, war ich fertig! Ich bin jeden Abend um zehn eingeschlafen.
Rachel hört wirklich nie auf zu reden, oder?! Hätte sie einen Ein-/Ausschalter, ich hätte sie mindestens eine Stunde pro Tag ausgestellt, nur um mal Luft zu holen. Aber, Gott, ist sie witzig! Und sie saugt alles in sich auf. Ich kann mir nicht vorstellen, dass sie sich später mal irgendwelchen Mist bieten lässt. Erinnert dich das an jemanden?
»Daddy, warum sind diese Bäume so hoch? Daddy, warum sind die so grün?« (Ich fand sie ein bisschen zu

jung für Photosynthese, also musste ich jeweils antworten: »Weil sie es einfach sind.«)
»Daddy, magst du lieber weißes oder dunkles Brot? Warum? Mummy sagt, dunkles Brot ist besser für uns, aber ich mag das weiße, wenn es getoastet ist.«
Dem stimme ich voll und ganz zu.
»Daddy, woraus ist Schnodder?« Ernsthaft!
»Daddy, warum können Menschen nicht unter Wasser atmen?«
»Daddy, du hast einen dicken Bauch.« Ja, weniger Toast mit Butter für mich, wenn ich nach Hause komme.
Und Jude ... Unser stiller kleiner Junge, der seiner Schwester das ganze Reden überlässt und mit diesem Zustand glücklich zu sein scheint. Jude, der kleine Junge, der mit der linken Hand zeichnet und einige Buchstaben spiegelverkehrt schreibt. Ich bin selbst Linkshänder und habe das früher auch gemacht. Nur falls du dich sorgst – da wächst er raus. Hoffentlich beteiligt er sich irgendwann ein bisschen mehr an allem. Ist dir aufgefallen, wie viel er nur beobachtet?
Ja, ich weiß. Ich höre schon, wie du jetzt sagst, »Erinnert dich das an jemanden?«.
Es war lustig. Ich fand es klasse, sie hier zu haben. Wir haben dich vermisst. Sie haben dich vermisst und oft überlegt, was du wohl machst. Das mit der Zeitverschiebung haben sie nicht so richtig begriffen, wenn du anriefst.
Ich mache jetzt Schluss und möchte nur noch kurz schreiben, was Rachel auf der Rückfahrt zu dir im Wagen sagte:
R: Daddy, hast du Mummy lieb?
Ich: Ja, Schatz, habe ich.

R: Hat Mummy dich lieb?
Ich: Da bin ich mir nicht sicher ...
R: Ich glaube, sie hat dich lieb.
Ich: Keine Antwort.
R: Ich finde, wenn zwei Leute sich liebhaben, müssen sie auch in einer Wohnung wohnen, so wie wir früher.
Ich: Aber ihr kommt doch auch gerne zu Daddy zu Besuch, nicht?
R: Ich fand es besser, als du noch zu Hause bei mir und Jude und Mummy warst.
Es ist traurig. Ich kann dir nicht persönlich erzählen, was sie gesagt hat, und ich kann ihr nicht versichern, dass sie jemals ihr Happy End bekommt. ABER! Ich kämpfe weiter. Ganz behutsam und ganz stoisch.
Wenn es nach mir geht, wird Rachels Wunsch sich eines Tages erfüllen.
Ich liebe dich ohnegleichen
Dom xx

♥

21. Mai 2006

An die eine und einzige wunderschöne Erin die Mutige,
eine Umarmung. Ich habe eine Umarmung bekommen. Von DIR. Du hast mich umarmt, nicht ich dich. Und, bei Gott, ich habe versucht, es nur ein wenig länger dauern zu lassen. Aber es war ein Kontakt! Schrecklich kurz, doch ich erinnere mich, wie meine Lippen deine Wange berührt haben, und es kostete mich eine Menge Kraft, dich nicht in den Flurschrank zu sperren und den Kindern zuzurufen, »Ich bin ZU HAUSE!«.
Auf dem Weg zu dir hatte ich im Auto mit mir selbst gesprochen. Im Ernst, ich hatte mich tatsächlich im

Rückspiegel angesprochen und mich ermahnt, es cool anzugehen. Ich hatte dir geschrieben, dass ich den Abend vorher beschäftigt war (Notlüge), deshalb war es wichtig, dass ich ruhig und gefasst war, als ich zu dir kam. Und ich umarmte dich für diese winzige zusätzliche Nanosekunde, bis ich fühlte, wie du zurückwichst. Ganz schlecht, Dominic. Überhaupt nicht cool, Dominic.

Jedenfalls haben wir ein Glas Wein getrunken, als wir die Pläne für die Wohnung durchgegangen sind.

Lass mich nur eines gleich vorwegsagen. Ich habe immer gewusst, dass die Wohnung zu klein ist, und mir deswegen Sorgen gemacht. Mir war klar, dass die Familie irgendwann umziehen müsste. Was mich betrifft, ist deine Lösung die beste, bis wir vielleicht alle wieder zusammenziehen.

Ein Glas Rotwein. Ganz simpel. Mit dir zusammenzusitzen (obwohl du in dem Sessel saßest und ich auf dem Sofa) und zuzuhören, wie du mir den Bauplan erklärst. Ich hätte allem zugestimmt, Erin. Allein um deine Stimme zu hören.

Auf der Rückfahrt wurde mir genau das bewusst. Ich hatte schlicht nicht genug von deiner Stimme gehört (vergiss das Telefon – ich rede vom echten Leben), und das schon so lange nicht mehr.

Heute Abend wollte ich dir erklären, zumindest versuchen zu erklären, dass mir endlich aufgegangen ist, was ich dir angetan habe. Es brauchte Monate, in denen ich anderer Leute Stimmen und Geschichten lauschte; Monate, in denen ich von anderen hörte, was ich getan hatte; Monate weg von dir, damit mir klar wurde, dass ich dir hätte vertrauen sollen. Es tut mir so leid, dass ich dir meine Wahrheit nicht anvertraut

habe. Heute weiß ich, hätte ich es getan, lägen die Dinge vollkommen anders.
Also, wir sind ein Ehepaar, das nicht zusammenlebt und eine höhere Hypothek beantragt. Du und die Kinder werden dort wohnen. Du und die Kinder werden während der Bauarbeiten sechs chaotische Wochen lang zu Lydia und Nigel ziehen müssen, aber hinterher wird es schön sein und unser (euer) Platzproblem gelöst.
Und ich wünsche mir bloß, dass du denkst, ich, Dominic, Dom, habe geholfen, es zu ermöglichen, habe zugestimmt, es zu bezahlen (was dir, wie du meinst, hilft, jeden Monat etwas Geld zu sparen), und bin ein unvollkommener, aber letztlich netter Kerl.
Besteht eine Chance, dass du anders über mich denken könntest? Kann ich irgendwas tun, damit du mich wieder so siehst wie früher? Ich würde dafür einen Berg besteigen oder ein Meer überqueren.
Ich werde nicht mal erwähnen, dass ich in den Badschrank gesehen habe, als ich auf der Toilette war. Du nimmst immer noch dieses Antidepressivum – tut mir leid. Ich weiß, dass du die Tabletten hasst.
Und die Pille, aber das werden wir nicht erwähnen.
Ich liebe dich ohnegleichen. Ich liebe dich, weil dein Gesicht das Erste ist, an das ich morgens beim Aufwachen denke.
Dom xx

♥

21. Mai 2006

An den fabelhaften Dominic!
Liebster, liebster Dom! (Nicht wirklich. Dies hier schreibt Dom. Ich bin Dom. Nein, ich bin Spartakus. Nein, ich bin ein bisschen betrunken, weil ich Dom bin, der vorgibt, Erin zu sein.)

Einst lebte ein Mann in einem Loch.
Und klagte, was käme denn noch?
Ihm fehlten so sehr seine Lieben
und das Leben, das ihm nicht geblieben,
und jetzt weiß ich nicht weiter, hilf doch!
Dom, du bist ein trauriger Idiot, der sich dringend am Riemen reißen sollte.

♥

22

Erin

HEUTE – 11. Juni 2017

Aus dem *Buch der Liebe*:
»Ich liebe dich, weil wir zusammen lachen,
du und ich.«

♥

Ich wasche meinen uralten Mini, als er zurückkommt, habe gerade einen Eimer Seifenwasser drübergekippt.

»Ich werde nie verstehen, warum du das machst«, sagt Dom. »Bring ihn runter zur Tankstelle, und lass die das machen.«

»Es ist therapeutisch, gut für die Zwerchfellatmung. Wachs auftragen – polieren.« Ich lächle.

»Ah, *Karate Kid*.« Er grinst. »Genialer Film. Ich war fünfzehn, als ich ihn mit Lydia im Kino gesehen habe.«

Ich bewege den riesigen Schwamm über die Windschutzscheibe. »Wie geht es deinem Dad?«

»Wie immer. Lydia war übrigens da.«

Ich werfe ihm einen warnenden Blick zu.

»Was hast du sonst so getrieben?«, fragt er, als er den Blick sieht.

»Erinnerungen nachgehangen.« Ich halte mir eine feuchte Hand an die Stirn, um meine Augen abzuschirmen, und beobachte, wie er sich auf die unterste Stufe vorm Haus hockt. »Ich habe im *Buch der Liebe* gelesen. Und reingeschrieben. Hey, willst du was Witziges hören?«

»Lachen ist immer gut.«

»Von dir sind mehr Einträge drin als von mir.«

Er verzieht das Gesicht. »Tja, ich bin nicht sicher, ob ich das witzig finde.«

»Ist es«, sage ich und nicke. »Ist es wirklich.«

»Witzig war, als ich besoffen vor dem Haus in der Hawthorn Avenue aufschlug und versucht habe, ›At Last‹ durch den Briefschlitz zu singen.«

Ich kichere, stelle den Wasserschlauch an, um meinen Wagen abzusprühen. »Das *war* witzig. Ich habe nie ganz verstanden, was dich auf die Idee gebracht hatte, mich so zurückzugewinnen, aber witzig war es.«

»Witzig war auch, als ich an deiner Autobatterie gebastelt habe und wie zufällig in dem Moment aus dem Supermarkt kam, vor dem dein Wagen nicht ansprang. Der rettende Ritter.«

»Echt, es war eiskalt an dem Tag, die Kinder jammerten auf der Rückbank, und ich habe es sofort durchschaut.«

»Witzig war, wie du an dem Weihnachten auf der Dachbox herumgetanzt bist, als wir sie nicht aufbekamen; oder dein Versuch, *Riverdance* mit Rachel und Jude an einem Geburtstag aufzuführen, zu dem du die Texte einfach erfunden hattest. Oder dein Tanzen wie ein Baum an dem Abend, als ich dich zum ersten Mal sah.«

»Mir hat Tanzen immer viel Spaß gemacht.«

Er greift nach mir, als wolle er meine Hand nehmen und mit mir durch den Garten tanzen, aber ich hebe warnend den Wasserschlauch und lache.

»Das wagst du nicht.«

»Es wäre witzig.« Doch ehe ich auf ihn zielen kann, ist er nach drinnen geflohen und schneidet mir durchs Wohnzimmerfenster Grimassen. Ich weiß, dass er mich beobachtet, als ich den Wagen abspüle und das Seifenwasser die schmale Auffahrt hinunter zum Gully fließt. Und ich fühle mich beschwingt, aufgeregt – bereit, über die Zukunft zu reden.

23

Dominic

DAMALS – Juni 2007

Das Geräusch der Wohnungstür, die geöffnet und wieder geschlossen wurde, ließ ihn vom Sofa aufstehen.

»Alles gut?«, fragte sie und warf die Schlüssel in ihre voluminöse Tasche.

Dom gähnte, als sie hereinkam und sich auf die Sessellehne hockte. »Ja. Wie spät ist es?«

»Erst kurz nach zehn.«

Er klatschte mehrmals an seine Wangen. »Ich hatte eine lange Woche. Wie war Yoga?«

»Super, ich liebe es«, sagte sie, während sie ihre zusammengerollte Matte an die Wand lehnte und quer durch den Raum ging, um den Kessel auf den Herd zu stellen. »Möchtest du einen Kaffee, bevor du gehst?«

»Gerne.« Er kam in den neuen Anbau hinten. »Ich kann mich immer noch nicht an diesen neuen Platz gewöhnen«, sagte er, ehe er sich auf einen Hocker am Frühstückstresen setzte.

»Dann ist es ja gut, dass du es nicht musst, oder?« Sie sah ihn fragend an, und er lachte.

»Wie kommt es, dass du so eine lange Woche hattest?«, fragte sie.

Dom wollte nicht darüber reden, dass ihm das Gehirn wehtat, weil er so viel zu tun hatte. Es könnte wie Jammern klingen, und er hatte verdammtes Glück, dass er seit dem Rückzug seines Vaters die meisten von dessen Kunden übernehmen konnte und sein Geschäft florierte. »Ach, bloß lange Arbeitstage und nicht genug Schlaf.«

»Tja, du musst richtig schlafen. Vielleicht solltest *du* mit Yoga anfangen. Ehrlich, mir hat es das Leben gerettet. Atemtechniken gegen Angst, Atemtechniken zum Einschlafen.«

Er sah ihr zu, wie sie Kaffeepulver in einen Becher für ihn löffelte, und fragte sich, ob es eine Atemtechnik gab, die ihn dazu bringen konnte, sie nicht zu lieben. »Keine Zeit«, sagte er.

»Gehst du noch zu den GA-Treffen?« Bei der Frage drehte sie sich um und blickte ihn forschend an.

»Nein.« Er konnte nicht lügen und spürte, wie sie verärgert wurde. »Erin, das war nichts für mich. Ich bin da ewig hingelatscht, und letztlich …«

»Was letztlich?« Sie schob einen Untersetzer über den Tresen und gab ihm seinen Becher schwarzen Kaffee.

»Letztlich glaube ich nicht an Gott«, antwortete er achselzuckend. »Es ist falsch für mich, da zu sein mit einem Haufen sehr guter Menschen, die alle ähnliche Kämpfe austragen, aber wirklich glauben, dass Gott und Gebete ihnen helfen, sich zu ändern. Ich glaube, dass ich der Einzige bin, der das kann.«

Erin schüttelte den Kopf. »Soll das heißen, du kannst dich nur an ›Zwölf Schritte nach Dom‹ halten?«

»Ja, vermutlich schon. Ob du es glaubst oder nicht, ich habe das schon oft getan, aber … Mich schreckt dieses ganze Glaubensding einfach ab, und darauf baut es auf. Es ist nicht richtig, dass ich Gottes Existenz anzweifle, wenn ich dort bin, vor allem nicht, wenn andere so fest überzeugt sind, dass er für ihre Heilung zuständig ist.« Er sah zu ihr, als sie sich auf den Tresen lehnte, rollte seinen Ärmel hoch und hielt ihr den Unterarm hin. »Du bist die, die immer an Gott, Engel, den Himmel und so geglaubt hat, aber *dies* ist mein Glaube.« Er zog an etwas an seinem Handgelenk. »Für mich funktioniert es.«

Erin kam um die Kücheninsel herum und schaute sich den

rechteckigen silbernen Anhänger an dem Lederarmband näher an. »Was heißt das?« Sie sah hin. »Ich habe meine Brille nicht auf.« Sie setzte sich neben ihn und griff nach ihrem Becher mit Kräutertee. »Ist es ›AAH ...‹?«

»Ist es.« Er lachte, weil sie das Gesicht verzog. »›A‹ für ›Admit‹, gestehe; ›A‹ für ›Atone‹, Abbitte leisten, und ›H‹ für ›Hope‹, Hoffnung. Gestehen, dass ich früher machtlos gegen das Spielen war und andere damit verletzt habe. Abbitte«, er räusperte sich, »gegenüber jenen leisten, die ich verletzt habe, und, na ja, Hoffnung auf Vergebung ebenso wie die Hoffnung als etwas, an das wir uns alle klammern, egal, was geschieht.«

Sie trank langsam ihren Tee und starrte ihn über den Becherrand hinweg an.

»Sag etwas.«

»Die Schritte nach Dom ... Wieso überrascht mich das nicht?«

»Ich wollte sie mir aufs Handgelenk tätowieren lassen, habe mich dann aber für diese Hundemarkenlösung entschieden. Ich bin rundum glücklich mit einem Tattoo.«

»Diese Abbitte«, sagte sie und ignorierte die Anspielung auf »Erin forever« an seinem Ringfinger. »Hast du die schon geleistet?«

Dom zupfte an seinem offenen Hemdkragen. »Ich bin nicht sicher, ob ich das jemals vollständig schaffe.«

»Ist zwischen dir und deinem Dad alles gut?«

Dom nickte.

»Zwischen uns ist es gut. Endlich«, sagte sie. »Was ist mit dir und Maisie?«

Er zuckte zusammen. »Ich schätze, sie ist der Punkt, an dem diese ganze Gottsache ein bisschen verwirrend wird. Ich glaube nicht an ihn, trotzdem ›bete‹ ich zu ihr, rede oft im Geiste mit ihr. Aber zwischen uns ist alles gut, denke ich.«

»Und du und Jude und Rachel?«

Dom überlegte kurz. »Erin, das alles ist ein fortlaufender Prozess. Deshalb trage ich dies hier – um mich immer wieder zu erinnern. Ich behaupte nicht, dass alles perfekt ist. Die Kinder hassen es wirklich, dass wir nicht zusammen sind. Ich werde ewig versuchen, es bei ihnen wieder wettzumachen.«

»Aber zwischen uns ist es gut, zwischen dir und mir.« Ihre Augen wurden größer, und er begriff, dass sie eine Bestätigung von ihm brauchte, nicht umgekehrt.

»Ist es.« *Wenn ich vergesse, dass du dich mit einem anderen Mann triffst. Wenn ich vergesse, dass wir kein Liebespaar mehr sind. Wenn ich mir einrede, es spiele keine Rolle, dass du mich nicht mehr wie früher liebst – es ist noch Liebe da, und die reicht, um auf sie aufzubauen.* »Ich sollte nach Hause gehen. Morgen muss ich früh raus.«

»Arbeitest du an einem Samstag?«

»Nur am Vormittag.«

»Tja, sei um drei hier, ja? Ach, und übrigens haben deine Eltern das gleiche Geburtstagsgeschenk für sie wie wir, also werde ich den Zwillingen, wenn sie das Geschenk von den Großeltern ausgepackt haben, erzählen, was passiert ist und dass wir ihnen bald etwas anderes besorgen. Ich möchte Gerard und Sophie nicht enttäuschen.«

Dom runzelte die Stirn. »Gut.«

»Um drei, Dom. Sei nicht zu spät.«

»Werde ich nicht.« Er küsste sie auf die Wange und ging in Richtung Flur.

»Dom?«

Er blickte sich zu ihr um.

»Du hast sie verlassen …«

Ihm wurde übel.

»Jedes Mal sage ich mir, wie viel du gearbeitet hast, und bin kurz davor, dir zu vergeben.« Sie hielt eine Hand in die Höhe und zeigte einen Kreis mit Daumen und Zeigefinger, der sich beinahe schloss. »Und dann erinnere ich mich wieder, dass du sie verlassen hast.«

»Ich weiß.«

»Ich habe geschlafen, und sie war *allein.*«

»Und ich werde das für den Rest meines Lebens aushalten müssen.«

»*Wir* werden es für den Rest unseres Lebens aushalten müssen.«

Er kratzte sich den Unterarm oberhalb des Anhängers. »Und ich werde mir nie vergeben. Dass ich sie verloren habe und dass ich dich und die Kinder verloren habe. Ich liebe dich immer noch, Erin.«

Aus dem Augenwinkel sah er, wie sie den Kopf schüttelte, den Blick senkte und die Hände in die Hüften stemmte. »Dom, das Leben ist jetzt anders. Wir schauen nach vorn, wir beide.« Sie sah wieder zu ihm, und er fühlte, wie die Nähe, die fünf Minuten zuvor noch da gewesen war, in dieser Kluft verschwand, die er zwischen ihnen geschaffen hatte.

Um drei Uhr am nächsten Tag begrüßte Isaac ihn an der Tür. »Dominic, willkommen«, sagte er, und Dom schenkte ihm ein breites Lächeln, wie er es sonst aussichtsreichen Kunden vorbehielt. Er wollte den dicken Hals des Mannes packen und fest zudrücken, aber den Liebhaber seiner Frau auf der Geburtstagsfeier seiner Kinder umzubringen, war keine gute Idee.

»Möchtest du ein Bier? Ich habe welches kalt gestellt.«

Dom folgte Isaac zu dem großen amerikanischen Kühlschrank, den er gekauft hatte. Der Mann, der für kurze Zeit Erins Chef in der Notfallzentrale gewesen war, stand jetzt gesellig neben ihm. Zwei Männer, die billiges Bier tranken. Für jeden Außenstehenden würde es wirken, als wären sie befreundet. Zwei Freunde, womöglich Väter von irgendwelchen Kindern hier. Keiner von Erins und Doms Freunden war da. Er fragte sich, ob sie Isaac schon kennengelernt hatten – und, falls ja, es ihm gegenüber verschwiegen hatten. Er hörte Rachel, bevor er sie sah, fühlte, wie sie auf ihn zugerannt kam, wie sie es immer tat, geradewegs in seine Arme. Und er hielt sie fest, versuchte, sein Lächeln nicht zu verändern, damit Isaac nicht erkannte, wie gekünstelt es eben noch gewesen war. Er wollte ja nicht signalisieren: *Du magst meine Frau vögeln, aber dieses Mädchen ist meine Tochter.* »Herzlichen Glückwunsch, Winzling. Wo ist dein Bruder?«

»Der spielt draußen.«

»Dann gehen wir mal hin.« Er nickte Isaac zu. »Danke für das Bier.«

Wichser, dachte er. Er wusste, dass Isaac ihm nachblickte, sich eventuell fragte, was Erin je in ihm gesehen hatte. *Du hast keine Ahnung, Alter. Du ahnst nicht, was wir hatten und immer noch haben.* Er sah sie aus dem Augenwinkel. Sie war ins Gespräch mit seiner Mutter vertieft, was wirklich köstlich war. Vor zehn Jahren hatte Sophie Carter ihrem einzigen Sohn erklärt, er würde die falsche Frau heiraten. Zehn Jahre später hatte sie ihm gesagt, dass er die falsche Frau unglücklich gemacht hatte und gefälligst alles tun sollte, um sie zurückzubekommen. Er winkte den beiden zu und zeigte ihnen stumm, dass er auf der Suche nach Jude sei.

Er fand ihn mit seinem eigenen Vater im Garten. Jude spielte mit einer Gruppe von Kindern Murmeln. »Hi, Dad«, sagte sein Sohn, ohne aufzublicken oder sich zu rühren. Seine Augen fixierten die große Glaskugel mit den roten Streifen.

»Hi, Jude«, sagte er lachend und umarmte seinen Vater. »Murmeln?«

»Die habe ich zu Hause gefunden«, antwortete sein Vater. »Deine, vermute ich. Ich habe einige abgeschmirgelt und poliert. Und wir haben ihnen dieses neumodische Nintendo-DS-Dingsda geschenkt.«

»Dad, ihr sollt nicht so viel Geld ausgeben«, sagte Dom, was er ernst meinte.

»Lass mich nur, Dominic, mein Guter. Sie sind unsere einzigen Enkelkinder, und vielleicht bleiben sie das auch.«

Er nickte, wollte sich jedoch nicht in eine Unterhaltung über Lydia und Nigel verwickeln lassen.

»Murmeln also?«, fragte er.

»Die waren auf dem Dachboden. Ich dachte, sie könnten ihnen gefallen.« Er reckte einen Finger in die Höhe, als wolle er betonen, was jetzt kam. »Ich habe darauf geachtet, sie ihnen beiden zu schenken, aber wie du siehst, sind Murmeln wohl doch eher eine … Jungsdomäne.«

»Hast du etwas zu trinken?«, fragte er seinen Vater.

»Nein, es gibt nur Kinderlimo und Saft. Wo hast du das da gefunden?« Er zeigte auf Doms Bier.

»Oh, das hat mir der Herr des Hauses aus dem Kühlschrank geholt, den ich bezahlt habe.« Er konnte nicht anders.

»Dom.« In der leisen Stimme seines Vaters schwang eine Warnung mit.

»Ich hole dir ein Bier«, sagte Dom und ging hinein, wo es lauter als zuvor schien. Er blickte sich zu der Stelle um, wo Erin eben noch mit seiner Mutter gestanden hatte. Sophie war weg, dafür stand Isaac da und hatte einen Arm um Erins Schultern gelegt – lässig, dennoch offensichtlich besitzergreifend. Dom fragte sich, ob er, wenn er nur lange genug diesen Arm anstarrte, eine Art Superpower entwickeln könnte – Supermans Laserblick –, die Isaac den Arm abtrennen würde. Er schüttelte den Kopf. Die Geburtstagsfeier seiner Kinder war definitiv nicht der Ort für Derartiges.

»Mein Sohn«, begrüßte seine Mutter ihn mit Luftküssen, wie allein Sophie sie vollführte. »Hast du deinen Vater gesehen?«

»Er ist draußen mit Jude und einigen anderen Jungs, die Murmeln spielen. Ich hole ihm nur etwas zu trinken.« Dom griff in den Kühlschrank und nahm eine Bierflasche heraus. »Möchtest du irgendwas, Mum?«

»Nein danke, mein Lieber. Ich habe eine schöne Tasse Tee.«

Er bemerkte, dass der Blick seiner Mutter kreuz und quer durch den Raum huschte, als würde sie nach jemandem oder etwas suchen.

»Und ein schönes Stück Kuchen«, ergänzte sie und rang die Hände.

»Hast du deinen Vater gesehen?« Sie wandte sich wieder zu ihm, und ihre Augen füllten sich auf einmal mit Tränen.

»Komm mit, Mum.« Er ergriff ihre Hand und hakte sie in seinen Ellbogenwinkel.

»Nein, ich soll hier warten. Deine nette Dame wartet auf mich.«

Dom sah zu Erin, wechselte einen Blick mit ihr, und bevor es ihm gelang, einen Gedanken zu formulieren, war sie auch schon bei ihnen.

»Sophie«, sagte sie, »da bist du ja! Ich habe dich schon gesucht.«

»Da bist du, meine Liebe. Dominic, sieh mal, hier ist Erin.«

Dom tätschelte Sophies Hand. »Ja, Mum«, sagte er. »Wollen wir raus in den Garten und Dad suchen?«

»Nein, nein, mein Lieber. Weißt du, dass diese Wohnung uns mal gehört hat?« Seine Mutter wischte sich die Tränen mit einer Sponge-Bob-Serviette ab, die ihr in die Hand gedrückt worden war.

»Ja, ihr habt sie Dom und mir verkauft.« Erin sah ihn an, und er fühlte ihr Leben, das sie in dieser Wohnung gemeinsam geführt hatten, zwischen ihnen aufblitzen.

Er blinzelte langsam. Es waren die Kleinigkeiten, die ihn schafften, wie die, dass seine Frau ihn neuerdings wieder Dom statt Dominic nannte, wie sie es die letzten paar Jahre getan hatte.

»Wer ist dieser Mann?«, fragte Sophie und zeigte durch den Raum auf Isaac. Sanft zog Dom ihre Hand zurück. Es war schon verwirrend und schmerzlich für ihn, Isaac hier sehen zu müssen. Er wollte sich nicht einmal vorstellen, wie es für Sophie sein musste.

»Das ist mein Freund Isaac«, antwortete Erin.

»Ja, meine Liebe, aber wer *ist* er?«, beharrte Sophie, und Dom musste sich das Lachen verkneifen. *Genau, Mum, wer?*

»Du solltest mich vorstellen, meine Liebe. Er sieht recht gut aus, nicht wahr? Ist er verheiratet?«

»Dann komm mit, Sophie, ich stelle dich ihm vor.«

Ich regle das, sagte Erin stumm zu Dom, und er beobachtete, wie sie mit seiner gebrechlichen Mutter hinüberging. Und in dem Moment war er überwältigt von der Frau, zu der Erin geworden war. Sie war die Beste, die sie sein konnte, und das hatte sie ohne ihn bewerkstelligt. Sie hatte schon bewiesen, dass sie einen Vollzeitjob und Muttersein unter einen Hut brachte. Und in beidem war sie verdammt gut.

»Dad, guck mal, was Granny und Grandad uns geschenkt haben!« Rachels aufgeregte Stimme füllte den Raum, als sie mit etwas vor Dom herumwedelte. »Das kann dies hier, und sieh mal, da ist das Pony-Spiel, das ich so mag.« Seine Tochter schmiegte sich an ihn, und er strich ihr übers Haar. »Lass mal sehen. Oh wow«, sagte er. »Zeigst du mir, wie es geht?«

Erin blickte hinter dem Bücherregal hervor, das den Raum trennte. »Hat sie nicht ein Glück?«

»Hat sie.« Er blickte auf, als Erin ihn zu sich winkte.

»Augenblick, Schatz. Zeig Grandad, wie es funktioniert, und vielleicht können wir ein Spiel starten, wenn ich dazukomme.«

»Was ist?«, fragte er Erin, die ihm bedeutete, ihr durch den Flur zu Rachels Zimmer zu folgen.

Er kratzte sich am Ohr und blieb an der Tür stehen, denn Erin drehte sich zu ihm um.

»Ich wollte nur fragen, ob du eine Idee hast, was wir ihnen als Ersatz schenken können. Das Nintendo von uns bringe ich am Montag zurück, wenn du einverstanden bist?«

»Ja, klar.«

»Geht es dir gut? Du siehst blass aus.«

Er schluckte. Dies war – trotz der hübschen Tapete, des anderen Teppichs und des neuen Schiebefensters anstelle des morschen alten – in seinem Kopf immer noch Maisies Zimmer.

Erin rieb sich den Hals und schlang die Arme um ihren Oberkörper, als fühlte sie auf einmal, was er dachte, und wollte es verdrängen. »Sicher, tja, das war alles«, hörte er sie sagen.

Als sie an ihm vorbeiging, griff er nach ihrem Arm. »Erin?«

Sie blieb stehen. »Hmm?«

»Gestern habe ich dir gesagt, dass ich dich nach wie vor liebe …«

Sie entwand ihm ihren Arm und drehte sich im Türrahmen zu ihm um, sodass er beinahe ihren Atem auf seinem Gesicht spürte. »Ich wollte nur sagen …«

»Hier bist du!« Isaac kam wie ein Labradorwelpe durch den Flur gesprungen. »Die Leute gehen bald. Wollen wir den Kuchen anschneiden?«

Und in genau diesem Moment, in der Sekunde, in der Isaac von »wir« sprach und Doms Frau und seine Kinder meinte, ballte Dom die Faust und rammte sie in sein perfektes Grübchenkinn.

♥

20. Juni 2007

Erin, mein Liebling,
bedaure, aber es tut mir nicht leid.
Der Mann kitzelt die primitivsten Regungen in mir hervor. Ich möchte mir auf die Brust trommeln und

ihm zeigen, wer hier der Silberrücken ist. Und dann will ich ihn windelweich prügeln.

Na ja. Vielleicht nicht. Ich bin kein gewalttätiger Mensch. Noch nie zuvor habe ich jemanden geschlagen, und der Mistkerl zwingt mich, wegen Körperverletzung eine Nacht in einer Zelle zu verbringen, daher kann ich derzeit keinen Funken Verständnis für ihn aufbringen. Ich wollte ihn wirklich nicht schlagen, nicht richtig. Ihn eventuell nur ein klein wenig verletzen, sein hübsches Gesicht ein bisschen lädieren.

Ja, ja, ich hör schon auf. Ich werde ihn nie wieder anfassen, aber ich weiß, was jetzt kommt. Du wirst mir sagen, dass ich mich bei ihm entschuldigen muss, doch das werde ich nicht, weil es mir nicht leidtut.

Das. Wird. Nicht. Passieren. Ich verabscheue den Mann.

Denn, wie ich dir bereits zu sagen versuchte: Ich liebe dich noch, werde es immer tun. Heute fand ich einige kleine dreieckige Folienverpackungen mit Toblerone in meinem Wagen. Die lagen ganz hinten im Handschuhfach und waren natürlich geschmolzen. Ich liebe dich, weil du sie mir da früher mal reingelegt hast.

Dom xx

♥

24

Dominic

DAMALS – Juli 2007

Dom betrieb Multitasking. Mit einer Hand wischte er die Arbeitsfläche in seiner engen Küche, mit der anderen fegte er die nicht mal anderthalb Meter Linoleumboden mit einem fast kahlen Besen. Die Etagenbetten hatte er schon frisch bezogen; Rachel hatte neue Bettwäsche mit knuddeligen Glücksbärchis darauf, und Judes war bedruckt mit Dinosauriern wie die aus *In einem Land vor unserer Zeit*. Doch etwas nagte an Dom, als er an dem Zimmer vorbeiging, und er blieb stehen. Erin war nicht begeistert gewesen, dass er bei ihrem letzten Besuch das Video mit den Kindern gesehen hatte. Rachel hatte die Woche darauf jede Nacht geweint, weil Littlefoots Mummy gestorben war.

Mist. Er hatte die Bettwäsche schon vor Ewigkeiten für Jude gekauft, vor der schlaflosen Woche, und als er sie eben aufzog, war er auf Autopilot gewesen. Er sah auf seine Uhr. Sie waren spät dran. Hastig rupfte er die Bettdecke vom oberen Bett, nahm den Bezug ab und suchte im Wäscheschrank nach einem anderen, bevor er die Decke unbezogen auf das Bett zurücklegte. Sämtliche Bettwäsche war im Wäschekorb, und Jude würde sich die Decke in dem winzigen, stickigen Zimmer sowieso gleich abstrampeln. Dom öffnete das Fenster und schaute wieder auf die Uhr. *Wo blieben sie? Wo waren sie?*

Eine Stunde später fuchtelte sie mit den Händen, während sie sich wortreich entschuldigte. »Es tut mir so leid«, sagte sie, als er zu ihrem Wagen kam, in dem beide Kinder eingeschlafen waren. »Ich weiß, dass es deine Zeit mit ihnen verkürzt, aber Fitz hat ewig mit ihnen im Garten gespielt. Er hatte ein Planschbecken aufgebaut, und wir kamen erst spät weg. Dann der Verkehr … Entschuldige. Hattest du meine Nachricht bekommen?«

»Nein, ist schon in Ordnung.« Sein Handy piepte in seiner Tasche. »Das ist sie wahrscheinlich. Der Empfang in der Wohnung ist unterirdisch. Kannst du Rachel nehmen, und ich nehme Jude?«

Sie nickte, und gemeinsam trugen sie die Kinder von ihrem Wagen in seine Wohnung.

Er hob Jude auf das obere Etagenbett, während sie Rachel in das untere legte.

»Sollen wir sie angezogen lassen?«, flüsterte er. Für einen Moment stand er da und sah die Kinder an.

Erin nickte, drehte sich um und schien zu bemerken, dass das Kinderzimmer keine Tür hatte.

»Geh da rein.« Er zeigte zur Tür auf der anderen Seite des Flurs. »Ich weiß«, sagte er, bevor er die Wohnzimmertür schloss. »Ihr Zimmer ist nur ein besserer Wandschrank.«

Sie wischte sich die Hände an der Jeans ab und blickte sich um. »Komisch, dass ich noch nie hier war. Es ist … nett.«

Er lachte. »Es ist nicht komisch, und nett ist es eigentlich auch nicht. Ich wollte nicht, dass du siehst, wie klein die Wohnung ist. Aber sie dient einem Zweck. Ich schlafe nur hier.«

»Und du arbeitest hier.« Sie nickte zu einem Stapel Bauzeichnungen auf dem kleinen Esstisch und ging hin.

»Ich war in Sorge.« Dom rang die Hände. »Als ich nichts von dir gehört habe … stellte ich mir alle möglichen Sachen vor.«

»Tja, jetzt sind wir hier«, sagte sie, ohne ihn anzusehen.

»Ich dachte, du hättest dich mit dem Auto um einen Baum gewickelt«, sprach er aus, was er für sich behalten wollte.

»Und ich habe geglaubt, dass ich die Ängstliche von uns beiden bin«, entgegnete Erin, die immer noch die Papiere auf dem Tisch ansah. »Dom, der sich Katastrophen ausmalt … weiß nicht, ob mir das gefällt.« Sie nahm ein Exposé von einem Makler. »Valentine's Way, oh Mann, ich liebe die Häuser dort.«

»Ja, ich erinnere mich.«

»Eine Modernisierung für einen Kunden?«

»Möchtest du ein Glas Wein? Ich habe welchen offen.«

Sie zögerte, sah auf ihre Uhr und sagte: »Ach, warum nicht?« Dann setzte sie sich auf das Zweisitzersofa und las weiter in dem Exposé. »Mein Gott, Dom, das ist fantastisch. Sieh dir diese Fenster an. Sind die noch original?«

Dom antwortete nicht, weil er nicht von der Küche aus rufen und womöglich die Kinder wecken wollte. Er brachte zwei Gläser mit, schloss die Tür, öffnete ein Fenster und setzte sich neben sie. »Prost«, sagte er und stieß mit ihr an.

»Vier Schlafzimmer und zwei Bäder«, fuhr er in einem typischen Maklerton fort. »Ja, die Fenster sind noch original, genau wie viele andere authentische Jugendstilelemente, einschließlich einer kleinen, aber atemberaubenden Glaskuppel im Flachdach.« Dom hatte ihre Frage nach einem Kunden bewusst nicht beantwortet. Er hatte nicht vor, Erin Carter jemals wieder zu belügen. Die Nummer 44 Valentine's Way, ein Haus in einer Reihe von Bauten aus den Dreißigern im Art-déco-Stil, zweieinhalb Meilen von der Kingston Station entfernt, war letzte Woche auf den Markt gekommen. Und Dom hatte gerade eine zweite Hypothek unterschrieben, bei der einem die Tränen in die Augen schossen.

»Möchtest du mir helfen, die Küche und die Bäder zu planen?« Er hörte förmlich, wie es in ihr arbeitete. Ihre dunkelgrünen, von schwarzen Wimpern umrahmten Augen verengten sich nachdenklich.

»Was ist mit Cora?«, fragte sie. Gemeint war Doms Sekretärin, die alles vom Tippen bis zur Auswahl von Farbmustern machte.

»Ist bis nächsten Freitag in Mutterschaftsurlaub. Ich habe eine Vertretung, aber ich denke, hierbei wärst du besser.«

Erin runzelte die Stirn, rückte ein wenig auf dem Sofa zurück und schien zu überlegen.

Währenddessen konzentrierte Dom sich auf die Geräusche vor dem Fenster im ersten Stock. Obwohl es nach neun Uhr war, war es draußen noch hell. Etwas Verkehr. Ein Rasenmäher. Vögel in den Zweigen der Eiche direkt vorm Fenster. *Baummädchen.*

»Darf ich darüber nachdenken?«, fragte sie.

Das Baummädchen saß neben ihm.

»Natürlich. Lass dir Zeit.« Dom nagte an einem kleinen Stückchen Haut an seinem Fingernagel und beobachtete, wie sie den Blick durch sein winziges Zuhause schweifen ließ. »Du kannst damit so wenig zu tun haben, wie du willst. Ich möchte lediglich deinen guten Geschmack einbringen.«

»Weißt du, du hättest ihn wirklich nicht schlagen dürfen«, wechselte Erin das Thema.

»Doch, hätte ich wirklich«, erwiderte Dom prompt. »Er ist ein Wichser.« Drei Wochen waren seit dem Zwischenfall vergangen, durch den er wegen Körperverletzung verhaftet worden war. Nur dank Erin verfolgte Isaac Chalmers die Sache nicht weiter.

Erin seufzte.

Er trank von seinem Wein. »Mir tut leid, dass ich dich enttäuscht habe. Aber ich bedaure nicht, dass ich dem Idioten eine verpasst habe.«

Sie fingerte an einer kleinen Stelle an ihrem Kinn herum, rieb immer wieder mit dem Zeigefinger drüber. »Ach, Dom …«

»Ist dir bewusst, dass du mich wieder Dom nennst?« Er grinste. »Ich wusste, dass ich dich brechen würde.« Diese Bemerkung bereute er umgehend, denn ihr Rücken versteifte sich, und ihre Nasenflügel blähten sich leicht. »Nein, hör mal«, versuchte er zurückzurudern, denn er durfte nicht binnen weniger idiotischer Sekunden verlieren, was er über Monate aufgebaut hatte. Er lehnte seinen Kopf auf dem Sofa zurück, wobei er sich ihrer Nähe allzu bewusst war. »Erinnerst du dich, dass du mich mal gebeten hast, so mit dir zu reden, als würde ich im *Buch der Liebe* schreiben und du es später lesen?«

Erin schien an die Zimmerdecke zu starren. »Das ist eine Ewigkeit her.«

»Kann sein, aber wenn du zuhörst, würde ich es gerne wieder tun.«

Dass sie sich nicht rührte, nahm Dom als Einverständnis.

»Ich liebe dich«, begann er.

Sie schloss die Augen.

»Ich habe dich immer geliebt. Ich werde dich bis zu meinem Tod lieben, und falls dieser Kram über die Engel, an den du glaubst, wahr ist, werde ich dich danach weiterlieben. Ganz besonders liebe ich dieses neue ›Zen‹ in dir.«

Der Anflug eines Lächelns umspielte ihre Lippen.

»Ich gehe nirgends hin. Ich bleibe einfach hier im Hintergrund und schaue zu, wie du mit Isaac spielst.«

Sie riss die Augen auf und sah ihn misstrauisch an.

»Ich warte auf eine Chance, den richtigen Zeitpunkt, wann auch immer er kommen mag, um dir zu sagen, dass ich niemanden anders lieben kann. Falls du mir nie wieder eine Chance gibst, bin ich zu diesem Leben verdammt – dich zu lieben, bei dir sein zu wollen und dich mit einem anderen beobachten zu müssen.«

»Dom, du lebst ja wohl kaum wie ein Mönch.«

Tatsächlich tat er genau das, was er Erin indes nicht verriet. »Wenn ich es täte, also nicht ganz wie ein Mönch leben, wäre es bloß Sex.« Dom konnte sie atmen hören. »Keine Liebe. Sag mir, dass du ihn liebst, und ich höre auf zu reden. Oder sag mir, dass du mich wirklich nicht mehr liebst, keine Gefühle für mich hast und mich nie wieder lieben wirst, und ich höre auf zu reden …«

Ihre Lippen zuckten, bevor sie sprach. »Ich habe keinerlei Gefühle für dich, und ich werde dich nie wieder lieben.«

Für eine Sekunde brach ihm das Herz. Dann lächelte er. »Ich glaube dir nicht.«

Sie lachte leise. »Ich weiß nicht, ob das selbstbewusst oder arrogant ist.«

»Ich lege dir mein Herz zu Füßen, damit du darauf herumtrampeln oder es aufheben und mir wiedergeben kannst.«

Er beobachtete, wie ihr Hals sich beim Schlucken langsam bewegte.

»Nicht.« Sie schüttelte den Kopf. »Es ist zu viel passiert.«

Beide drehten sich um, als die Tür aufging.

»Ich hab Bauchweh, Mummy«, sagte Rachel, die im Türrahmen stand. Dom hob seine Arme.

»Komm her, Zwerg.« Er umfing seine Tochter und hob sie auf seinen Schoß.

»Hast du wirklich Bauchweh?«, fragte Erin sie und wirkte ungläubig. »Oder hast du uns nur reden gehört?«

Dom umarmte Rachel fester und flüsterte ihr ins Ohr: »Sag ihr die Wahrheit.«

»Ich habe euch gehört«, sagte sie.

»Dann ab zu Bett«, antwortete ihre Mutter. »Daddy bringt dich morgen früh zum Ballett.«

»Bleibst du hier, Mummy?«, fragte Rachel. »Auf dem Sofa«, ergänzte sie schnell, und ein kleiner Teil von Dom starb.

»Nein, Schatz, keiner kann auf diesem Sofa schlafen! Sieh mal, es ist sogar für Mummy zu klein«, raunte er an Rachels Hals.

Erin klatschte in die Hände. »Husch ins Bett, junge Dame. Dein Dad deckt dich zu.«

Dom brachte Rachel an der Hand ins Kinderzimmer und

half ihr, sich umzuziehen. Rachel legte sich ins Bett, und Dom zog ihr die Decke bis unters Kinn.

»Mir ist so warm«, jammerte sie und trat die Decke nach unten.

Er kniete neben dem Bett, strich ihr das Haar nach hinten und küsste sie auf die Stirn. Dann beugte er sich zum Regal und nahm ihre Lieblingspuppe herunter. »Hier«, sagte er, »Ruby ist bei dir.«

»Ich spiele nicht mehr mit Puppen, Dad«, verkündete sie.

»Nein, klar.« Er packte Ruby zurück auf das Regal. »Natürlich nicht.«

»Kannst du dich zu mir legen, bis ich eingeschlafen bin?«

»Ja, sicher, rück rüber.« Dom legte sich in das untere Etagenbett, in dem er halb über die Kante hinaushing, und legte einen Arm über Rachel.

Als Erin hereinsah, hob er einen Finger an seine Lippen. Sie blieb auf dem Flur stehen und beobachtete die beiden eine kurze Weile, ehe sie zurück ins Wohnzimmer ging. Minuten später, als Rachel tief und ruhig atmete, stieg Dom vorsichtig aus dem Bett. Er küsste Rachels Finger und legte sie an ihre Wange. Dasselbe tat er bei Jude.

Im Wohnzimmer saß Erin auf dem Sofa, die Ellbogen auf die Beine gestützt und den Kopf in die Hände gelehnt. Dom nahm sein Glas und blieb stehen.

»Sie schlafen beide. Wo waren wir stehengeblieben?« Er grinste und bemühte sich dabei, ihr Lieblingslächeln zustande zu bringen.

»Irgendwo zwischen arrogant oder selbstbewusst sein und dass ich womöglich auf deinem Herzen herumtrample.«

»Erinnerst du dich an diese Szene aus *Titanic*, in der Celine Dion ertönt?«

Der Themenwechsel bewirkte, dass sie wieder an ihrem Kinn herumnestelte. »Was ist damit?«

»Dieser Teil, in dem sie am Bug stehen und Leonardo DiCaprio Rose sagt, sie soll ihm vertrauen.«

»Ach, das – wo Rose sich sagt, dass sie eigentlich zurücklaufen sollte in die Erste-Klasse-Kabine, wo die teuren Juwelen von Dingsbums liegen.«

»Cal.« Erin grinste. »Wo Cal wartet.«

»Aber jede Faser ihres Seins sagt ihr, dass sie Jack vertrauen soll, dass das Leben mit ihm wahrhaft fantastisch sein könnte.«

Dom blickte über seinen Glasrand. »Wir hätten fantastisch sein können, Erin. Wir waren mal fantastisch, und wir können es wieder sein. Stell dir vor, noch ein ganzes fantastisches Leben.« Damit gingen ihm die Worte aus, und er leerte sein Glas.

»Was wäre, wenn …« Erins Stimme war nur mehr ein Flüstern. »Was wäre, wenn ich dir wieder vertrauen *könnte* …?«

»Kannst du.« Dom stellte sein Glas auf den Tisch, kniete sich hin und sagte, ohne sie zu berühren: »Ich schwöre, dass ich dich nie wieder enttäuschen oder verletzen werde.«

Sie zögerte und schloss blinzelnd die Augen, um ihn nicht ansehen zu müssen. »Ich kann nicht«, flüsterte sie.

Dom legte eine Hand an ihre Wange und ließ sie dort. »Du kannst.«

»Ich habe keinerlei Gefühle mehr für dich, und ich werde dich nie wieder lieben.« Ihre Augen blieben geschlossen, als sie die Worte wiederholte.

Er ließ seine Hand, wo sie war. »Ich glaube dir immer noch nicht.«

Tränen stahlen sich aus ihren Augenwinkeln. »Deine Hand riecht nach Bleiche«, sagte sie und lächelte mit geschlossenem Mund.

Und Dom ging das größte Risiko ein seit der Nacht, in der er sein Kind verließ und es starb – er küsste Erins Tränen fort. Langsam, eine nach der anderen.

»Ich sage nicht, dass ich …«, begann sie.

Dom unterbrach sie. »Bitte. Bitte sag gar nichts.« Er stand auf und zog sie in seine Arme. »Lass mich dich einfach nur halten.«

Er war überwältigt und fühlte, wie sein ganzer Körper auf sie reagierte, ermahnte allerdings seinen Schwanz, sie nicht zu verschrecken. Er betete, dass sie die Umarmung nicht beendete, nicht auf einmal beschloss, dass auf seinem Herzen herumzutrampeln die bessere Option wäre. Mit angehaltenem Atem erlaubte er sich zu glauben, dass sie ihn gehört hatte und ihm glaubte.

»Ich sollte gehen«, sagte sie an seiner Brust.

Er drückte ihr Gesicht an sein Hemd, wünschte sich, dass sie seinen Geruch vermissen würde, sobald sie sich bewegte.

Innerlich schrie er, als sie ihn sanft wegschob und für Abstand zwischen ihnen sorgte.

»Ich bin nicht sicher, ob ich jemals wieder zurückkann.« Sie schüttelte langsam den Kopf.

»Nicht sicher ist gut. Das nehme ich. Und wir würden uns vorwärtsbewegen, nicht zurück.« Er stockte. »Ich weiß nicht, was ich tun soll. Ob ich dich hier rausgehen lassen oder dich anflehen soll zu bleiben. Liebst du mich, Erin?« Er hörte seine Stimme brechen wie die eines dreizehnjährigen Chorknaben.

»Ich liebe dich. Ich hasse, dass ich es tue, und ich habe mich sehr bemüht, es nicht zu tun. Für eine Weile sogar erfolgreich.«

Sie liebte ihn.

»Und ich liebe dich ohnegleichen«

Erin brach in Tränen aus, und nach wie vor rührte er sich nicht, bis sie einen Schritt auf ihn zu machte, die Arme trotzig an ihren Seiten, und ihr Gesicht wieder an seine Brust lehnte. Erst da legte er seine Arme um sie, atmete sie ein und hob ihr Kinn, um sie sanft auf den Mund zu küssen.

Langsam, sagte er sich. *Versau das hier nicht.*

Dom hob eine ihrer Hände, und mit verwobenen Fingern, ohne Musik, abgesehen vom Vogelgesang draußen, tanzten sie ruhig durch das winzige Zimmer, wie sie es vor vielen Jahren in einem Hotel in New Forest getan hatten. Leise summte Dom die Melodie von »At Last«.

Nach einigen Minuten blickte Erin auf und fragte: »Was ist mit Isaac?«

»Isaac ist der Typ in der Erste-Klasse-Kabine«, antwortete Dom. »Er kommt klar.«

♥

13. Juli 2007

Erin,
heute Abend habe ich dein Gesicht berührt, fühlte das Kribbeln deiner Haut unter meinen Fingern.
Heute Abend habe ich dich geküsst, nur sanft, habe deine Lippen an meinen gespürt, so fremd und doch so vertraut.
Heute Abend gingst du zurück zu dem, was unser Heim war, und ich blieb in einer Wohnung, die niemals ein Zuhause sein wird.
Ich weiß, dass ich mir dein Vertrauen verdienen muss und nicht die Tatsache ausnutzen darf, dass du sagst, du liebst mich. Ich weiß, dass ich mehr tun muss.
Aber ich werde immer auf dich warten, meine Erin.
Dom xx

♥

25

Erin

HEUTE – 12. Juni 2017

Aus dem *Buch der Liebe*:
»Dom, ich liebe dich, weil du in erster Linie
mein Freund bist.«

♥

»Du musst dir den Haaransatz färben lassen.«

Hannah ist charmant wie eh und je. »Danke«, antworte ich.

»Dafür sind Freunde da«, sagt sie. Ich reagiere nicht, doch ich möchte all die Male aufzählen, die ich im Laufe der Jahre meinen Mund gehalten habe; beispielsweise habe ich ihr nie erzählt, wie ich wirklich über sie und Walt dachte.

Sie hakt sich bei mir ein, als wir die High Street entlangspazieren. »Du siehst müde aus«, fährt sie fort.

»Ja, ich habe dich auch lieb.«

»Entschuldige, aber es stimmt. Kannst du nicht schlafen?«

»Nicht besonders gut.«

»Willst du vielleicht mal zum Arzt gehen?«

Ich sehe sie verärgert an. »Ich finde, dass ich bis auf Weiteres genug Ärzte gesehen habe, du nicht?«

Sie sieht aus, als wolle sie erwidern, dass es nicht darum ginge und ich trotzdem einen Arzt aufsuchen solle, überlegt es sich aber offenbar anders. »Also, was willst du ihnen zur Hochzeit schenken?«, fragt sie stattdessen, als wir das Kaufhaus betreten. Sofort werden wir von einer jungen Verkäuferin mit einem Parfüm besprüht, und ich muss niesen.

»Weiß ich nicht.« Ich reibe meine Nasenspitze mit dem Handrücken. Und ich weiß es wirklich nicht. Mein neunzehnjähriger Sohn, der zu jung ist, um verheiratet zu sein, lebt mit seiner Freundin, falsch, Frau, in einer Einzimmerwohnung. Dort gibt es kaum Platz für mehr als die beiden.

»Ich habe ihn angerufen«, sagte Hannah.

»Ist er rangegangen?«

»Ja.«

»Und?«

»Ich habe ihnen beiden gratuliert und ihn ausgehorcht. Natürlich zeigt er keinerlei Reue.«

Ich lache und umrunde jemanden, der direkt vor mir stehen geblieben ist. »Wann hast du meinen Sohn jemals anders erlebt?«

»Ich fürchte, das liegt in den Genen.«

»Meinen oder Doms?«

»Alle beide. Der arme Kerl ist verdammt.«

Oben an der Rolltreppe biegen wir nach rechts und gehen an der Geschirrabteilung vorbei. Bald habe ich sehr teure Bettwäsche in den Händen, zeige sie Hannah, und sie schüttelt den Kopf.

»Verschwendung«, sagt sie. Zweifellos erinnert sie sich an Judes Zimmer, als er noch zu Hause wohnte.

»Du hast recht, es ist sinnlos. Vielleicht können wir ihnen ein paar Tage irgendwo in einem hübschen Hotel spendieren.« Ich lege die Bettwäsche zurück, verwerfe die Idee eines physischen Geschenks und bin überzeugt, dass ein Hotelaufenthalt besser ist – wie kurze Flitterwochen. »Gehen wir essen.« Ich drehe mich um und will zurück zur Treppe. »Aber vorher muss ich Sachen aus der Reinigung abholen.« Mein Handy singt »Zip-a-Dee-Doo-Dah« in meiner Tasche.

»Hi, Schatz, wie geht es dir?«, frage ich mein anderes Kind, als ich rangehe. Rachels Stimme zu hören, erdet mich. Wir plaudern über ihren Tag, und schließlich fragt sie mich, wie es mir mit der Neuigkeit von Montagabend geht. Ich erzähle ihr in meinem erst kürzlich angenommenen »Lebe den Moment«-Modus, dass ich die Tatsachen nicht ändern kann.

Hannah, die Rachel aus dem Telefon offensichtlich gut hören kann, verdreht die Augen. Ihr mache ich nichts vor.

Nach dem Telefonat marschieren wir zur Reinigung, Hannah wartet draußen. Drinnen ist eine Schlange. Ich stehe direkt unter der Lüftung und hebe mein Gesicht dem kühlen Luftstrom entgegen. Als ich dran bin, gibt mir die junge Frau hinter dem Tresen die in Zellophan verpackten Sachen und sieht mich seltsam an.

»Sind Sie Mrs. Carter?«, fragt sie, wartet meine Antwort jedoch nicht ab. »Ich habe etwas für Sie.« Sie sucht unter dem Tresen.

»Aha?«

Sie reicht mir einen kleinen Umschlag. »Der war in Mr. Carters Jackett, glaube ich.«

»Oh …« Ich sehe hinunter zu den Kleidungsstücken. Die sind alle von mir, ausgenommen ein Leinensakko von Dom.

»Danke«, sage ich und werde mit einem reizenden Zahnspangenlächeln belohnt.

Ich trete zur Seite, um die Frau hinter mir durchzulassen, nicke, schwenke den Umschlag und murmele ein weiteres Dankeschön, ehe ich gehe. Die Klamotten sind schwer, deshalb muss ich mich auf eine Bank in der Fußgängerzone setzen. Ich packe die Sachen auf Hannahs Schoß und reiße den Umschlag auf. Zwei Karten für ein Konzert zu Ehren von Etta James an einem Tag, als ich in den Staaten war. Ich breche in Tränen aus, als mir einfällt, dass Dom bei unserer Cornwall-Reise letztes Jahr von einer Überraschung gesprochen hatte, die er plante.

Kann ich dir nicht sagen. Es ist ein Event, kein Ort.

Hannah wühlt in ihrer Tasche nach einem Taschentuch. »Alles in Ordnung, Erin.« Ihre Stimme beruhigt mich.

»Wir haben das verpasst. Ich war in Amerika, und …«

Ich konnte nie gut mit Überraschungen umgehen.

»Du bist auch wegen Jude erschüttert, und weißt du was? Er kommt klar.«

Sie drückt meine Hand so fest, dass ich das Gesicht verziehe.

»Vielleicht ist es nicht der richtige Zeitpunkt, aber ich riskiere es trotzdem.« Sie zögert, ehe sie mir ernst in die Augen sieht. »Du solltest Lydia besuchen. Es wird Zeit, loszulassen und …«

Ich verkrampfe mich und unterbreche sie. »Ich werde nie wieder für sie arbeiten.«

»Verstehe, aber …«

»Dom und ich haben geklärt, wie es weitergeht.«

»Erin, hör mal, das ist verrückt. Du kannst nicht …«

»Nein, du hörst zu, Hannah. Du musst begreifen … ach was, du und Dom müsst begreifen, dass ich schon losgelassen habe.«

Hannah knüllt die restlichen Taschentücher zusammen und schüttelt den Kopf.

Ich beende das Gespräch mit: »Du sagst ›Lydia‹, und ich sage ›Lydia wer?‹ Klar?«

Zu Hause hören Dom und ich eine Playlist mit unserer Lieblingsmusik von meinem Handy an; alles von Etta James bis zu amerikanischem Rock, gefolgt von Ed Sheeran. Ich liege an ihn geschmiegt auf dem Sofa. »Du hast mir nie erzählt, dass du Karten für ein Etta-James-Gedenkkonzert hattest.«

»Ah«, sagt er, ohne zu zucken. »Woher …«

»Die Karten waren in deinem Sakko, ich habe es heute aus der Reinigung geholt.«

»Es sollte eine Überraschung sein.«

Ich stoße ein winziges Knurren aus. »Du hättest etwas sagen sollen.«

»Du wolltest in die Staaten reisen. Die Karten hätten dich nicht aufgehalten.«

Ich verwebe meine Finger mit seinen, wobei ich achtgebe, jeden einzeln zu berühren. »Ich wäre gerne mit dir zu dem Konzert gegangen.«

Er legt einen Finger an meine Lippen, um mich zum Schweigen zu bringen. »Hör zu.«

Ed erreicht das Ende seines Songs, und gerade als er seine Liebe bittet, ihn in ihre liebenden Arme zu nehmen, drückt Dom mich und küsst mich aufs Haar.

»Es sollte eben nicht sein, Liebling«, flüstert er.

26

Dominic

DAMALS – Februar 2008

»Erinnere mich noch mal, wie du das angestellt hast?«

»Was?«, fragte Dom.

»Du weißt, was ich meine.« Nigel wischte sich mit dem Hemdsärmel den Schweiß von der Stirn. »Ihr seid wieder zusammen, und du ziehst hier ein? Darf ich dich daran erinnern, dass es erst acht Monate her ist, seit du eine Nacht in einer Zelle verbracht hast, weil du ihren Liebhaber attackiert hast?«

Dom stützte beide Hände oben auf das Sideboard, das sie gerade getragen hatten, und sah seinen Freund an. »Den Kerl zu schlagen, war das Beste, was ich je getan habe, und das Schlimmste. Ich hasse Gewalt jedweder Art.« Er zuckte mit den Schultern. »Aber als Erin ihm sagte, er hätte mich provoziert, wusste ich, dass es im Land von Isaac und Erin nicht so toll lief. Danach habe ich gewartet, und am dreizehnten Juli habe ich meine Frau zum ersten Mal seit beinahe zwei Jahren wieder geküsst.«

»Ja, und dann hast du ihr zu Weihnachten ein Haus geschenkt, das es jedes Mal wieder rausreißen wird. Verflixter Mistkerl.«

Ihr Lachen wurde vom Lärm der Kinder unterbrochen, die den Weg hinaufkamen.

Dom blickte aus dem Fenster. Sie waren hier. Er hielt inne und sah hin, wollte sich diesen Moment für immer einprägen. Jude, der bereits einen Kopf größer war als seine Schwester, zog einen Koffer. Sie lief hinter ihm her und rief: »Wer Erster ist, kriegt das größere Zimmer!« Jude ließ den Koffer los und rannte vor ihr die Treppe hinauf, wobei er zwei Stufen auf einmal nahm.

»Dadd-yyy!«, kreischte Rachel. »Er hat mich geschubst, und jetzt kriegt er das Zimmer!«

Bis Dom bei ihr war, weinte Rachel bereits. »Hey, schon gut.« Er zog sie in seine Arme und strich ihr mit dem Handrücken über das schimmernde Haar. »Ich habe dir doch gesagt, dass wir eine Münze werfen, wer das größere Zimmer bekommt. Das ist am fairsten.«

Dom beobachtete, wie sein Sohn seiner Schwester die Zunge rausstreckte. »Heulsuse«, höhnte Jude.

»Jude ...«, warnte Dom ihn. Unten hörte er Erin und Lydia in der Küche. Offensichtlich hatte sie beschlossen, ihn das regeln zu lassen.

»Gut.« Er griff in seine Hosentasche und angelte eine Pfundmünze hervor. »Stimmt ihr mir beide zu, dass es fair ist?«

Beide nickten.

»Also, Kopf oder Zahl?«

»Kopf«, sagte Jude.

»Zahl«, rief Rachel.

Dom schnippte die Münze in die Luft und schaute zu, wie sie landete – mit dem Bild der Königin oben.

Er lächelte, als Rachel seufzend den Flur hinunter zu ihrem kleineren Zimmer ging. »Keine Schadenfreude, Jude«, sagte er zu seinem Sohn, als er ihr folgte. »Du hast gewonnen, und jetzt wird nicht gespottet.«

Im hinteren Zimmer, das neben seinem und Erins Schlafzimmer war, hockte Rachel mit dem Rücken zur Heizung auf dem Fußboden.

»Hier ist es kalt«, klagte sie. Dom bückte sich und drehte am Thermostat. »Es wird schnell warm«, versprach er und setzte sich neben sie auf den Boden.

»Weißt du, manchmal ist das, was wir nicht zu wollen glauben, genau das, was wir wollen.«

Rachel neigte den Kopf zur Seite und zog die Brauen hoch, als wollte sie ihm sagen, er könne sich die Mühe sparen.

»Dieses Zimmer hat das größte Fenster im ganzen Haus und den besten Blick in den Garten.« Er beugte sich zu ihr und senkte die Stimme. »Außerdem ist es viel ruhiger als das nach vorne raus. Vorn hat man den Straßenlärm.«

Er küsste sie auf die Wange und sah, wie sich ihre Mundwinkel ein klein wenig nach oben bogen. »Ganz zu schweigen von dem Wandschrank für die Kleider und Schuhe einer gewissen kleinen Person.«

»Stimmt.« Sie lächelte.

»Siehst du? Was du zu wollen glaubtest ...«

»Können wir einen Hund haben?«, fragte sie. »Mum wollte keinen in der Wohnung.«

Er lachte. »Das besprechen wir nicht jetzt, Rachel Carter.«

»Bitte?«, bettelte sie. »Sag wenigstens, dass du es dir überlegst.«

»Ich denke darüber nach, aber Mummy muss es auch.«

»In Ordnung. Ist das nebenan das Schlafzimmer? Von dir und Mummy?«

Dom zog sie an sich, fühlte, wie die Wärme der Heizung hinter ihnen ausströmte, und lehnte sich dagegen. Ihm war klar, wie verwirrend die letzten Monate für die Kinder gewesen waren. »Ich weiß, es ist alles ein bisschen komisch, Schatz, aber ...«

»Mir ist egal, welches Zimmer ich habe, Daddy. Ich will nur nicht, dass du wieder weggehst.« Rachel kniff die Augen zusammen, um nicht zu weinen.

»Das Zimmer nebenan ist das von Mummy und mir, und ich gehe nirgends hin«, sagte er. »Versprochen.«

»Ich mag es, nachts näher bei Mummy zu sein.«

»Weiß ich, Schatz. Jetzt bist du näher bei uns beiden.«

Dom fühlte Jude hinter der Tür, auch wenn er ihn nicht sah. Er stellte ihn sich vor, eine Hand in der Hosentasche, wie er sich gegen den Türrahmen lehnte. Da er unsicher war, ob Jude ihn sah, zwinkerte er dem offenen Türspalt zu. Und als er hörte, wie Jude wieder wegging, sprach er im Geiste mit Maisie und bat sie, ihm zu helfen, den Job zu meistern, den Erin die letzten Jahre größtenteils allein bewältigt hatte.

Um neun Uhr hob er den letzten Umzugskarton aus dem Miettransporter. Es war ermüdend gewesen – dreizehn Fuhren hin und zurück zwischen der Wohnung und dem Haus, aber Nigel und er hatten die meiste Schlepperei übernommen, während Erin, Lydia und Hannah die Kartons auspackten, sobald sie in der Diele abgestellt waren. Alle anderen waren endlich weg, sie hatten gespürt, dass die Familie für sich sein musste. Und erstaunlicherweise herrschte sogar schon eine gewisse Ordnung im Haus. Dom fröstelte, als er den letzten Karton den Weg hinauftrug und ihn auf dem frostigen Boden abstellte, um ihn mit seinen tauben Fingern besser zu packen. Er bückte sich und wollte ihn wieder hochheben, als sein Handy in der Hosentasche klingelte. Auf dem Display erschien der Name seines Schwiegervaters, und Dom nahm das Gespräch an.

»Fitz, wie geht's?«

»Seid ihr mit dem Umzug durch?«

Dom blickte zu dem Karton vor sich. »Fast. Ich bringe gerade den letzten Karton rein.«

»Bist du allein?«

Dom runzelte die Stirn. »Ja. Was ist los?«

»Tu ihr noch einmal weh, Dom, und ich schwöre …«

Dom schluckte. Dass dieses Gespräch kommen würde, war ihm bewusst gewesen. Und er musste gestehen, dass er sich oft davor gefürchtet hatte. »Fitz, ich …«

»Dies ist keine Unterhaltung, Dom. Ich will dich nicht reden hören, sondern du sollst mir zuhören. Das ist mein kleines Mädchen in diesem schicken neuen Haus. Das sind meine Enkelkinder. Solltest du sie je wieder verletzen, werde ich es mir zur Lebensaufgabe machen, dich dafür bezahlen zu lassen.«

Dom blickte durchs Fenster ins Wohnzimmer, wo seine Frau und seine beiden Kinder Pizza aßen.

»Hast du das verstanden?«, fügte Fitz hinzu.

»Vollkommen.«

»Gut.«

Als aufgelegt wurde, näherte er sich dem Fenster, und sogleich winkte Erin ihn zum Essen zu ihnen. Kopfschüttelnd blieb er stehen, sah hinein, und für einen Moment konnte er sich nicht rühren. Erin kam ans Fenster und legte eine Hand flach an die Scheibe. Die Hitze ihrer Hand bildete einen Kondenswasserkranz auf der kalten Einfachverglasung. Dom legte seine Hand dagegen. Mit der freien Hand zählte er ihre Finger ab und beobachtete Erin dabei.

»Eins, du. Zwei, ich. Drei, Maisie. Vier, Jude, und fünf, Rachel.« Er sprach die Worte laut, und in der eisigen Luft gefror sein Atem.

Erin nickte und hauchte ihm einen Kuss zu. Als er seine Hand wegnahm, sah er den verschmierten Abdruck, den sie hinterlassen hatte, und wünschte, der könnte für immer bleiben. Dom hievte den Karton hoch und betrat das Haus.

Eine Stunde später, die Kinder schliefen, waren Erin und er im Schlafzimmer, wo sie Kleidung aufhängten und zusammengelegt in die Schränke sortierten.

»Tut mir leid, dass ich morgen arbeiten muss«, sagte Dom über einen Stapel Pullover hinweg.

»Ist nicht zu ändern. Keine Sorge. Die Kinder sind in der Schule. Ich sortiere die Küche, solange sie aus dem Haus sind, und vielleicht kann ich morgen Abend schon ein richtiges Essen kochen!«

Dom sah seine Frau an, auf deren Jogginganzug Flecken von der Bleiche waren, mit der sie heute die Toiletten geschrubbt hatte. Sie würde ihm widersprechen, ihn für wahnsinnig erklären, sollte er ihr sagen, wie wunderschön sie in diesem Moment aussah, aber das tat sie. Sie war hier, bei ihm und den Kindern, und für ihn war sie so atemberaubend wie beim ersten Mal, dass er sie gesehen hatte.

»Erinnerst du dich an die erste Nacht?«

»Welche erste Nacht?« Sie grinste. »Die, in der wir uns begegnet sind, die, in der wir uns zum ersten Mal geliebt haben, die erste, die wir voneinander getrennt waren?«

Er verzog das Gesicht.

»Diese«, sagte sie, »wird mit einigen Jahren Abstand betrachtet die erste Nacht an unserem Wohlfühlort sein.«

»Ich meine die Nacht, in der wir uns auf Lydias Party begegnet sind, Silvester 1995.«

»Ja, ich erinnere mich.«

»Weißt du noch, was ich zu dir gesagt habe?«

»Ja.«

»Ich habe dir gesagt, dass ich glaube, ich würde dich für immer lieben.«

»Hast du.« Sie kam zu ihm, stieß ihn rückwärts aufs Bett und hockte sich rittlings auf ihn, bevor sie ihr Top und ihren BH auszog. »Möchtest du es beweisen?«

»Fröhlichen Valentinstag, Mrs. Carter«, sagte er und verwob die Finger in ihrem Nacken.

»Fröhlichen Valentinstag, Mr. Carter«, antwortete sie.

Dom schloss die Augen, als sie ihn küsste. Er war so sicher, wie er nur sein konnte, dass sie recht hatte. Dies würde ihr Wohlfühlort.

♥

15. Februar 2008

Dom, mein Liebling,

es ist schön, wieder da zu sein. Es ist schön, das Buch in dem kleinen Dielentisch zu wissen, der unter demselben Spiegel steht wie in der Wohnung, nur in einer anderen Diele. Es fühlt sich komisch an, hier zu sein und zu wissen, dass ich das letzte Mal im Oktober hierein geschrieben habe – in der furchtbaren Zeit. Heute bin ich ein anderer Mensch, und ich glaube, das gilt auch für dich. Für mich kann ich nur sagen, dass ich mich stärker fühle – so sehr, dass ich nicht mal mehr sicher bin, ob ich diese Methode noch so sehr brauche, um mit dir zu reden, wie früher einmal. Ich denke, ich käme ohne aus. Aber warten wir es ab. Vielleicht möchtest du es weiterhin. Wir lassen es auf uns zukommen …

Ich habe nicht gelesen, was du in der Zeit geschrieben hast, die wir getrennt waren. Irgendwann werde ich es, nur jetzt nicht. Ich denke, ich möchte so tun, als wäre nichts davon geschehen, und zugleich ist mir klar, dass es passieren musste. Ich bin froh, dass es die Zeit gab.

Sollte uns in den kommenden Jahren jemand fragen, warum es schieflief – würden wir auf den Tag verweisen, an dem Maisie starb? Oder auf die Zeit vorher, als wir vielleicht noch gar nicht wussten, wie jeder von uns wirklich tickte? Eventuell auf den Moment, als du mich zum ersten Mal wegen deines Spielens belogen hattest und dachtest, du könntest mir diese Seite von dir nicht zeigen?

Ich habe die Karte aufbewahrt, die Fitz uns zu diesem Buch gelegt hatte, und vereine sie heute wieder mit ihm! Ich klebe sie auf die letzte Seite, denn ich finde ihre Botschaft wirklich wichtig:

»In den kommenden Jahren wird dieses Buch ein Ort sein, zu dem ihr zurückblicken und in dem ihr von Dingen lesen könnt, die zu verstehen ihr vielleicht zu jung oder zu naiv wart.«

Hätte ich dich nicht bitten sollen zu gehen und dir verzeihen? Mag sein. Aber hätten sich die Dinge nicht so entwickelt, wie sie es taten, hättest du nie Hilfe bekommen. Du würdest diese Hundemarke nicht tragen, nicht nach dem Motto darauf leben. Und ich hätte nie gelernt, dass Liebe, wahre Liebe, überdauert.
Ich freue mich so sehr darauf, wieder mit dir zusammen zu sein, freue mich so sehr, unsere Familie wiederzuhaben.
Ich liebe dich, Dom, weil du gewartet hast.
Erin xx

♥

27

Dominic

DAMALS – September 2008

Dom lauschte dem fernen Brummen der Autobahn, öffnete die Augen und hielt sich davon ab, die Arme nach Erin auszustrecken. Es war kalt. Seine Nasenspitze war taub; er fror, und obwohl er sich nach der Wärme ihres Körpers sehnte, wollte er sie nicht wecken.

In drei Stunden würde sie aufstehen, die Kinder für die Schule fertig machen und sich selbst für die Arbeit. In der Küche würde sie etwas zum Abendessen aus dem Tiefkühler holen und es zum Auftauen in die Spüle legen. Falls er noch da war, wenn sie zur Schulrunde aufbrach, würde sie ihn zum Abschied küssen, eine leicht verbrannte Scheibe Toast in der einen Hand, ihre Autoschlüssel in der anderen. Er würde den Kindern zurufen, dass sie ihre Betten machen sollten, ehe sie gingen. Und wenn alle weg waren, würde er sich in ihrem trauten Heim umschauen und sich kneifen, weil ihre Stimmen noch durch seinen Kopf hallten.

Er holte tief Luft, hielt sie an und atmete langsam aus. So musste sie sich gefühlt haben, als sie von Angstzuständen geplagt worden war, dachte er. Furcht pulsierte in seinen Adern. Es waren gerade mal sieben Monate pure gemeinsame Wonne. Nicht lange genug, dachte er. Nicht lange genug.

Aber wer wollte wissen, was geschehen könnte, sollte er ihr in die Augen sehen und es ihr sagen. Es gäbe, schwor er sich, kein Verstecken hinter dem geschriebenen Wort. Dies musste ausgesprochen werden, während er ihre grüne Iris fixierte.

Doch noch nicht. Er stieg behutsam aus dem Bett und zog sich dieselben Sachen über, die er erst Stunden vorher ausgezogen hatte, ehe er leise das Haus verließ.

Jeden Morgen in aller Frühe kümmerte sich Doms Vater in ihrem Schlafzimmer um seine Mutter. Und das Erste, was er tat, war, ihr einen Kuss zu geben, bevor er ihre Spieluhr aufzog. Die wenigen Male, die Dominic dabei gewesen war, war er gerührt gewesen. Die Melodie der Spieluhr hatte seine Mutter früher geliebt, denn nach ihr hatten sie und sein Vater einst Walzertanzen gelernt. Gerard würde Sophies Vaseline-Lippen mit seinen streifen und dann ihr Haar bürsten – nur behutsame Bürstenstriche mit den weichen Borsten –, und jedes Mal hatte Dom wegsehen müssen.

»Du bist früh da«, sagte sein Vater zu ihm. »Und du siehst richtig furchtbar aus. Vielleicht erkennt sie dich nicht, aber du hättest dich wenigstens rasieren und ein bisschen ordentlich anziehen können.«

»Dad …«

»Dominic, erzähl mir nicht, dass du achtundvierzig und erwachsen bist. Das weiß ich. Es geht nur um Respekt gegenüber deiner Mutter.«

»Dad …«

»Was ist?« Dom verstand die Ungeduld seines Vaters, bedachte er, was Gerard jeden Tag durchmachte, wie er dabei zuschaute, dass Doms Mutter langsam verschwand. Seine Gereiztheit war in jenem Moment verschwunden, in dem er sich zu Dom umsah. Es war, als erkenne er in Doms Gesicht, dass dies kein Höflichkeitsbesuch war.

»Dom?« Gerards Stimme wurde weicher. »Was ist passiert? Ist alles in Ordnung?«

»Nein, Dad, ist es nicht.«

»Erin, die Kinder?« Die Hand seines Vaters wanderte zu seinem Herzen, und er setzte sich neben sein und Sophies Bett.

»Nein.« Dom schüttelte den Kopf. »Ihnen geht es gut.« Er fuhr sich mit einer Hand durch sein Haar und wollte schwören, dass es in den letzten zehn Tagen schütter geworden war. »Dad.« Er fing an zu weinen, was er in Gegenwart seines Vaters nicht mehr getan hatte, seit er neun Jahre alt gewesen war. Nicht einmal, als er sich Geld leihen musste, um seine Spielschulden zu begleichen, und auch nicht, als er sich an seine Eltern wandte, weil Erin ihn gebeten hatte zu gehen. »Ich stecke in Schwierigkeiten, Dad. In ernsten Schwierigkeiten.«

Sein Vater stand auf, kam zu ihm und nahm ihn in die Arme. Dom sah nichts außer dem Gesicht seiner Mutter, aus deren Mundwinkel ein kleines Speichelrinnsal lief.

»So schlimm kann nichts sein, mein Sohn, hmm?«

Doch das war es. Es war so schlimm, dass er keine Ahnung hatte, wie er es Erin sagen sollte. Alles hatte sich in Mist verwandelt. Er blickte durch das Fenster hinter seiner Mutter. Die Birke sechs Meter entfernt vom Haus hatte bereits den Großteil ihres Laubes abgeworfen, und der Rasen war von rostroten und gelben Blättern bedeckt, schön, aber tot – so tot wie das Leben, das er gestern noch gehabt hatte. Den Unterlagen zufolge, die sein Steuerberater und er die Nacht über durchgegangen waren, würden sie alles verlieren. Alle Ersparnisse, Aktien und Anteile, für die er so hart gearbeitet hatte, all das Bargeld, das Erin über die Jahre angespart hatte, waren nun in einem Pott. Und das Schlimmste, womit er Erin nicht konfrontieren konnte: das Haus.

Gestern war nicht nur ein schwarzer Montag gewesen. Nun, da die großen internationalen Banken kollabiert waren, war es ein schwarzer Monat. Ein verfluchtes schwarzes Loch, das ihn und seine Familie zu verschlingen drohte. Dom schluchzte an der Schulter seines Vaters und hasste es, sich abermals an ihn wenden zu müssen. Er nahm einen vagen Geruch von abgestandenem Eau de Cologne wahr und schloss die Augen, um seine Mutter nicht sehen zu müssen. Doch da, hinter seinen Lidern, tauchte stattdessen Erins Gesicht auf, und in diesem kurzen Moment überlegte Dominic Carter, sich vor einen Zug oder von einer Brücke zu werfen. Weil er im Oktober 2005 jedem Risiko abgeschworen hatte, nie, niemals wieder eine Spielkarte oder einen Würfel in die Hand genommen hatte. Doch wie ihm sein Steuerberater um Mitternacht letzte Nacht so ahnungslos erklärt hatte: »Diese Aktien und Anteile – letztlich ist das auch nichts anderes als ein Glücksspiel, oder? Man setzt auf Glück.« Und Dom hatte mal wieder verloren.

»Es ist nicht deine Schuld.«

Er glaubte, dass ihn Erins kreidebleiche Miene bis ins Grab verfolgen würde. Er betrachtete sie, suchte nach einem Hinweis, dass sie diese Worte ernst meinte.

»Ich bin sicher, dass wir beide unterschrieben haben, was es auch war.«

Er sah ihr an, dass sie sich angestrengt zu erinnern versuchte, ob sie irgendwas unterschrieben hatte. Hatte sie. Bei allen Geldanlagen hatten sie beide unterschrieben, was indes keine Rolle mehr spielte. Er war derjenige, der mehr Fragen hätte stellen müssen.

Langsam gaben ihre Züge alle Gefühle preis, wie es bei Erin immer geschah. Zuerst war da nun Unglaube, der leise Gedanke, dass es sich um einen kranken Scherz handeln könnte, umgehend abgelöst von der Erkenntnis, dass er ihr so etwas nicht antäte. Eher würde er wirklich alles verlieren, was sie besaßen, als darüber zu witzeln. Und dann folgte der Schock: ihre gespreizten Finger über dem halb offenen Mund. Als Nächstes die Enttäuschung. Sie verzog das Gesicht, während sich ihre Augen auf ihn richteten und mit Tränen füllten. Und schließlich war da die Angst. Was sollten sie tun? Darüber musste er mit ihr reden, denn sehr bald würden die Aasgeier einfallen.

Erin erhob sich von dem Küchenstuhl, auf dem sie gesessen hatte, und tippte ihm auf die Schulter, als sie an ihm vorbeiging. »Ich muss die Kinder wecken und zur Schule bringen. Danach überlegen wir uns etwas. Ich melde mich krank. Ich muss das alles begreifen, also fahren wir zusammen zum Steuerberater, wenn ich wieder da bin. Einverstanden?«

Er nickte.

»Geh dich frisch machen. Sie sollten dich nicht so sehen, Dom.«

Dom starrte ihre Traumküche an.

»Dom, geh duschen. Jetzt. Ich höre schon, wie sie sich oben rühren.«

Kontoauszüge. Er hasste sie mit jeder Faser seines Seins. Und der Steuerberater ging immer wieder dieselben Fakten durch, wedelte mit den Papieren voller Spalten und roter Zahlen wie auch mit Vereinbarungen, die sie unterzeichnet hatten. Nun hasste er die Dinger noch mehr. Hinterher gingen Erin und er in den Pub, und als er die zwei Gläser Pinot auf den Tisch zwischen ihnen stellte, empfand er dieselbe eisige Furcht wie vor zwei Jahren bei ihrer Trennung.

»Wir können sie uns nicht leisten«, sagte Erin, die mit verschränkten Armen dasaß. »Du hättest um zwei Gläser Leitungswasser bitten sollen.«

»Ich habe auch eine Portion Pommes bestellt. Nur eine, und wir teilen sie uns.« Er versuchte, ein Lächeln zustande zu bringen.

»Wir müssen uns einmal wegen dem hier streiten, Dom, und ich will nicht, dass wir es vor den Kindern tun. Genauso wenig will ich, dass es in Geschrei ausartet. Deshalb sind wir hier. Wie zur Hölle ist das passiert?«

»Unser Geld steckt in, *steckte* in Aktien und Anleihen. Alles ist zum Teufel gegangen, die Märkte, die Banken, die Welt. Ich ...«

Erin sog die Lippen ein, als müsse sie sich bremsen, etwas zu sagen.

»Durch unsere Unterschriften haben wir zugestimmt, dass der Börsenmakler nach eigener Risikoeinschätzung investiert – weil es höhere Gewinne versprach.«

»Offensichtlich nicht«, sagte sie. »Hast du jemals richtig mit dem geredet? Du musst doch gewusst haben, was es bedeuten könnte.«

»Die Märkte sind seit Ewigkeiten immer nur im Aufwärtstrend gewesen. Er hat in Derivate investiert. Ja, wir, also ich, wenn man so will, *ich* habe ihm die Erlaubnis erteilt. *Ich* habe nicht richtig kapiert, wie hoch das Risiko war. Es ist meine Schuld.«

»Dom, was nach oben geht, geht auch wieder nach unten. Aber das hier?«

Sie hatte das Büro des Steuerberaters vor dem Ende der Besprechung verlassen, und er war ihr hierher gefolgt.

»Wie viel?«, fragte sie nun, fuhr sich mit den Fingern durchs Haar und strich es nicht wieder glatt.

»Alles.« Er sah ihr in die Augen, weil ihm klar war, dass er es musste. »Plus das Eigenkapital im Haus.«

»O Gott.« Sie trank einen Schluck Wein.

Dom dankte der Frau, die ihnen die Pommes frites brachte. Erin starrte die Schale nur an. »Keiner hat gesehen, dass die Finanzwelt derart implodieren würde. Es war offenbar immer eine Art Glücksspiel ...«

»Ach ja? Und das sagt der Mann, der *geschworen* hat, nie wieder zu spielen.«

Dom schüttelte energisch den Kopf. »Das ist etwas völlig anderes.«

Erin knallte die Faust auf den Tisch, ehe ihr bewusst wurde, wo sie waren, und lehnte sich zurück. »Es ist haargenau dasselbe. Wir haben etwas genommen und damit gespielt, obwohl wir uns nicht leisten konnten, es zu verlieren. Es ist unerheblich, ob es Geld, Aktien, Anleihen oder unsere Ehe ist.« Sie beugte sich vor und fauchte beinahe. »Mach keinen Mist, wenn dir daran liegt. Und lass *nie* jemand anderen entscheiden, was zu tun ist.«

Dom fühlte eine Ader an seinem Hals pulsieren. Er blickte zum Nebentisch. Dort saßen sich zwei Frauen gegenüber und unterhielten sich in Gebärdensprache. Er hatte keine Ahnung, was sie sagten, war aber froh, dass sie lächelten und nicht mitzubekommen schienen, worüber Erin und er redeten.

»Die können mich nicht hören«, sagte Erin. »Ich habe sie beobachtet, und weil sie mich nicht hören, kann ich dir sagen, was ich wirklich fühle.«

»Du hättest es sowieso gesagt, selbst wenn sie dich hören könnten.« Dominic zupfte am Rand des feuchten Bierdeckels.

»Stimmt. Aber ich fühle mich ein bisschen besser, weil sie es nicht verstehen.«

Er hörte, wie sie seufzte, bevor sie weitersprach. »Was machen wir jetzt? Was kommt als Nächstes?«

»Da wäre eine Lösung«, sagte er, hob eine Hand und versuchte, ihre zu ergreifen, doch Erin zog sie weg. »Ich habe mit Dad gesprochen.«

»Nein«, erwiderte Erin energisch. »Dein Vater hat uns schon genug geholfen, und er hat eine Menge andere Sorgen.«

»Es war seine Idee. Erin, entweder sind wir am Ende«, er ließ die Worte sacken, »oder wir lassen uns von Dad helfen.«

»Nein. Er hat genug Stress, und irgendwann wird er für die Pflege deiner Mutter bezahlen müssen.«

»Dad hat Geld, echtes Geld, und im Gegensatz zu uns hat er die letzten Jahre nicht spekuliert. Er ist diesem Schlamassel entkommen und will helfen. Wenn wir seine Hilfe nicht annehmen, verlieren wir alles, müssen Insolvenz anmelden.« Wieder machte er eine Pause, um wirken zu lassen, was er sagte. »Die Kunden werden Wind davon bekommen, und das wirkt sich negativ auf die Arbeit aus. Uns würde nie wieder jemand einen Kredit bewilligen.«

Erin rang nach Luft. »Was schlägt er vor?« Ihr Blick war auf den Fußboden gerichtet, und sie umfing ihren Oberkörper mit beiden Armen.

»Er würde unser Haus zum Marktwert kaufen, eine richtige Investition – und wir könnten die restlichen Schulden tilgen. Dann mieten wir von ihm. Auf die Weise können wir weiter dort wohnen. Die Kinder müssen nicht die Schule wechseln. Dad ist fast achtzig, und Mum …« Dom musste schlucken. »Er wird sein Testament ändern, sodass Lydia sein Haus erbt und wir Valentine's, wenn sie beide …«

Erin nahm eine Pommes, roch daran und warf sie zurück in die Schale. »Kann sich dein Dad das Haus denn wirklich leisten?«

»Er sagt, dass er es kann.«

»Was ist mit deiner Mutter, wenn sie in ein Pflegeheim muss?«

Dom schüttelte den Kopf. »Er sagt, das wird er nie zulassen. Er will sie weiterhin mit Hilfe zu Hause pflegen, wie er es jetzt schon tut.«

Erin hatte die Hände vor ihr Gesicht gelegt und atmete langsam durch sie ein und aus.

Dom wollte sie dringend berühren. »Es tut mir leid.«

Hierauf stieß sie ein zynisches Lachen aus. »Ich habe mal

einen Film gesehen, eine wunderschöne Liebesgeschichte, und da hieß es, Liebe würde bedeuten, niemals um Verzeihung bitten zu müssen.«

Instinktiv streckte er wieder die Hände zu ihr aus, und sie wich nicht zurück, als er aufstand und sie in seine Arme zog.

»Aber das ist Blödsinn.« Erin begann zu weinen, sodass ihre Wimperntusche sein Hemd befleckte. »Mir tut leid, dass ich so naiv war, dir in Geldsachen zu vertrauen. Und ich muss hören, dass es dir leidtut, und dir vergeben – denn sonst wird es wieder wie 2005.«

Während er sie in den Armen hielt, wurde ihm klar, dass die Frauen neben ihnen zwar kein Wort hörten, jedoch offenbar gut im Lippenlesen waren. Eine von ihnen schaute herüber und lächelte mitfühlend. Die andere schüttelte den Kopf und rührte in ihrem Tee.

»Es tut mir leid.« Er strich über das Haar seiner Frau, ehe er sich vorneigte, sie auf den Kopf küsste und flüsterte: »Wir werden unser Haus nicht verlieren. Versprochen.«

♥

29. September 2008

Lieber Dom,

natürlich will ich Valentine's nicht verlieren, doch obwohl wir beide so hart gearbeitet haben, sind wir jetzt an diesem Punkt. Wir waren blöd (und das ist noch freundlich ausgedrückt), und die Welt hat sich gegen uns verschworen, weshalb wir jetzt nichts mehr haben.

Ich möchte unser wunderschönes Zuhause möglichst behalten, aber vor allem möchte ich uns behalten.

Es fühlt sich an, als habe sich unser gemeinsames Leben in der Zeit, die wir zusammen sind, zwei Schritte vor und zehn zurück bewegt.

Ich will an uns glauben. Ich will an dich glauben, und auch wenn es lange dauern kann, bis wir alles zurückbezahlt und geregelt haben, werden wir es tun. Irgendwie. Und ich bin deinem Vater so enorm dankbar, dass ich keine Worte dafür finde. Doch das werde ich eines Tages.
Erin xx

♥

28

Erin

HEUTE – 14. Juni 2017

Aus dem *Buch der Liebe*:
»Ich liebe dich, weil du mich verstehst und
trotzdem immer noch bleibst.«

♥

Himmel, ist das still!

Dom ist im Arbeitszimmer, und weil ich nicht bei der Arbeit bin, habe ich schon den Geschirrspüler aus- und wieder eingeräumt, eine Maschine Wäsche angestellt und gebügelt. Ich habe die Badezimmerböden gewischt, beide Kinder angerufen und mit ihnen geredet, und frage mich, was ich jetzt tun soll, als mich das Klingeln des Festnetztelefons erschreckt.

Ich nehme ab, ehe der Anrufbeantworter anspringt, und höre Fitz' Stimme.

»Dad, hi.« Ich bin ein wenig außer Atem, was er aber nicht zu bemerken scheint.

»Hallo, Liebes, ich wollte nur mal hören, wie es geht.«

Mir ist inzwischen aufgefallen, dass Fitz nicht mehr alle zwei Wochen wissen will, wie es geht. Nicht wirklich. Er ist mein Vater, und ich liebe ihn, aber seit er mit Ende sechzig den Sex für sich wiederentdeckt hat, hat er nicht mehr nur das Wohl seiner Tochter im Kopf.

»Mir geht es gut«, antworte ich.

»Arbeitest du wieder?«

»Ja, es ist viel zu tun. Das Übliche. Jede Menge Arbeit.« Ich spüre, wie ich rot werde.

»Und die Familie?«

»Alles prima.«

»Dann hast du also viele Neuigkeiten?«

»Na ja, so viel ist nicht passiert, seit ich zurück bin, eigentlich. Wie geht es Penny?« Ich erkundige mich nach seiner Freundin, der ich nach wie vor die Schuld dafür gebe, dass er weggezogen ist.

Ich sitze auf der untersten Treppenstufe und ahne, dass er mir erzählen wird, was sie vorhaben, auf welche Rallye sie dieses Wochenende gehen, und danach sollte ich mich höflich verabschieden können.

»Bist du sicher, dass alles in Ordnung ist, Erin?«, fragt er mich, nachdem ich mehrmals brav »Aha« und »Mhm« gesagt habe.

»Selbstverständlich.«

»Du würdest es mir doch sagen, wenn …«

»Selbstverständlich«, wiederhole ich.

Er redet, und ich höre noch einige Minuten lang zu. Da ich begreife, warum er wirklich anruft, stehe ich auf und drücke die Klingel. »Entschuldige, Dad, aber ich muss Schluss machen. Hier kommt eine Lieferung, für die ich unterschreiben muss. Bis bald. Hab dich lieb!«

Als ich aufgelegt habe, starre ich das Telefon an und fasse nicht, dass ich meinem Vater nicht von der Heirat seines einzigen Enkels erzählt habe oder dass ich nicht mehr zur Arbeit zurückkehre.

Wobei von dem ganzen Gespräch bei mir nur hängen geblieben ist, dass Dad das Haus verkaufen wird, in dem ich aufgewachsen bin und in dem meine Mutter starb.

Später ertappe ich Dom, wie er sich einige Bilder ansieht, die ich in New York gemacht habe. Sie hängen gerahmt in seinem

Arbeitszimmer. Er steht direkt vor den Rahmen und streckt eine Hand nach mir aus. »Fischschuppen«, sagt er, und ich habe keinen Schimmer, was er meint. »Erinnerst du dich, wie ich diese Aufnahme von dir versaut habe, die Spitze des Chrysler Building in der Sonne?«

Ich erinnere mich. Es war eines meiner Lieblingsfotos, aufgenommen mit der Kamera, die Dom mir vor Jahren geschenkt hatte.

»Ich wollte die Idee von diesem Dach mit seinen ovalen Fischschuppenschindeln übernehmen. Das Foto hat mich zu dem Haus inspiriert, weißt du noch, das große mit Meerblick unten in Portsmouth? Wir hatten sogar kleine, spitz zulaufende, dreieckige Fenster oben im Dachgeschoss.«

Ich nicke, als er fortfährt.

»Es klingt irre«, sagt er nun laut vor sich hin und streicht sich mit Daumen und Zeigefinger übers Kinn. »Aber es hat funktioniert.« Dann setzt er sich auf seinen Bürostuhl mit den Rollen. Er zieht mich auf seinen Schoß, und wir kreisen durchs Zimmer.

Ich klammere mich weniger an ihn. »Schwindlig«, murmele ich, stehe auf und halte mich am Schreibtisch fest. Alles, woran ich denken kann, ist Fitz' Bitte, mich mit einem Makler bei meinem Elternhaus zu treffen. Ich muss seinen Schlüssel nachmachen lassen und ihn abgeben.

»Was ist los, Erin?«

»Hmm?«

»Du machst das mit deinem Haar, wickelst es um deine Ohren. Das tust du nur, wenn du nervös bist. Oder lügst«, ergänzt er mit dem Anflug eines Lächelns.

»Was meinst du?«

»Ich meine, dass du genauso aussiehst wie damals, na, als die Finanzwelt den Bach runterging und wir völlig am Arsch waren.«

Ich bin stumm, halte meine Hände still. Mir ist klar, wovon er spricht. »Da habe ich nie gelogen.«

»Du hast etwas verschwiegen, meine Liebe, aber lass uns nicht so tun, als hättest du einfach *vergessen* mir zu erzählen, dass du krank warst.«

»Es passierte zu viel anderer Mist. Da wollte ich nicht, dass du dir Sorgen machst, und dachte, ich erzähle es dir, wenn ich muss.«

»Ja, das sagst du immer.«

Ausgesprochene Worte sind beängstigender als winzige handgeschriebene in unserem Buch. Und die gesundheitlichen Sorgen, die ich gehabt habe, teilte ich grundsätzlich nur flüsternd mit. Diese winzigen fiesen Hautzellen, die ich mir einige Male entfernen lassen musste. Unbewusst streiche ich mit dem Zeigefinger über die letzte Stelle – eine kleine, mondförmige Narbe an meiner Schulter.

»Also, wenn du jetzt nicht lügst.« Dom grinst. »Warum bist du dann nervös?«

Ich bin nervös. Und ich vermute, dass ich *mich selbst* belüge, weil ich meine Tabletten nicht nehme. Aus dem üblichen Grund. Alles scheint gut, ich fühle mich nicht angespannt oder ängstlich, also vergesse ich, sie zu nehmen. Ich halte meine Finger von meinen Ohren fern und erwidere Doms Lächeln.

Der Mann kennt mich zu gut.

29

Dominic

DAMALS – Juli 2009

Sie hatte das gemacht.

Erin, seine Frau, die, ganz gleich, was das Leben ihr entgegenschmetterte, sich aufrappelte und weitermachte. Sie war es, die dies hier ermöglichte. Nach Maisies neuntem Todestag 2007 hatte sie den Stein ins Rollen gebracht. Sie hatte ihm gesagt, dass es an der Zeit wäre, Spenden für Sudden Infant Death Syndrome zu sammeln. Und letztes Jahr, kurz bevor ihr Leben implodierte, hatte sie diese Veranstaltung organisiert, und sie waren ihre erste Zehn-Kilometer-Staffel geschwommen. Irgendwie hatte sie Maisies Tod einen Sinn abgerungen und anderen geholfen, es ebenfalls zu tun.

In diesem Jahr hatte ihr Training an Nigels Schule stattgefunden, aber Dom war froh, dass sie bei der Veranstaltung selbst im nahen Freibad schwimmen würden.

Es war ein strahlender Tag. Die Sonne schien vom wolkenlosen Himmel. Dom war gereizt, als Nigel ihm scherzhaft in den Arm knuffte und ihn mit seinem typischen »Erzähl nachher, wie es ist, hinter mir zu sein« ärgerte. Er versuchte, sich zu konzentrieren, und schaute hinüber zu Hannah und Erin, die ruhig in gestreiften Liegestühlen saßen, ihre Schwimmbrillen umgehängt. Hannah hatte ihr Gesicht in die Sonne gereckt, und Erin dehnte behutsam die Arme unter dem breiten Sonnenschirm.

»Denkt nicht darüber nach, wie viele Bahnen es sind«, sagte Lydia, die Nigel ein kleines Stück Banane reichte. »Ihr schafft das – fünf Zehn-Bahnen-Staffeln jeder. Ein Klacks.«

»Sprach die Nichtschwimmerin.«

»Hey, ich helfe später beim Grillen! Und ich bin da drüben, beim Bean-Pod-Stand. Meine wunderbaren Mitarbeiter und deine bezaubernden Kinder geben Tee und Kaffee aus. Ich leiste meinen Beitrag. Hätte Gott gewollt, dass wir schwimmen, hätte er uns Kiemen gegeben.« Sie zwinkerte ihnen zu und kehrte mit ihren Bananen zu den Frauen zurück.

Dom winkelte sein rechtes Bein nach hinten an, zog an dem Knöchel, bis er die Dehnung seines Oberschenkelmuskels fühlte, und wiederholte dasselbe mit dem anderen Bein. Als er Rachels Lachen hörte, blickte er zum Bean-Pod-Stand, wo sie mit Jude und irgendeinem Jungen aus der Schule, den sie mitgebracht hatten, hinter dem Tisch stand. Viel hören konnte er nicht, aber er sah, dass sie die Hand in ihrem Haar hatte, und er erkannte dieses Kichern. Seine Elfjährige *flirtete* mit dem Freund ihres Bruders. Er ging zu Erin und zeigte zum Stand, da fing sie an zu lachen.

»Nicht hinzeigen! Lass sie.«

»Sie spielt mit ihrem Haar und kichert!«

Hannah lachte laut, als sie an den beiden vorbei zu den Startblöcken ging.

»Ja.« Erin nickte. »Und deine ersten zehn Bahnen hast du direkt nach Hannah, also mach deine Dehnübungen.«

Dom runzelte die Stirn. »Ich weiß, was ich tue. Aber wissen wir, was sie tut?« Er nickte in Richtung seiner Tochter.

»Entspann dich, Dom, das ist völlig harmlos. Sorg dich lieber wegen Jude. Der sieht stinksauer aus.«

Dom sah wieder hin – sie hatte recht. Jude hockte am Ende des Tisches, hatte die Arme vor der Brust verschränkt und blickte in die Ferne. »Mist.«

Der Gong, gefolgt von einem lauten Platschen, bedeutete, dass Hannah bereits im Wasser war.

»Geh sie anfeuern«, sagte Erin. »Ich kümmere mich um Jude.«

Während Dom und Nigel Hannah bei jeder Wende anspornten, behielt er mit einem Auge Erin im Blick. Sie blieb einige Schritte auf Abstand, als sie mit ihm sprach, was gut war. Jude mochte keine öffentlichen Zuneigungsbekundungen, weder *von* seinen Eltern noch *zwischen* ihnen. Was sie auch gesagt haben mochte, es musste ihn überzeugt haben, denn er folgte ihr, und sie reichte ihm etwas. Sobald sie näher waren, erkannte Dom, dass es eine Stoppuhr war. Sie hatte ihn gebeten, die Zeit zu stoppen – für jede Bahn. Nigel konnte irgendwie einschätzen, wer in puncto Bahnenzeiten »gewonnen« hatte, was ihm aus unerfindlichen Gründen wichtig war. Dabei ging es bei einem Spendenschwimmen nur darum, überhaupt fertig zu werden, nicht ums Gewinnen.

Als Hannah nach der zehnten Bahn an die Beckenkante stieß, sprang Dom hinein und tauchte erst knapp auf der Hälfte des Beckens wieder auf. Sofort holte er mit seitlich geneigtem Kopf Luft. Beim Training für diese Veranstaltung hatte Dom entdeckt, dass er sehr gerne schwamm. Es war komisch. Erin hatte schon vor Jahren recht gehabt, was seine »Mini-Zwänge« anging – seinen Wunsch nach einem bestimmten Rauschgefühl. Er hatte nie etwas gefunden, das dem im Wettbüro nahekam, obwohl er es versuchte. Beim Schwimmen jedoch passierte etwas anderes. Sobald er im Wasser war, entspannte er sich, ohne jedes Bedürfnis, schneller zu sein oder zu gewinnen. Wettbewerb interessierte ihn dann nicht mehr, egal, wie sehr Nigel ihn anstachelte. Er liebte es schlicht, durch das Becken zu gleiten, ganz allein mit seinen Gedanken und seinem Herzschlag.

Und er stellte fest, dass sich seine Gedanken im Wasser von selbst in die richtige Reihenfolge sortierten. Es war, als würden mit jedem Zug, mit jedem Luftholen, erst links, dann rechts, seine Sorgen weniger. Das rhythmische Atmen wurde zum Einzigen, was er tun musste. Alles andere schien nicht mehr so wichtig.

Beim Schwimmen dachte er an seine Mutter Sophie als junge Frau und deren Ähnlichkeit mit Rachel. Als Nächstes kam die Arbeit; der letzte Bau, der neueste Bauunternehmer, ein jovialer Typ namens Tim Chimes, mit dem sich der Auftrag ausgelassen und unbeschwert angefühlt hatte. Und Erin ... Er streckte seine Arme zur Unterwasserwende und sah ihren Körper vor sich. Stillleben aus seinem Gedächtnis; wie sie auf der Seite lag, nachdem sie sich zum ersten Mal in ihrem winzigen Zimmer bei Lydia geliebt hatten; wie ihr langes Haar über ihren Körper floss; wie sie anfangs nackt durch ihre erste Wohnung gewandert war. Wie sie heute Morgen nackt durchs Haus gestromert war, ohne einen Gedanken an die verräterischeren Narben zu verschwenden, wo ihr Basalzellen entfernt worden waren. Ein winziges Karzinom war aus ihrer linken Schulter geschnitten worden, ein anderes, noch kleineres, aus ihrem rechten Oberschenkel. Von dem ersten im letzten Jahr hatte sie ihm nicht mal erzählt, sondern behauptet, die kleine Stelle stamme von einem entzündeten Bremsenbiss. All das war nicht mehr von Belang. Die Scans hatten bestätigt, dass es vorbei war. Eben noch war es da, jetzt nicht mehr ... Vorbei, vorbei, vorbei. Und Maisie – Maisie durfte heute in seinem Gedankenfluss vorkommen. Schließlich drehte sich diese Spendenveranstaltung um sie. Und atmen ... Als er seine ersten zehn Bahnen geschwommen war, tauchte Erin über ihm ein, und er sah, wie Jude sich über die Stoppuhr beugte und nicht hinüber zu seiner Schwester blickte.

Valentine's Garten war wie von selbst zum Veranstaltungsort für das Grillen nach dem Schwimmen geworden. Die Gäste brachten Salate mit, Dom und Erin grillten Burger und Würstchen bis in die Abendstunden. Nachdem er geduscht und sich umgezogen hatte, wollte Dom zum Helfen nach unten und fand Hannah auf der obersten Stufe, wo sie sich das Haar mit einem Handtuch trocken rubbelte.

»Ich wollte mich bei dir bedanken«, sagte sie.

»Musst du nicht. Geht es dir gut?« Hannah hatte bei den letzten zehn Bahnen gepasst, weshalb die anderen ein paar mehr machen mussten; die letzten sechs war Dom geschwommen.

Hannah rieb sich den Bauch. »Bloß ein Stechen, aber ich konnte nicht mehr, tut mir leid.«

Dom ging an ihr vorbei, bis er einige Stufen unterhalb von ihr war. »Bist du sicher, dass es dir gut geht?«

Sie linste über das gebogene Treppengeländer, ob unten jemand war. »Nein«, antwortete sie.

Er setzte sich auf die Stufe unter ihr. »Was ist los?«

»Ich werde nächste Woche vierzig«, flüsterte sie.

Er lachte. »Und ich bin schon seit einer Woche vierzig.«

»Zwischen Walt und mir ist Schluss.«

»Ah …« Unwillkürlich zog Dom an seinem Lederarmband. »Ich hatte mich schon gewundert, dass er heute nicht da war.« Walt war lediglich ein Teilzeitmitglied ihrer Gruppe gewesen, eingeladen von Hannah, und nicht bei allen Treffen dabei. Alle wussten es, auch wenn es keiner von ihnen wirklich begreifen konnte, alle wussten, was das war. In Doms Augen war die Beziehung von Anfang an zum Scheitern verurteilt gewesen. »Tut mir leid«, sagte er, und das stimmte. Ihm tat Hannah leid. Er stand auf und versuchte, sich neben sie zu quetschen.

»Du brauchst eine Umarmung.« Er legte einen Arm um sie, und sie lehnte ihren Kopf an seine Brust.

»Es ist traurig. Ich bin traurig. Er ist traurig.«

»Warum ist es vorbei? Warum jetzt?«, fragte Dom.

»Weil ich ein Baby bekomme.«

»O Gott.«

»Nein, es ist von Walt.« Hannah lächelte matt. »Zwei Jahre habe ich ihn zu überreden versucht. Ich habe ihm gesagt, dass ich ein Kind will – und er hat gesagt, er will keins.«

»Sag mir bitte, dass du das nicht absichtlich gemacht hast, ohne dass er Bescheid wusste.« Dom stand auf und lehnte sich an die Wand.

Hannah hob eine Hand an ihren Hals. »Kann ich nicht. Und ehe du mich anbrüllst: Ich habe ganz ehrlich geglaubt, dass er seine Haltung ändert, wenn es erst real ist.«

»Oh, Hannah.« Dom sah sie direkt an.

»Jetzt ist es real, und nicht nur hat er seine Meinung nicht geändert, sondern er hasst mich. Dies ist meine einzige Chance auf ein Kind, Dom. Ich bin nicht stolz darauf, wie ich es gemacht habe. Die letzten Jahre habe ich wirklich versucht, Walt zu verlassen, weil ich ja wusste, dass ich dies hier wollte.« Sie rieb sich den Bauch. »Er war der, der mich nicht gehen lassen wollte.«

»Weiß es sonst noch jemand?«

Hannah schüttelte den Kopf. »Ich wollte es heute dir und Erin erzählen.«

»Musst du zum Arzt? Du hast heute abgebrochen.«

»Es war nur ein Stechen. Jetzt geht es mir gut. Ich habe sicherheitshalber aufgegeben.«

Dom fragte sich, was Erin sagen würde, wäre sie hier, und sprach die Worte aus, die sie äußern könnte.

»Will er wirklich nichts damit zu tun haben?«

»Ich musste seit jeher akzeptieren, an zweiter Stelle zu stehen. Er hat«, Hannah stockte, »Verantwortung. Und er hat mir klargemacht, dass er hiermit, mit uns, nichts zu tun haben will.«

»Tut mir leid«, wiederholte Dom. »Wie weit bist du?«

»Dreizehnte Woche. Ich war gerade zum ersten Ultraschall.«

»Allein?«

»Ja, aber er und ich werden allein sein, oder nicht?«

»Weißt du schon, dass es ein Junge wird?«, fragte Dom.

»Es ist noch zu früh, um es sicher zu sagen, aber ich glaube es. Hör mal, nur dass das klar ist, ich ziehe das allein durch.

Finanziell habe ich keine Probleme. Ich habe Walt gesagt, er kann entweder im Leben des Kindes vorkommen oder nicht. Er hat sich für Letzteres entschieden, und damit muss ich mich abfinden. Was ich auch tue. Ehrlich.«

Plötzliches Flaschenklirren und Lydias Lachen aus der Küche erschreckten Hannah, und sie sahen einander an. Dom seufzte und biss sich auf die Unterlippe. Nach Jahren, in denen sie versucht hatten, ein Kind zu bekommen, wären seine Schwester und deren Mann am Boden zerstört, wenn sie es hörten.

»Ich weiß.« Hannah schüttelte den Kopf und vergrub das Gesicht in den Händen. »Gott, ich weiß …«

Am nächsten Tag war Dom im Garten und schrubbte den Grill, als Nigel in der Küchentür erschien. »Oh«, sagte Dom. »Wann bist du gekommen?«

»Ich muss dich in den nächsten zehn Minuten in den Park bekommen.«

»Wozu?«

»Also, lass das, und komm mit.«

Dom unterbrach das Putzen, wischte sich die Hände an einem Küchentuch ab und ließ sich durchs Haus, zur Vordertür hinaus und in Nigels Wagen bugsieren.

»Wo sind alle?« Er blickte sich zum Haus um, in dem vor einer Viertelstunde noch seine Frau und seine Kinder gewesen waren.

»Im Park.«

Dom nickte bedächtig und versuchte, Nigels Stimmung einzuschätzen.

»Lydia?«, fragte er.

»Nicht im Park«, sagte Nigel.

Nun wurde Dom mulmig. Als er Hannah gestern Abend vorgeschlagen hatte, nicht zu warten und es Nigel und Lydia gleich zu erzählen, hatte er nicht erwartet, dass sie es ganz so schnell täte.

»Hast du mit Hannah gesprochen?«

»Sie ist auch nicht im Park.«

»Aha.« Dom rieb sich die Finger seiner linken Hand. »Nigel …«

»Nicht reden. Und sieh mich nicht an. Lass mich dich einfach dahin bringen, wo Erin und die Kinder ein Geschenk für dich haben. Sie hatte es zu deinem Geburtstag bestellt, aber es ist erst gestern angekommen. Hör mal, Alter, ich werde dastehen und brav in die Hände klatschen, und danach gehen wir alle wieder unserer Wege.«

»Darf ich etwas sagen?«

»Nein.«

Den Rest der fünfminütigen Fahrt schwieg Dom. Als Nigel anhielt, bemerkte er, dass seine Hände immer noch heftig das Lenkrad umklammerten.

»Wir haben all die richtigen Dinge gesagt. ›Freut uns riesig für dich, bla, bla, bla.‹ Aber bitte, Dom, nur heute, lass Lydia und mich damit in Ruhe, ja? Lass uns das Paar sein, das, sosehr es sich für eine Freundin freut, wieder von vorn zu trauern anfängt.«

Dom nickte. Auf einmal lagen ihm seine nächsten Worte auf der Zunge. »Es tut mir leid.«

»Weiß ich. Und jetzt los, sonst bringt Erin mich um, weil du zu spät kommst.«

Dom konnte seine Familie in der Ferne sehen. »Warum fährst du nicht nach Hause? Egal, was hier jetzt passiert, Erin wird es verstehen. Keiner von uns verlangt, dass du dabeistehst und klatschst. Bitte, fahr zu deiner Frau, Nige. Und vergiss nicht, dass wir euch beide lieben.«

Dom schloss die Wagentür, salutierte ihm durchs Fenster und ging weg. Hinter sich hörte er, wie Nigels Wagen losfuhr.

Jude und Rachel kamen ihm entgegengerannt.

»Daddy!«, brüllte Jude. »Warte, bis du das siehst!« Sie griffen ihn an den Händen und liefen auf Erin zu, die neben irgendwas Großem und Buntem auf der Erde stand.

»Es ist ein Adler, Daddy!«

Für eine Sekunde blickte er verwirrt das knapp zwei Meter breite Ding an, das offensichtlich umgekehrt lag. Dann sah er das Band und den Griff in Erins Hand.

»Herzlichen Glückwunsch! Was schenkt man einem Mann, der alles hat?« Sie reichte ihm die Lenkschnur und das Holz.

»Lass ihn steigen, Daddy!«

Sie waren an der höchsten Stelle des Parks. Dom riss die Augen weit auf. »Ich habe noch nie einen Drachen steigen lassen!«

Erin blickte sich über die Schulter um. »Kein Nigel? Ich dachte, ihr müsst das zusammen machen.«

»Nein, kein Nigel«, antwortete Dom kopfschüttelnd. »Also«, er beugte sich vor und küsste seine Frau. »Wer hilft mir? Soll ich einfach laufen und ihn loslassen?«

»Es ist ein Adler, Daddy«, wiederholte Rachel.

Erin zuckte mit den Schultern. »Versuch's – laufen und loslassen –, und übrigens sehe ich ihn lieber als Phönix.«

Was es auch war, Dom liebte das Ding. Und als er losrannte, den breiten Balsaholzrahmen in Form eines Phönix in die Luft schleuderte und hoffte, der Wind würde ihn aufsteigen und fliegen lassen, verdrängte er sämtliche Gedanken an Nigel und Lydia. Er tauchte ganz in den Moment ein. Dom hielt die Schnüre mit Jude und Rachel, brachte ihnen irgendwie bei, wie sie den Drachen auf und ab bewegten. An das fauchende Geräusch des ersten Drachenflugs sollte er sich noch Jahre später erinnern, und das nicht bloß wegen des gerahmten Fotos, das Erin von ihnen dreien geschossen hatte. Nein, jedes Mal, wenn er das Gefühl brauchte, dass Hoffnung jede Traurigkeit überwand, schloss er die Augen und hörte das Flappen des aufsteigenden Vogels.

♥

14. Juli 2009

~~Liebste Erin,~~

~~ich wage mich an das Buch der Liebe, um etwas auszudrücken, was ich sagen möchte, aber außerstande bin, es laut auszusprechen. Und ich bin nicht sicher, ob ich möchte, dass du es aussprichst. Ich bin nicht mal sicher, ob ich mir eine Reaktion von dir wünsche.~~

~~Ich habe mich um Lydia gesorgt.~~

~~Ich sorge mich um Lydia.~~

~~Nigel ist zwar verletzt, hält aber einen Gefühlstsunami aus. Lydias Widerstandsvermögen ist begrenzt, und ich denke, dass sie kurz vor ihrem Limit ist.~~

~~Wir können nichts tun, ich weiß, außer da zu sein und zu hoffen, dass sie es übersteht.~~

~~Warum schreibe ich das hier auf, verdammt?~~

~~Ich streiche es durch, reiße es NICHT aus, obwohl ich wünschte, ich hätte gar nicht erst angefangen.~~

~~Ich liebe dich,~~

~~Dom xx~~

♥

30

Dominic

DAMALS – Juni 2010

Nächtliche Regenschauer hatten den Boden aufgeweicht, sodass das Graben leichtfiel. Als der Baum morgens geliefert worden war, blühte er bereits, weshalb Dom ihn sehr vorsichtig bewegte, um möglichst viele von den weißen Glockenblüten an den dürren Zweigen zu erhalten. »Styrax japonicus« stand auf dem Etikett, und Jude hatte vorhin im Internet die Übersetzung gefunden: Japanischer Schneeglöckchenbaum. Dom betrachtete das Loch zu seinen Füßen. Es war noch nicht tief genug für den Wurzelballen. Er trieb den Spaten abermals hinein und wischte sich mit dem Handrücken über die Stirn.

Als er sich eben fragte, wie viel Grad es in dieser schwülen Hitze sein mochten, kam Jude mit einem Glas Wasser. »Mum sagt, ich soll dir das geben, und sie will wissen, ob du schon fertig bist.«

»Fast«, antwortete Dom und leerte das Wasserglas in einem Zug. »Danke.«

»Okay.« Jude wandte sich zum Gehen.

»Jude?«

»Was?«

Dom ignorierte die permanente Ungeduld, die in jedem Wort aus dem Munde seines präpubertären Sohnes mitschwang. »Ich wollte nur sagen, danke, das war eine tolle Idee.«

»Alles klar.« Die zwei Worte wurden eher geknurrt, bevor Jude wieder zurück durch den Garten ging.

»Möchtest du helfen? Ich könnte Hilfe gebrauchen, um ihn einzusetzen.« Dom brauchte keine Hilfe, um den einen Meter achtzig kleinen Baum ins Loch zu bekommen, und wahrscheinlich wusste Jude das. »Ich will ja keine Blüten zerstören.«

Zunächst verschränkte Jude die Arme vorm Oberkörper, dann ließ er sie locker nach unten baumeln. »Alles klar«, sagte er, und Dom lächelte. Gemeinsam hoben sie den jungen Baum in die Kuhle. »Warum pflanzt du ihn an dieser Stelle?« Immerhin sprach Jude in einem ganzen Satz, als er mit dem Spaten Erde um den Wurzelballen schüttete.

»Weil er groß wird und Sonne mag. Zwar wächst er langsam, aber er sollte an die sechs bis neun Meter hoch werden. Hier fand ich es am besten. Was meinst du?«

Jude schaute sich um, dann nickte er.

Dom hielt den Baum gerade. »Schön fest einbuddeln«, sagte er zu seinem Sohn. »Schipp reichlich Erde drum herum, und klopf sie mit der Spatenrückseite fest. Danach müssen wir ihn wässern.«

»Mum sagt, dass es bald regnet.«

»Egal, wir müssen ihm viel Wasser geben, damit er sich setzt. Ich hole den Schlauch. Willst du schon mal mit dem anderen Loch anfangen?« Er beobachtete, wie sein Sohn die Erde um sich herum musterte.

»Wo, wie nah bei dem Baum?«, fragte Jude.

»Nicht zu nah. Wir wollen den Wurzeln Platz lassen, sich auszubreiten. Aber wir wollen auch genau wissen, wo die Stelle ist.« Dom schaute zu, wie Jude überlegte und sich in einer geraden Linie ungefähr vier Fuß weit von der Stelle weg bewegte, an der sie eben gepflanzt hatten.

»Hier?«, fragte er und tippte einen Flecken mit der Schaufel an.

»Perfekt. Ich bin gleich wieder da.«

Als Dom den langen Gartenschlauch hinten auf der Terrasse

abwickelte, öffnete Erin das Küchenfenster. »Schon fertig?«, fragte sie und blickte zum Himmel. »Diese Regenschauer werden nicht mehr lange auf sich warten lassen.«

»Fast. Der Baum ist eingepflanzt, und Jude gräbt das zweite Loch. Gib uns noch fünf Minuten.«

Dom wässerte den Wurzelballen und beobachtete seinen Sohn mit dem typischen Beinahe-Teenager-Gang. Seine Röhrenjeans saßen tief auf den schmalen Hüften. Sein glattes Haar hatte dieselbe Farbe wie Doms, war lang und an den Ohren zurückgestrichen. Auf seiner Oberlippe zeichnete sich ein dunkler Flaum ab, weshalb Dom ihm kürzlich gezeigt hatte, wie er sich rasierte. Doch wie Jude nun einmal war, hatte er lieber den Flaum behalten, den er regelmäßig berührte, als müsse er sich vergewissern, dass er noch dort war. Seine Augen waren vom selben Dunkelgrün wie die seiner Mutter, wirkten jedoch viel ernster. Er sah Dom an. »Ist das tief genug?«, fragte Jude.

Dom nickte. Er hörte seine Frau und Tochter in den Garten kommen. Rachel hielt ein großes Kaffeeglas unterm Arm, das ausgespült worden war und nun einige gefaltete Blätter Papier enthielt. Er küsste sie auf den Kopf, sobald sie ihm gegenüberstand.

»Willst du etwas sagen, Dad?«, fragte Rachel.

Dom sah Erin an. Sie hatten nicht besprochen, wie dies hier ablaufen sollte, sondern nur den Kindern zugestimmt, als Jude vorschlug, Sophie auf diese Weise zu ehren. Und Dom war nicht sicher, ob er etwas sagen wollte. Nicht, weil er nach dem Tod seiner Mutter vor drei Wochen von Trauer überwältigt war, sondern vielmehr, weil er seither hauptsächlich Erleichterung empfand. Die Krankheit hatte ihm bereits lange vorher seine lebhafte Mutter geraubt, und was er an Trauer fühlte, war längst aufgezehrt.

»Ich werde etwas sagen.« Erin trat vor, und Dom zwinkerte ihr zu. »Haben alle in das Glas gesteckt, was sie wollten?«

Dom benetzte sich die Lippen und strich sich mit den Fingern über die Mundwinkel. »Nein«, sagte er, griff in seine Gesäßtasche und zog einen kleinen braunen Briefumschlag heraus.

Erin schraubte das Glas auf und hielt es ihm hin.

»Nur ein Brief, wie von euch auch«, sagte er leise.

»Gut.« Sie räusperte sich. »Wir pflanzen heute diesen hübschen Baum zum Gedenken an Sophie, die wir alle geliebt haben. Und wir alle haben ihr etwas geschrieben, um sie daran zu erinnern. Ich denke, sie wird ihren Spaß haben, wenn sie die Briefe irgendwo liest …« Sie schaute stirnrunzelnd gen Himmel. »Das war es«, sagte sie. »Der Regen kommt.«

Dom streckte eine Hand aus, um die Tropfen zu fühlen. »Super. Dann lasst uns das Ding vergraben.«

Er legte seine Arme um Erin und Rachel, während Jude das Glas in das zweite Loch legte. Jeder von ihnen schob mit den Füßen ein wenig Erde in das Loch, und Jude vollendete die Aufgabe mit der Rückseite des Spatens, klopfte die Erde fest, bevor die Wolken aufbrachen.

Als sie durch den Garten zum Haus liefen, überlegte Dom, was er eben getan hatte. Es war nur eine seiner Notlügen. Da *war* eine kurze Nachricht an seine Mutter gewesen, doch der versiegelte Umschlag hatte auch jene »fehlende Seite« enthalten, die ihm über Jahre ein Loch in diverse Taschen und Schubladen gebrannt hatte. Er hatte es nie geschafft, sie loszuwerden, sodass sie zu einer permanenten Erinnerung an seine Unfähigkeit wurde, zur rechten Zeit das Richtige zu tun. Und nun war es Zeit loszulassen.

Später an dem Tag, zwischen den angekündigten Schauern, ging er seinen Vater besuchen und nahm den Umweg über die High Street. Seine Schritte waren wie ferngesteuert, und er wählte den Weg instinktiv, als müsse er sich auf die Probe stellen, ohne jene Seite der steten Mahnung unterwegs zu sein.

An dem Ort, den er unwillkürlich aufgesucht hatte, trat er von der schweren Glastür zurück, da zwei Männer herauskamen. Drinnen war der Rausch sofort da. Sämtliche Nerven feuerten, und er empfand eine geradezu greifbare Mischung aus Wohlgefühl und Schmerz. Wohlgefühl, weil sich sein Körper wie auch sein Gehirn gierig an die Euphorie des Gewinnens erinnerten. Schmerz, weil gleich neben diesem Rausch die Pein lauerte, die er verursacht hatte, das Leid, das er auslösen würde, sollte er je wieder spielen.

Er setzte sich auf den Rand eines Hockers nahe der Tür, atmete tief ein und spielte mit seinem Armband, drehte den Anhänger immer wieder hin und her. Der uralte Zigarettenqualm, der sich in die Wände eingefressen hatte, brachte ihn zum Würgen. Er schloss die Augen, lauschte dem pulsierenden Kommentar über das Zwei-Uhr-dreißig-Rennen in Doncaster, und als der Favorit als Erster durchs Ziel lief, wünschte sich ein Teil von ihm, er hätte dreißig Pfund gehabt, um mit ihm zu gewinnen. Dom konzentrierte sich auf seine Erinnerung an einen Mann namens Peter, den er bei Gamblers Anonymous kennengelernt hatte. Peter hatte alles verspielt bis auf die Luft zum Atmen; und auch die hätte er noch verwettet, hätte es ihm einen weiteren Kick verschafft. Dom rief sich Peters Züge ins Gedächtnis: einst vermutlich strahlende, ehrgeizig dreinblickende Augen, die nun stumpf waren vor Enttäuschung; das Gesicht eingefallen und die Haut fleckig von Mangelernährung. Peter war der extremste Fall in Doms Gruppe gewesen, und deshalb hatte er damals hauptsächlich mit ihm gesprochen – quasi anstelle eines Gebets. Dom betete zu Peter, wo er auch war, denn er selbst war gottlos, mutterlos und nun auch seitenlos. Er bat um die Kraft, diesen Ort zu verlassen, weil er so vieles hatte, für das sich das Weggehen lohnte.

Als Dom aufstand, blickte er nicht zurück, und sobald er sicher draußen war, beruhigte sich seine Atmung. Sein geflüsterter Dank an Peter flog in der sanften Sommerbrise davon.

Er machte sich auf den Weg zu seinem Elternhaus, das nun nur noch seines Vaters Haus war. Unterwegs zog er sein Handy aus der Jeanstasche und drückte auf Wahlwiederholung.

»Was gibt's?«, fragte sie.

»Ich wollte deine Stimme hören.«

Erin lachte. »Du bist erst eine Viertelstunde weg!«

Dom zögerte nicht. »Von der habe ich eben sieben Minuten im Wettbüro verbracht.«

Die Stille knisterte zwischen ihnen, bis sie fragte: »Und?«

»Und ich bin weggegangen. Ich habe die Luft drinnen gerochen, mich an das Hochgefühl erinnert, die Tatsache geschluckt, dass ich es heute vielleicht wollen würde, und bin gegangen.«

»Gut«, sagte sie. »Da bin ich froh.«

»Und deshalb wollte ich dich hören, um mich daran zu erinnern, warum ich versuche, ein besserer Mann zu sein.«

»Oh, Dom.«

Er spürte, dass sie den Tränen nahe war. »Denn selbst nach all den Jahren tue ich alles, was ich tue, um dich zu beeindrucken. Ich möchte immer noch, dass sich das Baummädchen in mich verliebt.«

»Hat sie. Zweimal.«

»Und ich will sie immer noch stolz auf mich machen.«

»Ist sie. Immer. Besonders heute.«

»Bis später.«

»Bis dann. Gib deinem Dad einen Kuss von mir.«

»Mache ich.«

Gerard ging es, wie Dom sehen konnte, bemerkenswert gut. Er traf ihn beim Reinigen des Ofens an, nachdem er Mini-Muffins nach einem Rezept von Lydia gebacken hatte. Obwohl er sich nicht getraut hatte, das Thema anzusprechen, vermutete Dom, dass auch sein Vater eine gewisse Erleichterung empfand, weil Sophie nicht mehr lebte. Als hätte er Doms Gedanken gelesen, sah Gerard ihn über seinen Teebecher hinweg an und flüsterte: »Sie fehlt mir, aber ich bin froh, dass sie ihren Frieden gefunden hat.«

Dom biss in eines der Küchlein. Sein Vater hatte darauf bestanden, dass er es kostete.

»Sie ist jetzt da oben und kümmert sich um deine Kleine.«

Er sog die krümelige Mischung ein und schluckte. »Das ist eine schöne Vorstellung, Dad.«

Gerard lächelte. »Ich weiß, dass du nicht daran glaubst, Dom, aber nur, weil du mit deinem Gehirn denkst anstatt mit dem, was du im Herzen fühlst.« Sein Vater trank von seinem Tee. »Es ist anders, wenn es um jemanden geht, den wir geliebt haben. Wir können nur weitermachen, wenn wir daran glauben, dass sie es irgendwo auch tun.« Er prostete Dom mit seinem Becher zu. »All meinen zynischen Überzeugungen in jüngeren Jahren zum Trotz entscheide ich mich nun, mit dem Herzen zu fühlen.«

Dom rückte auf seinem Stuhl hin und her.

»Ach, Dom, du musst das glauben, was du glaubst.« Sein Vater schaute sich um und schwenkte die Hände durch den Raum. »Aber ich fühle sie immer noch überall um mich herum.«

»Sicher ist sie da, Dad.« Er sagte seinem Vater, was der hören wollte.

»Hast du gehört, dass Lydia mir einen Job angeboten hat?«

»Was?« Dom sah ihn überrascht an.

Gerard fuhr fort. »Ich kann nicht den ganzen Tag hier im Haus herumtigern. Ich werde jetzt Barista!«

Dom grinste über das Lächeln seines Vaters, als Gerard mit der Schulter zuckte. »Wie schwer kann das sein? Ich serviere an drei Vormittagen die Woche Kaffee im The Bean Pod.«

»Eine gute Idee, Dad.«

»Soll ich ihnen vielleicht mehr Muffins backen?«

Es war lange her, seit Dom seinen einundachtzigjährigen Vater lächeln gesehen hatte, und er nickte eifrig.

»Wie geht es *dir?*«, fragte sein Vater, und für einen kurzen Moment überlegte er, ihm von seinem Umweg zum Wettbüro zu erzählen.

»Alles in Ordnung«, antwortete er. »Wir haben im Garten einen Baum für Mum gepflanzt – Judes Idee – und Briefe an sie vergraben.«

»Das hätte ihr gefallen«, sagte Gerard. »Es *wird* ihr gefallen«, ergänzte er und blickte aus dem Fenster neben ihm.

»Ihr hätte gefallen, dass du Kaffee servierst.« Dom knuffte seinen Vater mit dem Ellbogen, und Gerard lachte.

»Stimmt, sie hätte es wohl gehasst, aber sie wird wollen, dass ich glücklich bin«, sagte er achselzuckend.

»Das halte ich auch für das Wichtigste, Dad.« Er schaute sich in der altmodischen Küche um, betrachtete die zerkratzte Eichenarbeitsplatte, die seine Mutter früher mit Leinöl eingerieben hatte. »Gibt es irgendwas, das du brauchst oder dir wünschst?«

Dom sah zu der altersfleckigen Hand seines Vaters, die seine eigene bedeckte. »Ich möchte, dass du und Lydia weiter euer Leben lebt und euch nicht um mich sorgt. Kein Theater.« Gerard schüttelte den Kopf. »Ihr sollt nicht denken, dass ihr herkommen und nach mir sehen müsst. Mit mir ist alles in Ordnung«, sagte er, tippte auf seine Uhr und lächelte. »Zumindest für ein paar Jahre noch.«

♥

19. Juni 2010

Dom, mein Liebling,
ich bin stolz auf dich. Das habe ich dir heute Abend schon von Angesicht zu Angesicht gesagt, also warum sage ich es dir noch einmal in unserem Buch der Liebe? Wie kann ich dir erklären, dass es hierin anders ist, stolz auf dich zu sein?

Ich kann es ausdrücken, ohne dass du mich unterbrichst, rot wirst oder dich insgesamt unwohl damit fühlst, wie du es tust, wenn ich dich direkt lobe. Ich kann sagen: Ich bin stolz auf dich, Dom, dass wir für dich an erster Stelle stehen, dass du deine Dämonen bezwungen hast und heute weggegangen bist, dass du heute und immer solch ein guter Sohn bist. Und deine Mum sah dich auch so.

Ich wollte schon immer meine letzte Erinnerung an sie hierin mit dir teilen – damit du es so oft lesen kannst, wie du möchtest. In der Woche vor ihrem Tod war ich wie üblich am Mittwochmorgen drüben, um deinem Dad zu helfen. Sophie war ruhig, und ich drängte deinen Dad, einen Spaziergang zu machen oder einen Freund zu besuchen, einfach eine Pause einzulegen. Er ließ mich eine Stunde bei ihr, und wir redeten. Na ja, ich habe geredet, und Sophie hat zugehört, aber ich plauderte von der Zeit, als wir zusammen in Cornwall zum Camping waren und das Zelt zusammenfiel. Weißt du noch? Tja, sie wusste es noch, denn sie lächelte, Dom. Ich würde schwören, dass sie sehr breit gegrinst hat. Sie lächelte, und es war solch ein wundervoller Moment, umso herausragender, als ich mir einbildete, dass sie wusste, wer ich bin. Und ich denke, sie wusste, dass ich ihr etwas bedeute und sie mir.

Eine Lehre für unsere Kinder ist, dass sich Beziehungen verändern können, es auch tun, wir aber niemals darüber urteilen sollten. Eine Lehre für mich ist, dass sie immer noch zuhörte, immer noch irgendwo da drinnen war.

Heute haben wir zusammen diesen Baum gepflanzt. Den Kindern geht es gut. Wir sind gesund. Alles, worauf es ankommt, ist gut. Wie Sophie einst sagte: »Der Rest ist Lärm.«

Falls du mich brauchst, ich bin hier. Direkt an deiner Seite.

All meine Liebe,

Erin xx

♥

21. Juni 2010

Erin die Mutige,
ich habe mich gefragt, was genau ich brauche, um überzeugt zu sein, dass Mum weiterlebt, über uns wacht. Du glaubst das, Dad glaubt es, und ich würde es wirklich gerne, aber so war ich nie gestrickt.
Erinnerungen sind es, die weiterleben – die schönen Bilder und Gefühle, die wir uns über unsere Lieben ins Gedächtnis rufen, und ich habe viele davon mit Maisie und Mum. Aber glaube ich an einen himmlischen Ort, an den wir alle kommen und dort glücklich bis in alle Ewigkeit sind? Das ist mir ein etwas zu süßlicher (und bequemer) Gedanke. Glaube ich, wie du, dass der Geist weiterlebt? Nein, glaube ich nicht. Wir sind das Vermächtnis unserer Lieben. Ihr Geist und ihre Energie leben in uns weiter.
Mum ist nicht mehr bei uns, aber diese eiserne Art von ihr? Der Teil von ihr, der für die Familie lebte? Ich bilde mir gerne ein, dass sie und ich den gemeinsam haben und dieser Teil ihrer Kraft vielleicht geblieben ist, um mich für den Rest meines Lebens zu stärken. Er war auf jeden Fall da, als ich neulich in dem Wettbüro saß. Familie. Sie hat mir schon alles bedeutet, bevor sie uns verließ, und sie bedeutet mir heute, sofern das überhaupt möglich ist, noch mehr.
Dein ohnegleichen verliebter
Dom xx

♥

Teil Vier

31

Erin

HEUTE – 17. Juni 2017

Aus dem *Buch der Liebe*:
»Du hast mir einmal gesagt, nachdem du gelogen hattest,
nachdem alles den Bach runterging,
nachdem du gegangen und zurückgekommen warst,
dass die einzige Wahrheit, die wirklich zählt,
du und ich sind.«

♥

17. Juni 2017

Dom, mein Liebling,
du warst heute Morgen nicht da, als ich aufwachte, und dabei hatte ich mir wirklich gewünscht, in deinen Armen aufzuwachen. Dieses Drücken von dir, das nur ein paar Sekunden andauert, mir aber sagt, dass du hier bist, ich hier bin und alles andere, wie Sophie sagen würde, »nur Lärm« ist. Ich lag im Bett und dachte an die Nacht, in der wir wussten, dass wir Maisie gezeugt hatten. Damals hatte ich recht … 1996 in meinem Zimmer in der Wohnung, die ich mir mit Lydia teilte. In meinem winzigen Zimmer, wo das breite Bett ganz an die Wand gerückt und trotzdem nur wenig Platz war, um drum herumzugehen.
An jenem Abend hatten wir einen Film gesehen und gingen hinterher direkt in mein Zimmer. Wir standen bloß da, und du hast langsam mit den Fingern über meine Arme gestrichen, von der Schulter bis zu den Handgelenken. Ich erinnere mich, dass ich es für das Erotischste hielt, was ich je erlebt hatte.
Und heute Morgen, vor dem Aufstehen, vor dem langen allmorgend-

lichen Dehnen, schloss ich die Augen und dachte an jene Zeit. Ich erinnerte mich, wie der Reißverschluss meines Kleids aufging, als wäre ich wieder dort mit dir. Eine langsame Bewegung, hörbar von Metallzahn zu Metallzahn, bis das Kleid von meinen Schultern glitt. Beinahe konnte ich deine Küsse wieder fühlen, die kaum meine Haut berührten. Bevor wir uns in jener Nacht liebten, gab es keinen Zentimeter an meinem Körper mehr, den du nicht geküsst hattest. Es gab keinen Teil mehr von mir, den deine Augen nicht gesehen hatten. Und ich wusste – ich wusste, du warst der, mit dem ich mein Glück versuchen würde. Du warst der, bei dem ich waghalsig würde.

Maisies Empfängnis in jener Nacht war vielleicht unbedacht, aber du hast immer gesagt, dass sich das Leben so entwickelt, wie es soll, und ich denke gerne, dass ich es da zum ersten Mal glaubte, dir glaubte. Unsere Freunde und Eltern hielten es für überstürzt, sogar für unverantwortlich. Aber wir waren Dom und Erin, und wir waren so bereit, die Liebe zu wagen.

Jetzt gerade, anstatt dies hier zu schreiben, wünschte ich mir, du wärst hier, wir wären gemeinsam oben. Ich wünschte mir, ich könnte mich einfach wieder in dich einigeln. Ich wünschte, wir würden Liebe machen und daliegen, mit verschlungenen Gliedmaßen, mein Haar auf deiner Brust, deine Hände darin, und ich würde deinem Herzschlag lauschen.

Ba-bum, ba-bum, ba-bum.

Ich liebe dich für immer,

Erin xx

♥

Eine Veränderung steht bevor.

Ich fühle es so sicher in meinen Knochen, wie ich die sanfte warme Sommerluft über meine Beine streichen fühle, wie die weißen Blüten an Sophies Baum neben mir erzittern. Dom sitzt auf dem Stumpf einer alten Eiche, die wir im letzten Jahr fällen lassen mussten. Er ist vorgebeugt, hat einen Ellbogen auf seinen Schenkel gestützt und das Kinn auf die Hand, wie Rodins *Denker*. Ich sitze auf einem niedrigen Liegestuhl im Schatten des großen Japonicus und beobachte ihn beim Denken.

Sommer … meine liebste Jahreszeit.

Im Oktober, dem Herbst, der Totenzeit, werden Sophies duftende Knospen auf der feuchten Erde verrotten, und das Laub von zwei Eichen, die mich immer noch umgeben, wird den Rasen mit einem rostroten Teppich bedecken.

Dom bewegt sich, streckt einen Arm aus und fängt meine Hand ein.

»Alles wird gut«, sagt er mit seiner üblichen Zuversicht.

Ein Fußball landet auf unserer Terrasse. Er stammt von den beiden spielenden Kindern von nebenan. Hunde bellen im Haus auf der anderen Seite.

Dann kehrt Stille ein, und es ist beinahe alles gut in Valentine's Way.

Ich lächle, sehe ihn an und glaube ihm mal wieder.

32

Dominic

DAMALS – November 2011

Er konnte sie am U-Bahn-Eingang sehen, als er aus dem Notarsbüro kam. Zwar verhüllte sie ein langer grüner Daunenmantel, aber einige rote Strähnen, die sie seit einem Jahr wieder wachsen ließ, hatten sich aus der pelzgesäumten Kapuze gestohlen.

»Wie ist es gelaufen?«, fragte sie, als er sie auf die Wange küsste.

»Alles erledigt.« Dom legte einen Arm um ihre Schultern und ging los. »Also, wie wäre es mit einer ruhigen Stunde zu zweit, ehe wir zu den Teenagern zurückkehren, die sich gerne gegenseitig mit Essen und Beleidigungen bewerfen?«

»Dom, die Leute kommen um sieben.«

»Dann bleibt uns noch Zeit für einen Drink zur Feier des Tages.«

Minuten später saßen sie in einer Bar abseits des Soho Square, und Dom bestellte Champagner. Da er ihre Nervosität spürte, griff er nach ihrer Hand, die noch in einem Handschuh steckte. »Erin, wir beide wissen, dass es jetzt das Richtige ist.«

»Unsere Ersparnisse in die Firmengründung von dir und Tim zu stecken, ist das Richtige. Wir können warten, bis uns Valentine's wieder gehört.«

Dom lauschte ihrem eingeübten Mantra, ließ ihre Hand los und lehnte sich auf seinem Stuhl zurück. Er beobachtete, wie sie ihren Mantel, der auf ihrem Schoß gelegen hatte, einer Bedienung gab und sich in der Bar umsah. Es war, als suchte sie eine Bestätigung dessen, was sie eben gesagt hatte, auf der geblümten Tapete oder den Schuhen des Barkeepers – überall, nur nicht in seinen Augen.

»Erin?«

»Mhm?«

Er beugte sich vor und drehte ihr Gesicht so, dass sie ihn ansehen musste. »Ich kann noch zurück. Ich kann in die Kanzlei zurückgehen und ihnen sagen, sie sollen die Papiere zerreißen. Das kann ich, weil wir *beide* hier an einem Strang ziehen müssen.«

»Tun wir ja«, sagte sie und legte ihre Hand auf seine, als ihnen zwei Gläser Champagner gebracht wurden.

Sie erhob ihr Glas als Erste. »Auf dich und Tim und die neue Partnerschaft, Carter & Chimes. Und auf uns.«

Er stieß mit ihr an, erleichtert, dass ihr Lächeln echt schien. »Auf all das«, sagte er.

Es war sieben Minuten vor sieben an dem Abend, als Dom der Botschaft seiner Tochter zustimmen musste. Lachen war ansteckend. Er stand mit Erin im Wohnzimmer und sah Rachel und ihren Freundinnen zu.

»Es geht so.« Rachel setzte eine möglichst ernste Miene auf, und auf drei schwenkten sie alle die Arme und lachten. Ha! Ha! Ha! Ha! Ha! Ha! Dom konnte nicht anders und stimmte ein. Auch Erin lachte laut.

»Seht ihr?«, brachte Rachel kichernd hervor. »Man muss lachen, wenn man ein bestimmtes Lachen hört.«

»Wir sollten sie als Botschafter in den Nahen Osten schicken«, flüsterte Erin.

Dom blickte zur alten Standuhr in der Ecke. »Ich gehe nur schnell raus und sehe nach, ob alles bereit ist. Jude?«, rief er nach seinem Sohn, als er in die Küche ging. Jude stand an der Terrassentür und trank aus einer Bierflasche. Dom sah zu der

Reihe von Flaschen, die Erin und er für die erwachsenen Gäste geöffnet hatten.

»Ich sehe das übrigens. Du solltest zumindest *versuchen*, es zu verbergen.«

»Es ist ein Bier, Dad!«

»Und du bist dreizehn. Stell das hin, und hilf mir draußen.«

»Es ist eiskalt! Ich ...«

»Jude!« Dom war bereits im Garten und reichte ihm eine große Taschenlampe. »Es dauert nur zwei Minuten. Komm jetzt, und leuchte mir.«

Im Garten richtete Jude den Lampenstrahl gen Himmel. »Es ist klar«, sagte er.

»Umso besser für ein Feuerwerk«, entgegnete Dom auf dem Weg in den hinteren Gartenteil. »Leuchte da drüben hin.«

Ganz hinten an der Mauer hatte Dom die Kästen aufgereiht.

»Okay, sieht gut aus.« Er klopfte seinem Sohn auf den Rücken, und beide kehrten bibbernd zum Haus zurück. »Um neun geht es los. Wen hast du eingeladen?«

»Nur ein paar Kumpels aus der Schule.«

»Haben die auch Namen?«

Jude zögerte und gab Dom die Taschenlampe. »Tigger und Tosh.«

»Du hast Freunde, die Tigger und Tosh heißen?« Hierauf wurde Dom mit einem seltenen Lächeln belohnt.

»Ja. Tigger, weil er nicht stillsitzen kann, und Tosh, weil er dauernd nur Scheiße redet.«

Dom lachte, während er sich die Arme rieb, um sie zu wärmen. »Verstehe. Wie nennen sie dich?«

»Schlaks.«

»Verstehe ich nicht.«

»Ich bin groß und dünn – schlaksig.«

»Ach so«, antwortete Dom. Mit einem Meter zweiundachtzig *war* Jude groß für sein Alter, schon größer als Erin und nur acht Zentimeter kleiner als Dom. Zudem schienen sich seine Schultern in letzter Zeit verbreitert zu haben. Dom sah einen jungen Mann an und berührte gedankenverloren seinen eigenen Haaransatz, der neuerdings merklich ausdünnte. »Gehen wir rein, Schlaks, und legen uns Jacken parat für später.«

Erin war in der Küche. »Uns fehlt ein Bier«, sagte sie und sah Jude verärgert nach, als er den Raum verließ. »Das Chili ist bereit, der Reis ist fertig, und jeden Moment müssten die Gäste kommen.« Sie zeigte auf alles, während sie auf Dom zuging und ihren Kopf an seine Schulter lehnte.

»Ich habe mich soeben damit abgefunden, dass ich eine Glatze kriege«, flüsterte er. »Und hast du gewusst, dass unser Sohn Schlaks genannt wird, weil er groß und dünn ist?«

Erin lachte, was für Dom ein äußerst wohltuender Laut war.

»Und er hängt mit zwei Typen rum, die Tigger und Tosh genannt werden.«

Sie lachte noch lauter und ging, weil es klingelte.

»Und unsere Tochter gibt Lachkurse«, murmelte er kopfschüttelnd vor sich hin.

»Brauchst du Hilfe da draußen?« Fitz zog sich bereits seine Jacke an.

Dom nickte. »Eigentlich sollte mir Jude helfen, aber …«

»Hast du Wasser in der Nähe, falls …«

Dom unterbrach ihn: »Der Gartenschlauch liegt bereit. Ich brauche nur jemanden, der die Taschenlampe hält, wenn ich das Streichholz anzünde und dann wie verrückt wegrenne. Also wir beide, Fitz.« Er legte seinem Schwiegervater einen Arm um die Schultern. »Du kannst doch noch rennen, oder?«

»Rotzlöffel«, erwiderte Fitz lachend.

»Los, Leute!«, rief Dom. »Jeder, der das Feuerwerk sehen will, das gleich hinten losgeht, raus auf die Terrasse. Jetzt!«

Er zog sich seine Jacke über, blickte sich zu der kleinen Menge um, die sich drinnen und draußen versammelte, und rüttelte die Streichholzschachtel in seiner Tasche. Um 21:03 Uhr zündete Dom Carter die Lunte an der ersten Rakete des Abends an, doch die wahre Explosion ereignete sich am nächsten Morgen.

Nachdem er allein gefrühstückt hatte, schloss Dom die Tür zu seinem Arbeitszimmer hinter sich, setzte sich an seinen Schreibtisch, überkreuzte die Beine und streckte sie vor sich aus. Bei seinen E-Mails war er auf dem Laufenden und legte die unterzeichneten Verträge von gestern in eine neue Akte mit der Aufschrift »Carter & Chimes«, als er Schreie aus der Küche hörte. Sofort rauschte sein Adrenalinpegel in die Höhe, und er rannte den Stimmen entgegen.

Erin saß am Küchentisch, Fitz zu ihrer Rechten, der die Hände in seinem Schoß rang.

»Erin?«

»Dad hat Neuigkeiten«, sagte sie und rührte ihren Tee zu einem beigen Whirlpool.

Draußen hatte ein Auto eine Fehlzündung, und Erin zuckte zusammen.

»Kann mal jemand mehr sagen?« Dom schenkte sich einen Kaffee aus der Cafetiere auf dem Tisch ein.

»Ich gehe in die Staaten.« Fitz blickte auf.

»Und was soll der Aufruhr?« Dom blies in seinen Becher und setzte sich Erin gegenüber hin. »Warum gehst du nicht mit? Es ist ewig her, seit du Rob besucht hast.«

»Du verstehst nicht«, murmelte sie.

»Ich werde da leben«, verkündete Fitz. »Zumindest mal sehen, ob es funktioniert. Der Plan ist, dass ich mindestens ein Jahr bleibe. Rob hat einen Anbau. Na ja, ihr wisst ja, dass Rob einen Anbau hat …«

Dom sah Erin an. Sein Schwiegervater war außerhalb von New York geboren, hatte aber seit seinem zweiten Lebensjahr in Irland gelebt, bis er mit zwanzig nach London gezogen war. Die doppelte Staatsbürgerschaft machte möglich, dass er heute richtiges Unheil mit Erins Seelenfrieden anrichten konnte. Mist! Sie liebte Fitz über alles, und umgekehrt war es nicht anders.

»Es ist eine Chance, auch seine Kinder aufwachsen zu sehen«, fügte Fitz hinzu.

»Dad hat eine Frau kennengelernt.«

»Was?« Dom runzelte die Stirn. »Fitz?«

»Ich ziehe nicht ihretwegen rüber. Erin, das weißt du.«

»Dad hat eine Frau kennengelernt, als er letztes Weihnachten bei Rob war. Erinnerst du dich, dass ich es dir erzählt hatte?«

Dom erinnerte sich nicht, und dass Fitz mit achtundsechzig eine Frau kennenlernte, hätte er ganz sicher nicht vergessen, aber jetzt war nicht der Zeitpunkt, deswegen zu streiten, also nickte er.

»Tja«, sagte Erin und stand auf. »Dad hat Penny an Weihnachten kennengelernt, und jetzt zieht er in die Staaten, aber angeblich hat das eine mit dem anderen nichts zu tun.«

»Erin«, warnte Fitz sie.

»Ja, Dad?«

»Ich weiß, dass du aufgebracht bist, aber …«

»Du musst tun, was du tun musst, Dad.«

»Sei bitte nicht so. Mir fällt es auch schwer.«

Erin schüttelte den Kopf und verließ die Küche.

»Du hättest sie vorwarnen können«, sagte Dom, der ihr nachblickte. »Verdammt, du hättest *mich* gestern Abend vorwarnen können.«

»Na, Rob hat mich doch schon längst eingeladen, zu ihm zu ziehen, und …« Er blickte den Flur hinunter, durch den Erin verschwunden war. »Ich weiß, dass es zwecklos ist, hinter ihr herzugehen.«

»Du weißt einen Dreck.« Dom dachte an alles, was Erin durchgemacht hatte, die Dinge, die sie ihren Kindern und ihrem Vater verschwiegen hatte. Er stand auf und schritt auf Fitz zu. »Du schwingst deinen alternden Hintern diese Treppe rauf und versprichst ihr, dass sich zwischen euch beiden nichts ändert, obwohl uns allen klar ist, dass es das sehr wohl tun wird.« Er zog den Stuhl zurück, als Fitz aufstand. »Und wer ist diese Penny überhaupt?«

»Ich gehe nicht wegen Penny weg. Ich tue es, weil ich, wenn ich jetzt nichts verändere, es nie mehr mache. Wie du es so schmeichelhaft ausgedrückt hast, werden mein Hintern und der Rest von mir nicht jünger.«

Dom horchte, wie er die Treppe hinaufging, und hörte sie laut reden. Fitz zog weg. Das war in jeder Hinsicht eine schlechte Nachricht. Erin würde ihn vermissen. Den Kindern würde er fehlen. Verdammt, sogar Dom würde ihn vermissen. Und eine Frau.

Dennoch musste er schmunzeln. *Es steckt immer noch Leben in dem alten Kerl.*

♥

4. November 2011

Erin, mein Liebling,
wie erklärt man seinem Vater, nachdem man alle gesundheitlichen Probleme für sich behalten hat, dass man regelmäßig zum Hautkrebs-Screening muss? Du hattest entschieden, es keinem zu erzählen – und du bestimmst es –, aber heute habe ich gesehen, dass du dir wünschtest, du hättest etwas gesagt. Du wünschtest dir, du hättest Fitz in den letzten

Jahren davon erzählt, denn jetzt kannst du es nicht mehr. Es würde aussehen, als wolltest du ihn damit erpressen, nicht wegzugehen, und das würdest du nie tun.
Es tut mir leid. Mir tut leid, dass er nach New York zieht, und ich hoffe, er findet es schrecklich dort.
Nun bist du sehr still und bedrückt, sodass ich dich nicht erreiche. Doch du sollst wissen, dass ich es versuche.
Ich liebe dich für immer,
Dom xx

♥

5. November 2011

Liebster Dom,
ich habe dir nie richtig erzählt, wie meine Mutter gestorben ist, oder? Du weißt, dass sie Krebs hatte, aber ich habe nie darüber gesprochen, wie lange sie krank war, bestenfalls sehr »allgemein«. Ich war vierzehn, als bei ihr das erste Melanom diagnostiziert wurde, und achtzehn, als ich ihre Hand hielt, während sie an einem Sekundärkrebs starb. Nichts davon war schön, und alles trug dazu bei, mich zu dem ängstlichen Menschen zu formen, der ich bin.
Dad half mir durch jene Zeit. Er war immer da, wenn ich ihn brauchte, und jetzt fühlt es sich an, als wolle er es nicht sein. Es ist kindisch und dumm, ich weiß, aber er wird mir fehlen, und der Gedanke, dass er nicht da sein wird, macht mich bescheuert ängstlich. Ich sorge mich wegen des »Was wäre wenn …« bei diesen Basalzellendingern. Sie könnten gutartig gewesen sein, und ich weiß, dass jetzt gerade nichts zu finden ist, aber sieht man davon ab, ist es immer noch Krebs.
Ich liebe dich,
Erin xx

♥

6. November 2011

Erin, Kleine,
meine verängstigte Kleine ...
Jetzt hör mir zu: Wir beide hatten schon mehr als genug, womit wir fertigwerden mussten, und Tatsache ist, dass wir beide irgendwann an Altersschwäche in unserem Bett sterben werden. Ja, du zuerst, aber nicht, ehe wir alt und gebrechlich sind und unseren Verstand genauso verlieren wie unsere Blasenkontrolle. Und nicht so, wie deine oder meine Mum gestorben sind. Nichts von dem wird geschehen, klar?
Nein, wir warten bis zu deinem zweiundachtzigsten Geburtstag, und dann lasse ich dich zu atmen aufhören, nur für wenige Minuten, bevor ich dasselbe tue. Bis dahin (meiner Berechnung nach 2054) müssten wir alles unter unserer Kontrolle haben. Was meinst du? Ich denke, dir wird die Idee gefallen, und ich mag sie, weil ich nicht länger als jene wenigen Minuten ohne dich sein will. Ich werde sie durchhalten, warten, bis ich gewiss bin, dass du fort bist, aber mehr nicht. Nicht länger.
Jetzt weißt du Bescheid. Und es ist ein Befehl, Erin. Da darf sich kein Hautkrebs einmischen. Lass mich nicht im Stich.
Ich liebe dich ohnegleichen
Dom xx

♥

12. November 2011

Erin, mein Liebling,
fahr mit mir weg.
Ich habe schon gebucht.
Du und ich für eine Woche an einem Strand weit weg, unter einem riesigen Sonnenschirm, damit du im

Schatten bist. Ich habe den Rest von unserem Haus-Fonds geplündert. Valentine's wird uns eines Tages wieder gehören, aber jetzt brauchen wir das. Tim hält bei der Arbeit die Stellung, und Fitz kommt solange her, um bei den Kindern zu bleiben. Ich habe heute mit Lydia gesprochen und arrangiert, dass du freibekommst. Wir fliegen am nächsten Donnerstag.
Lass uns verrückt Liebe machen, drinnen und draußen. Und damit es keine Überraschungen gibt: Ich habe etwas im Hotel gebucht. Es ist eine Sache, für die du ein neues Kleid brauchst. Vielleicht ein weißes, vielleicht auch nicht – kauf einfach, was dir gefällt. Ich bitte dich bloß, dass es eines ist, in dem du dich besonders fühlst.
Lass uns unsere Ehegelübde erneuern … nur du und ich unter Palmen.
Ich liebe dich ohnegleichen
Dom xx

♥

16. November 2011

Dom, mein Liebling,
am Strand werde ich die Frau mit dem umwerfenden roten Kleid und dem sehr großen Hut sein.
In Liebe,
Erin xx

♥

33

Erin

HEUTE – 18. Juni 2017

Aus dem *Buch der Liebe*:
»Du bist gut darin, Dom. Du weißt, wie du mich abhältst, das Schlimmste zu befürchten. Du weißt, wann wir nicht über morgen reden – wann es mir hilft, einfach heute zu atmen.«

♥

»Mir ist klar, dass du dir wünschst, ich würde mich wieder mit Lydia versöhnen.« Ich habe eine Tüte Schälerbsen und Körner in der Hand und werfe den Schwänen am Flussrand kleine Portionen davon zu. Dom geht rückwärts vor mir her. »Wenn du reinfällst, springe ich dir nicht nach!«

Er lacht laut. »Und ob du das würdest!« Dann neigt er den Kopf und wiederholt flüsternd, wobei er die braunen Augen traurig verengt: »Und ob du das würdest …«

Ich schüttle den Kopf und leere die Tüte aus. Die sechs Schwäne, die mich aufmerksam beobachten, flippen aus.

Dom bleibt stehen. »Wo waren wir gerade? Lydia?«

»Tja, erstens, ich kündige. Ich schicke ihr noch heute eine E-Mail.«

Dom steht neben mir, sieht zum Fluss und stockt einen Moment, ehe er sich zu mir umdreht und die Hände an meine Wangen legt. »Dann werdet ihr nicht mehr zusammenarbeiten. Aber was ist mit den zweiundzwanzig Jahren Freundschaft?«

»Einundzwanzig«, korrigiere ich. »Ich hasse sie seit Oktober.«

»Du hasst niemanden. Nicht mal mich hast du gehasst, als du es vor Jahren behauptetest. Und was sagtest du gestern im Garten darüber, dass das Leben kurz ist?«

Plötzlich ist mir kalt, als wäre ein eisiger Windhauch vom Fluss aufgestiegen, und ich bekomme eine Gänsehaut auf den Armen. »Ich weiß«, sage ich.

»Komm schon, Erin, was erwartest du dir vom Leben? Was wünschst du dir?«

Mein Kinn bebt. »Familie. Dich. Uns.«

Für einen Moment ist er still. »Lydia ist auch Familie«, sagt er vorsichtig. »Und du weißt, du *weißt*, dass du Lydia jetzt mehr denn je brauchst.«

»Ich tue es«, erwidere ich und lausche dem pulsierenden Klang einer Sirene in der Nähe. »Sag nichts mehr. Ich werde mit ihr reden.«

Von: Erinthebrave101@btinternet.com
Gesendet: 18. Juni 2017 15:04
An: Lydia@TheBeanPod.co.uk
Betreff: Alles

Lydia,
nachdem ich nun schon lange krankgeschrieben bin, möchte ich auf diesem Weg mit sofortiger Wirkung kündigen. Ich weiß, dass du mir Hunderte Mails und Nachrichten geschickt hast – ich habe keine davon gelesen. Aber falls du ein Treffen willst, bin ich morgen um elf im Bean Pod.
Erin

Ich drücke auf »Senden« bei der hundertsten Version, bevor mir noch eine andere Art einfällt, wie ich ihr sage, »Ich werde dich treffen, auch wenn ich es lieber nicht will«. Zum Glück hat Dom schon bei früheren Varianten aufgehört, mir über die Schulter zu sehen, und ist jetzt irgendwo anders beschäftigt.

Zwanzig Sekunden nach dem Versenden der E-Mail und nach zwei Schlucken Kaffee klingelt mein Handy.

»Dad«, melde ich mich.

»Endlich!«, sagt er. »Dein Handy ist eingeschaltet, und du gehst tatsächlich ran!«

Ich ignoriere die Spitze. »Du bist früh auf.«

»Bin ich.«

Es läutet an der Tür, und ehe ich ein Wort sagen kann, kommt er mir zuvor. »Wie kann es sein, dass es jedes Mal, wenn wir telefonieren, bei dir an der Tür klingelt? Man möchte fast glauben, dass du nicht mit mir reden willst.«

»Dad, bleib eine Sekunde dran. Ich wimmle den ab, wer immer das ist.«

Ich gehe rasch zur Tür und öffne sie.

»Überraschung!« Draußen steht mein übermüdet wirkender Vater mit einer großen Tasche über der Schulter.

»Dad.« Ich sehe zu meinem Handy und drücke das Gespräch weg. »Was …«

»Ich hatte das Gefühl, dass du mich brauchst«, sagt er achselzuckend. »Bittest du mich herein?«

Ich habe dich vor sechs Monaten gebraucht. Wo warst du da? Ich bin versucht, ihn draußen stehen zu lassen, öffne aber die Tür weiter und winke ihn herein.

Mist. Dom wird nicht begeistert sein. Gerade als ich versuche, das mit Lydia zu regeln, kreuzt Dad auf …

Und wann werden die Menschen, die mich lieben, kapieren, dass ich Überraschungen *hasse*?

34

Dominic

DAMALS – September 2012

»Wer hätte gedacht, dass ich dir irgendwann mal sage, du sollst mutig sein!«

Dom blickte durch die Windschutzscheibe, während er Erins Stimme über die Freisprechanlage hörte. Der Regen ging in Schneeregen über. Er stellte die Scheibenwischer auf die höchste Stufe, und plötzlich war es still im Wagen, bis auf das rhythmische Wischen.

»Dom?«

»Ich höre zu«, sagte er, auch wenn er sich nicht sicher war. Wegen des Projekts Cairns View, das sein Partner Tim vorschlug, hatten Erin und er bis in die frühen Morgenstunden geredet. Ein Baugrund, vierzig Meilen von ihnen entfernt; hundert Morgen mit drei Herrenhäusern, die komplett renoviert werden müssten, und eine Baugenehmigung für eine Ecke des Areals, hundert neue Häuser zu bauen. Alles klang wunderbar – fast zu schön, um wahr zu sein –, und Doms Erfahrung nach war etwas, das zu schön klang, um wahr zu sein, oft genau das.

»Du solltest es machen. Ich weiß, dass du das Wort aus deinem Vokabular verbannt hast, aber das klingt, als wäre es den Wetteinsatz wert.«

Er zuckte zusammen. »Alles läuft gut. Ich will nicht gierig werden, und ich könnte es nicht verkraften, wenn das schiefgeht. Dann wäre das Loch groß genug, dass ich reinkriechen könnte.« Er blinkte nach links und sah zu einer Reihe roter

Lichter vor sich. »Hör mal, wir reden, wenn ich zu Hause bin. Es sind nur noch wenige Meilen, aber der Verkehr ist gruselig.«

»Dann überleg es dir auf den nächsten langsamen Meilen noch mal. Heute Abend reden wir nicht wieder darüber.«

Dom lachte. »Tun wir nicht?«

»Nein.«

»Warum nicht?«

»Weil du, wenn du zu deiner liebenden Familie heimkehrst, sofort loslaufen, Tim anrufen und ein Projekt richtig weit weg suchen wirst, um aus dem Haus zu sein, bis die Kinder ausziehen.«

»Okay«, stieß er seufzend hervor. »Was ist passiert?«

»Bis bald«, sagte Erin und fügte ein »Fahr vorsichtig!« hinzu, bevor sie auflegte.

»Was hast du um Himmels willen getan?« Dom sprach durch seine rechte Hand, starrte seine Tochter an und dann Erin, die mit angewinkelten Beinen auf dem Sofa saß. Ohne Rachels Antwort abzuwarten, setzte er sich zu Erin. »Hast du davon gewusst?«

»Ich wusste bloß, dass sie bei Claire übernachten wollte. Und heute Morgen ist sie so nach Hause gekommen.«

»Gefallen sie dir nicht?«, fragte Rachel.

Es dauerte ein wenig, bis Dom sprechen konnte. »Nicht so richtig, nein.« Er dachte an das üppige, schimmernde Haar seiner Tochter, das nun zu matten Dreadlocks mutiert war.

Rachel zuckte mit den Schultern. »Nein, Mum auch nicht. Tja, es ist mein Haar.«

»Wie hast du verdammt noch mal …«

»Ausdrucksweise«, tadelte ihn seine Tochter. »Claire hat mir geholfen, und dann brauchte es eine Menge Geduld und YouTube.«

Dom rieb eine juckende Stelle unter seinem Auge und sah ratsuchend zu Erin. Er wollte Rachel packen, sie nach oben ins Badezimmer zerren und ihr sagen, sie solle ihr Haar wieder in Ordnung bringen – sofort.

»Es ist eine Phase.« Erin hob ihr Buch an. »Ich hoffe einfach mal, dass es eine Phase ist.«

»Ich bin noch hier, Mum.«

»Ist mir bewusst, und du hast recht. Es ist dein Haar.«

Dom griff sich Erin und zog sie weg anstelle seiner Tochter. In seinem Arbeitszimmer rieb sie sich übertrieben den Arm. »Was soll der Scheiß, Erin?«, fragte er knurrend.

»Was soll ich denn deiner Meinung nach sagen? Oder tun? Es ist passiert. Wenn wir kein Theater machen, wird sie hoffentlich zur Vernunft kommen und …«

»Und wenn nicht?« Dom blickte zum Flur, wo eine Reihe Töpfe standen, die Dom erst vor Tagen bepflanzt hatte und Erin wegen des angekündigten Nachtfrosts reingeholt haben musste.

»Haben wir eine wunderschöne Tochter mit Dreadlocks.«

Dom sank auf seinen Stuhl und gab Schwung, sodass ihn die Rollen halb durchs Zimmer transportierten. »Verdammt, manchmal hasse ich es, dass du so verflucht vernünftig bist.«

»Dann regle du das.« Erin hatte schon eine Hand an der Tür. »Ich sage kein Wort. Na los.«

Ehe er es sich versah, war sie weg. Wieder bei ihrem Buch und vollkommen vernünftig. Dom stand auf und folgte ihr. Ein Hauch von ihrem Parfüm hing in der Luft.

»Rachel«, sagte er von der Wohnzimmertür aus.

Sie drehte sich um und lächelte, wobei ihre teure Zahnspange blitzte. »Dad?«

Erin griff nach der Fernbedienung und schaltete die Sendung stumm, die Rachel gerade schaute. Dabei zog sie erwartungsvoll die Augenbrauen hoch.

»Mir gefällt dein Haar wirklich nicht«, sagte er und sah seine Tochter streng an.

»Schade«, antwortete sie. »Du gewöhnst dich dran.«

»Ich mag es auch nicht«, mischte Jude sich erst jetzt ein, als ihn der Fernseher nicht mehr ablenkte. »Sieht krass aus. Weißt du noch, wie Mum sich ihres abgeschnitten hatte und wie ein Junge aussah. Du siehst wie eine Irre aus.«

Dom hatte keine Ahnung, was er mit »krass« meinte, dennoch nickte er und zeigte auf seinen Sohn. »Hörst du das?«, sagte er. »Warum, Rachel? Du hattest wunderschönes Haar …«

»Habe ich immer noch.«

Dom schüttelte den Kopf.

»Tja, *ich* finde es wunderschön.«

»Kriegst du keine Kopfschmerzen?«, fragte Jude.

»Die kriege ich von dir«, antwortete sie. »Du müsstest auf meiner Seite sein.«

»Ich finde die fies«, erwiderte er.

»Pech«, murmelte sie. »Tausend Dank.« Sie stand auf, warf ihre unzähligen Dreadlocks nach hinten und verließ das Zimmer.

»Hast du gewusst, dass sie das vorhatte?«, fragte Erin ihren Sohn.

»Ja.«

»Du hättest etwas sagen müssen.«

Jude richtete sich auf und griff nach einem Stapel Bücher neben sich. »Ich mag die zwar nicht, aber ich bin keine Petze«, erklärte er seinen Eltern, bevor er seiner Zwillingsschwester die Treppe hinauf folgte.

»Ihr zwei müsst sowieso Hausaufgaben machen!«, brüllte Dom ihnen nach. »Sie sollten lernen oder so«, wiederholte er und zeigte mit dem Finger auf Erin.

»Übrigens haben wir schon gegessen«, sagte sie, ohne aufzublicken. »Du warst anderthalb Stunden später als angekündigt da. Dein Essen steht in der Mikrowelle.«

Erin kam zu ihm, als er die Hälfte seines Hähnchen-Currys gegessen hatte.

»Danke, das ist richtig gut.« Er formte einen Kreis mit Daumen und Zeigefinger und wiederholte: »Danke.«

Sie setzte sich ihm gegenüber hin, schwieg zunächst und räusperte sich dann. »Wahrscheinlich musst du nach oben gehen und mit den Kindern reden«, begann sie. »Ich hatte heute einen Anruf von Nigel – einen offiziellen. Keiner von ihnen begreift, dass sie jetzt anfangen müssen zu lernen. Dies sind wichtige GCSE-Jahre, und Rachel hat ihm schon gesagt, für sie wäre es die totale Zeitverschwendung. Angeblich will sie gar nicht mehr zur Schule gehen und wird auf keinen Fall noch ein College-Jahr anhängen.«

»Sie hat was gesagt?« Dom legte sein Besteck hin.

»Also sind die Dreadlocks wohl unsere geringste Sorge.«

Dom stand auf, und das laute Schaben der Stuhlbeine auf den Fliesen ließ Erin zusammenfahren. »Rachel!«, rief Dom von der Küchentür aus, und Erin verdrehte die Augen.

»Ganz so hatte ich es mir nicht vorgestellt, Dom.«

Rachel kam die Treppe herunter und in die Küche gestampft. »Was ist jetzt?«

»Deine Mutter hat mir eben erzählt, dass heute Mr. Maitland angerufen hat.« Es fühlte sich seltsam an, von seinem Schwager und Freund mit Nachnamen zu sprechen.

»Ja, hat sie mir gesagt.«

»Was soll das, dass du nicht mehr zur Schule gehen willst?«

»Will ich nicht.«

»Mein Gott, Rachel, was ist in dich gefahren?«

»Ich weiß, dass ich hinmuss, aber es ist nicht richtig. Ich weiß, was ich machen will, und möchte einfach loslegen und das tun.«

»Du bist vierzehn Jahre alt!«

»Und ich habe einen Kurs gefunden ... Zwei Jahre Kochausbildung ...«

»Wenn du das nach deinem GCSE-Abschluss machen willst, können wir darüber reden«, fiel Erin ihr ins Wort. »Du *musst* nicht das sechste Jahr für die College-Prüfungen bleiben.«

Dom sah Erin entsetzt an. »Tja, ich würde es vorziehen, wenn du es nicht jetzt entscheidest«, sagte er. Sein Traum, dass Rachel in seine und seines Vaters Fußstapfen treten würde und Architektin werden, entglitt ihm.

»Ich habe mich schon entschieden, Dad«, entgegnete Rachel kopfschüttelnd.

»Was auch geschieht, du brauchst einen Schulabschluss. Und das heißt, dass du lernen musst. Also fang an.« Dom beobachtete, wie seine Tochter seufzte und zur Zimmerdecke blickte. »Und verdreh ja nicht die Augen, junge Dame.«

»Mum ist mit sechzehn von der Schule gegangen. Sie war nicht auf dem College, und ihr geht es gut damit.«

Erin legte beide Hände vors Gesicht.

»Wenn sie nach den GCSEs abgeht, mache ich das auch.« Jude erschien an der Tür.

»Siehst du, er ist bloß blöd.« Rachel schwenkte eine Hand in seine Richtung. »Ich habe einen Plan, habe mich schon erkundigt. Er ist nur eine faule Sau.«

Erin schloss die Augen und sank auf ihrem Stuhl zurück. »Du gehst weiter zur Schule, Jude«, flüsterte sie.

»Klar doch, immer auf Jude. Wieso darf sie abgehen und ich nicht?«

Dom sah seinen schmollenden Sohn an; den Sohn, der sagte, er wolle Lehrer werden, seit er zum ersten Mal einen Lehrer gehabt hatte.

»Sie sagt, dass sie einen Plan hat«, antwortete Erin.

»Habe ich auch!« Jude knallte die Tür zu und brüllte von der anderen Seite: »Ich gehe von der Schule, ziehe hier weg und penne ein ganzes Jahr durch, ehe ich auch nur über einen Plan nachdenke!«

»Hab ich doch gesagt.« Rachel blickte zur Tür. »Hört mal, Dad, Mum, ich habe alle Informationen. Das ist ein tolles College. Ich habe einen Ordner oben, wo alles drin ist. Ihr könnt ihn euch ansehen.«

»Rachel, es dauert noch, bis es so weit ist.« Dom sprach sanfter. »Vorher hast du noch einiges zu arbeiten.«

»Sie bieten sogar Ferienkurse für Leute an, die sich erst später bewerben.«

»Und wo ist das?«, fragte Erin.

»In Pembrokeshire. Das College sagt, dass sie Leuten helfen, in der Zeit zusammen in einem Haus dort unterzukommen. Ich will Köchin werden, und das ist viel besser für mich, als die A-Levels zu machen.«

Doms Gedanken spulten im Schnellvorlauf zu einer Zeit vor, in der seine Tochter mit den Dreadlocks nicht mehr bei ihnen wohnte, und hatte eine befremdliche Vision von sich, wie er hysterisch lachte, als sie das Haus verließ – genau wie sie es ihm beigebracht hatte.

»Hol den Ordner, Rachel. Deine Mutter und ich sehen ihn uns heute Abend an.«

Erins Kopf lag auf Doms Schoß, als er den Inhalt der Hochglanzbroschüre paraphrasierte.

»Klingt super«, sagte sie leise.

Dom strich ihr übers Haar. »Sie hat Mumm, weiß, was sie will. Ich schätze, das müssen wir unterstützen.«

»Findest du nicht, dass sie noch ein bisschen zu jung ist, um woanders zu wohnen?«

»Die meisten Wochenenden wird sie zu Hause sein.«

»Ich will noch nicht mal daran denken, sie zu verlieren.«

»Wir verlieren sie nicht. Sie wird nur woanders hin ausgeliehen.«

»Es geht alles zu schnell. Eben waren sie noch winzig, und

im nächsten Moment … Außerdem musst du gerade sagen, dass sie weiß, was sie will. Wie ich dich kenne, Dom, willst du das Projekt Cairns View machen. Und fürs Protokoll, ich denke, du solltest die Chance nutzen. Es könnte dein Durchbruch sein – unserer«, sagte Erin.

Dom antwortete nicht, doch als sein Handy neben ihm klingelte, schaute er auf die Uhrzeit. Fast Mitternacht.

»Nigel«, meldete er sich, setzte sich beinahe sofort auf und zog Erin neben sich hoch, als er zuhörte.

»Wo?«, fragte er. »Ich bin in zehn Minuten da.« Dann legte er auf.

»Was ist?«

»Lydia.« Er zog sich bereits an. »Es geht um Lydia.«

♥

29. September 2012

Dom, mein Liebling,
hier bin ich mal wieder auf unseren Seiten, in unserem Buch der Liebe, laut Dad, »um aufzuschreiben, was immer ihr nicht über die Lippen bringt. In den kommenden Jahren wird dieses Buch ein Ort sein, zu dem ihr zurückblicken könnt und von Dingen lesen, die zu verstehen ihr vielleicht zu jung oder zu naiv wart.«
Noch nie zuvor haben diese Worte mehr bedeutet. Selbst in den schlimmsten Zeiten denke ich, dass wir hier drinnen stets irgendwas schreiben konnten, das zu einem Gespräch führte. Aber ich bin nicht sicher, dass du jemals auf die letzten Wochen zurückblicken und verstehen wirst, warum Lydia tat, was sie getan hat. Zumindest sagst du das. Nichts sonst – mehr erzählst du mir nicht.
Also, was es auch bringen mag, hier kommt mein Beitrag für heute.
Musst du es verstehen? Muss es irgendjemand verstehen, außer

vielleicht Lydia, damit sie es sich oder den Menschen, die sie lieben, nie wieder antut? Sie bereut es schon. Sie bekommt bereits Hilfe, die sie wahrscheinlich vor Jahren gebraucht hätte. Und sowohl sie als auch Nigel können endlich über ihren Schmerz reden. Witzigerweise hat ihr Therapeut ihr empfohlen, dass sie Sachen aufschreibt. All die Jahre haben sie über uns gelacht, weil wir dieses Buch haben, doch vielleicht würde es für sie auch funktionieren. Ich hoffe es.

Sie haben eine Menge, für das es sich zu kämpfen lohnt. Sie hat eine Menge, für das es sich zu leben lohnt. Er liebt sie aus seiner Million Gründen, und sie liebt ihn aus einer Million eigener. Also wird sie, werden sie es schaffen. Das glaube ich fest.

Dominic Carter, ich liebe dich, weil du in deiner Verzweiflung unbedingt das Richtige tun willst, um ihr zu helfen. Und irgendwann wirst du erkennen, dass du nichts weiter tun musst, als sie zu lieben.

All meine Liebe gehört dir,

Erin xx

♥

30. September 2012

Erin, mein Liebling,

sie hatte genug Paracetamol geschluckt, damit es klappt. Ich musste unseren alten Vater anlügen und ihm sagen, dass sie wegen eines »Eingriffs« im Krankenhaus war, und zum Glück ging er davon aus, dass es sich um eine »Frauensache« handelte.

Warum ich es verstehen will? Weil ich irgendwann das Gefühl verloren habe, wer Lydia als meine Schwester ist. Ich schätze, das ist es, was ich ändern möchte.

Ich will einfach meine Schwester wiederfinden.

Bis dahin und immer liebe ich dich, weil, weil, weil …

Dom xx

♥

31. September 2012

Liebster Dom,
hast du unsere Tochter heute gehört, wie sie versuchte, Lydia wieder das Lachen beizubringen? Keiner von uns hat Rachel erzählt, was wirklich passiert war. Ich denke, Lydia könnte es gesagt haben, also war es nicht der wunderbarste Klang der Welt?
Erin xx

♥

35

Erin

HEUTE – 19. Juni 2017

Aus dem *Buch der Liebe*:
»Du nervst. Du gehst mir auf die Nerven.
Du gehst mir so was von auf meine Nerven!«

♥

Dad war wegen des Jetlags die halbe Nacht auf und sieht älter aus, als ich ihn je gesehen habe, als er in die Küche kommt. Sein Haar ist im letzten Jahr grauer geworden, sodass nur noch wenige Strähnen vom ursprünglichen Pechschwarz übrig sind. Seine Augen sind geschwollen; das Weiße ist blutunterlaufen, und er hat dicke Tränensäcke. Ich schiebe ihm einen Pfefferminztee hin.

»Die Mülltonnen sind draußen«, sagt er, während er sich an der Spüle die Hände wäscht und abtrocknet.

»Danke. Ich hasse es, die Dinger die Einfahrt rauf- und runterzuziehen.«

»Dass deine Recyclingtonne voller Pappe ist, sagt eine Menge aus. Was für einen Mist isst du? Mit Konservierungsstoffen vollgepumpten Mikrowellenfraß, ja?«

Ich ziehe die Augenbrauen hoch. »Ich bin fast fünfundvierzig, Dad«, sage ich und spreche nicht aus, dass ich finde, ich sei sowohl alt genug als auch durchaus imstande zu bestimmen, wie ich mich ernähre.

Er setzt sich mir gegenüber hin und meidet meinen Blick.

»Jude hat mir eine E-Mail geschickt«, wechselt er das Thema.

»Dad, wegen Jude …«

»Er hat mir erzählt, dass er geheiratet hat.«

»Ja, was soll ich sagen? Gretna Green.« Ich trommle mit den Fingern auf dem Tisch. »Sie ist ein nettes Mädchen …«

»Hoffentlich lerne ich sie die Tage hier kennen. Rachel hat mir auch gemailt.«

»Hat sie?« Ich blicke auf meine Uhr.

»Musst du weg?«

»Ich treffe mich mit Lydia.«

»Oh.« Er grinst. »Das ist gut. Sag mir bitte, dass du wieder arbeiten gehst, damit ich nicht über Rachels E-Mail reden muss.«

Mein Seufzer fällt laut und gedehnt aus. »Tja, das müssen wir dann wohl.«

»Sie sorgt sich um dich. Anscheinend arbeitest du schon länger nicht mehr.«

Ich nicke.

»Was du mir vor einigen Wochen erzählt hast, als du drüben warst, dein Hautproblem … Ich wünschte, du hättest es mir erzählt, als du es das erste Mal durchgemacht hast. Ich wünschte, Dom hätte es mir damals erzählt, oder überhaupt irgendjemand.«

Dom hat sich rargemacht, was wohl auch besser so ist. »Gib ihm nicht die Schuld«, sage ich. »Ich wollte nicht, dass es jemand erfährt. Und der Grund, weshalb ich nicht mehr arbeite, ist ein anderer …«

»Ich muss es wissen, Erin. Ist jetzt alles in Ordnung?«

Ich kämpfe gegen den Impuls an zu lachen und reagiere nur auf die Frage nach meiner Gesundheit. »Ja, alles gut, Dad, ehrlich. Alles klar.«

»Tja, du musst besser für deinen Körper sorgen. Anständig essen.«

»Sollte ich.« Ich nicke.

»Lass mich dir etwas kochen, ehe ich runter zum Haus gehe.«

Ich lege meine Hand auf die linke meines Vaters und bemerke, dass auch sie gealtert ist. Seine Adern sind erhaben, ein lila Wurmlabyrinth. Seine Haut fühlt sich papiern dünn an. An seinem Ringfinger steckt nach wie vor der Claddagh-Ring, den meine Mutter ihm an ihrem Hochzeitstag geschenkt hat. »Du trägst ihn noch«, flüstere ich.

Unwillkürlich bewegt er meine Hand und berührt ihn. »Ich werde immer mit ihr verheiratet bleiben. Die Hände, die das Herz umfangen, stehen für Freundschaft. Das Herz bedeutet Liebe, die Krone Treue. Die gelten noch.«

Mein Lächeln ist strahlend, als ich an Doms Tattoo denke – »Erin forever« –, aber ich konzentriere mich auf meinen Dad. »Was sagt Penny dazu?«

»Das habe ich sie nie gefragt«, antwortet er schlicht. »Also.« Er sieht mich an. »Soll ich uns etwas kochen oder verschwinden?«

Er meint es gut, aber ein Eintopf mit Grünkohl und Linsen, der das Haus allein geruchstechnisch komplett übernimmt, ist nicht, was ich heute brauche. Daher ermuntere ich ihn zu gehen – zurück zu dem Makler, um das alte Zuhause meiner Familie leerzuräumen und alles in Haufen zu sortieren, die behalten werden sollen, und solche, die der Wohlfahrt gespendet werden.

Weg von Dom und mir.

36

Dominic

DAMALS – Januar 2013

Er konnte nicht schlafen. Abgesehen von dem Haarausfall hasste er diese Begleiterscheinung des Alterns am meisten: mitten in der Nacht wach zu liegen, wenn alle Menschen in den Dreißigern tief und fest schliefen. In welcher Dekade Erin auch sein mochte, sie verschlief es stets, wenn er leise das Zimmer verließ.

Gähnend tapste er durch den Flur und überprüfte automatisch, ob Jude zu Hause war. Von der Tür aus suchte er nach dem Umriss seines Sohnes. Er sah einen Fuß am unteren Bettende herauslugen und stakste durch das, was er seinem Sohn gegenüber als dessen »eigene Mülldeponie« bezeichnete, um die Bettdecke über den Fuß zu ziehen. Und auf dem Boden, gleich neben Judes Arm, der über die Bettkante hing, und neben einem Testaufgabenbuch mit Biologiefragen für die GCSE-Prüfungen, sah er Erins und sein *Buch der Liebe*, aufgeschlagen.

Dom nahm es, schloss die Tür und überflog die aufgeschlagene Seite. Dort stand etwas, das er Maisie geschrieben hatte, als Erin und er getrennt lebten. Er ging die Treppe hinunter, widerstand dem Drang, wieder raufzustürmen und seinen neugierigen Sohn aus seinem Teenager-Kokon zu reißen. Stattdessen schenkte er sich ein Glas Rotwein aus einer offenen Flasche ein, setzte sich ins Wohnzimmer und wartete, durch die Terrassentüren den Sonnenaufgang beobachten zu können. Als die kahlen Birkenzweige wie Federskizzen vor dem orangefarbenen Himmel aussahen, war er nicht mehr sicher, ob es eine

Rolle spielte. Vielleicht hatte sein Sohn etwas über seine Eltern erfahren. Und Erin und er hatten es immer an derselben Stelle aufbewahrt, weil sie sich irgendwie sicher gewesen waren, dort wäre es versteckt. Leise stieg Dom die Treppe wieder nach oben und blieb vor der Tür seines Sohnes stehen. Das tiefe Atmen von drinnen veranlasste ihn, die Tür zu öffnen und das Buch dahin zurückzulegen, wo er es gefunden hatte.

Als er wieder unten in der Küche war, kochte er eine Kanne Kaffee. Bald würde Erin aufstehen. Er schnitt sich eine Scheibe von einem mit Marzipan umhüllten Früchtebrot ab, was kein optimales Frühstück war, aber sich um diese Uhrzeit sowieso eher wie ein spätes Mittagessen anfühlte, als er oben Bewegungen hörte. Er öffnete den Schrank unter der Treppe, zog mehrere leere Kartons heraus und platzierte sie neben dem Baum im Wohnzimmer. Der cremeweiße Teppich war bedeckt mit Tannennadeln von dem »nicht nadelnden« Baum. Neben dem Kamin waren die Weihnachtssterne im Begriff, ihre roten Blätter abzuwerfen. Draußen wurde es Tag, und ein Puderzuckerbelag von Raureif hatte sich über den Rasen vorne gelegt. Obwohl Dom Weihnachten gerne noch einen Monat länger im Haus behalten hätte, war heute Sonntag, der sechste Januar, Heilige Drei Könige, die zwölfte Nacht, und er wusste, dass Erin aufwachen und sagen würde, alles müsse bis zum Abend abgenommen, abgebaut und weggepackt sein.

Tatsächlich wachte sie auf und klagte über Kopfschmerzen, was selten vorkam. Dom sagte ihr, sie solle liegen bleiben, und brachte ihr eine Tasse Tee. »Nimm die«, befahl er ihr und reichte ihr zwei Paracetamol. »Entweder hast du einen Kater, oder du brütest etwas aus.«

»Kater«, murmelte sie. »Ich habe dich herumtigern gehört. Warst du die ganze Nacht auf?«

Dom zog seinen Bademantel aus, hob die Bettdecke hoch und legte sich neben sie. »Größtenteils.«

»Mann, du bist eiskalt!«

»Die Heizung ist eben erst angesprungen.« Er zog sie zu sich und schmiegte sich an sie. »Ich muss mich aufwärmen.«

Obwohl er es nicht wollte, merkte er, wie seine Erektion größer wurde.

»Dom …«

Er lachte. »Ich kann nichts dafür.«

»Ich habe wirklich Kopfweh!«

»Hör auf zu reden, und tu so, als wäre er nicht da.«

»Ich habe einen Schwanz an meinem Hintern.«

»Das bildest du dir ein. Schlaf.«

»Versuche ich ja. Du solltest ein bisschen schlafen. Es ist Sonntag.«

»Ja.« Er küsste ihr linkes Ohr.

»Dom …«

»Schhh, ich warte, dass dein Kopfweh weggeht.«

Sie stöhnte laut auf und rückte weg von ihm.

»Spielverderberin«, murmelte er, merkte aber, wie ihm die Augen zufielen.

Als er aufwachte, bewegte er sich zur leeren Bettseite und erkannte sofort, wie lange es her sein musste, dass sie aufgestanden war. Nicht mal eine Stunde, schätzte er. Da er immer noch hundemüde war, gähnte er und atmete den blumigen Duft ihres Kissens ein. Sein Handy meldete den Eingang einer Textnachricht, und ein Bild erschien auf dem Display. Leichter Schneefall im Vorgarten des Hauses von Rachels Freundin, wo sie übernachtet hatte.

»Guten Tag, Schlafmütze.« Erin kam herein und zog die Vorhänge auf.

»Wie spät ist es?«

»Viertel vor eins.«

»Das ist ein Scherz.« Er setzte sich auf, als müsste er irgendwo anders hin.

Sie lachte. »Stimmt. Es ist halb elf. Jude hat Pancakes gemacht, willst du welche?«

»Jude hat Pancakes gemacht?« Er sah sie misstrauisch an.

»Ich weiß«, flüsterte sie. »Steh schnell auf, ehe uns beiden klar wird, dass wir träumen.«

Dom tat, wie ihm geheißen, zog seinen Bademantel über und folgte seiner Frau nach unten. Vor der Küchentür blieb er zurück, um diskret die Schublade des Dielentisches aufzuziehen. Ihr Buch war wieder da, sicher in seinem Zuhause.

»Pancakes!«, rief er, als er die Küche betrat und seinen Sohn sah. »Wie bist du auf die Idee gekommen, Pancakes zu machen?«

Jude sah achselzuckend zu ihm. »Ich hatte die schon ewig nicht mehr.«

»Kaffee.« Erin reichte ihm einen dampfenden Becher und setzte sich ihm gegenüber hin.

Dom nahm eine Zeitung von dem Stapel, der geliefert worden war, klopfte vergebens seine Taschen nach der Lesebrille ab und ging zu der Schublade, in der er eine Ersatzbrille aufbewahrte. Dabei knuffte er seinen Sohn, der inzwischen größer war als er. »Woher weißt du überhaupt, wie man Pancakes macht?«

»Ich habe dir oft genug dabei zugesehen, und dann gibt es das Internet. Echt!«

»Süß oder deftig?«, fragte Dom.

»Was möchtest du?«

»Es geht nichts über Zitrone und Zucker.«

»Also süß.«

»Diese Mistdinger sind überall«, schimpfte Dom, der sich Tannennadeln aus dem Pullover zupfte. Er sah hinüber zu Erin, die auf das Display der Kamera blickte, die er ihr zu Weihnachten geschenkt hatte. »Wovon machst du denn jetzt ein Foto?« Er blickte sich in dem Zimmer um, aus dem Weihnachten weggeräumt war, und ging zu ihr, um über ihre Schulter auf das Display zu sehen. »Ein Karton«, stellte er fest.

»Ich kann mich nie entscheiden, ob es glücklich oder traurig ist.«

»Der Karton?«

»Nein. Ob es ein glücklicher Moment ist, weil alles wieder an seinem Platz verstaut ist, was irgendwie hoffnungsvoll macht, oder ob er traurig ist, weil alles am selben Ort verstaut und Weihnachten vorbei ist.«

»Du musst mehr rauskommen«, sagte er. »Und übrigens, wo wir gerade bei allen Sachen am selben Ort sind, Mr. Pancake-Jude hat unser Buch gelesen.«

Sie nahm die Kamera herunter. »Was?«

»Du hast mich gehört.«

»Dieser kleine Schnüffler.«

»Ha, wahrscheinlich haben sie es beide über die ganzen Jahre gelesen.«

»Das will ich verdammt noch mal nicht hoffen.« Erin war schon durchs Zimmer und öffnete die Schublade in der Diele. Dann kehrte sie mit dem Buch an ihrer Brust zurück. »Es gehört uns. Wir hätten niemals glauben dürfen, dass es sicher ist.«

»Hey.« Er nahm sie in die Arme. »Wir bewahren es woanders auf.«

»Ja, und ob wir das werden, auch wenn wir es in letzter Zeit nicht mehr oft nutzen. Ich habe gerade nachgesehen, und wir haben da ewig nichts mehr reingeschrieben. Was heißen muss, dass wir endlich miteinander reden können.«

»Meinst du?«

»Woher weißt du, dass er es gelesen hat?«, fragte sie an seiner Brust.

»Ich hatte nach ihm gesehen, als ich letzte Nacht aufgestanden bin. Da lag es aufgeschlagen auf dem Fußboden. Bei meinem Eintrag an Maisie«, erzählte er ihr, denn das würde sie wissen wollen.

»Er hat Pancakes gemacht, bevor er gegangen ist.«

Dom nickte.

»Irgendwas hat diese Erinnerung geweckt.«

»Wahrscheinlich. Oder er ist bloß aufgewacht und hatte Appetit auf Pancakes.«

Plötzlich sah sie auf ihre Uhr. »Kommst du mit mir zur Mittagsmesse?«

Dom verzog das Gesicht. »Im Ernst?«

Sie war bereits rausgegangen und nahm ihren Mantel von einem Haufen am unteren Treppenende. »Ich muss still sein und nachdenken.«

Das letzte Mal, dass Dom in der Kirche gewesen war, hatte sie auf ihn nicht wie ein tröstender Ort gewirkt. Eher wie einer, an dem er nicht begriff, warum die Leute standen oder saßen, und einer, an dem er sich nie wohlfühlte.

»Ich muss die ganzen Sachen noch unter die Treppe räumen«, sagte er.

Und als sie ihn mit diesem Anflug von Enttäuschung ansah, war ihm klar, wo er die nächste Stunde verbringen würde.

»Dieses Ding mit dem Stillsein und Nachdenken – wie funktioniert das, wenn ich weiß, dass du grausam schlecht und laut Kirchenlieder schmettern wirst?«

»Dazwischen denke ich.«

»Ich werde die Stunde damit verbringen, mich zu fragen, wie lange noch ... Dir ist bekannt, wie ich über Gott und seine Truppe denke – ich bin schon ein Heuchler, wenn ich bloß dieselbe Luft atme«, sagte er, während er seine Jacke holte.

»Du musst nicht mitkommen, und es wird dich freuen zu hören, dass ich dieser Tage auch die Kinder nicht mehr zur Kirche schleifen kann, denn die schlagen nach dir. Sie waren nicht mal mehr zu Weihnachten mit.«

»Ich komme mit dir.«

»Erinnerst du dich, wie du gesagt hast, dass dir das Bahnenschwimmen Zeit und Raum gibt, deine Gedanken zu ordnen?« Sie zuckte mit den Schultern. »Für mich tut das die Kirche. Nicht immer. Manchmal fühlt es sich nur wie eine vererbte Gewohnheit an, aber dann wieder … Wie dem auch sei, ich brauche es jetzt.«

Dom schloss die Haustür hinter ihnen, zog eine Mütze aus seiner Tasche und setzte sie auf. »Warum jetzt? Judes Pancakes, die abgebaute Weihnachtsdekoration, unser Sohn, der unsere privaten Texte liest … was ist los? Was hat dieses Bedürfnis ausgelöst?«

»Nichts ist los. Es ist Sonntag, und manchmal ist es einfach der Wunsch, Danke zu sagen, dankbar zu sein.« Sie hakte sich bei ihm ein.

»Du bist eine seltsame Frau, Mrs. Carter.«

»An mir ist nichts seltsam, du Irrer mit Mütze.«

Den Rest des Weges gingen sie schweigend, während der Winterboden unter ihren Schritten knirschte. Als sie an den hohen Eichentüren zur Seite traten, um andere Kirchgänger durchzulassen, lehnte Erin sich zu ihm, küsste ihn auf die Wange und flüsterte: »Ich singe leise. Versprochen.«

♥

6. Januar 2013

Mein Liebling Erin (sprich: Jude)
einst ein neugieriger Knabe war,
der lebte auf einer Kippe gar wunderbar,
doch las eines Tages ihm nicht Bestimmtes er,
um zu erfahren, dass nicht stets alles rosig wär.
Die Eltern hofften, er würde verstehen,
dass nur ihnen gehörte, was er gesehen.

Ihr Buch der Liebe diente ihnen allein,
zu schreiben, um zu sprechen und wieder eins zu sein.
Ich liebe dich ohnegleichen
Dom xx (sprich: Dad)

♥

37

Erin

HEUTE – 19. Juni 2017

Aus dem *Buch der Liebe*:
»Du hast mein Vertrauen verletzt und dir
zurückverdient. Währenddessen lernte ich,
dir zu vergeben.«

♥

Ich fahre. Ich halte an roten Ampeln. Ich singe furchtbar schief zur Musik im Radio. Ich fahre bei Grün.

Nahe dem Café ist eine freie Parklücke, und ich setze rückwärts hinein – langsam, vorsichtig wie eine Fahrschülerin. Aus meinem Blickwinkel sehe ich, dass sie nicht auf einem der Hocker am Fenster sitzt, also wird sie wohl hinten in dem winzigen Büro hinter der Café-Bar sein. Früher war es mein Büro. Dort gibt es einen Stuhl, einen Schreibtisch, nicht breiter als eine Waschmaschine, darunter einen Aktenschrank und darüber eine Kork-Pinnwand voller Post-its und Fotos. Zumindest war sie früher voll damit, inzwischen vielleicht nicht mehr.

Mein Armaturenbrett sagt mir, dass ich drei Minuten zu spät bin, doch als ich mich bewegen will, kann ich es nicht. Meine Beine wollen nicht. Der Befehl, sich zu bewegen, verlässt mein Gehirn, und das war es. Meine Hände umklammern das Lenkrad hartnäckig. Der Motor läuft noch. Im Geiste rede ich mit ihr, sage ihr, dass ich hier bin, mich aber nicht rühren kann. Und dann sehe ich ihren blonden Schopf am Fenster erscheinen. Sie blickt nach links und rechts, dann zu ihrem Handgelenk und setzt sich auf einen der Chromhocker. Ihr Kopf ist gesenkt. Sie schreibt eine Textnachricht. Sie ist auf Twitter oder Facebook, aktualisiert den Bean-Pod-Account.

Dom hatte dieses erste Café entworfen, und es wurde zur Vorlage für die drei folgenden. Ich erinnere mich, als wäre es gestern gewesen, dass wir fünf – Lydia, Nigel, Hannah, Dom und ich – uns um den Küchentisch in der Hawthorn Avenue drängelten, wo Dom verschiedene A4-Zeichnungen anfertigte und immer wieder fragte, »Wie wäre es hiermit?«, während wir selbst gemachte Nachos aßen und billigen Rotwein tranken. Irgendwann rief Lydia: »Das ist es! Genau so habe ich es mir vorgestellt!« Damit war The-Bean-Pod-Empire geboren. Und ich habe es wirklich geliebt, Teil davon zu sein.

Meine Nase läuft, und ich suche im Handschuhfach nach Taschentüchern, finde eines sowie eine verformte alte Toblerone, die ich offensichtlich früher mal für Dom reingelegt habe. Ich knalle das Fach zu. Jetzt bin ich vier Minuten zu spät. Lydia hebt ihr Handy ans Ohr, und ich rechne beinahe damit, dass meines zu klingeln beginnt, was es nicht tut. Sie redet mit jemand anderem, und ich kann mich nach wie vor nicht bewegen.

Schließlich warte ich, dass sie aufgibt, halte Zwiesprache mit mir und sage mir, dass ich winken werde, wenn sie am Auto vorbeigeht. Sicher kann ich meine Hand anheben und von links nach rechts schwenken. Nur geht sie nicht, und Hannah kommt. Natürlich weiß Hannah von dem Treffen. Und natürlich war sie es, die Lydia angerufen hat. Die zwei sind inzwischen ganz dicke. Etwas Unerwartetes, ähnlich Eifersucht, sticht mir ins Herz, und meine Hände bewegen sich. Sie betätigen den Blinker, und ich fahre nach Hause.

Im Wohnzimmer ziehe ich mir einen Sessel an mein Lieblingserkerfenster. Dort gibt es eine gepolsterte Fensterbank, die früher das bevorzugte Versteck der Zwillinge war. In diesem

Moment geht Dom draußen vorbei, und sofort entspannen sich meine Schultern.

»Ich bin hier drinnen!«, rufe ich.

»Hi!« Er blickt zur Tür herein.

»Wo warst du?« Es soll nicht vorwurfsvoll klingen, hört sich aber so an – mein Tonfall ist vollkommen falsch.

»Ich war noch mal bei Dad.«

»Oh.« Ich klopfe auf den Sessel neben mir. »Wie geht es ihm?«

»Anscheinend wie immer. Er versucht, nicht total genervt zu sein, und tut so, als wäre er es nicht.«

Dom setzt die schwächelnde Gesundheit seines Vaters im letzten Jahr sehr zu. Das Alter und mehrere Niereninfekte hatten ihn bettlägerig gemacht, sodass er auf Pflege angewiesen ist.

»Und Lydia?«, fragt er. »Wie war es?« Er kommt herein und setzt sich. »Ist zwischen euch alles in Ordnung?«

Ich schüttle den Kopf. Lügen kann ich nicht, weil er es sofort durchschauen würde.

Dom streicht sich mit Daumen und Zeigefinger über die Mundwinkel.

»Tut mir leid«, ist alles, was ich herausbringe.

Er will gerade etwas erwidern, als wir beide Lydia durchs Fenster sehen, die den Gartenweg heraufgestürmt kommt.

»Was soll das?« Ich starre ihn an, als Lydia mit den Fäusten gegen die Haustür hämmert.

»Erin!«, schreit sie laut. »Lass mich rein!«

»Mist«, flüstert Dom.

Meine Gedanken überschlagen sich. Ich überlege, was passiert sein muss. Sie hat Hannah angerufen, und da ich nicht zu unserer *Aussprache* gekommen bin, hat Hannah geplappert. Hannah muss Lydia alles erzählt haben, was ich ihr letzte Woche bei unserem Treffen in der Stadt gesagt habe – alles, was ich ihr über Dom und mich anvertraut habe. Und nun brüllt Lydia hier durch den Briefschlitz.

»Du lässt mich rein, Erin, oder ich schwöre, ich schlage eines deiner kostbaren Fenster ein.«

Ich ziehe die Knie an und umfange sie mit den Armen, um Lydia auszusperren. Schließlich geht ihr die Puste aus, und sie setzt sich auf die oberste Stufe draußen, den Rücken an die Haustür gelehnt. »Lass mich rein. Ich muss mit dir reden. Oder mit ihm … bitte?«

Ich blicke auf und sehe, dass Dom in die Diele gegangen ist. Mir bricht das Herz um seinetwillen, um meinetwillen und sogar um ihretwillen.

38

Dominic

DAMALS – Juli 2014

»Eine Mitbring-Feier heißt, dass wir etwas beisteuern müssen«, sagte er am Telefon zu Erin.

»Das hatte ich vergessen, aber jetzt ist alles geregelt.«

Lydia bestand darauf, zu Doms Fünfundvierzigstem eine Dinnerparty auszurichten, doch er wollte nicht hin. Am nächsten Tag war der jährliche *Swimathon* mit anschließendem Grillen bei ihnen zu Hause, alles zugunsten von SIDS, weshalb er lieber zu Hause eine Pizza mit den Kindern essen würde. Und die beiden allein zu lassen, war ihm nicht geheuer. Sie hatten einige Freunde zur Feier der abgeschlossenen Prüfungen eingeladen, und Dom war nicht froh darüber – obwohl Erin meinte, dass sie ihnen vertrauen konnten und sollten.

Als er nach Hause kam, war sie bereit. Sie trug ein zitronengelbes Sommerkleid, marineblaue Espadrilles und ihr Haar offen. »Du darfst nicht zu spät zu deiner eigenen Party kommen«, meinte sie seufzend.

»Was bringen wir mit?«, fragte er, während er seine Arbeitssachen auszog und ins Bad ging.

»Ist alles unter Kontrolle!«, rief sie. »Beeil dich, Dom! Jude? Ist jemand an der Tür?«

Er war in unter fünf Minuten fertig. Sie lächelte. »Du siehst gut aus«, sagte sie und küsste ihn leicht, wobei sie eine Spur pinken Lipgloss hinterließ. »Mach dein Ding, ja?« Grinsend leckte er sich die Lippen. »Kinder? Sofort hierher!«, brüllte er.

Jude war innerhalb von Sekunden an ihrer Schlafzimmertür. »Ja?« Mit seinen sechzehn Jahren füllte er den Türrahmen aus. Er strich sich den langen Pony aus dem Gesicht und sah die beiden an. Dom wollte schwören, dass er bereits schuldbewusst dreinblickte, und sie hatten noch nicht mal das Haus verlassen. »Benimm dich«, sagte Dom zu ihm. »Es wird nicht geraucht, nicht getrunken, nicht …«

»Dad, ich weiß Bescheid. Alles klar.«

Rachel erschien hinter ihm. »Was?«, fragte sie aus seinem Schatten. »Und musst du ›Kinder‹ nach uns brüllen? Wir sind sechzehn, und wir wurden getauft, glaube ich.« Sie reichte ihre Hand erst Dominic, dann Erin. »Ich bin Rachel Marianne Carter.« Unwillkürlich musste Dom schmunzeln. »Jude, Rachel, es wird nicht geraucht, nicht getrunken, und hier sind nicht mehr als insgesamt acht Leute, also maximal sechs Gäste. Keine laute Musik, keine …«

»Klar, Dad. Verstanden«, sagte Jude seufzend und betrachtete seinen Vater mit all der Verachtung, die Teenager einzig für ihre Eltern aufbrachten.

»Bist du bereit?« Er hielt Erin, die alles von der Bettkante aus beobachtete, eine Hand hin.

»Ja.«

»Du siehst hübsch aus.«

»Danke.«

»Wo ist das Essen, das wir mitnehmen?«

»In einer Tasche auf dem Küchentresen.«

Dom nickte den Gestalten zu, die sich schon um den Kühlschrank scharten. »Nur Softdrinks«, wiederholte er der Horde gegenüber im Vorbeigehen und nahm die einzige Tasche weit und breit. Als er wieder zu Erin zurückkehrte, rüttelte er an der Tasche. »Was bringen wir mit?«

Sie nahm ihm den Beutel ab. »Lydia hat gesagt, dass es in Ordnung ist, wenn wir nur Wein mitbringen. Sie hat reichlich

Essen. Was?« Sie wurde rot und fuchtelte mit den Händen. »Ich hatte heute viel zu tun!«

Bis sie die von Hannah mitgebrachten Baisers aßen, hatte Dom eine Flasche Merlot geleert, fand die Welt wunderbar und hielt fünfundvierzig für ein fantastisches Alter. »Auf diese Dame!« Er hielt Erins Hand in die Höhe. »Auf diese Dame, die meine Liebe gehört.«

»*Der* meine Liebe gehört«, korrigierte Nigel scherzhaft. »Grammatik.«

»Jap, so«, sagte Dom, und alle erhoben ihre Gläser. »Seit ich sie das erste Mal wie einen Baum tanzen sah, und das auch auf einer Party, die du gegeben hast, liebe Schwester!«

Er fühlte, wie Lydia ihn von hinten umarmte. »Herzlichen Glückwunsch, kleiner Bruder«, flüsterte sie, ehe sie in die Küche eilte, um den Käse zu holen.

Dom stand auf und folgte ihr. »Kann ich helfen?«, fragte er von der Tür aus.

»Es ist schon alles ausgewickelt. Ich muss ihn nur noch auf das Brett legen.«

»Danke für heute Abend. Das wäre nicht nötig gewesen.«

»Ich wollte es. Und«, sie drehte sich zu einem Hängeschrank um und öffnete ihn. »Ich habe etwas für dich.«

»Lydia, wir schenken uns nichts.«

»Es ist auch eigentlich kein Geschenk.«

Er öffnete den Umschlag, den sie ihm reichte, zog ein gefaltetes A4-Blatt heraus und legte es flach auf den Tresen, um es zu glätten. »Was ist das?«

»Eine Art ausgedachtes ›Zeugnis‹ von mir.«

Dom las laut vor:

Beherrschung der englischen Sprache	1
Fähigkeit, auf Englisch zu streiten	1*

Positive Weiterentwicklung	2
Verständnis für Nigel (könnte besser sein)	2

Dom umarmte sie lachend.

»Lies weiter«, drängte sie.

Verstehen der Vergangenheit	1
Loslassen selbiger (Raum für Verbesserung)	2+
Neue Wertschätzung der Welt	1
Dankbarkeit gegenüber der und für die Familie	1*

»Das bewahre ich auf«, sagte er und schwenkte das Blatt. »Ich hätte gern noch eines, wenn ich überall eine Eins mit Sternchen habe.« Er legte beide Arme um sie und flüsterte: »Ich bin stolz auf dich, Lydia, *aber*«, er wich etwas zurück, »diesen wunderbaren Gang werde ich auslassen und mich auf den Weg machen müssen. Alle außer dir schwimmen morgen!« Er klopfte sich auf den Bauch und kehrte ins Esszimmer zurück.

»Ich denke, ich bringe dich mal nach Hause.« Erin stand auf, als sie ihn kommen sah. »Bevor du dich hinsetzt und womöglich noch ein Glas trinkst oder Käse isst.«

Hannah blickte auf ihre Uhr. »Fast Viertel vor elf. Wenigstens werden Jude oder Rachel inzwischen mit jemandem rummachen.«

Dom runzelte die Stirn.

Nigel lachte. »Ich würde auf Jude wetten.«

»Äh, vielen Dank, Leute. Es war ein schöner Abend, aber die Pflicht ruft. Wir sehen uns morgen im Schwimmbad. Erin?«

Während sie gingen, schlossen ihre Freunde Wetten ab, was sie zu Hause vorfinden würden.

Im Wagen nieste Dom und suchte im Handschuhfach nach einem Taschentuch.

»Du brütest hoffentlich nichts aus«, sagte Erin.

»Bloß akutes Erziehungssyndrom«, antwortete Dom. »Ich versuche, dankbar für alles zu sein, was uns zu Hause erwartet, und daran zu denken, dass wir eben von Nigel und Lydia kommen, die ungewollt kinderlos sind, und von Hannah, die sich bemüht, einen entzückenden kleinen Jungen mit einem Mann zu teilen, der nicht mehr interessiert ist.«

»Wir sollten wirklich dankbar sein. Und das sind wir auch, oder?«

»Sind wir«, bestätigte Dom und dachte an Lydias Zeugnis in seiner Tasche. Er erinnerte sich an den schönen Körper seiner Frau, der die letzten drei Jahre frei von Schrecken oder neuen Narben geblieben war. Er nickte dankbar, als sie in ihre Straße einbogen und feststellten, dass ihr Haus hell erleuchtet war. Bässe wummerten durch die Nacht.

Erin seufzte.

»Ich bringe sie beide um«, murmelte Dom.

Erin griff nach seinem Arm, als sie in die Parklücke bog. »Wir regeln das ruhig, Dom, bitte.«

Auf dem Gartenweg wehte ihnen bereits der unverkennbare Geruch von Gras entgegen. In der Diele fläzte sich ein knutschendes Paar wie hingegossen unten auf der Treppe. Dom schaltete das Licht aus und wieder an. »Jude Dominic Carter! Rachel Marianne Carter! Schwingt sofort eure Hintern hier runter!« Er bemerkte, dass seine Frau beim Klang seiner lauten Stimme zusammenzuckte. Die ersten Gestalten eilten bereits zur Haustür hinaus. Jude erschien als Erster, dicht gefolgt von seiner Schwester. »Ihr seid ja früh!«, sagte sein Sohn.

»Alle Mann raus. Jetzt«, befahl Dom mit zusammengebissenen Zähnen. Er fing einen Jungen ab, der die Treppe herunterkam. »Du nicht. Du bleibst.«

Keine zehn Minuten später war das Haus geräumt, und Rachel und der Junge saßen auf dem Sofa im Wohnzimmer. Jude sammelte die Aschenbecher ein, bei denen es sich de facto um Untertassen handelte. Dom starrte Rachel an, bevor er auf den Jungen zeigte und in Richtung Tür nickte. »Du, raus hier! Und komm nicht wieder, ehe du eine Einladung von mir hast.«

Rachel verschränkte die Arme und warf den Kopf in den Nacken. Erin setzte sich neben sie. »Komm jetzt rein, Jude. Und du darfst deine Untertassensammlung mitbringen.«

Jude hockte sich auf die Armlehne eines Sessels neben dem Sofa. Dom stand am Kamin. »Dieser Kerl«, sagte er zu Rachel, wobei er zur Haustür blickte. »Den habe ich noch nie gesehen. Wer ist er?«

»Er heißt Kevin«, antwortete Rachel, die ihre lackierten Fingernägel musterte.

»Und ist er dafür verantwortlich, dass du jetzt anders angezogen bist als vorhin, als deine Mutter und ich das Haus verließen?«

Er und Erin würden später darüber lachen, dass ihre Tochter zumindest den Anstand besaß, rot zu werden.

»Ich muss dich hoffentlich nicht erinnern, dass du erst sechzehn bist.«

»Ist völlig legal«, konterte sie.

»Oder dass du, wenn du schon Sex hast, lieber vorsichtig bist.«

Rachel kratzte sich am Hals. »Ich bin nicht blöd, Vater.«

»Gut zu wissen.« Dom setzte sich in den Sessel, auf dessen Armlehne Jude hockte. »Was ist mit dir, Jude?« Er blickte zu ihm auf. »Bist du blöd?«

Sein Sohn schüttelte den Kopf.

»Was meinst du, Erin? Glaubst du, dass eines unserer Kinder blöd ist?«

»Blöd genug, sich heute Abend erwischen zu lassen.« Erin schaute sich um. »Blöd genug, um mindestens eine Woche

Hausarrest zu kassieren, und blöd genug, morgen Vormittag mehrere Stunden zu verlieren, weil sie hier putzen werden.«

Dom griff nach vorn und ging die Stummel und Joints auf den Untertassen durch. »Blöd genug, um hier Gras zu rauchen …«

»Wir haben kein Gras geraucht«, erwiderte Jude und sah seine Schwester besorgt an. »Oder?«

Rachel schüttelte den Kopf.

»Tja, eure Gäste schon, und von denen waren nicht nur die erlaubten sechs da.«

»Jemand hat es auf Facebook gepostet, und da haben wir die Kontrolle verloren«, murmelte Jude.

»Kann man wohl sagen«, stimmte Dom ihm zu. »Und jetzt ab ins Bett mit euch. Ihr steht morgen um acht auf und fangt an zu putzen. Und ihr rückt auch alle Möbel hin und her, denn ich will, dass jeder Winkel blitzblank ist. Ihr habt alles fertig, bis wir um elf zum Schwimmbad fahren, verstanden?«

Jude brummelte etwas vor sich hin.

»Möchtest du etwas sagen, Jude?«, fragte Dom und bemerkte den erbosten Blick von Rachel.

»Nein, nichts«, kam es brummend von seinem Sohn, der aufstand und ging.

»Habt ihr nicht etwas vergessen?«, rief Dom ihnen nach.

»Tut uns leid, Mum und Dad. Entschuldigung«, antwortete Rachel. »Und wir bedauern, dass wir erwischt worden sind«, ergänzte sie, bevor sie die Treppe hinaufmarschierte.

»Sie ist deine Tochter.« Dom blickte ihr kopfschüttelnd nach.

Leise lachte Erin. »Hmm, ist sie, aber mit sechzehn Sex haben, und auch noch ganz dreist hier? Kennst du jemanden, der so etwas bringt?«

Dom drückte seine Nase und rieb sich die Augen. »Nichts ernüchtert wirkungsvoller als solch eine Heimkehr. Herzlichen Glückwunsch, Dominic.«

Er fühlte, wie Erin von hinten die Arme um seinen Hals schlang. »Ich weiß nicht, aber die Nacht ist noch jung.« Sie zeigte zu den Untertassen. »Wie lange ist das her? Es wäre ein Jammer, das zu vergeuden.«

Dom lachte. »Du bist unverbesserlich«, sagte er, während sie sich ein paar Joints schnappte und ihn hinaus in den Garten zog.

Sie lagen nebeneinander auf den Liegen im Garten. Dom schaute zum Nachthimmel auf, und Erin sah ihn an.

»Du starrst«, sagte er.

»Nein.« Sie rollte sich auf den Bauch. »Ich finde, du hast das mit unseren Teenagern gut gemacht.« Sie nahm einen langen Zug von dem Joint. »Gott, ich hatte vergessen, wie entspannend dieses Zeug ist ...«

Dom wäre ein Bier lieber gewesen, aber er wollte die Stimmung nicht verderben.

»Wir kriegen solchen Ärger, wenn sie uns sehen«, sagte Erin grinsend.

»Werden sie nicht«, antwortete Dom. »Die schlafen schon, angestöpselt an ihre verdammt laute, schreckliche Musik.«

»Ein bisschen ausruhen vor dem Putz- und dem Schwimm-Marathon.«

Er lächelte, beugte sich rüber und küsste seine Frau. Er wollte eben mit einer Hand unter ihren Rock gleiten, als er ein Geräusch hinter sich hörte.

»Hier seid ihr also. Mir fällt das Wort Heuchler ein.«

Judes Stimme ließ Dom zurückzucken, und er plumpste von der Liege ins Gras. Hastig richtete er sich auf und rieb sich den Oberschenkel.

Erin kicherte laut, eine Hand vor ihrem Mund. »Ach du Schreck!«

»Ihr beide seid echt nicht witzig!« Jude stampfte zurück zum Haus.

»Da wäre der Ärger«, erwiderte Erin, als Dom seinem Sohn nachschaute.

»Mist«, raunte Dom. »Ich hasse es, wenn er sauer auf mich ist.«

»Leg dich wieder hin.« Erin seufzte. »Er kommt drüber weg.«

Dom legte sich wieder hin und starrte in die Dunkelheit. Er stellte sich seinen beleidigten Sohn vor, der hinter den Vorhängen eines Fensters lauerte und seine Missetäter von Eltern beobachtete. Dennoch steckte er den Joint wieder an und reichte ihn Erin. »Wird er«, pflichtete er ihr kopfnickend bei.

»Wird er«, wiederholte Erin, den Blick gen Himmel gerichtet. »Glaubst du, dass wir allein im Universum sind, Mr. ›Ich bin ein fünfundvierzig Jahre alter Heide und glaube an nichts‹?«

»Dem muss ich widersprechen. Ich glaube an die Liebe.«

»Glaubst du, der Himmel könnte voller Liebe machender Aliens sein? Anderen Wesen, die sich verlieben können?«

»Ich glaube, du hast genug von dem Stoff gehabt, Mrs. Carter.« Gähnend streckte Dom ihr eine Hand entgegen. »Gehen wir rein.«

»Noch fünf Minuten.«

»Okay, ich zähle bis dreihundert.«

»Aber leise«, bat sie, schloss die Augen und gab ihm den Joint zurück.

Dom fing an zu zählen, und als er bei hundert war, schlief Erin.

Er setzte sich auf, schwang die Beine von der Liege und stellte die Füße auf. Eine Weile lang, viel länger als dreihundert Sekunden, betrachtete er sie einfach, während er trotzig die letzten Züge rauchte. Dann schaute er wieder zum Himmel und redete sich ein, dass sein Sohn inzwischen wieder lächeln dürfte und der Nachthimmel tatsächlich voller Liebe machender Aliens war.

39

Erin

HEUTE – 20. Juni 2017

Aus dem *Buch der Liebe*:
»Es ist ja schön und gut zu sagen, dass Liebe alles ist, was es gibt, Dom.
Aber manchmal fällt es schwer.«

♥

Von: Erinthebrave101@btinternet.com
Gesendet: 20. Juni 2017 9:04
An: Lydia@TheBeanPod.co.uk
Betreff: Alles

Lydia,
das gestern tut mir leid. Ich war zu dir gefahren, konnte aber nicht aus dem Wagen steigen. Und ich hörte dich an der Tür, doch … auf diesem Weg ist es besser.
Einiges habe ich zu sagen:

1. Ich kündige. Es ist ausgeschlossen, dass wir jemals wieder zusammenarbeiten können.
2. Ich war heute bei zwei Maklern, um den Immobilienwert vom Valentine's Way schätzen zu lassen. Wir nehmen den Mittelwert von beiden und kaufen das Haus von Gerard zurück. Wie du bereits weißt, zieht er am Wochenende ins »Sunshine Homes«, und mit dem Erlös aus dem Haus kann er dort so lange bleiben, wie es nötig ist.

Das muss sein, Lydia. Gerard möchte es, und Dom will es ebenfalls. Da du die Generalvollmacht für Gerard hast, sollten wir Verzögerungen meiden, indem wir alles per Post bekommen und dann weiterleiten, also instruiere bitte jemanden in der Kanzlei

Burleys, damit sie ihn vertreten und alles so schnell wie möglich geregelt wird.
Falls du mich brauchst, schreib mir. Aber hämmere bitte nicht mehr an die Tür.
Erin.

Von: Lydia@TheBeanPod.co.uk
Gesendet: 20. Juni 2017 13:30
An: Erinthebrave101@btinternet.com
Betreff: Alles

Tut mir leid, dass ich so bei euch aufgekreuzt bin. Ich war sauer. Natürlich mache ich es so, wie du gesagt hast. Ich respektiere deine Entscheidung, die Arbeit aufzugeben, auch wenn ich sie für einen Fehler halte. Wegen Valentine's Way ist ein Anwalt bei Burleys informiert und sagt, da es ein unkomplizierter Ablauf sei, könnten die Verträge innerhalb von ein paar Tagen aufgesetzt und unterzeichnet werden.
Folgendes möchte ich noch sagen: Ich sorge mich um dich. Auch Hannah sorgt sich. Kannst du mir/uns wenigstens das gestatten?
Ich bin hier. Das ist alles, was ich sagen kann. Falls du mich brauchst, bin ich hier.
Lydia

40

Dominic

DAMALS – September 2015

Dom war auf der Suche nach einer Flasche Pinot Grigio, als er ihn hörte. Instinktiv sah er sofort in die andere Richtung und umgriff den Henkel des Einkaufskorbs fester. Er senkte den Kopf und ging weg. Die Stimme, die er erkannte, sprach mit einer Frau; beide diskutierten über unterschiedliche Riojas. Der Dialog klang entspannt, wie bei einem Paar, das schon lange zusammen war. Dom bemühte sich, nicht hinzusehen, dennoch blieb er am Ende des Weingangs stehen und schaute sich um.

Isaac sah genauso aus wie bei ihrer letzten Begegnung vor über acht Jahren. Obwohl er zehn Meter entfernt war, konnte Dom ihn für wenige Sekunden deutlich sehen. Dieselbe Größe, dasselbe kurzgeschorene Haar, derselbe flache Bauch. Der einzige Unterschied war die Brille, die er aufgesetzt hatte, um ein Flaschenetikett zu lesen, das ihm die Frau – wahrscheinlich seine Frau – hinhielt. Er war in Dienstkleidung. Immer noch Rettungssanitäter, dachte Dom, ehe er zum Ausgang eilte und unterwegs seinen leeren Einkaufskorb abstellte. Er würde woanders einen Wein kaufen. Manche Leute, wie auch manche Dinge oder Ereignisse, ließ man lieber in der Vergangenheit.

Zu Hause schien Erin amüsiert. »Du hast auf den Wein verzichtet?«, fragte sie, als er es ihr erzählte.

Dom schwenkte eine Tasche. »Ich habe ihn, nur aus einem anderen Laden.«

»Du hättest Hallo sagen sollen«, neckte sie ihn.

»Ich dachte, er wäre in den Norden gezogen. Hieß es nicht, dass er nach Manchester wollte?«

»Wahrscheinlich besucht er hier Verwandte.« Erin unterbrach das Wischen der Arbeitsfläche, lächelte und schüttelte sanft den Kopf. »Ich fasse nicht, dass du nach all der Zeit vor Isaac wegläufst.«

Dom trat hinter sie und schlang die Arme um ihre Mitte. »Ich bin nicht vor Isaac weggelaufen, Mrs. Carter. Um fair zu sein, bin ich noch nie vor Isaac weggelaufen.« Er küsste sie auf den Nacken. »Ich fand es nur besser, jede Peinlichkeit zu vermeiden, nicht in alten Geschichten herumzustochern.«

Erin drehte sich zu ihm um. »Alten Geschichten?«

»Er spielte eine Rolle, als ich dachte, ich hätte dich verloren.«

»Du wusstest, dass du mich nicht verloren hattest. Du hast mir oft genug gesagt, dass du bloß abwartest.«

Er sah ihr in die Augen. »Ist dir mal aufgefallen, dass, wann immer dich oder mich irgendwas belastet, wir uns trennen? Wenn es eine Kleinigkeit ist, gehst du ins Bad und ich in mein Arbeitszimmer, ehe wir am Ende in dem Buch darüber reden. *Das* war etwas Großes. Du bist zu einem anderen Mann gegangen, und ich … Ich blieb weit genug weg, um dir Raum zu geben, und nahe genug in der Hoffnung, du würdest erkennen, dass ich nicht fortgehe.«

Sie hielt seinen Blick, und er konnte beinahe sehen, wie es in ihrem Kopf arbeitete.

»Ich habe dich nie gefragt …«, begann sie.

Nein, hatte sie nicht. Dom hatte sich oft gewundert, warum nicht, aber sie fragte ihn nie, und er erzählte es ihr nie.

»Und jetzt muss ich es nicht mehr«, ergänzte sie, was nicht sonderlich glaubhaft klang.

»Du kannst mich alles fragen.«

»Ich muss es nicht wissen.«

»Es gab niemanden«, sagte er. »Keinen Sünder, keine Seele.

Niemanden. Ich habe in der ganzen Zeit keine andere Frau angefasst.«

Dom beobachtete, wie sie schluckte und sich auf die Unterlippe biss.

»Keine?« Sie schlang die langen Arme um ihn und lehnte den Kopf in seine Halsbeuge.

»Glaub mir, Baummädchen, daran würde ich mich erinnern.«

Dom tippte den Code in die Alarmanlage ein und schloss die Haustür hinter ihnen.

»Es fühlt sich immer noch richtig komisch an«, sagte Erin, die am Haus hinaufsah. »Rachel …«

»Sie ist glücklich, Schatz«, entgegnete Dom. Es war seine Standardantwort, wenn Erin erwähnte, dass sie Rachel vermisste. Er vermisste sie. Ihm fehlten ihre scheußlichen, fliegenden, zweifarbigen Dreadlocks. Ihm fehlte ihr freches Lachen. Er vermisste es, dass sie durchs Haus rauschte, die Ohrhörer mit der grässlichen Musik fest eingestöpselt. Er vermisste den Lärm, der zu seiner Tochter gehörte, und das veranlasste ihn, auf eine Weise an Maisie zu denken, wie er es seit Jahren nicht mehr getan hatte.

»Ich werde jetzt diesen Fotografiekurs machen, den abends.« Erin füllte die Stille, als sie zu seinem Vater gingen, wo sie, wie alle vierzehn Tage, mit ihm ein Takeaway essen würden.

»Mach das! Deine Fotos sind immer richtig gut.« Er war froh über den Themenwechsel.

»Gut?«, wiederholte sie. »Man muss sich für diesen Kurs bewerben, und der Kursleiter meinte, ich hätte ›beachtliches Talent‹.«

»Das auch! Tut mir leid, du weißt, dass ich unbedingt dafür bin. Ich denke, dass du alles schaffst, was du willst, und du möchtest seit Jahren bessere Fotos machen.«

»Was ist los mit dir, Dom?«

Er ging schneller. »Nichts. Warum?«

»Du bist hibbelig.«

»Ehrlich gesagt habe ich noch nie verstanden, was das Wort heißen soll.« Er nahm ihre Hand.

»Als hättest du Hummeln im Hintern. Unruhig. Ein bisschen rastlos. Und auf die Gefahr hin, dass ich übertreibe, sogar ein bisschen ängstlich?«

»Es ist alles in Ordnung«, sagte er und merkte, wie ihre Hand aus seiner glitt, als sie stehen blieb.

»Hier geht es nicht um Isaac heute Vormittag, oder?«

Dom lachte. »Nein, Erin, es geht nicht um Isaac.«

»Was dann? Raus damit, ehe wir bei deinem Dad sind, wo auch alle anderen sein werden, einschließlich Jude, der wieder aufgetaucht ist, nachdem er die Nacht – und den Tag – bei Tigger verbracht hat.«

Dom zögerte.

»Hast du gelogen? Dominic Carter, war das wieder eine deiner fragwürdigen Notlügen, als du mir vorhin gesagt hast, es hätte nie eine andere gegeben? Sind das Schuldgefühle in deinem zerklüfteten Gesicht?« Sie lächelte beim Sprechen, und dort, unter dem gelben Licht der Straßenlaterne, sah sie hübscher aus denn je. Sie berührte sein Armband. »Leiste Abbitte«, flüsterte sie. »Sofort.«

»Ich habe nicht gelogen.« Er zog sie zu sich. »Warum sollte ich denn jemals eine andere Frau wollen?«

»Weil du damals einsam warst und ich damit beschäftigt war, dich zu hassen.«

»Du hast mich nie gehasst.« Er küsste sie sanft auf die Lippen und schmeckte Lipgloss mit Erdbeeraroma.

»Ich war damit beschäftigt, dich so wenig leiden zu können, dass es sich wie Hass anfühlte. Was ist los? Du bist nicht du selbst.«

»Achte nicht auf mich. Es ist nur so eine Stimmung. Und was heißt hier ›zerklüftetes Gesicht‹? Spricht man nicht nur bei Felsen von ›zerklüftet‹? Ist das ein Codewort für alt?«

Wie immer, wenn sie lächelte und lachte, speicherte er es ab. Er behielt dieses Bild und den unbeschwerten Klang in irgendeinem Tresor in seinem Kopf für Momente, in denen er sie brauchen könnte. »Dann eben rau«, bot sie an. »Seltsam und unregelmäßig auf eine gut aussehende Art.«

»Du bist heute Abend ja ein wandelndes Wörterbuch. Komm mit.« Er nahm wieder ihre Hand. »Wir müssen weiter.«

»Ich finde dich übrigens nicht alt.«

»Doch, tust du wohl.«

»Älter, nicht alt. Und ich liebe es. Ich liebe es, dass wir gemeinsam älter sind.«

Sie überquerten die Kopfsteinpflasterstraße, und Erin blieb vor einem Maklerbüro stehen. »Valentine's Way wird uns wieder gehören, oder?«, fragte sie plötzlich.

Er runzelte die Stirn. »Du weißt, dass der Plan ist, es im Januar von Dad zurückzukaufen, nach dem Jahresabschluss. Doch du brauchst nur in dieses Fenster zu schauen, um zu erkennen, wie sehr die Preise in die Höhe geschossen sind, und wir kaufen es zu einer Zeit zurück, wenn der Markt auf dem Höhepunkt des Aufschwungs ist.«

Erin presste ihre Nase an das Glas. »Wir hätten es schon längst geschafft, wäre da nicht Miss Meisterköchin in Wales.«

Rachels Kursgebühren und die Unterbringung für mehr als zwei Jahre *hatten* ihre Pläne torpediert.

»Es wird schon«, sagte Dom, bevor er mit dem Kopf in Richtung seines Vaters nickte.

Die letzten fünf Minuten gingen sie schweigend, Erin bei Dom eingehakt. Er fragte sich, woran sie wohl dachte. Vielleicht an das Haus, vielleicht auch nicht. Könnte sich Valentine's Way mehr wie ihr Zuhause anfühlen, wenn es ihnen wieder gehörte?

Möglicherweise. Wahrscheinlich. Und er fragte sich, ob sie seit dem Vormittag an Isaac gedacht hatte oder überhaupt je an ihn dachte. Das glaubte er nicht. Hatte sie ihm geglaubt, dass es keine andere gegeben hatte? Immerhin war das die Wahrheit. Isaac war Vergangenheit. Und kurz bevor sie Gerards Haus erreichten, unmittelbar vorm Klingeln, als Dom seine Hand an ihre Lippen hob und sie küsste, dachte er nur noch an ihre Zukunft.

41

Erin

HEUTE – 20. Juni 2017

Aus dem *Buch der Liebe*:
»Bei dir bin ich stark.«

♥

In der Stadt macht ein Mädchen, das mich an Rachel erinnert, Straßenmusik auf dem Marktplatz. Sie hat langes, dunkles Haar, keine Dreadlocks, und ihre Hände zaubern auf der Harfe, die zwischen ihren Knien klemmt. Etwas an ihr bewirkt, dass ich stehen bleibe und an meine Tochter denke. Vielleicht liegt es an der Art, wie sie den Kopf zur Musik hebt und senkt. Dabei fällt mir ein, wie Rachel früher Dirigentin spielte, wenn sie Freundinnen zu Besuch hatte. Ich beobachte, wie die Fremde ihre Finger über das große Instrument fliegen lässt, vollkommen vertieft und konzentriert ist.

Eine kleine Menge hat sich versammelt, und mir gegenüber singt das Mädchen einen Text, den ich nicht kenne, obwohl mir die Melodie bekannt vorkommt. In dem Lied geht es darum, dass jemand auf sie achtgibt. Als sie zum Refrain kommt, nicke ich ihr lächelnd zu und werfe ihr vorm Weitergehen alle Münzen in die bereitgelegte Mütze, die ich in der Tasche habe.

In der Bäckerei kaufe ich ein großes Tigerbrot, das ich in dicke Scheiben schneiden lasse. Ich zücke meine Geldbörse und stecke meine Karte in das Lesegerät, bevor ich sie mit den übrigen vier Sachen, die ich bei mir habe, wieder einstecke. Kein Bargeld. Dieser Tage scheine ich so gut wie nichts mehr bar zu bezahlen, weil das Eintippen der PIN besorgniserregend einfach ist. In der Börse sind zwei Fotos – eines von Dom, Maisie und mir, das ich an jenem furchtbaren Tag in seiner alten Brieftasche gefunden hatte, und ein neueres von Dom, den Zwillingen und mir, wie wir alle Grimassen schneiden. Die beiden Fotos trennt ein zusammengefalteter Zettel, nur wenige handgeschriebene Zeilen, die Dom für mich schrieb, als wir vor wenigen Jahren auf Teneriffa unsere Ehegelübde erneuerten. Jedes Mal, wenn ich mein Portemonnaie öffne, denke ich, dass ich den Zettel vielleicht in unser Buch kleben sollte, aber dann fällt mir ein, dass Dom es entsetzlich fände und mir sagen würde, es sei schließlich kein Sammelalbum …

Erin,
ich liebte dich, als wir erstmals unsere Treueschwüre sprachen …

Ich schiebe den Brotlaib neben die Zeitschriften, die ich vorher gekauft habe, in den Leinenbeutel und mache mich auf den Heimweg.

Und ich liebe dich noch.

Im Gehen recke ich mein Gesicht leicht in die Sonne und schiebe meine Sonnenbrille aus meinem Haar über meine Augen.

Und ich werde dich an jedem noch kommenden Tag lieben.

Die Sonnenbrille verdeckt meine Tränen, und die warme Sonne trocknet sie umgehend von meinen Wangen.

An jedem noch kommenden Tag …

Ich beschleunige meine Schritte zum Valentine's Way, in einer Hand meinen Leinenbeutel, in der anderen immer noch mein Portemonnaie.

Und die ganze Zeit, während ich gehe, sind meine Schritte im Takt mit meinem Herzschlag. Hinter der Sonnenbrille blinzle ich wie verrückt, um die Tränen einzudämmen und das Bild von dem fünften Ding zu vertreiben, das ich in meiner Geldbörse aufbewahre. Es ist nur der Ausriss einer kleinen Zeitungsspalte vom letzten Oktober. Mehr nicht.

Ich bewahre ihn trotzdem auf. Oh ja.

Aber er wird nie in unser Buch geklebt werden, weil es ja kein Sammelalbum ist.

42

Dominic

DAMALS – Oktober 2016

»Die Katze hat Durchfall ...«

»Oh, verdammt! Und was willst du jetzt machen?« Dom sah seine Frau an. Sie war müde und hatte Augenringe so dunkel wie Blutergüsse.

»Was ich machen will? Ich *will* in Urlaub fahren und die Katze für eine Woche in die Katzenpension geben, wo sie sein sollte. Stattdessen musste ich mit ihr zum Tierarzt, und jetzt muss ich sie für eine sechsstündige Fahrt ins Auto packen und nach Cornwall mitnehmen.« Sie senkte die Stimme, auch wenn keiner in der Nähe war, der sie hören könnte. »Ich *will* nicht diese hämmernden Kopfschmerzen haben. Ich *will* mich nicht sorgen, weil unsere Kinder nicht kommen. Ich *will* akzeptieren können, dass sie erwachsene Menschen sind, die nicht mal mehr zu Hause wohnen. Und ich *will* sie nicht so vermissen, wie ich es tue.«

Sie stockte, und er streckte einen Arm nach ihr aus.

»Nein, fass mich nicht an, okay? Bitte, pack einfach die Katze in ihre verdammte Transportbox, und stell sie in den Beifahrerfußraum.«

»Ich kann sie nach hinten stellen«, schlug er vor.

»Sie bleibt vorne bei mir. Hatte ich erwähnt, dass ich auch will, dass meine Tochter endlich kommt und ihre verfluchte Katze wieder abholt?«

Dom sagte nichts. Rachel hatte sich die Katze vor ihrem neuesten Freund angeschafft, der anscheinend allergisch war. Erin hatte angeboten, die Katze zu nehmen, weil sie glaubte, der Freund würde nicht lange bleiben, das war zwei Monate her. Ginge es nach Dom, wäre die Katze wieder in Rachels Wohnung, um besagten Freund zu vergraulen. Er hatte ihn noch nicht kennengelernt, aber gehört, dass er »viel älter« war als seine Tochter.

Er wollte nicht mit Erin streiten, nicht heute, also stellte er die Katzenbox wie verlangt in den Fußraum und nahm sich fest vor, dass Rachel nach diesem Urlaub ihr Kackvieh von Katze wieder zurückbekommen würde und Paul, oder wie immer er hieß, sich eben zusammenreißen und mit seinem Niesen abfinden musste.

»Wollen wir eine Mittagspause einlegen?«

Erin massierte sich die Schläfen mit den Fingerspitzen. »Ich möchte lieber schneller da sein.«

»Dann halte ich irgendwo und hole uns ein paar Sandwiches.«

Dom hörte sie seufzen.

»Entschuldige. Ich *möchte* wirklich nicht zickig sein.«

»Wenn du munterer wirst, verrate ich dir, dass ich dich im Mai zu etwas ganz Besonderem entführe, das du lieben wirst.«

»Was?«

»Ist eine Überraschung.«

»Du bist lustig.« Doch er sah, wie sie zaghaft lächelte.

Er griff nach ihrer Hand. »Bin ich.«

»Manchmal. Wohin entführst du mich im Mai?«

»Kann ich nicht verraten. Es ist eine Sache, kein Ort.«

»Edelcampen beim Glastonbury Festival?«, fragte Erin, und ihre Miene sagte deutlich, wie sehr sie es hassen würde.

»Glastonbury ist im Juni, und da möchtest du hin?«

»Nein, natürlich nicht. Aber ich werde ein Sandwich essen, wenn du mir sagst, wohin wir wollen.«

»Iss erst das Sandwich, und dann verrate ich es dir.«

Dom bog bereits auf eine Tankstelle ein. »Du tankst, und ich hole uns etwas zu essen.« Er nahm seine Brieftasche von der Mittelkonsole. »Irgendwas Bestimmtes, oder soll ich dich überraschen?«

»Hör auf, ich mach mir gleich in die Hose. Ein Hähnchen-Wrap, bitte«, sagte sie und kramte in ihrer Tasche nach dem klingelnden Handy. »Hannah«, formte sie stumm mit den Lippen, während er die Wagentür schloss.

Sie waren spät angekommen, weil der Verkehr auf der A 303 nach einem Unfall zum Erliegen gekommen war. Bis sie ihr Gepäck in das winzige Cottage am Meer geschleppt und Nigel und Lydia begrüßt hatten, beschlossen alle, dass sie keinen Hunger hatten und müde waren. Nigel entschuldigte sich damit, dass er Schlaf brauchte, und Erin, die sah, dass Dom ein bisschen Zeit mit Lydia wollte, tat es ihm gleich.

Seine Schwester kuschelte sich in einen Sessel, hinter ihr ein breites Panoramafenster, unter dem das Meer rauschte. Dom stand neben ihr und blickte hinaus zu den tosenden Wellen. »Was für eine Aussicht«, sagte er. »Das hast du gut ausgesucht.«

Kaum merklich nickte Lydia. Es war nicht zu übersehen, dass sie vollkommen erschöpft war. Die Müdigkeit dünstete ihr förmlich aus den Poren.

»Drehst du bitte die Heizung höher? Der Thermostat ist gleich links von dir an der Wand.«

Dom tat es und beobachtete, wie sie hustete und von dem heißen Whisky trank, den Nigel ihr gemacht hatte. Die Nelken darin konnte er sogar aus drei Schritten Entfernung riechen.

»Stimmt etwas nicht?«, fragte sie. »Du druckst so herum.«

»Ich mache mir Sorgen um dich.«

Lydia schüttelte den Kopf mit kleinen, ruckartigen Bewegungen. »Bitte, sei nicht …«

»Du weißt, dass ich mit deinem Einzug bei Dad nicht einverstanden war.«

»Dom, ich habe eine fiese Erkältung, und wir haben das schon hundertmal durchgekaut. Nicht schon wieder, ja? Wir sind hier, um zu entspannen, nicht, um uns zu zanken.«

»Aber denk bitte die nächsten Tage darüber nach, solange du weg bist und sich andere um ihn kümmern. Wir sind uns alle einig, dass er eine Vollzeitpflege braucht. Keiner von uns wollte jemals, dass du die leistest. Erst recht nicht er. Dad *will* in ein Pflegeheim. Er hat mich schon gebeten, mir das anzusehen, das er sich ausgesucht hat, und es ist …«

Sie warf ihre Wolldecke ab und stand auf. »Das ist Schwachsinn. Wir müssten das Haus verkaufen, um es zu finanzieren, und ich will mich um Dad kümmern. Lass uns das nicht noch mal diskutieren.«

Dom fuhr sich mit einer Hand durchs Haar und fühlte, dass ihre Lippen seine Schulter streiften, während sie an ihm vorbeiging.

»Hör auf, immer so ein großer Bruder zu sein. Mir geht es gut.«

Sie blies ihm noch einen Luftkuss zu, den er übertrieben auffing, bevor er ihr zunickte.

Eine anständige Portion Whisky später begann Dom mit dem, was er sich längst für dieses Wochenende vorgenommen hatte. In der engen Diele zog er die rote Reisetasche unter der knarrenden alten Treppe hervor und öffnete den Reißverschluss des Innenfaches. Aus dem holte er einen Stift, einen Block Post-its und ihr Buch, bevor er es sich in dem Sessel gemütlich machte, in dem Lydia gesessen hatte. Ohne weiter zu überlegen, so wie er es immer hielt, ließ er seinen Gedanken freien Lauf.

♥

22. Oktober 2016

Erin, mein Liebling,

ich könnte jetzt nach oben gehen. Ich könnte dich wachstupsen, dich in meinen Armen halten und dir sagen, was ich dir sagen muss. Wir reden inzwischen wie nie zuvor, also warum tue ich das nicht? Wahrscheinlich weil ich schätze, du würdest erstmals irgendwas nach mir werfen, weil du schreien und kreischen würdest, und, ja, ich erzähle dir dies jetzt, da ich feige bin und hoffe, du hältst dich mit deiner Reaktion zurück, solange wir mit Lydia und Nigel verreist sind. Wem mache ich etwas vor? Sicher wirst du trotzdem ausflippen, das weiß ich.

Doch nach dem, was ich hierin geschrieben habe, bitte ich dich inständig, mir zu glauben, dass ich es ehrlich für das Beste halte. Im Laufe des letzten Jahres gab es einige Dinge, die mich ernsthaft frustriert haben, und, ja, wir haben über sie geredet, was jedoch stets damit endete, dass wir uns nicht ändern konnten und uns im Kreis bewegten. Diese Dinge, allen voran mein Vater und seine Pflege für wer weiß wie viele Jahre noch, Lydias Entschluss, zu ihm zu ziehen und sich um ihn zu kümmern, und unser Besitz des Valentine's sind die Hauptgründe, wegen denen ich nicht schlafen kann oder mitten in der Nacht wach liege.

Erin, ich habe Ende letzten Jahres versucht, die Lösung mit dir zu besprechen, und du wolltest nichts davon hören. Ich war nicht einverstanden, doch damals habe ich auf dich gehört. Und dann bot sich dieselbe Lösung im letzten Monat erneut an, als das Timing falsch war, um alles mit dir zu besprechen. Also habe ich es einfach getan.

Ich habe die Firma an Tim verkauft.
Alles ist unter Dach und Fach. Die Verträge sind unterzeichnet, und es gibt kein Zurück. Dies ist der Punkt, an dem ich denke, du würdest etwas nach mir werfen, sollte ich es dir auf den Kopf zusagen. Doch hör mich an.
Dad ist jetzt bettlägerig, hat aber, wie er es formuliert, noch alle sieben Sinne beisammen. Es gibt zwei Dinge, die er nie wollte, seit sich die Nierenprobleme verschlimmerten. Erstens will er auf keinen Fall, dass wir eine Hypothek aufnehmen, um Valentine's zurückzukaufen, da wir, »mit ein wenig Geduld«, es sowieso wieder besitzen werden, und zweitens wollte er nicht, dass Lydia seine Pflege auf sich nimmt. Ich kann es nicht anders ausdrücken, als dass ich ihm etwas schuldig bin, Erin. Er hat mich so oft gerettet, und jetzt bin ich an der Reihe, ihm zu helfen. Zum ersten Mal in unserem Leben haben wir ein kleines Vermögen auf der Bank. Und Geld bedeutet Wahlmöglichkeiten. Wir können Valentine's kaufen, und ich habe das Gefühl, es dir schuldig zu sein, dass wir es wieder besitzen. Mit dem Geld, das Dad bekommt, wird er in ein Pflegeheim ziehen, das er sich bereits ausgesucht hat. Ich weiß, dass einige Überzeugungsarbeit bei Lydia nötig ist, doch an der Stelle kommt Dad ins Spiel. Mit dem Geld auf der Bank hat er ein sehr gutes Argument. Sicher wird Lydia in Dads Haus wohnen bleiben – es ist ohnehin schon ihres, außer dem Namen nach. Doch er will nicht, dass sie die Verantwortung für ihn übernimmt. Sein alter Freund Trevor ist bereits in demselben Pflegeheim. Ich denke, ihm wird dessen Gesellschaft und die anderer ›Oldies‹, wie er sie nennt, gefallen.

Mit dem Verkauf der Firma sind drei der Dinge, die mich im letzten Jahr um den Schlaf gebracht haben, geregelt oder zumindest auf dem Weg zu einer Regelung.

Ich habe es dir nicht erzählt, denn gerade als ein Verkauf an Tim wieder Thema wurde (ein knappes Jahr vor deinem Fünf-Jahre-ohne-Jubiläum), musste wieder solch ein verfluchtes Hautdings entfernt werden, diesmal in deinem Nacken. Das Timing war nicht gut.

Ich habe es dir nicht erzählt, weil du im letzten Jahr, als wir über die Option sprachen, mehrmals gesagt hast: »Nein! Du liebst deinen Job! Du hast den Laden aufgebaut!«

Doch die Wahrheit ist, Erin, dass uns zwar das Cairns View und die nachfolgenden Objekte reich gemacht haben, mir jedoch nicht besonders viel Spaß. Es war hart. Die letzten drei Jahre rund um die Uhr zu arbeiten, ließ mir keine Zeit mit dir und den Kindern. Und schon länger genieße ich es nicht mehr, weil sich die Arbeit zu sehr ums Bauen dreht, kaum um richtige Architektur. Deine erste Frage wird gewiss lauten, »Was hast du vor?«, gefolgt von »Du bist siebenundvierzig. Du kannst nicht in den Ruhestand gehen!«. Natürlich kann ich das nicht, aber ich kann Dozent werden und jungen Leuten endlos vom Zauber erzählen, aufregende Bauten zu schaffen; Leuten, die genauso leidenschaftlich dabei sind, wie ich es früher war.

Tatsache ist, auch wenn uns ständig erzählt wird, wir sollten uns keine Sorgen machen, will ich, dass Geld da ist, solltest du jemals Privatbehandlungen brauchen. So, jetzt weißt du es.

Ich sorge dafür, dass ich morgen früh aus dem Haus

bin, wenn du dies liest. Dann kannst du schon mal alles bereitstellen, womit du mich bewerfen willst, sowie ich zurück bin. Ich werde versuchen, dem Bombardement auszuweichen.
Ich liebe dich immer.
Und ich freue mich darauf, ein bisschen Urlaub zu machen, einige echte Stunden mit dir zu verbringen, denn du bist immer noch die Frau, mit der ich alt werden will.
Ich liebe dich ohnegleichen
Dom xx

♥

Dom stieg die schmale Treppe hinauf. Oben gleich links auf dem winzigen Flur war das Zimmer, in dem Erin schlief. Er öffnete die Tür einen Spalt weit und horchte nach ihrem Atem, wobei er einen kleinen Tapetenfitzel vom Türrahmen zupfte. Sie schlief … eindeutig. Er schlich zu ihrem Nachttisch, legte das Buch neben ein Wasserglas und tippte zweimal auf den Ledereinband, auf dass es Glück bringe. Das kleine gelbe Quadrat mit Erins Namen klebte er auf den Buchdeckel, ehe er zur anderen Seite des Bettes ging. Er bewegte sich vorsichtig, weil er damit rechnete, dass das Bettgestell knarzte. Obwohl es draußen eiskalt und regnerisch war, war es in dem Cottage angenehm warm. Dom zog sich aus und schlüpfte neben seiner Frau ins Bett. Um sie nicht zu wecken, küsste er seine Fingerspitzen und berührte sanft ihre Wange. Danach schlief er. Keines der Dinge, die ihn über so viele Monate wach gehalten hatten, bedrückte ihn mehr.

Am nächsten Morgen wachte er davon auf, dass die Haustür geöffnet und geschlossen wurde; dasselbe hörte er fünf Minuten später wieder. Leise griff er nach seinen Sachen und verließ das Zimmer. Er rieb sich den Schlaf aus den Augen und bewegte seinen verspannten Nacken von einer Seite zur anderen. Neben der Kaffeemaschine unten hatte Nigel eine Nachricht hinterlassen, dass er in den Ort gegangen war, um Essen zu besorgen. In wahrer Schulleitermanier hatte er sogar die Uhrzeit notiert – 08:03 – sowie die Dinge aufgelistet, die er kaufen würde. Außerdem bat er jeden, der als Nächstes aufstand, ihn anzurufen, sollte er etwas vergessen haben. Dom blickte auf seine Uhr. Acht Uhr vierundzwanzig. Mit beiden Händen rieb er sich den Kopf, der sich anfühlte, als hätte ihm jemand mit einer Axt den Schädel gespalten. Whisky war noch nie sein Freund gewesen.

Er trank einen Instantkaffee, nahm seine Jacke von dem Messing-Wandhaken in Form einer Klampe und verließ das Haus. Ein Spaziergang. Ein Marsch über die Pier würde ihm helfen, einen klaren Kopf zu bekommen. Er wanderte den gepflasterten Weg, den andere Fischercottages säumten, hinunter, wobei er zu den dunkelgrauen Wolken aufsah und den Regen auf seinem Gesicht spürte. Als er einer riesigen Kamikaze-Möwe auswich, glitschte er auf dem vermoosten Pflaster aus und fing sich im Sturz mit den Händen ab. Sie waren nur leicht aufgeschürft, also steckte er sie in die Jackentaschen und ging weiter.

Die wenigen Leute unterwegs nickten ihm zu, als er um die Bucht herum in Richtung Leuchtturm am Ende der Pier ging. Es war ein kleiner, weiß getünchter Turm, und Dom fragte sich, ob jemand darin lebte und drinnen eine dieser Wendeltreppen nach oben führte. Es roch nach frischen Backwaren; Auslagen mit untertassengroßen Früchte-Scones und vulkanartigen Baisers machten ihm den Mund wässrig. Sie sollten nachher noch mal herkommen. Erin und er würden sich einen Cornish Tea und Scones gönnen. Er hatte das Richtige getan, sagte er sich. Erin würde es einsehen.

Er blieb stehen und schaute hinaus aufs Meer. Trotz des Regenwetters war es sehr hell, und er kniff die Augen ein wenig zusammen, um das endlose Wasser zu betrachten – über Tausende Meilen nichts, bis nach Amerika. Es war Flut. Direkt unter Dom umwirbelte das Wasser einen einsamen Felsen. Boote wippten auf den rastlosen Wellen. Kormorane gingen in den Sinkflug und tauchten ins Wasser ein, während Dom die frische Seeluft inhalierte. Er wandte sich nach rechts zum Leuchtturm und sah in der Ferne jemanden auf der Pier stehen, eine Hand über den Augen, den Blick auf die andere Seite des hufeisenförmigen Hafens gerichtet. Dom erkannte Lydias neongelbe Regenjacke. Er ging schnell, weil der Regen zunahm.

Etwas in ihm, eine Art Intuition, rief nach ihr, auch wenn es zu einem Flüstern verstummte. Es musste der Ort sein, wo sie stand, der seinen brüderlichen Beschützerinstinkt weckte.

Vorsicht, rutschig. Oberste Stufe. Regen.

Nun war es nicht mehr weit. Er ermahnte sich, nicht ihren Namen zu brüllen. Stattdessen beobachtete er, wie sie zur Bucht sah, zu den kleinen Cottages und den größeren, dunklen Steinhäusern, zu der Straße, aus deren Richtung sie beide gekommen waren. Dann reckte sie das Gesicht gen Himmel, um ebenfalls den Regen auf ihrer Haut zu fühlen. Und dabei kippte sie nach vorn.

»Lydia!« Dom schrie nach ihr, begann zu laufen und riss die Knöpfe seiner Jacke auf, um sie abzuwerfen. An den Stufen streifte er seine Schuhe ab und suchte nach dem Neongelb. Nichts. Er tauchte.

Das Wasser war eiskalt. Für einen Moment fühlte es sich an, als würde sein Herz stehenbleiben. Sein Körper registrierte die Kälte, seine Kleidung behinderte jede Bewegung. Unter Wasser war es trübe von Schlick und Seetang. Er drehte sich einmal, zweimal um die eigene Achse, bevor er Luft holen musste. »Lydia!«, rief er, atmete tief ein und tauchte erneut. Dabei nahm er etwas rechts von sich wahr. Das war sie. Als er auf sie zu schwamm, sah er die Panik in ihrem schönen Gesicht. Sie fuchtelte wild mit Armen und Beinen. Ihre Augen wurden größer, als sie ihn sah, und unter Wasser erkannte er, wie sie seinen Namen schrie. Er packte sie und zog sie an die Oberfläche.

Hör auf zu zappeln, Lyd, bitte.

Seine Lunge verkrampfte sich, und seine Brust drohte zu explodieren, während er sie stumm anflehte, stillzuhalten. Dann schob er sie zum Licht, auf das silberne Glitzern einer Kette über ihnen zu. Von unten sah er ihre Hand, eine Hand, jemandes Hand …

Pack die Kette. Lydia, halt dich fest!

Dom spürte, wie etwas Hartes gegen seinen Hinterkopf schlug. Über ihm, nahe der Luft, die er so dringend brauchte, tanzten die Boote wie Korken auf dem Wasser. Sein Griff an seiner Schwester lockerte sich, als der Kiel des Bootes an der Kette von einer Welle angehoben wurde. Wieder fühlte er einen Schlag. Schmerz … Wie von selbst ging sein Mund auf, obwohl ihm jeder Überlebensinstinkt sagte, er solle ihn geschlossen halten. Seine Lunge füllte sich. Und langsam, zu langsam, während er von der Oberfläche wegsank, fühlte er seinen Körper zucken und seine Lider zufallen.

Wunderschöne Erin,

ich falle. Farben. Ich sehe Farben, Blau- und Grüntöne; keiner so grün wie deine Augen … Lärm; Wellen krachen ans Ufer. Erin, mir ist kalt. Ich will dich nicht verlassen.

Ich … liebe … dich … ohnegleichen.

♥

23. Oktober 2016

Lieber Dom,

du bist ein Idiot, aber alles in allem ein netter Idiot.

Wo steckst du? Ich habe versucht, dich anzurufen.

Hier ist nichts aufgereiht, um dich zu bewerfen. Lass mich dich einmal anschreien, weil du mir nichts gesagt hast, und dann

machen wir Pläne. Keiner wird hier »ausflippen«, wie du es formulierst, abgesehen von Rachels höllischer Katze.
WO BIST DU?
Liebe dich,
Erin xx

♥

Teil Fünf

43

Erin

Dienstag, 20. Juni 2017

Ich kämpfe mit dem Schloss, ehe ich die Haustür aufschiebe, meine Handtasche auf den Dielentisch werfe und die Einkaufstasche abstelle. Dann marschiere ich durch den Flur, öffne die Terrassentüren und lasse mich auf die Hollywoodschaukel fallen. Trotz der Hitze fröstele ich, und trotz all der Techniken, die ich über die Jahre gelernt habe, all der Atemübungen, um meine Angst einzudämmen – reißt es mich direkt zurück. Ich bin zurückversetzt zu jener »New Yorker Minute« in Cornwall.

Mein Handy klingelt oben. Es ist auf dem Nachttisch ans Ladekabel angeschlossen, und als ich rangehe, höre ich Nigel nur schreien: »Komm hierunter, Erin!«

»Was? Wo bist du?« Etwas an seiner Stimme macht mir Angst, bringt mich dazu, sofort meine Schuhe anzuziehen. Es ist keiner im Haus, dabei sollten sie es sein, und die drei Worte von ihm bewirken, dass mir eiskalt wird.

»Die Pier. Komm her. Es gab einen Unfall. Lydia, Dom …«

Mit dem Telefon am Ohr renne ich los. Zur Pier. Zu Fuß geht es schneller. Ich laufe die Straße hinunter, brülle ihnen zu, dass ich komme. Unten, wo sich die Straße gabelt in eine weitere Straße links und einen Wanderweg rechts an der Bucht entlang, kann ich die kleine Hufeisenbucht sehen. Am Ende des Anlegers hat sich eine Menschentraube gebildet. Dort steht ein Krankenwagen mit blinkendem Blaulicht. Nein. Nein. Nein.

Ich laufe. Schneller, als ich jemals gerannt bin, mir tut die

Brust weh. Ich stoße mir den Zeh an den Pflastersteinen, falle, ringe nach Luft und laufe weiter. Als ich dort bin, als ich mich durch die Menge drängle, sehe ich, dass jemand auf einer Liege in den Krankenwagen gehoben wird. Nigel steht schluchzend neben dem Wagen. Ich halte eine Hand an meine Brust, beuge mich leicht vor, um Luft zu bekommen, da bemerke ich etwas seitlich von ihm auf dem Boden. Ein Haufen Jacken. Fremde Jacken.

Ich gehe auf Nigel zu, und ein stummer Schrei entfährt mir, denn ich sehe den gebrochenen Ausdruck in seinen Augen, während ich zugleich Füße erkenne – die unter dem Jackenberg hervorlugen. Einer mit einer Socke, einer ohne. Und ich kenne diese Füße. Ich habe diese Füße gerieben, sie geküsst und sie weggestoßen, wenn sie unter dem Esstisch meinen zu nahe kamen. Diese Füße sind meilenweit für mich gewandert, haben ihm geholfen zu stehen, wenn ihm nach Fallen zumute war, und ihn gehalten, wenn er mich aufrecht hielt. Langsam schüttle ich den Kopf, bevor ich neben den Haufen sinke und beginne, eine Jacke nach der anderen von ihm zu heben. Dann kommen die Geräusche. Ich fange an, auf seine Brust zu schlagen, wie ich es im Fernsehen gesehen habe. Ich erinnere mich, dass frühere Kollegen im Notdienst sagten, man solle die Brust im Takt von »Stayin' Alive« pumpen.

»Dom? Komm schon, Baby«, schreie ich wie eine der Todesfeen aus den Märchen, die Fitz mir früher erzählt hat.

»Dom, hörst du mich? Du musst leben.« Ich halte seine Hand, reibe sie zwischen meinen, um sie zu wärmen.

Ich hebe seinen Kopf auf meinen Schoß. Grünes Zeug haftet an ihm, und als ich versuche, es wegzuwischen, verfangen sich meine Finger in seinem wundervollen Haar. Sein Gesicht ist von schleimigem Kram bedeckt, und ich ziehe ein Taschentuch aus meinem Ärmel, um es abzureiben. Ich blase in seinen salzigen Mund; seine schönen Lippen sind blau.

»Komm schon, wach auf, Baby.« Dom rührt sich nicht. Seine Lider flattern nicht. Ich klammere mich an ihn, höre mich weinen und rede mir ein, dass es jemand anders ist.

»Erin?«

Jemand umfängt mich mit den Armen und will mich von ihm wegziehen.

»Nein, nein, nein.« Ich versuche, mich an seinem Arm festzuhalten, doch es gelingt mir nicht, weil seine Sachen so nass und glitschig sind.

»Erin, hör mir zu.«

Nigel. Das ist Nigels Stimme. Das sind Nigels Arme.

»Lydia ist in dem Krankenwagen. Ich muss bei ihr sein. Komm mit mir. Er ist tot, Erin. Er ist tot.«

Nein, ist er nicht. Ich fühle, wie er mich wegzieht.

Von Dom.

Ich drehe an dem Armband mit der Hundemarke, das ich jetzt an meinem Handgelenk trage, drehe immer weiter, bis die Blutzirkulation gestoppt wird.

»Tu das nicht.«

Blinzelnd sehe ich zu ihm, drinnen im Haus, wo er an der Wand in unserer Küche lehnt, als wäre nichts von alledem geschehen. Und der Elefant im Raum stellt sich direkt neben ihn, den Rüssel sanft nach oben gebogen, sodass er zu lächeln scheint.

»Du bist nicht hier«, sage ich kopfschüttelnd zu ihm. »Bist du hier?«

»Das will ich doch verdammt noch mal hoffen«, antwortet er lachend. »Wie witzig. Wir beide führen ein existentielles Gespräch.«

»Na ja, die Sache ist die …« Ich will schwören, dass ich ihn atmen höre. »Du bist gestorben …« Da, jetzt ist es raus. »Du bist gestorben, Dom, und Hannah und Lydia«, fahre ich fort, »denken, dass ich ein kleines bisschen irre bin – dass du Teil meines Trauerprozesses bist. Nicht wirklich hier, aber von meiner Fantasie heraufbeschworen. Du hast deine Schwester durch den Briefschlitz schreien gehört. Obwohl sie gerne glauben würde, dass du hier bist, denkt sie, dass ich dich herbeibeschwöre, weil ich dich nicht loslassen kann.«

»Ah, verstehe.« Er nickt weise und kommt auf mich zu.

»Und ich habe den Gedanken nicht ertragen, dich zu fragen, ob du real bist.«

»Warum nicht, Erin?« Er beugt sich zu mir.

»Weil ich nicht will, dass du das eine oder andere bestätigst.«

Dom zieht mich zu sich, küsst mich, und ich fühle ihn – fühle wirklich seine vollen Lippen auf meinen, sanft und beruhigend. »Was denkst du, Liebes?«, fragt er. »Was glaubst du?«

Ich halte seine Hand, spüre das Leben darin und sage mir wieder, dass es möglich ist. Alles ist möglich. Liebe hat es möglich gemacht. »Ich denke, du bist hier«, sage ich. »Wenn ich verrückt bin, ist es mir egal, denn ich habe nie geglaubt, dass der Tod das Ende ist. Du hingegen … Ich glaube, dass ich dir mit unserem Buch beweisen kann, wie du darüber gedacht hast.« Ich schwenke die Hände. »Über die Wahrscheinlichkeit, dass dies hier real ist.«

»Vergiss es. Ich habe noch etwas anderes hineingeschrieben und dir Anweisungen gegeben, weißt du noch?«

Ich habe keine Ahnung, wovon er redet.

»Ich habe dir gesagt, dass wir gemeinsam sterben würden, wenn wir alt und faltig sind, mit unseren Gehwagen aneinandergekettet oder so. Ich habe dir gesagt, dass ich dann fünfundachtzig wäre und du zweiundachtzig.«

Ich erinnere mich. »Entschuldige, mein Schatz«, sage ich und streichle das Gesicht des einzigen Mannes, den ich je geliebt habe. »Wie üblich hatte das Leben andere Pläne.«

♥

20. Juni 2017

Dom, mein Liebling,
du bist tot, aber auch nicht. Du lebst, aber du bist tot.
Du bist hier. Das ist alles, was für mich zählt.
Ich liebe dich, weil du mich nicht verlassen hast.
Erin xx

♥

44

Mittwoch, 21. Juni 2017

»Verdammt!« Ich blicke aus dem Fenster oben, und binnen Sekunden ist Dom neben mir. Die Kinder, alle beide, treffen gleichzeitig ein – Jude mit einer Weinflasche unterm Arm, Rachel mit Blumen.

Wir bemühen uns, sie zu beobachten, bis sie außer Sicht sind. Ich klammere mich ans Fensterbrett, und es klingelt unten.

»Eine Intervention«, flüstere ich.

»Keine Sorge«, sagt er. »Ich bin direkt hinter dir.«

Barfuß springe ich die Treppe hinunter, nehme jeweils zwei Stufen auf einmal und öffne die Tür, als Jude schon seinen Schlüssel in der Hand hat.

»Ich bin ja da.« Ich klopfe mir an die Brust. »Holla, ihr beide, zusammen, wie großartig! Habt ihr schon gegessen? Viel habe ich nicht im Haus, aber vielleicht ein paar Chips.« Ich blicke mich zur Küche um, wo Dom schon am Tisch sitzt. »Und ihr habt eben Fitz verpasst! Er ist mit einem Makler beim Haus, einen Kaufinteressenten treffen …«

»Mum, wir sind hier, um dich zu sehen, nicht Fitz, und wir wollen auch kein Essen. Du klingst erkältet.« Jude küsst mich auf die Wange, Rachel tut es ihm nach, und ich schließe die Tür hinter ihnen. Sie gibt ein leises Fauchen von sich, als würde die Dichtung alle Luft drinnen versiegeln. Mein Herz hämmert, während Jude nach hinten geht und sich auch an den Küchentisch setzt.

»Ich habe Rachel erzählt, dass du deinen Job gekündigt hast«, sagt er und reicht mir den Wein. Durch seinen Tonfall bereue ich, dass ich es ihm morgens am Telefon gesagt habe. Rachel gibt ihm die Blumen, die er auf den Tisch legt, und geht

Gläser holen. »Ja, und ich weiß nicht, ob ich es glaube«, sagt sie. »Du hast das nie erwähnt, Mum!«

Ich versuche, es nicht als Vorwurf aufzufassen, dennoch werde ich angespannt. »Ich habe es eigentlich erst diese Woche beschlossen …«

»Sie will einen Fotografie-Kurs machen«, sagt Dom von seinem Platz aus, und ich denke an das letzte Mal, dass wir gemeinsam am Tisch gesessen haben – als Jude seine Heirat bekannt gab.

»Ich will einen Fotografie-Kurs machen«, spreche ich Dom nach.

»Das ist eine tolle Idee«, sagt Rachel. Sie gibt mir ein zu voll geschenktes Glas. Ich muss am Rand schlürfen, damit nichts überschwappt. »Großzügige Portion«, sagt sie. »Bei der Arbeit würden sie mich glatt feuern, sollte ich jemals so Wein einschenken.« Sie stellt ihr Glas hin und nimmt die Blumen wieder auf.

»Die sind hübsch«, sage ich.

»Ich dachte mir, dass Lydias inzwischen verblüht sein müssen, und fand, dass du mehr verdienst.«

Lydias Blumen – die sie mir zu meiner Rückkehr aus den Staaten geschickt hatte. Gleich am nächsten Tag hatte ich sie weggeworfen, weil ich nichts von ihr in meinem Zuhause haben wollte.

»Tue ich das?«, frage ich Rachel.

»Ja«, antwortet sie und sucht im Schrank unter der Spüle nach einer Vase.

»Versuch es weiter hinten«, ruft Dom ihr zu. »Hinter den Geschirrtüchern links.«

Dom grinst über Rachels Suche, und ich sehe zu Jude, der ein Foto von seinem Vater auf dem Regal neben ihm anstarrt.

»Also, warum seid ihr beide hier?« Ich bleibe stehen.

»Siehst du?« Rachel lacht hinter mir. »Ich habe dir doch gesagt, sie denkt, dass wir etwas im Schilde führen.«

»Natürlich tut ihr das«, antworte ich.

»Natürlich tut ihr das«, sagt Dom.

»Tja, stimmt auch«, bestätigt Jude, und ich höre Rachel verärgert stöhnen. Es ist typisch für meine Zwillinge, dass es jetzt schon nicht mehr wie vorher abgesprochen läuft.

»Glaubst du, dass du Dad sehen kannst?«, fragt Jude mich und blickt mich direkt an. »Denkst du ehrlich, du siehst Dad?«

Dom grinst spöttisch und schüttelt den Kopf, keinen Meter von unserem Sohn entfernt.

»Wovon redest du?« Meine Stimme zittert.

»Lydia hat mich angerufen, einen Riesenaufriss wegen Dingen gemacht, die Hannah ihr erzählt hat. Sie sorgt sich um dich und behauptet, du seist überzeugt, dass Dad noch ... hier ist.«

Rachel setzt sich in den kleinen Cocktailsessel, den ich neben die Terrassentüren gestellt habe. Sie lächelt mir zu und überlässt ihrem Bruder das Reden.

»Er hat nichts von dem Quatsch geglaubt«, sagt Jude. »Wenn man tot ist, ist man tot – das hat er mir früher immer gesagt.«

»Ja, mir hat er dasselbe gesagt.«

»Und was ist los, Mum?«

Ich habe keinen Schimmer, was ich antworten soll, also streiche ich mir das Haar hinter die Ohren und bemühe eine Notlüge. »Nichts. Jedenfalls nichts, worüber man sich Sorgen machen muss. Alles ist gut.«

Dom lehnt sich auf dem Stuhl zurück, die Beine überkreuzt und die Arme verschränkt. Er bläst mir einen Kuss zu, und für einen Moment bin ich abgelenkt.

Jude folgt meinem Blick. »Siehst du ihn jetzt?«

Zum Teufel damit! »Er sitzt auf dem Stuhl am Tischende.«

Jude schaut sich um und langsam wieder zurück zu mir. »Und du denkst wirklich, dass er hier ist?«

»Ja.«

Mein Sohn zieht die Augenbrauen hoch und sieht erst hilfesuchend zu Rachel, dann zu der Stelle, an der Dom sitzt.

Rachel hebt und senkt die Schultern. »Vielleicht ist er es«, sagt sie. »Ich hoffe es«, ergänzt sie, bevor sie auch zu Doms Stuhl blickt. »Dad, wenn du da bist, irgendwo hier, du fehlst mir. Ich vermisse dich jeden Tag. Ich wünschte, ich könnte dich sehen. Ich wünschte, du könntest Paul kennenlernen. Ich wünschte, Mum und du könntet am Wochenende zum College kommen, so wie früher. Mir fehlt es, zum Essen herzukommen.« Sie verstummt und holt tief Luft. »Es fehlt mir, dich anzurufen, deine Stimme zu hören. Vor allem aber vermisse ich deine Umarmungen und dein Lachen.«

Dom geht zu ihr und kniet sich vor sie.

Rachel zieht die Knie an und umfängt sie mit den Armen. »Ich rufe dauernd hier an, Dad, bloß um deine Stimme auf dem Anrufbeantworter zu hören. Sobald ich sie höre, diese alberne Bemerkung gleich nach Mum, lege ich auf.«

»Er ist dir direkt gegenüber«, flüstere ich. Rachel beugt sich vor und schließt die Augen, während ich versuche, nicht daran zu denken, dass ich Lydia die Schuld für die vielen Anrufe gegeben habe.

Könnte Jude seiner Schwester »Verräterin« entgegenbrüllen, würde er es tun. »Mum, ich weiß, dass es noch früh ist«, sagt er, »aber es ist wirklich eine blöde Idee, deinen Job aufzugeben. Du brauchst feste Abläufe. Dad ist *nicht* hier. Ist er schlicht nicht.«

»Vielleicht nicht, Jude.« Ich werde ein bisschen trotzig. »Ich meine, ich weiß, warum ihr *denkt*, dass ich durchdrehe.«

Dom rümpft die Nase und sieht mich mit nur einem offenen Auge an.

»Weil ich es war, die versucht hat, Leben in sein stilles Herz zu trommeln ... Ich habe versucht, Luft in seine wassergefüllte Lunge zu pusten.« Ich schüttle den Kopf. »Ich weiß, dass es keinen Sinn ergibt. Und mir ist durchaus bewusst, dass meinen toten Mann zu sehen wahrscheinlich eine Form von Bewältigungsmechanismus ist. Aber jetzt gerade bereue ich am meisten, es Hannah erzählt zu haben, die es offenbar für nötig hielt, Lydia davon zu berichten.« Ich nicke zu Jude. »Und die wiederum fühlte sich genötigt, es dir zu erzählen. Ohne Frage wurde Erins Irrsinn mit jedem Mal ein wenig schlimmer.«

»Mum.« Rachel ist aufgestanden, tritt hinter mich und umarmt mich.

»Antwortet mir ehrlich. Es ist acht Monate her. Denkt ihr wirklich, es würde mir so gut gehen, wenn ich nicht wenigstens *glauben* würde, dass er noch da ist?« Ich schlucke den Kloß in meinem Hals herunter. Nun kommt Jude zu Rachel und mir und nimmt uns beide fest in die Arme.

»Ich vermisse ihn auch«, sagt er, »so sehr. Ich könnte heulen, wenn ich an ihn denke. Ach was, ich weine, wenn ich an ihn denke.«

Meine Kinder wissen es nicht, doch ihr Vater hat seine langen Arme um uns alle geschlungen, und ich lehne mich in die Umarmung. »Meint ihr nicht, dass er euch auch vermisst?«, flüstere ich.

Jude löst sich als Erster von uns, geht weg, stürzt die Hälfte seines Weins hinunter und setzt sich wieder. »Ich habe das gegoogelt«, sagt er. Rachel und ich sehen uns grinsend an, denn Jude googelt alles. »Was? Ich wusste, dass ihr beide dasselbe sagen würdet, also … jedenfalls, anscheinend …« Er tippt eine Anfrage in sein Handy und ruft eine Seite auf, um abzulesen. »Anscheinend«, fährt er fort, »und ich sage nicht, dass ich dem zustimme, aber nehmen wir mal an, dass es so etwas wie eine Seele gibt.«

Ich bemerke, dass Dom den Raum verlässt. Es ist, als wolle er diesen Teil nicht hören.

»Er hat noch etwas mit dir zu klären.« Jude legt sein Handy hin und zuckt mit den Schultern. »Will dir etwas sagen. Das ist ein ellenlanger Aufsatz, aber im Kern ist es die Aussage. Nicht mit dir und mir, Rach, weil wir ihn nicht sehen können. Nur mit dir, Mum.«

Meine Tränen fließen in Strömen, und ich sehe meinen Kindern an, dass sie bedauern, hergekommen zu sein. Jude hat den Kopf in die Hände gestützt und sieht wie mein verzweifelter Neunzehnjähriger aus, der seinen Vater verloren hat. Keine Spur mehr von dem selbstbewussten Jungverheirateten. Rachel tippt rhythmisch auf meine Hand, und ich glaube, es hilft ihr mehr als mir. Und Dom? Dom scheint verschwunden ...

»Tausend Dank«, sage ich später zu ihm, als er neben mir auf dem Sofa sitzt, während ich versuche, mich mit irgendeiner Fernsehserie abzulenken. Dom sagt nichts. Fitz hat mir eine Textnachricht geschickt, dass er über Nacht im Haus bleibt und morgen wiederkommt.

»Gut, du bist offensichtlich in Ruhelaune, passt mir.« Ich stehe auf, gehe zum Dielentisch und kehre mit unserem Buch zurück. »Denn du musst mir zuhören.« Ich lese ihm meine gestrigen kurzen Worte an ihn vor. Als ich fertig bin, blicke ich auf. Dom sieht mich traurig an.

»Und da ist noch mehr«, sage ich, bevor ich lese, was ich geschrieben habe, nachdem die Kinder gegangen waren. Sieh nicht auf, ermahne ich mich. Lies es in einem Schwung. Keine Blickwechsel.

♥

21. Juni 2017

Mein Liebling Dom,
du hast mir einmal gesagt, dass du dich gefangen fühltest. Ich erinnere mich, als wäre es gestern gewesen. Wir gingen mit den Zwillingen am Fluss spazieren; sie waren noch Babys und im

Buggy. Wir waren beide überwältigt von der Verantwortung und mussten uns wieder daran erinnern, wie es war, Spaß zu haben. Aber wir haben es überwunden – und wieder zueinander gefunden. Ich bin nicht sicher, wie, doch wir haben es geschafft.
Allerdings fühle ich es jetzt wieder.
Ich empfinde es für uns beide.
Ich bin gefangen, weil ich dich nicht loslassen möchte. Ich bin gefangen, weil ich den Gedanken an ein Leben ohne dich nicht ertrage und es nicht so sein sollte. Wir sollten noch als Achtzigjährige aufeinander achtgeben. Nicht jetzt und nicht so. Ich bin gefangen, weil ich nicht glauben will, dass du gestorben bist. Es ist eine Sache, damit fertigzuwerden, dass du fort bist; eine ganz andere ist es, zu akzeptieren, dass du dein Leben bei der Rettung eines anderen verloren hast. Und obwohl ich denken sollte, dass ein Leben zu retten löblich ist, bin ich wütend auf dich. Denn so traurig es gewesen wäre, hätte ich ihren Verlust leichter verwunden als deinen.
Du bist gefangen, weil du, wenn dies hier real ist, irgendwas davon, aus meinem Leben verschwunden sein müsstest, es aber nicht bist. Ist das für dich eine Art Limbus? Warum sehe ich dich nur im Valentine's oder in unmittelbarer Nähe vom Haus? Musst du hierbleiben? Ist das der wahre Grund, weshalb du nicht mit mir in die Staaten kommen konntest? Was auch los sein mag, ich sehe dich nur hier, folglich hat sich alles Gerede von gemeinsamen Reisen erledigt. Ist hier dein Limbus – an unserem Wohlfühlort? Hat Jude recht, dass du mir noch etwas sagen musst, etwas unabgeschlossen ist oder ungesagt? Musst du hier sein? Zieht es dich zu deiner Mum und Maisie?
Wie geht es für uns beide weiter?
So viele Fragen …
Ich möchte dich für immer hier bei mir haben. Könnte ich das, würde ich die Tür abschließen und den Schlüssel verschlucken. Aber das geht nicht, oder? Sonst wären wir beide gefangen. Du in

diesem Zwischenstadium, was es auch sein mag, und ich, die ich mich vor allen verstecke, die ich mag, um bei dir zu sein.
Und an diesem Punkt sage ich dir, dass du mich verlassen musst. Ich weiß es, fühle es in meinen Knochen, und ich möchte nichts lieber als dich bitten, noch eine Weile zu bleiben. Ich bin nicht bereit, wieder Lebwohl zu sagen ... noch nicht.
Bitte ...
Ich liebe dich für immer, Dom, mein Liebling.
Erin xx

♥

Als ich aufblicke, ist mein Gesicht tränenbefleckt, und er steht hinter mir. Ich muss tief einatmen, um Luft zu bekommen. Er beugt sich nach unten, küsst mich aufs Haar, und ich greife nach oben, um seine Hand zu berühren und ihn zu fühlen.

»Ich habe die Briefe nicht gelesen«, gesteht er, »aber das spielt keine Rolle. Ich höre deine Gedanken, wenn du sie aufschreibst. Daher wusste ich Bescheid.«

Ich drehe mich um, schaue nach oben, umfange sein Gesicht mit beiden Händen. »Falls ich mir dich einbilde, also bloß ausdenke, bin ich ziemlich gut darin.«

»Scheint so.« Er sieht zur Uhr an der Wand und wieder zu mir. »Zu Bett?«, fragt er. Ich lasse das Buch fallen und nehme seine Hand.

45

Donnerstag, 22. Juni 2017

Fitz ist zurück. Er trägt einen kleinen Karton unter dem Arm, den er auf den Tisch stellt. Dabei sieht er mich die ganze Zeit stirnrunzelnd an. »Du siehst furchtbar aus.«

Beim Aufwachen hatte ich das Gefühl, jemand hätte sich mit Rasierklingen in meinem Hals ausgetobt, also schniefe ich nur in mein bereits feuchtes Taschentuch. »Sommerschnupfen«, flüstere ich.

»Hot Toddy«, beschließt er und füllt schon den Kessel. Mir fällt ein, dass Lydia an dem Abend unserer Ankunft in Cornwall dasselbe getrunken hatte.

»Hast du Nelken?« Er späht in meine Küchenschränke, in denen sich sicher welche finden werden, und ich versuche ihm zu sagen, dass ich wirklich nicht das Wundermittel gegen Erkältung haben will.

»Würdest du bitte ausnahmsweise mal«, sagt er über seine Schulter, als er vor dem offenen Schrank steht, »tun, was man dir sagt?«

Der Kessel brodelt. Er gießt Wasser auf den braunen Zucker und die Nelken, rührt alles um und gibt den Whisky hinzu. Ich verziehe das Gesicht, als er mir den Becher reicht.

»Trink.«

Es ist ein Befehl, aber ich kann gerade mal den Becher halten und fühlen, wie die Hitze meine Hände wärmt.

Fitz sitzt mir gegenüber. »Ich habe das Angebot für das Haus angenommen.«

Ich nicke verhalten, trinke einen Schluck, anstatt etwas zu sagen, und fühle, wie die Flüssigkeit meinen wunden Hals benetzt. Es ist eklig, macht das Schlucken aber leichter.

»Ein junges Paar, bei dem ein Kind unterwegs ist. Sie sind nett … und es fühlt sich an, als würde dem Haus neues Leben eingehaucht.«

Ich sehe ihn an und bin nicht sicher, was er mir sagen will. »Das ist gut«, kommt aus mir heraus, und er scheint zufrieden damit.

»Ich habe einige Sachen für dich mitgebracht.« Er zieht den kleinen Karton zu uns heran. »Dinge, von denen ich gedacht habe, dass sie dir gefallen würden. Alles andere ist verpackt, also könnten wir vielleicht runtergehen, und du könntest nachsehen …«

»Ich will nichts«, unterbreche ich ihn heiser.

Er tippt auf den Deckel des Kartons. »Es sind ein paar Lieblingsbücher von deiner Mum und dieser Schal, den sie dauernd umhatte, weißt du noch?«

Orange, Rot, Lila, verschiedene geometrische Formen. Ja, ich erinnere mich. Ich stelle sie mir vor, wie sie ihn jetzt trägt und neben Fitz am Tisch sitzt.

»Siehst du sie, Dad?«

Er sieht mich an. »Manchmal, obwohl inzwischen seltener …«

»Redest du mit ihr?«

Ich sehe, wie sich sein Adamsapfel bewegt. »Immerzu. Jetzt häufiger.« Er lacht. »Sie ist längst nicht immer meiner Meinung.«

Mein Lächeln ist verhalten, und er ergreift meine Hand. »Aber ich denke, sie war es, die mich daran erinnerte, was du durchmachst. Ich wachte eines Morgens auf und hatte das Gefühl, sie und ich hätten uns unterhalten, während ich schlief, und ich …« Er stockt. »Mir war, als würdest du mich hier brauchen.«

Ich stelle den Becher hin und schlinge die Arme um meinen Oberkörper. »Dom ist immerzu hier.«

Dad blickt sich um, als könnte er ihn womöglich sehen. Er drückt meine Hand. »Wenn es dir hilft.«

Ich sage nichts.

»Abschiede sind nur etwas für jene, die mit ihren Augen lieben. Denn für die, die mit ihrem Herzen und ihrer Seele lieben, gibt es keine Trennung.«

Meine Unterlippe bebt.

»Rumi. Penny hat mich mit ihm bekannt gemacht. Ein persischer Dichter aus dem dreizehnten Jahrhundert.«

»Schöne Worte«, bringe ich heraus.

Er lässt meine Hand los und tippt auf sie. »Wie war es gestern mit Lydia?«, wechselt er das Thema.

Ich könnte zugeben, dass ich es nicht hingeschafft habe, aber ich lächle nur breiter. »Prima. Sie hat eingewilligt, Valentine's zurückzukaufen. Sie weiß, dass Gerard und Dom es so wollen.«

Und sie ist sofort da, diese Furche zwischen den Augenbrauen meines Vaters. Weil ich im Präsens von Dom gesprochen habe. Seine poetischen Worte sollten mich nur friedlich stimmen. Dann nickt er zögerlich und beschließt, mich in dem Glauben zu lassen, mein Ehemann sei noch da.

»Aber ich werde nicht mehr für sie arbeiten«, ergänze ich. »Und das weiß sie jetzt.« Was hatte sie noch geschrieben?

Ich respektiere deine Entscheidung.

Ich sehe meinem Vater an, dass er nichts sagen will. »Ich gehe mal los und besorge uns eine Suppe«, sagt er stattdessen, steht schon in der Tür und klimpert mit den Schlüsseln.

Draußen sind es dreißig Grad. Ich will keine Suppe. Oder heißen Whisky.

»Wie wäre es mit Mineralwasser?«, schlage ich vor.

»Okay. Schreib mir, wenn dir irgendwas einfällt, nach dem dir ist.«

Als er geht, schnappe ich mir meinen Hut mit der breiten Krempe und gehe raus auf die Terrasse, wo ich mich in den

Hängesessel setze und mich im Schatten des Schneeglöckchenbaumes zusammenrolle. Ich sehe zu der Stelle, an der wir die Kapsel vergraben haben, und nicht zum ersten Mal denke ich über sie nach.

Ich fühle einen sanften Schwung, und der Sitz bewegt sich.

»Du hast immer gewusst, dass ich sie begraben habe«, sagt Doms Stimme hinter mir, bevor er sich mir gegenüber hinsetzt und seine Hände giebelartig unter dem Kinn zusammenlegt.

»Willst du sie ausgraben?«, fragt er.

Ich schüttle den Kopf. »Lieber möchte ich, dass du mir erzählst, was da stand.«

»Ich habe nie gelogen, Erin. Es eröffnete lediglich einen Dialog, den es Jahre später ohnehin gegeben hat.«

»Warum hast du es mir so lange vorenthalten?«

Dom starrt auf die Stelle, auf die ich mit dem Spaten losgegangen wäre. »Um mich daran zu erinnern, was für ein Idiot ich gewesen bin.«

»Und wieso hast du es ausgerechnet dann begraben?«

»Um mir selbst zu vergeben. Ich dachte, wenn du es kannst, sollte ich es auch versuchen.« Er sieht gen Himmel, bevor er sich zu mir wendet. »Du hörst dich erkältet an.«

»So fühle ich mich auch. Fitz ist los, Suppe besorgen.«

Dom lacht. »Irgendwas solltest du essen. Vielleicht keine Suppe, aber etwas, Erin.«

Ich blicke an mir hinab. Meine Kleidung schlackert um meinen Körper.

»Das ist keine Diät, die ich empfehlen würde«, sage ich und bekomme einen Hustenanfall.

»Würde ich immer noch«, erwidert er grinsend. »Wenn ich könnte. Du bist nach wie vor mein wunderschönes Baummädchen.«

Wir halten uns bei den Händen und sitzen still da, bis ich höre, wie die Haustür geöffnet und wieder geschlossen wird.

»Suppe«, flüstert Dom.

Ich schließe meine Augen. Als ich sie wieder öffne, steht Fitz vor mir. »Hühnchen oder Minestrone?«

♥

22. Juni 2017

Dom, mein Liebling,

ich denke immerfort über das nach, was Jude gesagt hat, und frage mich, ob du noch etwas mit mir zu klären hast. Deshalb konzentriere ich mich auf alles, was geschehen ist, seit du fort bist und wieder hier auftauchtest.

Valentine's geht wieder an mich. Für die Pflege deines Vaters ist gesorgt. Ich habe das Geld von der Lebensversicherung, das mir »Wahlmöglichkeiten« lässt.

All das ist in die Wege geleitet.

Womit nur noch Lydia bleibt.

Und die Situation ist zumindest besser als vorher.

Nun verrate ich dir noch einmal auf diesen Seiten, dass ich Angst habe. Ich habe Angst, es so geradezubiegen, wie du es dir wünschst, weil ich denke, dass du dann gehen musst.

Stimmt doch, oder?

Ich liebe dich. Bitte verlass mich nicht.

Erin xx

♥

46

Freitag, 23. Juni 2017

Die Fahrt verläuft still bis auf den Lärm in meinem Kopf, der mich drängt umzukehren. Als wir uns dem Haus nähern, fragt Fitz nach dem Pflegeheim, in das Gerard zieht. Ich versichere ihm, dass es schön ist – eine neue, moderne Einrichtung –, dass Gerard es will und dass es auch Platz für Fitz dort gibt. Ich mache dies hier für ihn, sage ich mir. Für ihn. Für Dad. Er ist weit gereist, um hier bei mir zu sein, und dies hier ist für ihn.

Ich biege in die Einfahrt. Mich hätte Doms Elternhaus abgeschreckt, hätte ich es gesehen, ehe ich ihn kennenlernte. Sogar Fitz ist ein wenig eingeschüchtert, und ich kann nicht glauben, dass er noch nie hier war.

»Da würde mein Haus gleich mehrmals reinpassen«, sagt er beim Anblick der viergeschossigen viktorianischen Doppelhaushälfte. Ich steige die Steinstufen hinauf und hebe den Klopfer an, aber Lydia öffnet bereits. »Fitz«, sagt sie und umarmt ihn, »wie schön, dich hier zu sehen!« Sie lächelt mir über seine Schulter zu und sagt stumm »Hallo« in meine Richtung. Mir fällt auf, dass sie die gleichen zitronengelben Shorts trägt wie ich.

»Ah, dich auch. Du siehst gut aus, Liebes.« Er hält ihre Hände und mustert sie von oben bis unten. »Wie geht es deinem Dad?« Er hakt sich bei ihr ein und geht mit ihr in die Diele. Ich folge ihnen, wobei meine Flip-Flops leise flappen. Ich stelle mir Doms Füße vor, die jahrelang über die Fliesen gegangen sind. Doms Füße …

Lydia schaut sich zu mir um und scheint etwas sagen zu wollen, sich aber dagegen zu entscheiden. Ohne es zu ahnen, hat Dad uns nach hinten in die Küche geführt. Ich erinnere mich, wie Sophie hier jede Menge Weihnachtsessen gekocht hat. Es ist komisch, denke ich, denn es fühlt sich an, als sei sie noch hier. Und dann wird mir klar, dass bei meinem Geisteszustand wohl gar nichts komisch ist.

»Kann ich euch etwas anbieten?«, fragt Lydia. »Vielleicht etwas Kaltes zu trinken, eine Limonade oder ein Bier?«

»Nein danke«, antworte ich für uns beide. Das Letzte, was ich will, ist, dass Dad sich länger bei einem Bier aufhält. »Wir sind nur gekommen, weil Dad gerne Gerard sehen würde.«

»Dir geht es nicht sehr gut«, sagt sie.

»Sprechen tut weh«, entgegne ich in der Hoffnung, dass sie nicht versuchen wird, mit mir zu reden.

Sie nickt und geht voran aus der Küche und einige Stufen hinunter ins untere Erdgeschoss, wo Gerard seit zehn Monaten lebt. Er sitzt in einem Sessel, hat ein Buch auf dem Schoß, und im stumm geschalteten Fernseher wird ein Rugby-Spiel übertragen. Als er uns sieht, breitet er die Arme aus, und ich bücke mich, um ihn zu umarmen.

»Erin, wie geht es dir, meine Liebe?« Er umfängt mein Gesicht mit beiden Händen und blickt mich mit seinen feucht glänzenden Augen an. Es fühlt sich an, als müsse ich nicht antworten, und er küsst mich auf die Wange.

»Fitz!« Gerard richtet sich mühsam auf. »Wie geht es dir, alter Knabe? Wie ich höre, hast du eine jüngere Frau!«

Ich ziehe mich zur Tür zurück, weil ich die beiden für sich lassen will, aber Lydia ist da, steht im schattigen Flur.

»Hast du die Anwältin gesprochen?«, frage ich krächzend.

»Ja. Ich habe dir eine E-Mail geschickt – die Verträge sind in ein paar Tagen fertig. Wahrscheinlich können wir alles in einem Schwung abwickeln.« Sie spricht leise.

»Und bist du mit der Schätzung einverstanden?«

Lydia nickt und ringt die blassen, aderigen Hände, als versuche sie, die Durchblutung anzuregen. Plötzlich streckt sie eine Hand vor und berührt meinen Arm. Ich zucke zusammen. Fitz ist nur Meter entfernt im Zimmer nebenan und redet mit Gerard über die vielen gerahmten Fotografien um ihn herum.

»Es ist wirklich schön, dich zu sehen«, sagt Lydia vorsichtig.

Gerard erzählt Fitz, dass es ein Dom- und ein Lydia-Regal gibt, alles chronologisch geordnet, vom Babyalter bis zur Hochzeit. Auf Doms Regal sind auch Bilder von Rachel und Jude, sogar eines von Maisie, und ich möchte schreiend aus dem Haus rennen.

»Erin.« Sie greift fester nach meinem Arm. »Ist alles in Ordnung?«

»Bist du gefallen?« Jetzt ist es raus. Durch die Tür sehe ich, dass Fitz mir einen verärgerten Blick zuwirft. »Oder bist du gesprungen?«

Lydia weicht zurück und stützt sich an der Wand ab. »Ich bin gefallen«, sagt sie und lässt meinen Arm los, als hätte sie sich an mir verbrannt. Tränen rinnen über ihre Wangen, als sie durch den Flur weggeht. Ich folge ihr.

»Ich bin gefallen«, wiederholt sie kopfschüttelnd.

»Warst du so nah am Wasser?« Wenn ich an all die Schwimmveranstaltungen zu wohltätigen Zwecken denke, bei denen sie blankweg ablehnte, jemals Schwimmen zu lernen und teilzunehmen. »Es hat nie einen Sinn ergeben.«

»Ich war bloß stehen geblieben, um die Aussicht zu bewundern. Es herrschte Brandung … Ich war einfach …«

»Du würdest sowieso lügen, Lydia, also werde ich es nie erfahren.«

»Erin.« Ihr Gesicht ist verzerrt vor Entsetzen.

»Du warst erschöpft, warst hergezogen, um dich freiwillig um Gerard zu kümmern.«

Fitz schließt die Tür, sodass wir im Flur eingesperrt sind.

»Dein Leben war nicht so, wie du es dir ausgemalt hattest«, fahre ich fort.

Lydia dreht sich ruckartig um. »Ich bin ausgerutscht und ins Wasser gefallen. Dom hat mir das Leben gerettet, und ich kann nicht den Rest damit verbringen, mich zu entschuldigen. Du weißt, dass er es auch nicht gewollt hätte.«

Sie hat keine Ahnung, was Dom wollen würde, was er will.

»Ich sollte gehen«, sage ich und versuche, an ihr vorbeizukommen.

»Ich bin gefallen«, wiederholt sie, als ich die Treppe hinaufsteige. »Aber ich wünsche mir immer noch, dass ich an dem Tag gestorben wäre, nicht er.« Sie wird lauter, folgt mir, während ich mich von ihr wegbewege. »Jeden Tag«, schreit sie. »Jeden einzelnen Tag wünsche ich mir, er wäre noch hier, nicht ich.«

Fitz lässt sich Zeit, und als er endlich rauskommt, sagt er kein Wort, bis ich den Motor anlasse.

»Was für ein sagenhaftes Haus.« Er sieht hin und nagt an einem Stück vertrockneter Nagelhaut.

»Ist es.« Ich lege den Gang ein und setze zurück.

»Und was für eine verkorkste Frau. Im Ernst, Erin.« Er hebt eine flache Hand in die Höhe. »Das ist mal eine verkorkste Frau.«

»Ja, aber sie lebt«, sage ich und fahre los.

Ich starre geradeaus, während er mich beobachtet.

»Hast du nicht gehört, wie sie dir sagte, sie würde wünschen, dass sie es nicht täte?«

»Womit wir schon zwei sind.«

»Du bist wütend. Du hast ein Recht, wütend auf die Welt zu sein, aber du musst dich zusammennehmen, Mädchen.«

»Dad.« Ich fahre in eine fremde Auffahrt und halte an. »Was soll das? Lydias bettelt neuerdings um Vergebung, nachdem sie mir monatelang nicht in die Augen sehen konnte. Du kommst *jetzt* aus Amerika zurück, auf unbestimmte Zeit, ›um das Haus zu verkaufen‹, aber als Dom starb, konntest du es kaum achtundvierzig Stunden nach der Beerdigung hier aushalten.«

»Vielleicht hat sie gespürt, dass du immer gedacht hast, womit du heute herausgeplatzt bist. Vielleicht *ist* sie gesprungen – und falls ja, überleg mal, mit was sie jetzt zu leben hat?« Fitz holt tief Luft, ehe er weiterredet. »Ich glaube übrigens, dass sie gefallen ist. Und vielleicht hätte ich dich nach einigen Wochen in den Staaten besuchen sollen, um zu sehen, wie sehr du mich brauchst. Entschuldige …«

Ich brauche dich nicht. Ich habe Dom. Und hör auf, wie ein Teenager zu reden. Verschwindet, alle.

»Ich habe mich geirrt«, ergänzt er.

Ich ziehe meine Bluse aus, sodass ich nur noch ein weißes T-Shirt trage, und drehe die Klimaanlage an. »Du solltest zurück zu Penny gehen.«

Er ignoriert mich. »Lydia hat mir gesagt, dass du nicht wieder arbeiten willst.«

Ich kneife den Mund zusammen.

»Was? Als du rausgegangen bist, haben wir geredet«, sagt er.

»Ich habe gekündigt, und das hatte ich dir schon erzählt. Ich muss und will nichts mehr mit dem Geschäft zu tun haben.«

»Ja, weiß ich, aber mir kommt es vor, als bräuchtest du eine feste Routine und den Job, den du über alles geliebt hast.«

»Ich habe Geld.«

»Na und?«

Achselzuckend drehe ich das Fenster herunter. »Geld eröffnet mir Wahlmöglichkeiten.« Einer von Doms Lieblingssätzen.

Fitz nickt weise. »Und welche Wahl triffst du?«

»Mit dem Geld aus dem Verkauf der Firma kaufe ich Valentine's zurück.«

Noch ein Nicken.

»Und das übrige Geld …« Die Summe aus der Lebensversicherung – unser Abenteuerfonds, wie Dom es nannte.

»Das übrige Geld?«, hakt Fitz nach.

»Die Lebensversicherung. Ich weiß noch nicht, aber sie beschert mir ein Einkommen …«

Fitz lacht laut. »Du bist fünfundvierzig Jahre alt. Keine noch so hohe Lebensversicherung wird dich weitere vierzig Jahre über Wasser halten. Du solltest noch eine Weile weiterarbeiten. Etwas Vertrautes in deinem Leben haben und ein festes Gehalt.«

»Vielleicht eröffne ich mein eigenes Café oder eine Gin-Bar. Irgendeine Konkurrenz.«

Ich wage nicht hinzusehen, doch ich fühle die Verzweiflung, die Fitz ausstrahlt. »Das würdest du nicht machen.«

Er hat recht, trotzdem gefällt mir die Vorstellung. »Vielleicht sterbe ich jung, so wie Mum«, sage ich und lasse den Motor wieder an. »Damit wäre das Vierzig-Jahre-Problem gelöst.«

Fitz sagt nichts. Mein Hals tut weh vom Sprechen. Den Rest der Fahrt sagen wir nichts. Die einzigen Geräusche kommen durch die offenen Seitenfenster: Hupen, Gesprächsfetzen von Fußgängern, Musik aus anderen Autos, das Surren im Kopf meines Vaters.

»Hör mal«, sage ich, als ich neben seinem Wagen vor unserem Haus halte, »mir ist heute Abend wirklich nicht nach Gesellschaft. Bist du mir böse?«

Fitz nimmt meine Hand in seine Hände. »Ich *weiß*, was du durchmachst.« Er beugt sich rüber und küsst mich auf die Wange. »Ruf mich an.«

Er wartet hinter seinem Lenkrad, bis ich die Haustür hinter mir geschlossen habe. Und ich warte, bis er weg ist, ehe ich ausatme.

»Dom?«, rufe ich. »Ich bin zu Hause.«

47

Samstag, 24. Juni 2017

Es ist halb sechs, alle Läden schließen, und ich sitze in einem Pub gleich neben dem Einkaufszentrum und warte auf Jude. Die Einkaufenden und Mitarbeiter aus den Geschäften scheinen alle zu einem wunderbaren Abend nach Hause zu wollen, wo sie, wenn sie können, noch bis spät draußen sitzen. In der Bar ist es erstaunlich ruhig. Meine Einkäufe stehen zu meinen Füßen, und ich sitze schon zehn Minuten vor der verabredeten Zeit bei einem Holunderwasser. Jude ist ein Pedant – immer pünktlich. Und er hasst es, wenn sich Leute verspäten.

Während Zweifel an mir nagen, schlucke ich ein paar Tabletten, und als ich gerade aufstehen und so tun will, als hätte ich es nicht geschafft, steht mein Sohn vor mir und schaut mich mit Doms Augen an.

»Mum«, sagt er und gibt mir einen Wangenkuss. »Wolltest du fliehen?«

»Nein, nein, ich dachte, dass du jeden Moment hier sein musst, und wollte dir etwas zu trinken holen.«

»Setz dich, ich hole mir selbst einen Drink. Willst du nichts Stärkeres?«

»Antibiotikum«, sage ich und ahme das Lenken eines Wagens nach.

Minuten später ist er mit einem Guinness wieder da. Ich beobachte, wie die Bläschen vom Boden zur cremigen Oberfläche aufsteigen.

»Dreimal in zehn Tagen?«, sagt er. »Ein Rekord für uns.«

»Ja.« Ich achte darauf, ruhig zu atmen. »Ich wollte dich allein treffen.«

Jude sieht sich übertrieben in der leeren Bar um. »Tja, das ist dir gelungen«, sagt er.

»Ich habe etwas für dich.« Dabei tippe ich an die Einkaufstasche.

Er sieht skeptisch aus, scheint es aber sogleich zu bereuen. »Entschuldige. Ich habe deine Abneigung gegen Überraschungen geerbt.«

»Als dein Dad und ich heirateten, hat Fitz uns ein ledergebundenes Buch geschenkt, das wir unser *Buch der Liebe* genannt haben. Ich habe mir mein Gehirn zermartert, was ich dir und Freya zur Hochzeit schenken soll, und ... jedenfalls, hier ist es. Dies ist mein Geschenk an euch.« Ich ziehe das Notizbuch hervor, das ich im Kaufhaus gefunden habe – Ledereinband. Nicht genau gleich, aber ähnlich. Ich habe es in Zeitungspapier eingewickelt und mit einer blauen Schleife verschnürt. Fitz' Worte habe ich auf eine neue Karte geschrieben.

Er sieht das Päckchen an, das ich zwischen uns auf den Tisch gelegt habe. »Mist, Mum, wir hatten auf einen Geschirrspüler gehofft.«

Meine Miene muss mich verraten, denn er lacht kopfschüttelnd. »Entspann dich, war nur ein Scherz. Packe ich es jetzt aus?«

»Nein, warte auf Freya, und mach es mit ihr zusammen.« Aus irgendeinem Grund bin ich verlegen und rutsche auf meinem Stuhl hin und her.

»Vielen Dank«, sagt er. »Danke.«

»Ich besorge einen Geschirrspüler, wenn ihr einen braucht«, füge ich hinzu.

»Ach, Mum ...« Er trinkt ungefähr ein Drittel seines Pints in einem Zug.

»Im Ernst, wenn ihr euch einen wünscht ...«

»Wir brauchen keinen Geschirrspüler. Wir haben gar keinen Platz für einen.«

»Gibt es sonst irgendwas, das ihr braucht?«

»Nein.«

»Das Geschenk.« Ich schiebe es zu ihm. »Als Fitz es uns gab, hielt ich es für eine verrückte Idee, bis ich es zum ersten Mal benutzt habe und … wie dem auch sei, ich hoffe, dass du und Freya es nützlich findet. Es hilft Leuten, anders zu kommunizieren, wenn es etwas gibt, das man nicht laut sagen kann …«

»Es gibt nichts, was Freya und ich nicht miteinander besprechen können«, sagt er mit einer Überzeugung, die ich nie besaß.

»Klar. Tja, bei deinem Dad und mir gab es eine Menge Momente, in denen wir es nicht konnten, und da hat es wirklich geholfen. Aber das weißt du ja schon …«

Seine Haut rötet sich unter dem Bart, den er seit einigen Monaten wachsen lässt. Es ist, als hätte er an dem Tag aufgehört, sich zu rasieren, an dem Dom starb.

»Wir wussten, dass du unser Buch mindestens einmal gelesen hast.«

»Das tut mir leid.«

»Schon in Ordnung. So muss ich dir nicht mal erklären, wie es funktioniert.«

Die Bar ist jetzt so leer, dass ich nur noch das Rauschen aus der Gläserspülmaschine hinter dem Tresen höre. Ich ertappe mich dabei, wie ich Judes Hände betrachte. Er hat lange schmale Finger mit kräftigen Spitzen, wie ein Pianist, ganz anders als meine oder Doms.

»Hast du heute mit Rachel gesprochen?«, fragt er.

Ich nicke. Rachel und ich telefonieren täglich und reden über alles und nichts.

»Früher war ich eifersüchtig deshalb«, sagt er und sieht mich an. »Auf dein lockeres Verhältnis zu ihr, und ich habe euch deshalb das Leben schwergemacht. Aber das ist alles lange her.«

»Was ging dir damals durch den Kopf?«

»Mum, dies ist wieder einer der Momente, in denen du Fragen stellst, auf die du eigentlich keine Antwort hören willst.«

»Doch, will ich.« Ich runzle die Stirn. »Was, bin ich jetzt wieder ein ›Kontrollfreak‹?«

»Nein.« Lachend stellt er sein Glas hin. »Ehrlich gesagt ist das eine blöde Bemerkung. Nein, es … es ist nur so, dass die Wahrheit wehtun könnte, deshalb will ich nicht ehrlich sein.«

Ich bin mir wirklich nicht sicher, ob mein Sohn das Buch braucht.

»Jetzt musst du es sein. Ich habe gefragt.«

»O-k-a-y. Maisie ist gestorben. Rachel hat sie ersetzt, und ich war irgendwie das überzählige Kind.«

Ich schlucke ob seiner ungeschminkten Ehrlichkeit und schweige.

»So empfinde ich heute nicht mehr. Das habe ich nur früher für einige Zeit, als ich eine Menge Kram und Leute gehasst habe, wie die Schule und …« Er zuckt mit den Schultern. »Irgendwie fielt ihr mit darein, in den ›Kram‹. Du und Rach habt euch immer verstanden, und ich war neidisch.« Er hebt eine Hand, als ich etwas sagen will. »Ich weiß, was du sagen willst. Dad und ich hatten auch ein gutes Verhältnis.«

Ich nicke.

»Hatten wir, weshalb ich jetzt weiß, dass es bescheuert war, aber, wie gesagt, du hast gefragt.« Er sieht zu meinem Holunderwasser. »Keine Sorge, Mum, das ist alles alter Mist. Ich gehe mir noch ein halbes Pint holen. Willst du wirklich kein Glas Wein?«

Ich möchte dringend eines. »Doch. Ich möchte ein Glas Wein. Und eine Tüte Nüsse.«

Jude beugt sich nach unten und küsst mich auf den Kopf. »Kommt sofort.«

»Jude.«

Er blickt sich zu mir um.

»Es tut mir leid.«

»Vergiss es, Mum, ja?«

Als er weggeht, berühre ich die Stelle, die er geküsst hat. Ich denke an die Hunderte von Gelegenheiten, bei denen mich dieser Junge stolz gemacht hat – die Zeugnisse, die Schulfotos, der Witzbold in der Familie, das sensible Kind im Umgang mit anderen, die Hingabe an den Sport, seine Laufpokale, die Male, die ich wusste, dass er seine Schwester beschützte, und die Art, wie er mich in den Armen hielt, als sein Vater starb. Ich bin mir nie sicher gewesen, ob unser Sohn, dieses Kind im Mann, langfristig zurechtkommen würde.

Bald trinke ich einen leicht säuerlichen Chardonnay, und Jude erhebt sein Glas. »Du und Dad hattet eine großartige Ehe. Ich hoffe, Freya und ich haben genauso viel Glück.«

Ich tippe auf das Geschenk. »Verschafft euch ein bisschen Glück. Vieles wird euch geschenkt, aber manches müsst ihr euch selbst erschaffen.«

»Bekommt Rachel auch so eines, wenn sie heiratet?«

»Ja, sicher.«

»Denkst du, sie heiratet Paul?«

»O Gott, nein.«

»Ich auch nicht.«

»Andererseits hätte ich auch nie gedacht, dass du mit Freya nach Gretna Green zischst. Also was weiß ich schon?«

48

Sonntag, 25. Juni 2017

Als ich von der Abendmesse komme, trete ich auf einen Briefumschlag, den ich drinnen auf der Fußmatte nicht bemerkt hatte. Dann gehe ich daran vorbei. Da ich sie jahrelang auf allen möglichen Unterlagen gesehen habe, erkenne ich Lydias Handschrift selbst aus einem Meter Abstand und mit einem dunklen Fußabdruck drauf.

»Du solltest den lesen«, sagt Dom sofort.

»Lies du ihn.«

»Er ist für dich.«

Ich hebe den Umschlag auf und gehe nach oben. »Ich lasse mir ein Bad ein«, sage ich zu ihm. Wieder vermeide ich das Thema, das seit Tagen zwischen uns in der Luft hängt. Das mit den Worten beginnen würde: »Und was ist mit Lydia?« Im Bad stecke ich den Stöpsel ein, drehe beide Wasserhähne auf und trete zurück, um zuzuschauen, wie sich die Wanne mit dem geschwungenen Rand füllt. Meine Kleidung lasse ich auf den Boden fallen. Ich streue ein wenig Badesalz ins Wasser, warte, dass es sich auflöst, und prüfe die Temperatur mit dem Ellbogen, wie ich es früher für die Babys getan habe. Dann steige ich ein, setze mich langsam hin und lasse mich vom Wasser streicheln. Es dauert nur Minuten, bis ich nach dem Umschlag neben dem Waschbecken greife und ihn mit nassen Händen aufreiße.

Ich kann ihn nicht *nicht* lesen.

Liebe Erin,

wir beide sind im Laufe der Jahre aus unterschiedlichen Gründen zu der Überzeugung gelangt, dass es gut ist,

Dinge aufzuschreiben. Ich hätte dir eine E-Mail schreiben können, aber ich dachte, dass du sie bloß löschen würdest, wie die anderen, die ich dir geschickt habe. Hoffentlich ignorierst du diesen Brief nicht so leicht.

Ich habe nur wenige Dinge zu sagen:

Du fehlst mir. Lange Zeit warst du wie eine Schwester für mich, und du fehlst mir in meinem Leben.

Mein Leben, ja. Ein Leben, das ich vollkommen blöd einmal beenden wollte, als ich nicht ertrug, keine Kinder zu bekommen. Erin, ich hoffe, dass du, weil du mit deinen eigenen Ängsten zu kämpfen hattest, dies anhören und verstehen wirst. Als jemand, der heil aus jener Verzweiflung herausgekommen ist. Der NIE wieder an den Punkt zurückkehren will. Ich weiß, dass ich jederzeit, wenn ich auch nur annähernd solch destruktive Gefühle hege, Menschen habe, die bereit sind, mich anzuhören und zu helfen.

Ich bin gefallen. Einfach so. Es war furchtbar und endete in einer entsetzlichen Tragödie, aber mein Anteil daran war ein Unfall. Doms Anteil war willentlich heldenhaft. Er hat mein Leben gerettet, Erin, und dafür bin ich dankbar. Aber ich empfinde auch eine überwältigende Schuld und fühle sein Fehlen so sehr, dass ich inzwischen – nicht unmittelbar danach, aber jetzt – professionelle Hilfe brauche. Ich muss damit klarkommen, und das tue ich. Ich stelle mich dem.

Du hast die Liebe deines Lebens verloren. Und dafür gibt es keine Worte. Ehrlich, ich habe nachgedacht, ob ich irgendwas sagen könnte, um dir begreiflich zu machen, dass ich es weiß, dass ich mit dir fühle und dir helfen möchte (wahrscheinlich muss). Und du schreist in diesem Augenblick den Briefbogen an und sagst mir, ich soll mir mein Mitgefühl sonst wohin stecken.

Dein Job hier wartet auf dich, falls du ihn je wieder willst.
Falls du ihn je wieder brauchst.
Ich bin hier und warte auf dich, falls du mich jemals willst oder brauchst.
Ob wir beide jemals wieder Freundinnen werden, weiß ich nicht, aber ich hoffe es. Es wird Vergebung brauchen. Ich lerne, mir selbst zu vergeben, dass ich an dem Tag dort war. Doch damit wir nach vorn sehen können, musst auch du mir vergeben. Dom hat stets an die Hoffnung geglaubt. Er wusste, wie sehr Angst uns einschränken kann (wie du auch), aber er glaubte an Hoffnung. Einmal sagte er mir, sie sei das Einzige, das uns befreien kann.
Mit diesen Worten ende ich.
Ich liebe dich. Es tut mir leid. Ich hoffe, du kannst mir vergeben.
Lydia

Ich lasse das einzelne Blatt ins Wasser fallen und spüre, wie meine Entschlossenheit schwächelt, während ich das Papier beobachte, das sich vollsaugt. Die Tinte verschwimmt. Dann knülle ich den Bogen zusammen und schleudere ihn quer durchs Bad. Ich tauche mit dem Kopf unter Wasser. Das Badesalz beißt in meiner Nase. Meine Haare fächern sich zu rostroten Wellen, die beinahe das Licht verdunkeln. Ich schließe die Augen, höre Dom in meinem Kopf plappern und halte den Atem an. Mein Haar teilt sich, und ich sehe eine Hand über mir, ehe ich keuchend aufspringe.

Als es gerade Tag wird, höre ich mich wimmern. Ich liege auf dem Rücken, den rechten Arm ausgestreckt auf meiner Seite, den linken angewinkelt. Dom schläft noch neben mir, und seine linke Hand ruht auf meiner, beschattet und beschützt sie.

Sie ist so viel größer als meine Hand, und zu fühlen, wie sich seine Finger auf meinen spreizen, beruhigt mich. Ich schließe die Augen wieder. Eins, zwei, drei, vier, fünf – unsere Finger verweben sich. Ich schlafe sofort ein.

♥

Erin, meine Liebe,
ich hoffe, du kannst mich hören …
Wir hatten die beste Ehe. Lass uns wenigstens das zugeben. Sicher gab es, wie in so vielen, Notlügen. Und es gab einige verletzende Lügen. Aber vor allem, Erin, glaube ich immer noch, dass sie auf Liebe gründete, durch Liebe überlebte und mit ihr in alle Ewigkeit besteht.
Bitte, sei imstande, dies zu hören … Unsere Hände berühren sich sacht, jeder einzelne Finger. Da sind ich und du und Maisie und Jude und Rachel. Eins, zwei, drei, vier, fünf.
Jude hatte recht und auch unrecht. Ja, ich bin hier, habe dir Dinge zu sagen, allerdings nicht, weil es Unerledigtes gibt, sondern eher, weil ich es nicht ertrug, dich loszulassen. Ich war nicht bereit. Bin es nach wie vor nicht. Und ich fühlte deinen Schmerz. Ich konnte es nie aushalten, dich leiden zu sehen, sei es unter einer Geburt oder unter deinen alten Ängsten – oder wenn ich dich verletzt hatte. Ich wollte immer deine Traurigkeit wegblasen. Daher, nein, ich konnte dich nicht verlassen. Nicht, solange ich ausschließlich deinen schmerzlichen Verlust fühlte. Du dachtest, die Bedrohung durch den Hautkrebs wäre deine größte Angst, bis dir klar wurde, dass es ein Leben ohne mich ist. Du vermisst mich. Du wünschst dir das Leben, das wir geplant hatten. Es tut mir so leid.
Und ich bin hier, um dich zu beruhigen.

Du wirst ein schönes Leben haben. Und jetzt ist es deine Aufgabe, es auch zu leben. Nimm dir ein bisschen Zeit für dich. Vielleicht gehst du wieder arbeiten, vielleicht auch nicht. Mach diesen Fotografie-Kurs. Erlebe Abenteuer, von denen ich gehofft hatte, wir würden sie gemeinsam erleben. Doch ich fühle, wie ich um dich herum verblasse. Eins, zwei, drei, vier, fünf. Ich habe eben deine Fingerspitzen mit meinen gedrückt, und du hast im Schlaf leise gestöhnt. Gut, du hörst mich.

Jetzt bist du es, Erin. Du bist es, die unseren Kindern Eltern ist, und wir beide wissen, wie sehr wir unsere Eltern gebraucht haben, auch als wir »erwachsen« waren – womöglich noch mehr – und sie zu Freunden wurden. Zweifle nicht an dir. Sie lieben dich. Sie brauchen dich, und du brauchst sie. Ihr werdet einander brauchen, bis ihr alle an den Punkt gelangt, an dem ihr zusammensitzen und über mich reden könnt, ohne zu weinen.

Es wird passieren, glaub mir. Und, ja, ich werde dort sein.

Sie sind wunderbare Menschen, unsere Kinder.

Liebt einander. Vergesst nie, was Liebe heilen kann.

Und sei mutig genug, einen anderen Mann zu lieben, Erin.

Was du und ich hatten, wird für immer bestehen.

Und vergiss nie.

Ich liebe dich ohnegleichen

♥

Ich wache vom Klang lachender Kinder auf, die draußen auf der Straße einen Ball kicken. Gedanken an Dom und unsere Geschichte huschen durch meinen Kopf, als ich gähne. Ich drehe mich um und strecke eine Hand zu der Stelle aus, an der er gelegen hat. Kalt. Rasch setze ich mich auf, reibe meine Hände und rufe nach ihm. Meine Hände halten inne, die linke auf der rechten, die Finger verschränkt, und zwischen ihnen scheint die Wahrheit gefangen.

Ich weiß es.

So sicher, wie ich weiß, dass Dom an einem anderen Wochenende im letzten Oktober starb, weiß ich, dass er mich an diesem wieder verlassen hat.

49

Mittwoch, 28. Juni 2017

In der U-Bahn ist es heiß, stickig und ungemütlich. Meine Kniekehlen kleben beinahe an dem Sitz. Oben haben Sommerschauer seit dem frühen Morgen die Luft gekühlt, und als ich die Treppe hinauf und aus dem Bahnhof gehe, ist es eine Erleichterung, mir die Bluse von der Haut zu schälen. Umgehend wehen mir Bäckereidüfte entgegen; Croissants, Kekse und kleine Pasteten mit durchsickernder, herzhafter Füllung erinnern mich daran, dass ich Hunger habe – was ich schon sehr lange nicht mehr hatte. Das Croissant ist überteuert, aber köstlich, und als ich bei der Kanzlei ankomme, bin ich voller winziger, buttriger Teigflocken.

Lydia ist schon da. Sie steht auf, als ich hereinkomme, und macht Smalltalk, sagt mir, dass ich mich schon viel besser anhöre. Es ist, als hätte es unser Gespräch in ihrem Haus nie gegeben, als wäre der Brief nie abgeschickt worden. Ein junger Kerl kommt und fragt, ob wir Tee oder Kaffee wünschen. Lydia lehnt dankend ab, ich bejahe. Ich brauche Koffein. Zehn Minuten später sind wir in dem Raum, den ich inzwischen von Doms geschäftlichen Transaktionen kenne und die sämtlich von dem Mann geregelt wurden, der nun Lydia und mir gegenübersitzt. Ich male mir Dom aus, sehe ihn dem hageren Mann gegenübersitzen, der William Burley heißt – wahrscheinlich auf demselben Stuhl wie ich jetzt. Mr. Burley sieht aus, als käme er direkt aus einem Casting für einen Anwalt aus dem neunzehnten Jahrhundert. Auf seinem riesigen Holzschreibtisch stapeln sich Papiere, die, wie ich mir vorstelle, keiner außer ihm anrühren darf. Der Mann hat dichtes, drahtiges Haar. Seine strahlgrauen Raupenbrauen laufen in der Mitte zusammen, und seine

Stimme dröhnt mit einer Autorität, dass ich mich umblicke, woher sie wirklich kommt. Fragen zu stellen, traue ich mich nicht.

Während Lydia und ich die Verträge unterzeichnen, sie als Verkäuferin und Bevollmächtigte für Gerard und ich als Käuferin des Valentine's, versichert Burley uns, dass die Verträge noch diese Woche rechtsgültig würden. Ehe wir es uns versehen, stehen wir beide vor seinem Büro und ist alles erledigt, weshalb wir gekommen sind.

»Mittagessen?«, fragt Lydia lässig.

»Ich habe auf dem Hinweg etwas gegessen.« Wie zum Beweis klopfe ich einen letzten Krümel von meiner Bluse.

»Macht es dir etwas aus, wenn ich mit dir zurückfahre?«, fragt sie.

Ich wäre lieber allein, dennoch schüttle ich den Kopf, und wir gehen zusammen zur U-Bahn.

In Waterloo muss sie nicht auf den blinkenden Fahrplan über uns nach der Abfahrtszeit unserer nächsten Bahn sehen. »Um zwanzig nach von Bahnsteig zehn«, sagt sie zu mir. »Wir haben noch Zeit. Möchtest du etwas trinken?«

Es ist heiß, und es wimmelt von Menschen. »Von mir aus.«

Ich folge ihr durch das Gewühl zu den Aufzügen, und oben finden wir zwei Plätze am Rande einer Bar mit Blick auf die Bahnhofshalle. Ohne zu fragen, was ich möchte, geht sie die Getränke holen.

»Französisch, Rosé«, sagt sie Minuten später und reicht mir das Getränk, um das ich gebeten hätte, während sie sich mit einem Gin Tonic voller Limonenschnitze hinsetzt.

Murmelnd bedanke ich mich und sehe auf meine Uhr.

»Ich habe eben nachgesehen«, sagt sie. »Die Bahn um zwanzig nach ist gestrichen. Wie es aussieht, hängen wir noch eine Stunde gemeinsam fest.«

Ich fühle, wie mein Herz zu hämmern beginnt.

»Kannst du bitte darüber nachdenken, doch weiterzuarbeiten?«, platzt sie heraus.

»Im Moment ist meine Antwort, weil du gerade jetzt fragst, nein.« Ich zögere. Rachel ist die Einzige, die meine Entscheidung befürwortet, die Arbeit aufzugeben. Und ich rede mir ein, dass Rachel in meinem Leben die Stimme der Vernunft ist, folglich muss sie wissen, was das Beste für mich ist. Doch sowohl Fitz als auch Jude denken, dass ich jene Routine brauche, die mir The Bean Pod bietet. »Aber wenn du mich nächste Woche noch mal fragst, weiß ich es nicht. Momentan kann ich nicht klar denken.«

»Was meint Dom?«

Ich sehe sie an, bin beinahe sicher, dass sie mich nicht für voll nimmt, aber sie wirkt ganz ernst.

»Dom und ich wollten vielleicht ein Abenteuer wagen.« Ich trinke etwas von dem Wein und blicke nach unten zu den Hunderten von Menschen, die ich nicht kenne. »Doch letztlich wussten wir, dass es eventuell nicht möglich wäre. Er denkt, dass ich einen Fotografie-Kurs machen sollte.«

»Eine gute Idee.«

»Aber jetzt ist Dom weg«, rede ich weiter. »Also …«

»Das tut mir leid.«

Ich kann sie nicht ansehen, spüre jedoch, dass sie es ehrlich meint. Es tut ihr leid. Ihr tut leid, dass Dom sie gerettet hat und dass er fort ist. Wieder mal.

Ich reibe meine Arme und nicke nur.

»Er hat dich sehr geliebt, Erin.«

»Weiß ich.«

»Und er hat mich geliebt.«

»Hat er. Und du bist es ihm schuldig, ein tolles Leben zu führen, Lydia.«

Sie lehnt sich auf ihrem Stuhl zurück und wischt sich mit der Hand übers Auge. »Dazu brauche ich dich als Teil meines

Lebens. Dass du mir vergibst, an jenem Morgen dort gewesen zu sein.«

Und in diesem Moment erinnere ich mich an die Fähigkeit meines Mannes zu vergeben. Es war, als bestünde er aus Vergebung, und die Erinnerungen lassen meinen Widerstand schrumpfen.

Bevor ich eine Chance habe zu antworten, bemerke ich, dass unter mir etwas geschieht, und sehe unweigerlich über die Balustrade. Dort steht ein Mann inmitten der Menge und fängt an zu tanzen. Leute um ihn herum gehen auf Abstand, und als Lydia über die Brüstung schaut, erklingt Musik.

Der Mann bewegt sich wunderschön; seine Arme schwingen, und seine Beine schnellen nach vorn zu den Klängen von »Thriller« aus der Lautsprecheranlage. Ich merke, wie ich zu lächeln anfange, als andere zu ihm stoßen, und sehe, dass es choreographiert ist. Lydia kramt in ihrer Tasche.

»Ein Flashmob«, sagt sie, zieht ihr Handy hervor und beginnt, alles zu filmen. Bald tanzen Hunderte Menschen zu einem Medley, und wir beide stehen auf. Ich bewege mich hin und her, mache Fotos. Direkt unter mir sind zwei uniformierte Polizisten, die Arme verschränkt, und tippen den Takt mit ihren Füßen. Der Mann, der angefangen hat, winkt mehr Leute zu sich, und am Rande der Tänzerschar wippen Pendler und Touristen von einer Seite zur anderen.

Lydia hält ihr iPhone weiter in die Höhe und filmt, sieht aber zu mir. Ich gehe näher zu ihr und lehne den Kopf an ihre Schulter.

Ich singe mit. »Dom würde das klasse finden«, sage ich.

Sie filmt weiter. »Würde er, aber er würde dir auch verbieten mitzusingen.«

Ich lache. Sie hat recht. Genau das würde er, wäre er hier.

Wäre er hier.

Als die Musik zu einem Queen-Stück wechselt und alle

Tänzer auf die Knie sinken, um Luftgitarre zu spielen, sehe ich Lydias Blick, und wir sind beide wieder neunzehn und arbeiten in der Boutique, in der wir uns kennenlernten. Wir sind hinten im Lager und tanzen wie verrückt zu allem, was im Radio läuft. Sie lässt ihr Telefon in ihre Tasche fallen, und ich nehme die Hand, die sie mir hinstreckt. Wir tanzen zusammen, werfen unsere Köpfe hin und her und schrammen auf unseren imaginären Gitarren.

Und als die Musik endet und jeder wieder seiner Wege zieht, als wäre das eben nicht geschehen, wissen Lydia und ich, dass es sehr wohl passiert ist. Sie sieht mich mit Tränen in den Augen an und sagt mir, dass sie mich liebt.

Ich nicke, und mir kommen die Worte meines Vaters von vor zwanzig Jahren in den Sinn:

»Ich bin die Liebe, und wenn ich echt bin, werde ich nie verblassen …«

Epilog

Aus dem *Buch der Liebe*:
»Ich liebe dich, weil es für uns funktioniert,
dieses Liebesding.«

♥

Mein Baummädchen tanzt nicht.

Nein, die einzige zarte Bewegung ist das Heben und Senken der Decke bei jedem Atemzug. Ein mechanisch klingendes Pusten, sowohl beim Ein- wie beim Ausatmen. Einatmen dauert ein klein wenig länger als Ausatmen. Ihre langen Arme, die ihn anfangs an Äste erinnerten, liegen neben ihrem knochigen Körper. Wäre sie ein Baum, würde sie sich im Wind biegen, wären ihre schwachen Glieder außerstande, sich irgendeinem Druck zu widersetzen. Das hippiehafte Schwenken von vor ach so vielen Jahren würde sie glatt zerbrechen …

Sie liegt in einem Bett, das sich per Stimmbefehl verstellen lässt, aber ihre Stimme ist schwach. Die letzten Tage hat sie weder mit dem Bett noch mit ihren Lieben gesprochen. Neben der Matratze befindet sich ein ausziehbarer Diagnose-Touchscreen, und darunter ragt ein kleiner Tisch mit einem Wasserkrug und einem Glas darauf aus der Wand. Manche Dinge ändern sich nie, denkt er. Sie ist, wie er es geahnt hatte, von Menschen umgeben. Nur einer fehlt in der alten Gang. Er legt im Vorbeigehen eine Hand auf Hannahs Schulter, und sie zuckt ein wenig zusammen, blickt auf und berührt die Stelle, die er eben gestreift hat.

Rachel sitzt gegenüber, den Kopf nach hinten gelehnt und die Augen geschlossen. Es ist die Frau neben ihr, die Erins Hand hält, ein wenig fester drückt und Erin ein leises Stöhnen entlockt. Als Dom ihre Stimme hört, ist sie für ihn immer noch dieselbe. Sogar ein winziges Stöhnen ruft eine Erinnerung an ihr tiefes, kehliges Timbre wach, und er lacht, als ihm ihre ersten Worte zu ihm einfallen. »Ich bin Erin.«

♥

Dom, mein Liebling,
ich habe dich schon so lange nicht mehr um mich gefühlt, und jetzt glaube ich, dass du hier bist. Ich bin sicher, dass ich dich in der Zimmerecke herumschleichen sah, als ich versuchte, meine Augen zu öffnen. Das warst du, oder? Du bist es, mein Liebster. Kommst du mich holen?
Jedes Jahr an unserem Hochzeitstag habe ich in das Buch der Liebe geschrieben, bis zum letzten Jahr, als meine Augen nicht mehr wollten. Sechsunddreißig Einträge. Ich habe es gehasst, das nicht zu können, habe es gehasst, diesen Eintrag jetzt nicht schreiben zu können, aber ich erinnere mich, dass du gesagt hast, du würdest mich hören, wenn ich die Worte denke. Ich hoffe, das kannst du noch. Sechsunddreißig Jahre. Das ist eine lange Zeit, um auf jemanden zu warten, Dom. Ich habe übrigens nie einen anderen geliebt, trotz deiner letzten Bitte, aber sicher weißt du das schon. Ich habe es versucht, es gab einige Kandidaten, einige Männer, die ich zu lieben versucht habe. Doch das Gefühl stellte sich nie ein. Nie war da die Zärtlichkeit, Wärme und Sicherheit, die ich bei dir empfand. Und als du zehn Jahre fort warst, kam ich zu dem Schluss, dass es für mich definitiv nur eine Liebe im Leben geben konnte. Wir hatten das Glück, diese Seltenheit zu finden: eine Liebe für immer.
Ich habe Rachel und ihren Mann Rav gebeten, dafür zu sorgen, dass unser Buch mit in meinen Sarg kommt und

mit mir verbrannt wird. Ich ertrage nicht, es zurückzulassen.
Ich habe ein gutes Leben gehabt, Dom. Wie du gesagt hast. Den besten Teil mit dir, aber ich denke, du hast irgendwie gesteuert, dass auch der Rest gesegnet war. Den Krebs konnte ich hinter mir lassen, doch vor einem halben Jahr entschied mein Herz, dass es müde ist. Nun sieh dich um. Es ist verblüffend, wie sehr mein krankes Herz noch lieben kann.
Wir haben nur ein Enkelkind, Leila. Sie ist die Frau, die jetzt meine Hand hält. Siehst du sie? Sie sieht aus wie Rav und hat Rachels Wesen. Und Leila hat zwei Söhne, wunderschöne Zwillinge. Was für eine Freude sie sind!
Jude war vorhin hier. Wir hatten recht, nebenbei bemerkt, dass viele meiner sechsunddreißig Updates irgendwie von Jude handelten – seinen vielen Höhen und Tiefen. Keine aufgeschriebenen Gedanken retteten ihn und Freya. Sie waren einfach zu jung. Aber er hat wieder geheiratet, mit Ende dreißig. Julia ist eine bezaubernde Frau, vier Jahre älter als er, und er hat drei fantastische Stiefkinder. Er ist inzwischen Direktor an der Schule. Wie verrückt die Kreise verlaufen …
Sind sie bei dir? Sind die Menschen, die ich geliebt habe, bei dir? Fitz, Rob und Maisie. Sophie und Gerard. Nigel und Lydia und du. Oder bist du allein, mein Liebster?
Wirst du kommen und dich zu mir legen, wenn es so weit ist? Oder wirst du meine Hand nehmen und mir ins Ohr flüstern? Ich muss zugeben, dass ich mich fürchte – nicht vor dem Sterben oder davor, wieder bei dir zu sein, sondern vor dem Abschied. Ich liebe sie alle so sehr. Ich hatte so viel mehr Jahre als du, um sie zu berühren und zu fühlen, und ich ertrage es nicht loszulassen.
Dieses Geräusch ist mein Atmen. Furchtbar, oder? Der Tod

rasselt in meiner Lunge. Trotzdem habe ich es bis zweiundachtzig geschafft, wie du gesagt hast, Dom. Du hast gesagt, dass ich es würde.

♥

Mein Liebling Erin,
ich war die ganze Zeit bei dir, Kleines. Ich habe nicht nur den sechsunddreißig Einträgen gelauscht, sondern jedes Mal, wenn du mich brauchtest, wenn du nicht dachtest, dass du es tust. Das eine Mal, als du wenige Jahre nach meinem Tod auf einer deutschen Autobahn ein bisschen zu schnell fuhrst. An dem Tag habe ich dich langsamer gemacht. Das Mal, als Freya Jude verlassen hatte und er zurückkam, um im Valentine's zu wohnen, und du nicht mehr weiterwusstest. Aber deine Liebe hat ihm da durchgeholfen. Du hast ihn gestützt, und ich stützte dich.
Es wird langsam Zeit, Liebes. Und ich bin hier, wie ich es versprochen habe.
Hab keine Angst. Ich warte, bis du dir sicher bist. Ich bin gleich hier, liege neben dir, und wenn du bereit bist, nimm einfach meine Hand. Das ist alles, was du tun musst, meine Liebste, eine kleine Bewegung, Erin, du Mutige. Nimm meine Hand, umfasse meine Finger.
Eins, zwei, drei, vier, fünf.
Ich bin hier, und ich liebe dich ohnegleichen.

♥

Danksagung

Ein riesiges, und damit meine ich, ein *gewaltiges* Dankeschön an HarperCollins UK and Ireland – an jeden im Lektorat, Cover-Design, Verkauf, Marketing und PR. Besonders danke ich Kim Young und Charlotte Ledger für all ihre harte Arbeit und Geduld. Dank auch an euch, Mary Byrne, Tony Purdue, Liz Dawson, Jaime Frost und Laura Gerard. Meiner Agentin Maddy danke ich, dass sie den Glauben nicht verlor und immer da war. Dank auch an das unglaubliche Team bei Milburn, vor allem an Alice, die half, meine Worte rund um die Welt übersetzen zu lassen. An die Verleger und Agenten: Ich bin wahrlich gesegnet, mit den Besten in der Branche zu arbeiten.

Dank an meine Schwester Annie, die ziemlich viele Versionen dieses Buches gelesen hat – LDO (oder vielmehr LEO – ich Liebe Euch Ohnegleichen), Mädchen, und an Brian, meinen Bruder, für *diesen* Satz! Und an den Rest meiner Geschwister, den irren Clan und die Angeheirateten. Es waren einige harte Jahre, aber, hey, wir haben es überstanden! Dank an Sally Metcalf für die Weihnachtsgeschichte mit der Dachbox! An Claire Allan, die großartige Schreiberkollegin und die geduldigste Korrekturleserin aller Zeiten; danke, dass du mich immer wieder angespornt hast. Und an meine großartige Freundin Vanessa Lafaye, eine wundervolle Autorin und Frau, die ebenfalls Korrektur las, mir Mut machte und sagte, »Das ist es«, kurz bevor sie starb. Ich hoffe, dass ich nie so tapfer sein muss wie sie, aber falls doch, hat sie mir gezeigt, wie es geht. Ihr Verlust war einer der wenigen im letzten Jahr, der diesen Dank an jene, denen ich verbunden bin, wichtiger denn je macht.

Ein großer Dank an die wunderbaren Buchhändlerinnen und Buchhändler für ihre verlässliche Unterstützung. An alle, die ich auf Twitter und Facebook kenne: Danke für die kurzen Auszeiten und so vieles mehr. Und an The Prime Writers: Ihr wisst, wen ich meine – eure Unterstützung und Freundschaft in dieser verrückten Welt bedeutet mir so viel. Auf noch viele, viele Scones! An meine Freundinnen, insbesondere Mary und Steph, die Buchclub-Gang (Danke für das »Ich liebe dich, weil …«-Brainstorming) und auch an die erweiterte Camberley-Crew, die Ex-GKs, all die FB-Kursgruppen und jeden sonst, den ich Freund nenne.

Wie immer danke ich meinem Mann, unseren Töchtern, deren Männern und unserer fantastischen Esme, die uns mit ihrem Geplapper zum Brüllen bringt. Und was hier schon mal stand … Ich hoffe, ihr alle fühlt euch so geliebt wie ich mich von euch an jedem einzelnen Tag. Wie Dom irgendwo auf diesen Seiten gesagt hat, »Es ist Liebe, die dem Leben einen Sinn verleiht«.

Und schließlich danke ich euch, meinen Leserinnen und Lesern. Jeden Tag widme ich der allerbesten Arbeit und denke mir Geschichten aus, was jede und jeder Einzelne von euch möglich macht. Danke für eure Hilfe, meinen Traum wahr werden zu lassen.

Die Originalausgabe erschien 2021 unter dem Titel
On the Bright Side by Welbeck Fiction Limited,
part of Welbeck Publishing Group, London.

Für Esme,
die mich das eine und andere
über die Liebe lehrte.

1

Die erste E-Mail kommt am Donnerstag.

Sie geht an meine Kanzleiadresse, und noch am nächsten Tag, Freitag, den 10. August, starre ich sie an. Die Einladung ist sehr reduziert im Stil: Nur eine schlichte Angabe von Zeit und Ort, um Alice' Geburtstag zu feiern. Während die Buchstaben ihres Namens auf dem Bildschirm verschwimmen, rauscht mir eine flüchtige Erinnerung an unseren letzten Tag vor dreißig Jahren durch den Kopf – ich hatte sie in den Armen gehalten, sie aufs Haar geküsst, das weich und duftend war.

Mit dem typischen schüchternen Klopfen betritt Mabel das holzvertäfelte Büro, und ich finde in die Gegenwart zurück. Schon ist Alice' Gestalt fort. Die Frau, die seit mehr als zehn Jahren an meiner Seite arbeitet, bringt mir lächelnd einen Cappuccino auf einem kleinen Silbertablett, und ich nicke ihr dankend zu. Sobald sie wieder draußen ist, stehe ich auf und gehe im Zimmer auf und ab. Die drei Affen auf dem Regal gleich links von meinem Schreibtisch sind nicht ganz richtig ausgerichtet; ich rücke den mittleren einen Tick weiter nach links. Hör-nichts-Böses sitzt jetzt exakt zehn Zentimeter von dem Sieh-nichts-Böses und dem Sag-nichts-Böses entfernt, genau in der Mitte zwischen einer langen Reihe von ledergebundenen Gesetzesbüchern.

Heute wäre Alice fünfzig …

Ich setze mich wieder an meinen Schreibtisch, umklammere den Kaffeebecher mit beiden Händen und nippe mich durch den Milchschaum, wobei ich auf den Monitor blicke, als müsste ich das Datum überprüfen. Innerhalb von Sekunden erscheint der Bildschirmschoner: Ein Foto von einer Wohltätigkeitsveranstaltung vor wenigen Jahren, ich im Smoking, flankiert von meinen Eltern. Ich zwinge mich, mich auf die Veranstaltung an jenem Abend zu konzentrieren, bei der Spenden für eine hiesige Einrichtung gesammelt wurden, deren Schirmherr ich bin. Wie aufs Stichwort kneife ich die Augen zu, weil Schmerz aus den gekappten Nervenenden explodiert, wo mal mein linker Unterschenkel war.

Ich hole zwei Tabletten aus der Packung in meiner Schublade und schlucke sie mit dem Kaffee. Ehe mich die Klänge und Bilder meines letzten Abends mit Alice überwältigen, drucke ich die Einladung aus, nehme den Telefonhörer hoch und erinnere Mabel daran, dass ich bis zum späten Nachmittag außer Haus sein werde.

Ich lasse mir Zeit. Obwohl ich merke, dass ich zu spät komme, halte ich mich ans Tempolimit, weil ich das Schicksal nicht herausfordern will. Das Schicksal und ich waren Zeit meines Lebens seltsame Bettgenossen. Ich konnte es nie annehmen, weil ich es vorzog, jedes noch so kleine Detail zu kontrollieren, um es im Zaum zu halten. Ich mag Gewissheiten, überprüfe Fakten, ehe ich sie als Wahrheit anerkenne. Geht es um Zahlen, rechne ich zwei-, dreimal nach, um sicher zu sein. Geht es um Wörter – was es tut, wenn ich bei Gericht bin –, lese ich sie stumm, lese sie laut und studiere sie, bis ich sie auswendig kenne. Fühlt sich irgendwas nicht richtig an, suche ich, bis ich heraushabe, was nicht stimmt, und korrigiere es. Ich prüfe und prüfe, um so wenig Raum wie möglich für Irrtümer oder Zufall zu lassen, die alles durcheinanderbringen können.

Die alte Grundschule ist ein roter Jahrhundertwende-Backsteinbau mit einem geteerten Pausenhof und einem Parkplatz gleich neben einem schmalen Grünstreifen. So nahe, wie die neue Wohnsiedlung liegt, sieht es aus, als wäre einiges von dem städtischen Land verkauft worden und der Rest würde in absehbarer Zeit folgen. Ausgeblichene »Verkauft«-Schilder ragen auf hohen Holzpfosten auf. Ich lasse lauter unsinnige Gedanken meinen Kopf fluten, kremple meine Hemdsärmel auf, lege mein Jackett ordentlich zusammengefaltet über meinen Unterarm und eile auf den Haupteingang zu. Davor bleibe ich stehen, kann nicht umhin, mir eine kleine Alice vorzustellen, die in ihrer Schuluniform daherkommt, ihr langes Haar zu losen Zöpfen gebunden und die Schuhspitzen abgeschubbert. Rechts von mir stehen zwei Töpfe mit ungeliebten Geranien. Ich zupfe die toten Blüten raus, stecke sie in meine Tasche und richte die verbliebenen Blütendolden wieder aus. Symmetrie ist wichtig.

Dann gehe ich nach drinnen und lasse meine Schritte von der Musik führen. Es gibt Tage, an denen ich mir Mühe geben muss, damit man mir die Prothese nicht anmerkt, und dies ist einer von ihnen.

Als ich die Schwingtüren zur Eingangshalle öffne, stehen Leute um ein großes, projiziertes Bild herum. Alice' Gesicht füllt die Leinwand aus, und ich erstarre auf dem Teppichboden. Ihr Gesicht … Mein erster Impuls ist, wegzusehen und mich zu dem Bereich zu wenden, der voller Klapptische mit Essen steht. In der Einladung hatte gestanden, dass Freitagmittag Alice' Lieblingszeit gewesen war, und ich erinnere mich noch: Essen und das bevorstehende Wochenende, zwei ihrer Lieblingsdinge. Musik aus unserer Zeit schallt aus den Lautsprechern, als es mich wieder zu ihrem Bild zieht. Sie ist genau so, wie ich mich an sie erinnere; ihr glattes, walnussbraunes Haar fällt ihr über den Rücken und bedeckt die winzigen Sommersprossen, die ich geliebt habe. Sie wirft lachend den Kopf in den Nacken. Lebhaft. Lebendig.

Eine Frau, die ich sofort erkenne, kommt auf mich zu. Es ist ihre jüngere Schwester April. Sie reicht mir die Hand. »Jack«, sagt sie. »Ich erkenne dich von dem Foto auf der Kanzleiwebsite, auch wenn ich der Fairness halber sagen muss, dass du nur eine ältere Version des Mannes von damals bist. Du hast dich nicht verändert.«

»Du dich auch nicht«, antworte ich und sehe mich kurz nach ihren Eltern um.

»Danke, dass du gekommen bist. Ich war mir nicht sicher, ob du hier sein würdest.«

Verhalten lächele ich. »Ehrlich gesagt bin ich mir nicht ganz sicher, ob ich hier sein sollte. Ich …«

»Alice und ich waren auf dieser Schule, so wie meine beiden Kinder auch. Jetzt wird sie verkauft, aber ich war jahrelang im Elternrat, deshalb haben sie mich die Eingangshalle vor Vertragsabschluss für heute mieten lassen. Ach herrje, ich plappere schon wieder.« Ihr Grinsen ist dem Lächeln ihrer Schwester sehr ähnlich.

Ich habe mich nicht gerührt und schaue mich immer noch nervös um.

»Unsere Eltern sind beide letztes Jahr gestorben, Jack.«

»Das tut mir leid.« Die Worte kommen wie von selbst, aber ich meine sie ernst. Trotzdem werde ich rot, weil ich erleichtert bin. Seit Alice' Beerdigung hatte ich ihre Eltern nicht mehr gesehen. Damals war ich zurück nach Surrey gezogen, hatte von der York University, an der wir uns kennenlernten, an die Royal Holloway gewechselt, wo meine Eltern mich im Blick hatten. Mir hatte davor gegraut, ihre Eltern jemals wiederzutreffen. Auch wenn sie es nie aussprachen, habe ich immer geglaubt, dass sie mir die Schuld an ihrem Tod gaben. Und ich wollte in ihren Augen nicht sehen, was ich in meinen eigenen bis heute, Jahrzehnte später, noch wahrnehme.

»Muss es nicht. Sie waren so glücklich, wie sie es unter den Umständen sein konnten. Mein Vater hatte Krebs, und meine Mutter hatte nur sechs Monate nach seinem Tod einen Herzinfarkt. Sie waren beide über achtzig …« Sie zuckt traurig mit den Schultern, bevor sie eine Hand hebt. »Das hier war meine Idee. Ich habe noch zu vielen Freunden von Alice Kontakt, und wir haben gedacht: Was soll's, machen wir eine Party. Kann ich dir was zu trinken holen?«

Ich ahme ein Lenkrad mit beiden Händen nach. »Ich muss noch zurück ins Büro.«

»Es gibt nur Softdrinks, Tee oder Kaffee – was möchtest du?«

Nachdem ich um schwarzen Kaffee gebeten habe, beobachte ich, wie April auf den improvisierten Getränkestand zugeht, bevor es meinen Blick wieder zu Alice zieht. Ich konzentriere mich auf das Bild der einzigen Frau, die ich jemals geliebt habe, und ich bin machtlos gegen die erdrückende Erinnerung: *Vergessen. Jetzt. Bitte.*

Bald ist April zurück und reicht mir eine kleine weiße Tasse mit Untertasse. Ich schaue sie an.

»Und was treibst du dieser Tage so, Jack, abgesehen von deiner Arbeit mit Bösewichten?«

»Ich bin Anwalt – und sie sind nicht alle böse.« Ich lächle.

»Ah, da ist das Lächeln, von dem sie immer geredet hat.«

Mit meiner freien Hand reibe ich meinen Nacken.

»Bist du verheiratet, Jack? Hast du Kinder?« Auf mein Kopfschütteln hin runzelt sie die Stirn. »Ich gestehe, dass ich versucht habe, dich auf Social Media zu finden, aber keine Spur von dir. Hast du nie geheiratet?«

Wieder verneine ich stumm und wische meine schwitzenden Hände an der Serviette ab, die April mir zu dem Kaffee gegeben hat.

»Das ist ein Jammer.«

Ehe ich begreife, was geschieht, hat sie sich bei mir eingehakt. »Komm, setzen wir uns. Wir können uns da drüben unterhalten.«

Ich bleibe stehen. »April, entschuldige. Ich glaube, dies hier war ein Fehler.«

»Unsinn«, sagt sie. »Ich beiße nicht. Und ich möchte seit über dreißig Jahren mit dir reden, habe nur nie den Mut dazu aufgebracht. Jetzt lasse ich dich nicht gehen. Komm, ich werde dir auch nicht zumuten, die gesamte Verwandtschaft kennenzulernen. Nur du und ich, wir unterhalten uns.«

»Sie hat dich geliebt.« Das hat April mir mehrmals gesagt. Ich bin nicht sicher, warum, denn, wenn ich eines mit Sicherheit wusste, war es, dass Alice und ich uns liebten. Ich *weiß*, dass wir beide gleich empfanden. Ich trinke den Rest von meinem bitteren Kaffee.

»Was ich zu sagen versuche: Sie war glücklich, als sie gestorben ist. Und wenn jemand schon mit zwanzig sterben muss, ist es dann nicht wunderbar, dass die Person wahre Liebe erlebt hat?«

Ich stimme zu, gebe die angemessenen Laute von mir und blicke mit einem Auge zum Ausgang. Dreißig Schritte und ich bin hier weg.

»Darf ich dich etwas fragen?«

Sie lässt nicht locker, also murmle ich: »Natürlich.«

»Warum hast du nie eine Familie gegründet?«

»Ich habe nie jemanden genug geliebt.« Meine Antwort ist typisch wahrheitsgemäß und direkt, doch mir fällt Lynn ein. Sie ist dem am nächsten gekommen. Wir haben zusammengelebt, sie und ich mit ihrem Sohn Antony im Teenageralter, und ich habe die Beziehung ruiniert, als ginge ich nach einem festen Plan vor.

Plötzlich sind all die Momente seit Alice, Millionen von ihnen, wie ein rauschender Lärm in meinem Gehirn.

»Ich sollte gehen. Danke, dass du an mich gedacht hast.« Ich sehe auf meine Uhr. »Ich werde heute Nachmittag in der Kanzlei gebraucht, also fahre ich lieber zurück.«

»Können wir in Kontakt bleiben?«, fragt April.

»Tut mir leid«, antworte ich und nehme meine Jacke auf. »Ich bin froh, dass du mich eingeladen hast, aber ich bin mir nicht sicher, ob das eine gute Idee wäre.«

Nach einer ebenso höflichen wie linkischen Umarmung verlasse ich die Schuleingangshalle, in der einst Alice bei der Morgenversammlung gestanden hat, in der sie mit ihren Freundinnen Hüpfen oder Küssefangen mit den Jungen gespielt hat. Im Wagen schließe ich die Augen, umklammere das Lenkrad und versuche, mich wieder auf die Arbeit zu konzentrieren. Das ist leichter, als darüber nachzudenken, was hätte sein können.

Im Büro gehe ich die Nachrichten auf meinem Desktop durch, ehe ich die neue Mandantenakte lesen muss, die Mabel mir hingelegt hat. Sofort erscheint Aprils Name; es ist die zweite E-Mail von ihr innerhalb von zwei Tagen. Obwohl ich dringend so tun möchte, als hätte es den heutigen Tag nicht gegeben, rufe ich die E-Mail auf.

– Ursprüngliche Nachricht –
Von: AprilFahy272@gmail.com
Gesendet: 10. August 2018, 15:55
An: JackTate@WhittardChambers.com
Re: Heute

Jack,
es tut mir unsagbar leid. Dich so traurig zu machen war das Letzte, was ich heute vorhatte. Eigentlich wollte ich Alice feiern. Ihr Leben war kurz, aber erfüllt, und mir fehlt bis heute, wie sie sich für wirklich alles begeistern konnte. Und heute habe ich dir angemerkt, dass es dir genauso geht.
Verzeih mir. Ich schreibe dies von meinem Handy aus und habe beschlossen, einfach zu sagen, was ich empfunden habe.
Im Laufe der Jahre wurdest du häufig erwähnt, und das nicht

voller Wut, wie du anscheinend denkst. Meine Eltern haben dir nie die Schuld gegeben. Ich habe dir nie die Schuld gegeben. Dennoch denke ich, nachdem ich dich heute gesehen habe, dass du sie dir gibst.

Oh Jack, das Leben ist nie leicht, oder?

Was ich dir noch sagen wollte? Etwas ganz Einfaches.

Ich denke, du bist gefangen in dem Moment, als sie starb. Und ich bitte dich heute, an ihrem Geburtstag, tu bitte alles, was du kannst, die nächste Hälfte deines Lebens zu leben. Ich meine, lebe von diesem Moment an – als würde das Leben für dich in der Mitte anfangen.

Um Himmels willen, Jack, schalte einen Gang höher. Sieh dir an, wie die weite Welt funktioniert. Tu etwas Großes! Lass Liebe in dein Leben. Mach sie stolz.

Und vergib mir, wenn das, was ich hier schreibe, bei dir den Wunsch auslöst, mich anzuschreien. Was ich mir denn einbilde und so weiter.

Ich bin Alice' einzige Schwester. Wäre das Leben freundlicher gewesen, denke ich, dass wir befreundet wären.

Denn sie hat dich so sehr geliebt, Jack.

Darf ich sagen, dass du es ihr schuldig bist?

Pass auf dich auf,

April

Ich ziehe die Schublade neben mir auf und nehme mir eine der Mini-Whiskyflaschen, die ich von irgendeinem Flug übrig habe. In zwei Schlucken leere ich sie. Tagsüber trinke ich sonst nie, aber der heutige Tag fühlt sich wie eine Ausnahme von der Regel an. Als hätte jemand mein Regelbuch genommen und es in Brand gesteckt.

Ich versuche, Aprils unerbetenen Rat zu ignorieren, indem ich die Akte aufschlage, die Mabel mir hingelegt hat, und überfliege den Inhalt. Der neue Mandant ist ein Bursche in den

Zwanzigern, der wegen schwerer Körperverletzung angeklagt wird. Es ist seine dritte Straftat, also wird die Staatsanwaltschaft die Höchststrafe fordern. Die E-Mail, die ich an Mabel tippe, ist wahrscheinlich ein bisschen schroff, spiegelt jedoch meine Stimmung wider. »Bestell ihn sofort zur Besprechung her. J.« Ich stütze die Ellbogen auf den Tisch, wobei ich die Tastatur wegschiebe, und senke den Kopf in die Hände. Aprils Worte einmal gelesen zu haben scheint schon zu reichen, dass sie gleichsam durchs Büro hallen. Die lautesten sind: »Tu etwas Großes. Lass Liebe in dein Leben. Mach sie stolz.«

Während ich mit den Daumen meine Schläfen massiere, frage ich mich, wie das gehen sollte.

Wie zur Hölle macht man das?

Halbwegs bin ich versucht, ihr zurückzuschreiben, dass sie ihre Gefühle für sich behalten soll. Andererseits sagt sie es nur, wie es ist. Eine beinahe Fremde, die erkennt, dass ich in einer Zeitschleife gefangen bin. Jemand, der denkt, dass drei Viertel eines Körpers genügen, um zu lieben.

»Tu etwas GROSSES.«

Zum Beispiel?

»Lass Liebe in dein Leben.«

Das ist lächerlich. Ich habe es versucht. Ich bin beschädigt, nicht vollständig. Neurotisch und ein bisschen zwanghaft. Unfähig zu lieben. Frag Lynn. Verdammt, frag auch Antony …

Um mich abzulenken, nehme ich mir wieder die Akte vor und lese sie, diesmal gründlich. Und ich lerne etwas Neues, abgesehen von einer wichtigen Tatsache. Zum allerersten Mal kümmert mich im Grunde nicht, was mit diesem Typen passiert. Und das ist nicht in Ordnung. Gedanken kollidieren. Ich nehme den Telefonhörer hoch und bin erleichtert, als am anderen Ende abgehoben wird.

»Ich schicke dir nur mal die Kopie einer E-Mail«, sage ich.

»Ja, dir auch guten Tag, Jack.«

»Entschuldige. Hi, Ollie. Hast du sie schon?«

»Vielleicht bin ich zu beschäftigt, um deine E-Mail jetzt gleich zu lesen.«

»Bist du?«

Seufzend täuscht Ollie Ungeduld mit mir vor. Das ist sein Ding: So zu tun, als wäre er genervt, wenn ich ihn irgendwie brauche. Dabei ist er immer schon für mich da gewesen, ob telefonisch oder persönlich. Uns verbindet schon seit der Grundschule eine tiefe Freundschaft, die seit dem Unfall erst recht unverbrüchlich ist.

»Gut, ich habe sie«, erwidert er. »Und ich lese sie gerade.« Er gibt einige Male »Aha« und »Hm« von sich, ehe er schließlich mit einem gedehnten »Ok-a-a-y« endet.

»Was meinst du?« Ich knabbere an einem Niednagel.

»Ich finde, sie hat recht. Die Frau gefällt mir.«

Ich sage nichts.

»Also, sie hat dir das geschickt, nachdem du bei der Party warst, auf die du angeblich nicht gehen wolltest?«

»Ich hatte es mir anders überlegt.«

»Ja, das sehe ich. Was glaubst *du*, was sie meint?«

»Keine Ahnung. Deshalb rufe ich dich an.«

»Etwas Großes ... Ich würde sagen, hör auf, Plastik zu kaufen, hilf im Kampf gegen die globale Erwärmung oder spende für Tafeln und Hilfsorganisationen, aber das machst du alles ja schon. Und die Größe ist entscheidend, ich meine, sie spricht von GROSS. Warte mal, ich lese es gerade noch mal.« Er verstummt kurz. »Ja, mit dem Teil über die Liebe liegt sie richtig. Es wird Zeit, Alter.«

»Oh, bitte!« Ich fahre richtig zusammen. »Bitte fang jetzt nicht an, lauter Dinnerpartys zu schmeißen, bei denen du mich neben irgendwelchen Single-Frauen platzierst! Ich bin nicht interessiert.«

»Stimmt.«

Ich kann fast hören, wie er nickt.

»Jack?«

»Ja?« Ich halte den Atem an und wappne mich für das, was jetzt kommt, auch wenn ich es vermutlich hören muss.

»Eigentlich steht hier nichts Neues, abgesehen von dieser Aufforderung, etwas GROSSES zu tun, was wahrscheinlich eine gute Idee ist. Aber vor allem schreibt sie, was ich dir schon seit Langem sage und was du bereits weißt. Wie haben es die Rolling Stones noch gleich formuliert? ›Die Zeit wartet auf keinen‹, und vielleicht *ist* es jetzt Zeit, nach vorn zu sehen. Willst du meinen Rat hören? Ignorier das hier nicht. Es ist aus einem Grund passiert. Lass ihre Worte einige Tage auf dich wirken.«

»Auf mich wirken ...« Ich stelle mir vor, wie die E-Mail über Tage durch meinen Kopf geistert.

»Hör mal, ich habe in fünf Minuten ein Meeting, tut mir leid«, sagt er. »Lass uns Ende der Woche reden, ja?«

Dann ist er weg, und sofort reise ich in der Zeit zurück zu jenen Momenten, die sich tief in meine Psyche eingegraben haben. Zu jenen Erinnerungen, die ich jedes Mal Sekunde für Sekunde aufs Neue durchlebe. Wenn ich es zulasse.

Es ist ein langsamer Tanz. Ihr Kopf lehnt an meiner Brust, und sie hat beide Arme um mich gelegt. Ich bin dieser schlaksige Typ, eben erst aus dem Teenageralter heraus, der sich immerzu vorbeugt, um seine Größe von einem Meter dreiundneunzig zu kaschieren, und in einer Bluesband Trompete spielt. Jemand, der während der gesamten Schulzeit als »komisch« galt und diesem Etikett geglaubt hat.

Alice, eine kleine, zierliche Brünette, die sich in ihrer weichen Samthaut rundum wohlfühlt, trägt eine Caprihose zu einem T-Shirt mit einem Einhorn drauf, weil sie »total an Magie« glaubt.

Alice liebt mich.

Ich liebe Alice.

Ich frage mich, warum ihr Haar im Juli nach Weihnachten riecht, als sie flüstert: »Lass uns gehen.« Sie führt mich auf diesem abendlichen Open-Air-Konzert durch die Menge, und wir laufen zum Parkplatz und dem Mini, den ich mir von Ollie geliehen habe. Wir beide kichern, als ich mich auf den kleinen Fahrersitz falte.

Sie summt irgendeinen Song, den wir gehört haben, und ich will gerade etwas sagen, an das ich mich später nicht erinnern kann, da hebe ich die linke Hand, um meine Augen abzuschirmen. Vorn, zu nahe, blenden die Scheinwerfer eines Wagens auf der falschen Straßenseite auf. Ich weiche aus, und das Einzige, was ich tun kann, ist, ihren Namen zu sagen.

Reifen quietschen. Metall kreischt an Metall. Alice' rechter Arm schnellt auf eine mütterliche Art, die nie ihre Blüte erreichen wird, vor mich, als wollte sie mich vor dem schützen, was kommt.

Der Hang seitlich der Straße ist steil; scharfkantige Zweige peitschen durchs offene Fenster herein, als wir kopfüber in den Abgrund stürzen. Die Scheinwerfer explodieren, bevor der Wagen erbebend zum Stehen kommt, die Front gequetscht wie eine Ziehharmonika. Mein linkes Bein verklemmt sich in geborstenem Metall, und mitten im Schrei schmecke ich Blut.

Alice' Kopf ist in einem seltsamen Winkel nach vorn geneigt. Ich greife nach ihrem schönen Gesicht, und sofort erfüllt mich Panik. Ich weiß es.

Und alles, was ich will, ist Bewusstlosigkeit.